I0577598

Lord Vil

SERIE
LORES MALDITOS 3

SYDNEY JANE BAILY

cat whisker press
Boston

cat whisker press, Boston, MA
1º Edición Impresa en Español
Copyright © 2022 Sydney Jane Baily
Traductora: Helena Ramos

ISBN: 978-1-957421-08-7

Título original: Lord Vile
©2019 Sydney Jane Baily

Gracias por comprar esta novela

Dedicatoria

A Toni Carol (de soltera, Baily) Young
*Mi querida hermana, a la que aprecio
y que siempre me apoya*

Agradecimientos

Un gran abrazo y un beso a mi inteligente y
hermosa madre.

Prólogo

1849, Londres

—¿Por qué está aquí?

Michael Alder, vizconde y heredero de un condado al que no había regresado desde hacía más de un año, levantó los ojos sombríos hacia el individuo que ocupaba un taburete a su lado en una taberna de Drury Lane. No tenía ningún reparo en contestar. Bebía solo.

Se dio la vuelta y golpeó con la mano sobre el pegajoso mostrador hasta que el tabernero respondió con un gruñido inquisitivo. Michael señaló con la cabeza su vaso vacío, y observó cómo el hombre lo rellenaba con ginebra.

«¿London Dry o ginebra belga?», se preguntó a sí mismo. Luego se lo bebió. Había bebido demasiado como para sentir quemazón en el fondo de la garganta. No importaba. De todos modos, el alcohol hacía su función.

—Me refiero a que usted no es como nosotros —continuó el parroquiano—. Podría estar bebiendo brandy en

White's o en Boodle's. Apuesto a que no creía que yo conociera los nombres de esos clubes elegantes, ¿eh, milord? — concluyó riendo.

¿Acaso no podía un caballero emborracharse en un pub oscuro y de mala muerte sin que un tipo entrometido le molestara?

Al sentir que una mano le acariciaba la espalda, Michael se giró despacio y miró a la cantinera de amplia sonrisa y caderas aún más amplias, quien le hizo un gesto para señalar las escaleras.

—No va a contestar, ¿eh? Está bastante achispado. — Su parlanchín e inoportuno examinador había señalado lo obvio: ¡Él estaba verdaderamente ebrio!

Demasiadas pintas de cerveza seguidas de demasiados vasos de ginebra.

Michael ignoró al hombre. Asintió a la moza, se deslizó de su taburete y la siguió escaleras arriba. No recordaría nada de esto por la mañana. Tanto mejor.

Capítulo 1

La señorita Ada Kathryn Ellis, a quien sus amigos llamaban solo Ada, reconoció el creciente sentimiento de profunda decepción. Era la primera vez que se permitía hacerlo en meses.

Su primera temporada, que fue el año anterior, había sido un nervioso aprendizaje de los modos correctos de comportamiento. Esta temporada, tras dominar el arte del coqueteo y la conversación ingeniosa, había destacado por estar en el lugar adecuado en el momento oportuno, a menudo con un compañero que no le desagradaba del todo y, a veces, incluso con uno que le resultaba agradable.

Eso no quería decir que hubiera encontrado a alguien que le hiciera sentir mariposas en el estómago. Por desgracia, eso no había ocurrido a pesar de haberlo intentado. Muchas veces.

A cada pareja que la había acompañado en un cena o un baile, la había comparado con un hombre, un joven vizconde al que había conocido dos años antes. Como por aquel entonces aún no había sido presentada en sociedad, él estaba fuera de su alcance. Así, en una cena a la que sus padres tuvieron la generosidad de permitirle asistir, Ada solo pudo observar a lord Alder desde lejos.

Abrigaba la esperanza de que el vizconde siguiera estando disponible cuando ella se incorporase al mercado matrimonial, pero, por desgracia, no encontró rastro de él en toda la temporada.

Su inexplicable ausencia no le había impedido a Ada participar en los emocionantes eventos de la sociedad londinense. Sin embargo, cada vez que ella creía que le podía gustar alguien, un caballero con una sonrisa especialmente bonita o unos ojos atractivos, sopesaba sus méritos frente al recuerdo ya casi mitológico de lord Alder.

Si pudiera verlo y tal vez hablar con él, entonces podría desengañarse de la ridícula idea de que era el indicado.

A medida que sus amigas se comprometían, en particular su mejor amiga, Maggie Blackwood, que se había casado con un conde y se había convertido en la condesa de Cambrey, el entusiasmo de Ada por cada acto social iba en descenso. Quizá sus padres, el barón y la baronesa Ellis, habían malgastado su dinero en una hija que no era ni la más fea del baile ni tampoco deslumbrante. Situada en el centro de la oferta de jóvenes de la sociedad, Ada no estaba segura de cómo proceder según la temporada se iba acercando a su desenfrenado final.

¿Debía conquistar a cualquier hombre que mostrara interés por su bello rostro y su gran dote? Podía comprometerse con el hijo de un vizconde, que estuvo a punto de declararse antes de que ella huyera al baño de señoras para evitar la desagradable tarea de decirle que no. Había otro, un soltero mayor, que todavía tenía todo el pelo, unos ingresos anuales considerables y una casa en el lado oeste de la calle Arlington. Confiaba en poder ser la dueña de su propio hogar en Navidad, si así lo deseaba. De hecho, había media docena más de caballeros que habían mostrado interés en ella.

Si solo pudiera decidirse por alguno…

¿O debería poner sus miras en el año siguiente y volver a su casa en Juniper Hall, en la campiña de Surrey? ¿Quizá cortarse el pelo a la nueva moda o tomar más clases de música? Tal vez debería aprender francés como Maggie o intentar dejar de hablar tanto de su interés por el comercio. Esto último escandalizaba a su madre, pero a Ada le resultaba muy interesante la subida y bajada de las materias primas en la Bolsa de Londres. Las fluctuaciones de los precios podían enriquecer o arruinar a un hombre entre el amanecer y el crepúsculo. Tal había ocurrido en el *Pánico Español* de 1835. Y cuatro años después del *crack* de 1845, los periódicos seguían escribiendo sobre el estallido de la «burbuja» de la especulación ferroviaria. Algunas familias muy antiguas, en efecto, se habían hundido en la bancarrota.

«Fascinante —pensaba Ada cada vez que cogía el manoseado ejemplar de su padre de *The Banker's Magazine* o de *The Economist*, muchísimo más interesantes que las tontas novelas románticas que leían sus amigas. Podía escuchar durante horas a su padre hablar de lo que encontraba en la bolsa, aunque este se dirigiera sobre todo a su hermano menor, Grady.

Sin embargo, los caballeros que buscaban esposa no

querían que una joven se interesara por los negocios. Era demasiado varonil.

Suspirando con fuerza, Ada dejó que su criada la preparara para otra velada de fin de temporada. Sí, el vestido de seda violeta. Sí, el pelo recogido en un moño trenzado con tirabuzones rubios sobre las sienes. Sí, los guantes de seda lavanda a juego. ¿Por qué no? No había ningún inconveniente, excepto que ella no quería ir. Esa era la verdad.

Se miró los ojos azules en el espejo dorado y esperó que no parecieran tan cansados como se sentía ella, y luego se puso en marcha hacia el baile de los Fontaine.

Con su madre en su sitio habitual, sentada con las otras ansiosas y esperanzadas madres, Ada dejó que le llenaran el carné de baile, extendiendo su muñeca a cada joven que se lo pedía. ¿Cuándo se había convertido esto en una tarea tan aburrida?

La hora siguiente transcurrió en un carrusel de bailes: la Gran Marcha, luego una cuadrilla, una polca y un vals. Cuando su madre no miraba, se tomaba una copa de champán. Ada saludó a *lady* Adelia Smythe, hija de un conde, pero todavía muy simpática y que tampoco había encontrado pareja, y se dirigió hacia ella cuando un hombre le chocó el codo al pasar.

—Vaya —dijo ella en voz lo bastante alta como para que él se detuviera y se girase.

Con la intención de reclamarle su descortesía, Ada frunció los labios y miró hacia arriba. Tuvo que impedir que se le escapara un suspiro. Era él. Por fin. Su vizconde. Lord Michael Alder.

Él entrecerró los ojos como si la estudiara, tal vez para

recordar si la conocía. Al no hacerlo, se relajó y se encogió de hombros.

—Mis disculpas.

¡Dios mío! Le estaba hablando a ella. Su voz sonaba como Ada recordaba, rica y profunda, y le provocó un delicioso escalofrío en su columna vertebral.

«Di algo —se ordenó a sí misma, pero su lengua estaba congelada. No pudo hacer otra cosa que mirar su bello rostro bajo el espeso cabello castaño que se ondulaba ligeramente, dándole un aire desenfadado.

Nunca se había acercado a él lo suficiente como para ver que sus ojos eran de un llamativo color ámbar muy inusual, como los de un felino.

—¿Está bien? —le preguntó él, sin duda pensando que estaba aturdida, ya que ella lo miraba boquiabierta.

Ada asintió con un gesto, aún sin palabras, e hizo lo único que se le ocurrió: extender la muñeca con el carné que colgaba de ella.

Él lo miró como si la tarjeta estuviera ardiendo, y estuvo a punto de dar un paso atrás.

—No —dijo sin preámbulos—. No quiero bailar. Con nadie —añadió ante la expresión de angustia de ella, como para suavizar el golpe.

Ada tragó saliva. «Piensa en algo brillante, divertido, interesante. Cualquier cosa. —

Entonces, él inclinó la cabeza con rapidez, se dio la vuelta y desapareció entre la multitud.

¡Caramba! Había perdido su única oportunidad. Sin embargo, no importaba. Era obvio que ella no despertaba ninguna atracción en él, y cualquier palabra que Ada hubiera soltado no habría cambiado ese hecho. Y menos aún su idea personal de que uno podía hacerse muy rico invirtiendo en la tecnología en desarrollo de los cables submarinos. Los periódicos indicaban que se instalarían entre Inglaterra y Francia en dos años. Debería haber elogiado la música, el champán, o incluso el pañuelo de lord Alder, o haber mencionado la última obra de Dickens.

Expulsó una bocanada de aire poco femenina que agitó su flequillo dorado con frustración. Entonces su siguiente pareja la encontró, examinó su carné en busca de su nombre y la arrastró a la pista de baile.

Otra hora eterna, durante la cual trató de espiar a lord Alder mientras giraba y daba vueltas. En vano. Acalorada por la aglomeración de invitados, decepcionada no solo por este evento, sino por toda la temporada e incluso por sus perspectivas de futuro, Ada abandonó la seguridad del salón de baile. Sin reflexionar si era lo correcto, se aventuró al otro lado de las puertas acristaladas para llegar a la terraza de mármol.

Por desgracia, había parejas que ya debían de haber hecho públicos sus acuerdos sobre su futuro en común, ya que estaban juntos abiertamente, solos y sin compañía. Esta práctica seguía estando mal vista, pero si la pareja estaba comprometida, la sociedad la consideraba más o menos aceptable.

Una de estas parejas estaba a pocos metros de Ada, y otra en el extremo de la terraza. En todos los casos, el hombre abrazaba a la mujer.

Ada puso los ojos en blanco ante la incomodidad de estar en un lugar romántico sin tener un pretendiente. Las parejas se encontraban sobre los escalones de piedra que conducían a los jardines de esculturas.

En un instante, bajó los escalones y se adentró en la oscuridad.

~◈~

Michael salió a la terraza a trompicones. Le habían agitado demasiados carnés de baile en la cara y había bebido demasiadas copas de champán. De hecho, llevaba una consigo en ese momento.

Tras sorber el burbujeante líquido, dejó la copa vacía en el borde de la barandilla de piedra de la terraza y bajó los escalones en medio del silencio.

Después de haber permanecido alejado de la llamada sociedad educada durante muchos meses, no podía imaginar por qué había acudido a este baile en particular. En realidad, sí, lo sabía. Había leído la lista de invitados en el periódico y sabía que ella estaría allí, la mujer que había amado y luego había perdido.

Por supuesto, sabía que ya estaba casada, y felizmente, lo que no le desagradaba en absoluto. Al fin y al cabo, ella no tenía la culpa de que los traicioneros padres de Michael les hubieran mentido a ambos y hubieran puesto fin a su compromiso por la falta de fortuna de ella. Sin embargo, como un animal que no puede dejar de lamerse una herida en carne viva, le gustaba asegurarse de que seguía queriéndola por encima de todo.

Verla, en las raras ocasiones en que lo hacía, confirmaba este hecho. Contemplar a Jenny Blackwood, ahora la condesa de Lindsey, le recordaba lo que había perdido y por qué.

Eso renovaba su ira y refrescaba su amargura contra aquellos que profesaban amarlo más que a nadie. Sus propios padres.

¡Una traición de lo más vil! Michael sacó una petaca del bolsillo, bebió un sorbo de brandy y se adentró en el camino enlosado que llevaba al jardín.

Al cabo de un minuto, cruzó un puente asquerosamente romántico sobre un pequeño arroyo falso y se encontró junto a un cenador, a oscuras salvo por dos antorchas, encendidas para indicar a los invitados que habían llegado al final del jardín. Más allá había un muro de ladrillos más alto que su cabeza.

Al tomar otro sorbo, pensó que estaba siendo testigo de una visión. No era la primera vez, ya que su estado habitual en los últimos tiempos era «medio mareado —si no desmayado por completo.

Ante él surgió una encantadora criatura, vestida en un tono pastel tan pálido que brillaba a la luz de la luna. Parecía flotar hacia él y, mientras lo hacía, en lo más profundo de su ser supo que la deseaba.

Cuando la luz de la antorcha captó su corona de pelo dorado, Michael hizo un sonido, alertando a la diosa hechicera de su presencia. Ella se detuvo enseguida. Sin embargo, en lugar de huir como debería hacer una doncella bien educada, se acercó un paso más.

Deslizando la petaca de nuevo en su bolsillo, Michael le tendió la mano. En silencio, ella la tomó y dejó que él la atrajese hacia sí.

—No tenía ni idea al venir aquí de que iba a encontrar una criatura como tú. Eres encantadora.

Ella tembló.

¿Pero era real? Solo había una forma de descubrirlo.

Cuando Michael la envolvió con su brazos y notó que se estremecía y estaba fría, decidió que debía de ser real. Haría lo posible por calentarla.

Bajó la cabeza y rozó sus labios con los de ella. Un ramillete de algún exótico y exuberante aroma floral le hizo cosquillas en la nariz. Aquellos suaves labios eran cálidos y alentadores.

Umm, ella olía bien. Sin duda, a la fría luz del día, era mayor de lo que parecía en el jardín poco iluminado. Sin embargo, por el momento, aceptaría que era un hada, enviada allí para su disfrute.

Volvió a posar su boca sobre la de ella, saboreando su dulzura, y descubrió que sus labios encajaban perfectamente. Cuando lamió su comisura, ella los abrió con un pequeño jadeo. Eso lo inflamó.

Al parecer, ella estaba dispuesta.

Michael miró a su alrededor y observó el brillante cenador blanco, que también parecía brillar a la luz de las antorchas. Invitando, atrayendo, ¡el lugar ideal!

Con delicadeza, a pesar de un leve tropiezo en el umbral, la condujo al interior del lugar aislado. Qué amabilidad la de sus anfitriones…

Había un diván, sin duda utilizado para reclinarse para leer durante el día. ¡Un desperdicio mundano para un lugar tan mágico!

Solo hizo falta un paso para que ella tuviera la parte trasera de sus faldas contra los cojines del diván, y luego ambos cayeron sobre él. Era demasiado pequeño para estirarse con comodidad, pero les ofrecía un lugar adecuado para entablar un rápido y sensual coqueteo.

Su diosa se puso rígida en el acto. Michael no podía imaginar que ella no deseara esto tanto como él, ya que podía sentir su cálido y curvilíneo cuerpo vibrando bajo el suyo. Estaba hecha para que un hombre la abrazara y la disfrutara.

—¿Milord? —Las primeras palabras que le dirigió fueron suaves e interrogativas.

Tal vez estaba tardando demasiado en complacerla.

Michael volvió a acercar su boca y, al besarla a fondo, se relajó. Es más, él pudo sentir el corazón de ella latiendo de prisa por el deseo. El suyo hacía lo mismo.

Él se levantó y, con manos expertas, se desabrochó el cierre de su pantalón, dejando libre su hombría.

Michael observó sus ojos en la oscuridad. Aunque no pudo determinar su color, pudo ver cómo se ensanchaban de placer. Con mucha delicadeza, le levantó el dobladillo del vestido y subió los dedos por las piernas cubiertas por unas medias hasta que ella lo detuvo con su mano y aprisionó su vestido entre sus muslos.

¿Realmente ella quería parar?

—Está bien —le dijo él—. Te deseo. Más que a nadie. Te deseo solo a ti.

—¿Me conoces? —le preguntó ella en un susurro.

—Por supuesto. —Ella era su diosa, un regalo para calmarlo por todo lo que había perdido—. ¿Y tú a mí?

—Lord Alder.

Él sintió un escalofrío de sorpresa. En efecto, ella debía de ser un hada, una criatura de otro mundo, porque si no, ¿cómo podría haberlo encontrado en la oscuridad?

—Entonces estamos hechos el uno para el otro —

afirmó—. Déjame amarte.

Al cabo de un momento, ella retiró su mano y él le subió el vestido de algodón y las enaguas hasta las caderas. Como era de esperar, su ropa interior era de dos piezas separadas y atadas a la cintura, por lo que él ni siquiera tuvo que quitárselas para tener acceso a su codiciado tesoro.

Preguntándose si podría durar siquiera unos instantes, se acercó aún más, encajó su miembro rígido en su cálido canal y se deslizó dentro de su ninfa mágica.

Gimió de placer al mismo tiempo que las manos de ella subían a su pecho.

¿Lo estaba apartando?

Besándola, empezó a mover las caderas y ella se relajó, agarrada a su chaqueta. Deseaba oírla gemir de placer, pero ella respiraba con dificultad. Deseaba poder ver y tocar sus pechos, pero tenía que apoyarse en el diván, y no podía prescindir de una mano para bajar el escote de su vestido.

—¿Bien? —preguntó.

Michael no oyó nada. Intentó mirar su cara, pero no pudo verla en absoluto, ya que sus hombros bloqueaban la luz de las antorchas. Pensó que su cabeza estaba inclinada hacia atrás en éxtasis y por eso continuó bombeando dentro de ella.

Él había acertado en cuanto a su propia resistencia. Apenas duró un minuto en la deliciosa estrechez de su diosa. Entonces, con un grito gutural de placer y un nombre susurrado, «Jenny», se consumió dentro de la misteriosa hada.

Se retiró después de otro beso en su boca, se levantó y comenzó a abrocharse los pantalones. Para su consternación, ella siguió allí, inmóvil.

—¿Se encuentra bien? —Michael recordó de pronto que le había preguntado lo mismo a otra joven esa misma noche, una simplona que ni siquiera podía hablar con él, todo lo contrario a esta apasionada criatura.

Sus palabras incitaron a la dama a moverse. Se bajó las faldas con rapidez y tomó su mano extendida, dejando que él la ayudara a bajar del diván.

Entonces, una extraña expresión cruzó sus hermosas facciones, visibles de nuevo a la luz de la luna, ahora que estaban de pie. Ella miró hacia abajo, y él imitó su gesto antes de darse cuenta de que ella estaba sintiendo su cálida semilla deslizándose de su interior.

—Por suerte, lleva tantas capas de ropa que nadie se dará cuenta —declaró Michael—. Puede volver a flotar en el salón de baile y seguir bailando con los que estoy seguro son sus muchos, muchos pretendientes.

—Pero... —lo interrumpió ella.

¿Estaba este delicioso bocado arrepentida por lo que había hecho? Demasiado tarde. Michael sacó su petaca y bebió un sorbo. Como un caballero, se la ofreció.

Ella miró el recipiente y luego le miró a la cara.

Para su sorpresa, él sintió una punzada de remordimiento. A segunda vista, ella parecía un poco joven para este juego, pero debía de conocer las reglas y las consecuencias de una cita en un jardín oscuro. ¿Por qué, si no, le había dejado hacer lo que quisiera con ella? Desde luego, no era su primera vez.

—Siento que su placer no haya sido completo —dijo Michael, pensando que quizá su rápido clímax le había robado a la joven su propia satisfacción. No había nada que pudiera hacer al respecto.

Sin embargo, ella continuó en silencio, y él se estaba cansando. Su cuerpo saciado anhelaba su cama y una larga noche de sueño.

—Me despido, querida diosa.

Se apartó de ella, dio unos pasos y miró hacia atrás.

¿Por qué esta tentadora, con sus labios carnosos y atrayentes, parecía de pronto tan sorprendida y con los ojos llorosos?

Cuando se encontró con su mirada, ella abrió la boca y encontró por fin su voz.

—¿Es posible que pretenda simplemente marcharse?

Ah, ahora lo entendía. Ella quería la promesa de algo más. Al fin y al cabo, era una señorita de sociedad, aunque disfrutara compartiendo una cita traviesa lejos de las miradas indiscretas.

—Puede que asista a algunos bailes más esta temporada. Busque mi nombre en la lista de invitados y podremos volver a disfrutar. Intentaré durar más tiempo la próxima vez, dulzura.

Ofreciéndole una sonrisa, le guiñó un ojo y se marchó.

Capítulo 2

Tres años después,
1852, Juniper Hall, Surrey

Ada salió de la habitación de su hijo, siempre agradecida por la rapidez con la que el pequeño se dormía. Su querido Harry. Y esta era su última noche en la casa de campo de sus padres. Sin duda, él echaría de menos a sus cariñosos abuelos hasta que se reunieran de nuevo en Londres.

Volviendo a su propio dormitorio, echó un vistazo a los baúles llenos con su ropa y consideró si había olvidado algo. Como su hábil criada había trabajado con diligencia, parecía que su habitación estaba limpia de todos sus efectos personales, excepto el camisón y la bata que tenía preparados para la noche.

Ada podía por fin relajarse después de semanas de preparativos. En la planta baja, sus padres esperaban en el salón para pasar la última noche antes de su traslado a la ciudad. Para evitar a su madre, ella y su padre intentarían no hablar de la bolsa, su pasión común.

Los extrañaría mucho, pero, como de costumbre, al pensar en Londres, un estremecimiento de excitación le hacía cosquillas en la columna vertebral. Su propio hogar, por fin.

Con su riqueza acumulada, había comprado una casa en Belgrave Square. Puede que eligiera el lugar por su proximidad a dos parques en los que ella podía montar a caballo y Harry podía jugar, o porque no estaba demasiado lejos de la casa de sus padres, en la que estos vivían unos seis meses al año.

Sin embargo, había otra razón más atractiva para elegir la espaciosa casa neoclásica. Porque aunque Lord Vil —como la sociedad había apodado tan acertadamente al vizconde Michael Alder— no vivía allí, sí que acudía con frecuencia. Todos quienes leían los folletines de sociedad sabían que había tenido dos amantes de entre las cincuenta residencias de la plaza, y que en la actualidad estaba relacionado con una viuda que se encontraba a solo dos puertas de donde pronto residiría Ada.

Ella pretendía ser la siguiente en su lista.

Ada no solo sería por fin la dueña de sus propios dominios, sino que también pretendía convertirse en la amante de Lord Vil, con la fina distinción de ser la mujer a la que él hacía compañía, pero con la que nunca se acostaba. Era la única forma que se le ocurría para conquistar su negro corazón.

Fue una bendición que sus padres no la desheredaran después de la desastrosa pérdida de su cordura tres años antes. En cambio, habían mostrado una increíble generosidad. Ella no conocía de ningunos otros padres que hubieran reaccionado con una amabilidad tan benigna.

La alternativa, ser expulsada para valerse por sí misma y criar sola a su hijo, probablemente habría terminado en un baño intencionado en el Támesis. Porque Ada no estaba dispuesta a ir a una casa de mala muerte para madres solteras, si es que podía encontrar una que no fuera una simple fachada para un burdel.

La idea de que Harry naciera como el hijo de una prostituta aún podía hacer que Ada se estremeciera.

En cambio, su madre, Kathryn, la había envuelto en amor y había adorado a su nieto en cuanto llegó al mundo. Su padre había decidido que las finanzas y el comercio eran «mucho más seguros» para su única hija que la llamada sociedad civilizada. Así, James Ellis satisfizo su interés por las acciones y el comercio, enseñándole lo que sabía como corredor de bolsa de buena reputación en la Bolsa de Valores de Londres, habiendo pagado siempre su cuota anual de licencia de cinco libras, además de su cuota de entrada de ciento cinco, y su suscripción de veintidós. Nunca se le había impuesto una sanción por impago de las operaciones que había realizado y, por tanto, había sido reelegido cada año en el Día de la Dama, a principios de abril.

Cuando sus padres la dejaban sola en Surrey para ir a su residencia en Londres, la mayoría de los días, el barón Ellis estaba en el edificio de la bolsa de Capel Court. Cuando estaban con Ada en Juniper Hall, su padre se mantenía al tanto de los mercados a través de los informes comerciales y los periódicos.

Él no solo la había enseñado, sino que también la había escuchado. Resultó que Ada tenía cabeza para invertir. Y lo que es mejor, la había dejado hacerlo a través de él.

En tres años, con un propósito singular, se había convertido en una mujer rica por derecho propio, al tiempo que ayudaba a su padre a aumentar su propio patrimonio. Con el tiempo, cuando su hermano heredara, él también se beneficiaría.

Sentados juntos en el estudio de su padre, mientras estudiaban detenidamente uno de los intrigantes informes del Comité Selecto de Sociedades Anónimas, compartían una amistad afín pocas veces vista entre padre e hija. La única vez que se peleaban era cuando James volvía a preguntarle quién era el padre de su nieto.

—Ada Kate, dime el nombre del sinvergüenza y lo atravesaré o le dispararé en el corazón, si es que lo tiene —juraba su padre.

Sus fuertes palabras no la incitaban a revelar nada sobre Michael Alder.

Ella no estaba protegiendo al pícaro. En absoluto. Alder podía bailar con el diablo por lo que a ella le importaba. Estaba protegiendo a su amado padre, que podría fallecer en un duelo tanto como ser el vencedor.

Y, lo que era más importante, estaba protegiendo a Harry St. Ange, como había nombrado a su bebé en los registros de la iglesia justo después de su nacimiento. No crecería como un bastardo, fruto de un momento increíblemente estúpido en el que su madre confundió a su padre con un ser humano decente.

Un terrible error de juicio.

No hizo falta más que unos minutos de tranquilidad para que sus pensamientos volvieran a esa horrible noche.

Conmocionada al encontrarlo al final del sendero que llevaba al jardín, su obsesión, Ada se volvió loca de remate casi al instante. Entonces sus labios le parecieron mágicos cuando los apretó contra los suyos. Si alguna vez tuviera que contar la historia, cosa que nunca haría a nadie, habría dicho que los labios de Michael Alder estaban sobre los suyos en un abrir y cerrar de ojos, haciéndole sentir nuevas y maravillosas sensaciones y que, segundos después, él le estaba levantando las faldas, y... concibiendo a Harry.

No podía arrepentirse de tener a su hijo. Ni de la vida que había creado desde aquella fatídica noche. Incapaz de volver a entrar en el salón de baile despeinada y con el vestido arrugado, se escabulló por una puerta de hierro fundido en el muro de ladrillo y buscó el carruaje de sus padres en la larga fila. Una vez dentro, empezó a temblar y no volvió a sentir calor hasta que su madre, tras ser llamada por el lacayo, llevó a su aturdida y sollozante hija a casa, la bañó y la metió en la cama.

Su desgracia había sido evidente, pero el amor de sus padres había sido más fuerte.

En las semanas siguientes, la locura de sus actos se hizo aún más palpable. Lejos de ser el noble vizconde que ella había imaginado, Michael Alder ya había recibido el apodo de Lord Vil por sus borracheras y sus relaciones con el sexo débil, incluyendo tanto a jóvenes debutantes como a prostitutas.

O eso decían los chismes de los periódicos. ¡Si ella los hubiera leído antes de esa noche en lugar de los informes de la bolsa!

Ella no era su primera doncella arruinada, y por lo visto

no sería la última.

Ahora, desde una elegante casa en Londres, viviría como una madre viuda, por lo que se sabía, y como mujer de negocios, lo que nadie sabría nunca. Era solo la señora St. Ange, la hija de un barón, que ya no lloraba a un marido perdido en el mar antes de que su bebé naciera.

Y sin más ayuda que la de su vieja y querida amiga, *lady* Margaret Cambrey, Ada se vengaría del noble más vil de Londres. Si su padre hubiera sospechado el motivo de su regreso a la ciudad, sin duda, nunca la habría perdido de vista.

⁘

—Ahí estás, viejo amigo. —La voz hizo que Michael saliera de su ensoñación, sin pensar en nada más importante que ver a su amante aquella noche. En White's, después de haber leído los periódicos y haber bebido suficiente té como para hacer flotar una armada, estaba listo para el billar y el brandy. Tal vez una comida abundante primero.

Sonrió al ver a lord David Hemsby, un viejo conocido de Eton con el que había reanudado su amistad después de que dejara de frecuentar los sucios pubs sin nombre y las tabernas y volviera a ocupar el lugar que le correspondía en el club de caballeros.

Por supuesto, Michael seguía bebiendo demasiado, a pesar de haber cambiado la ginebra de baja calidad por la bebida más refinada de sus compañeros, el brandy francés. Y aun así, se negaba a hablar con sus padres, que lo habían enviado al maldito abismo del que apenas había salido. Y, por supuesto, evitaba a cualquier señorita interesada en casarse y lo bastante estúpida como para no temer su justificada reputación de réprobo de primer orden.

Después de cierta cita en el jardín con una mujer cuyo rostro no recordaba del todo, pero cuyo aroma floral perseguía sus sentidos, había dejado de ir a los burdeles de Whitechapel. Aquellas prostitutas no olían a nada más que a ginebra o a aceite de freír. En su lugar, se hacía acompañar de viudas de clase alta y auténticas cortesanas bien educadas e instruidas, o de la esposa de un noble, si se cruzaba con alguna. Esto último era un raro placer, una aventura excitante que casi le había hecho perder la vida dos veces.

Su vida se desarrollaba como esperaba tras la traición de su compromiso roto.

Una noche, tras una cena con Hemsby, su velada se vio arruinada por la aparición del conde de Alder.

¡Maldita sea! ¿Qué podría querer su padre después de todo este tiempo?

David se excusó para ir en busca de diversión a otra parte. Con el brandy en la mano, Michael miró al otro lado de la mesa al hombre que no había visto en años.

El pelo de su padre estaba salpicado de canas, tenía algunas arrugas más bajo los ojos, nada notable que indicara que había sufrido la pérdida del respeto de su hijo.

—Vamos, has estado alimentando este rencor durante mucho tiempo. No me estoy haciendo más joven —dijo George Alder—. Serás el cabeza de familia dentro de una década, si no antes.

«Cuanto antes mejor», murmuró Michael en voz baja. Luego se arrepintió al instante de haberlo pensado. No deseaba que su padre estuviera muerto, bastaría con que estuviera en otra ciudad, o incluso en otro continente.

—Y tu madre quiere verte —añadió su padre, como si charlasen de una visita semanal—. Este distanciamiento le duele, sobre todo porque sabe que has seguido en contacto con tus hermanos.

Michael puso los ojos en blanco y pidió otra copa al camarero. No estaba interesado en hablar de sus misivas de ida y vuelta con su hermana y hermano menores. De hecho, no le interesaba en absoluto hablar con el conde.

—¿Hay algo más? Francamente, me aburres —dijo Michael—. Soy consciente de que estás envejeciendo. Los dos lo hacemos. En cuanto al rencor, como lo llamas, ¿has considerado alguna vez que quizá arruinaste mi felicidad, y ahora simplemente me importa un bledo lo que te pase a ti o al condado?

—¡Tonterías!

Michael esperó. Luego esperó un poco más mientras miraba fijamente los ojos dorados de su padre, iguales a los suyos. Este no dijo nada más.

—¿Eso es todo?

El camarero le puso otra copa de brandy y retiró la que tenía vacía.

Su padre chasqueó la lengua.

—¿No crees que has tenido suficiente?

Al coger la copa, Michael negó con la cabeza.

—No, ni mucho menos. —Bebió un sorbo y luego otro—. Si te he entendido bien, ¿quieres que vuelva al seno de la familia? ¿Perdonar y olvidar? ¿Ir a darle a mamá un beso en la mejilla?

—No seas insolente.

—Seré como quiera. Soy un hombre adulto.

—Entonces empieza a actuar como tal, no como un mocoso.

—Nada de lo que digas puede molestarme —respondió Michael. Pero, en realidad, tenía ganas de arrojar el contenido de su vaso a la cara de su padre—. Me quitaste la mujer con la que quería pasar el resto de mi vida. Y lo hiciste de una manera tan cobarde que nadie supo que no fue mi decisión. Imagínate cómo me sentí al enterarme de que habías roto por mí después de decirme que había sido ella quien acabó con nuestro acuerdo. Si lo hubiera sabido antes, habría ido a buscarla y me habría casado.

Su padre tamborileó sobre el pulido tablero de la mesa. Luego hizo una señal al camarero y pidió un brandy.

—Hablaré claro. No podíamos permitirnos que te casaras con ella. Era bastante ridículo que te fijases en la hija de un barón. Sin embargo, tu madre y yo estuvimos dispuestos a reconsiderarlo cuando pensamos que su padre tenía algo de dinero. Resultó que no tenía ni un chelín, y ese fue el final.

—Ese fue el final —repitió Michael—. Para ti y para mamá. No para mí. Yo quería a la chica.

Su padre se encogió de hombros.

—La quería —insistió Michael—. No te quedes ahí como una esfinge. ¿Y si alguien te hubiera arrebatado a mamá?

El conde dio un sorbo a su brandy, miró el líquido ambarino y luego volvió a mirar a su hijo.

—Entonces habría cumplido con mi deber con la casa de Alder y me habría casado con otra mujer con los mismos encantos y dote de tu madre. Yo la quiero, pero habría encontrado a otra persona que me diera un heredero, y ella habría encontrado a otro hombre para desposarse. Desde luego, no habría deambulado por ahí, no me habría metido de cabeza en una botella ni habría llevado una vida disoluta por la que has hecho que tu nombre y la palabra libertino sean casi sinónimos.

—¿Le digo a mamá que la crees tan fácil de reemplazar?

La expresión de su padre se tensó.

—Ah, eso pensaba —dijo Michael—. Por muy pragmática que creas que es, no me parece que le gustara saber que no es más que una billetera y una vaca reproductora.

Su padre bajó el vaso de golpe y se puso en pie.

—¿Cómo te atreves? Granuja impertinente…

Michael estuvo a punto de bostezar para completar la farsa, pero se contuvo. Incluso con los caballeros cercanos que observaban el desarrollo de la escena, su anciano padre podría saltar sobre la mesa e intentar estrangularlo. No lo conseguiría, pero podría sufrir una apoplejía en el proceso. A Michael no le convenía que eso ocurriera en White's. Podría empañar su condición de socio después de todo.

—Muy bien —dijo Michael, con la mirada fija en la de su padre—. ¿Por qué estás aquí?

Pasaron unos largos segundos. Al fin, el conde miró a su alrededor, observó a todos los que seguían mirando con audacia a su mesa, y luego volvió a sentarse.

—Nos estamos arruinando.

Michael trató de asimilar las palabras de su padre. Ladeó la cabeza, a la espera de más información.

El conde suspiró.

—Las cuentas de la familia están por los suelos y no

pueden reponerse con las pequeñas posesiones que tenemos. Vendimos la casa de Francia el año pasado y el pabellón de caza de Dunk's Green este último invierno. Aun así, nuestra situación es cada vez más precaria. Como ya he dicho, nos estamos arruinando.

A Michael le gustaba bastante la casa de Francia. Justo frente al mar. Lástima.

—No es por ser puntilloso, padre, pero tú eres quien está en bancarrota. Yo tengo el dinero del abuelo. Y mucho, de hecho.

¿Tenía tanto en realidad? No estaba realmente seguro, aunque le parecía que había vivido con frugalidad estos últimos años. Seguro que había ahorrado una gran cantidad al no asistir a ningún evento de las últimas temporadas. Los precios de las entradas para los bailes y las veladas no eran baratos. De hecho, si no recordaba mal, la última vez que había acudido a un acto social había sido con el ferviente deseo de volver a encontrarse con su exquisita diosa del jardín.

Al no encontrarla después de dos o tres intentos, se dio por vencido. De todos modos, había demasiadas damas enfocadas en el matrimonio en esos eventos. Había sido mucho más agradable intimar con una viuda solitaria en su lujosa casa de la ciudad. Ellas nunca necesitaban mucho en cuanto a cosas caras, más deseosas de su compañía que de cualquier fruslería brillante.

Es cierto que había gastado algunas buenas libras esterlinas en cortesanas, a las que les gustaba ser mantenidas con elegancia y recibir regalos caros. Y además, estaba su afición por el buen brandy.

A primera hora de la mañana, se dirigiría a su banco y

vería a qué atenerse.

Mientras tanto, este tedioso *tête-à-tête* con su padre tenía que terminar.

—Gracias por contarme tu dolorosa historia. No sé cómo pensabas que podía ayudarte, pero te aseguro que no puedo hacer nada. A pesar del mal trato que me has dado, espero que te vaya bien. —Michael se levantó, cogió su bebida y se alejó.

Con suerte, David seguiría en la sala de billar.

—Piensa en tu hermana y en tu hermano —la voz de su padre atravesó la habitación.

Michael apenas interrumpió su paso mientras caminaba por el suelo enmoquetado.

Sin embargo, cuando llegó a la siguiente sala, su padre estaba justo detrás de él. El hombre era más difícil de eliminar que la viruela. Por suerte, ese desafío en particular no le había tocado a él.

Michael se giró hacia el conde y mantuvo su tono neutral.

—¿Qué quieres? —preguntó.

—¡Eres el heredero! ¿Deseas ocuparte de esto después de mi muerte? Tendrás una viuda afligida a tu cargo, así como dos hermanos que buscan tu ayuda, una para una dote y otro para una asignación. En ese momento, puede que ya no tengamos a nuestro querido Oxonholt. Por lo tanto, tu familia dejará Kent y vendrá a vivir contigo a la ciudad. ¿No sería eso agradable?

Michael reflexionó un instante.

—No te mueras pronto.

Hablaba en serio. No estaba dispuesto a convertirse en

el cabeza de familia ni a ser responsable de la manutención de su madre, su hermano y su hermana. Desde luego, no los quería en su modesta casa de la ciudad.

La impaciencia de su padre se reflejaba en su rostro.

—Es hora de que empieces a prepararte, por lo menos —continuó el conde—. ¿Qué quiero de ti? Quiero que mi hijo mayor utilice el cerebro que le ha dado Dios para algo más que para divertirse. Antes tenías una conciencia y un propósito. Hace cinco años, hablabas de ferrocarriles y de minería e incluso de textiles. Creo que ya es hora de que empieces a pensar en cómo ganar dinero de la forma en que lo hacen todos los hombres en nuestra floreciente patria.

Michael entrecerró los ojos.

—En su momento, si mal no recuerdo, te dio por rechazar mi interés por esos negocios de clase media.

—Por aquel entonces no me daba cuenta de que los sirvientes exigirían un aumento de sueldo o que el precio del pan se dispararía por las nubes o que el gobierno empezaría a cobrar impuestos por mis tierras. Te digo que es imposible ser terrateniente si no eres también un hábil hombre de negocios. Y esa es la verdad.

—Se supone que de repente tengo que descubrir el intrincado mundo de los negocios, ¿verdad? —Michael deseó con desesperación que todo este encuentro no hubiera ocurrido nunca y deseó con más desesperación aún otro vaso tranquilizador de elixir francés, cuando advirtió que ya tenía uno en la mano.

—Alguien tiene que hacerlo —señaló su padre—, y yo soy demasiado viejo para empezar. Ven a verme dentro de una semana y hazme saber lo que has averiguado.

Michael bebió su último sorbo de brandy.

—¿Una semana?

—Si te doy más tiempo, entonces te demorarás y lo pospondrás. Necesitamos actuar ahora. Ya he esperado demasiado a que entres en razón.

—¿Entrar en razón? Así no me convences para que quiera ayudarte.

—No se trata de ayudarme a mí —insistió el conde—, sino a ti mismo. ¿No lo ves? Cuando se acabe el dinero de tu abuelo, ¿cuánto tiempo crees que White's te permitirá el acceso? —Señaló el gran establecimiento que les rodeaba—. Y lo que quizá sea más importante para ti, ¿cómo mantendrás a tus amantes? ¿O has caído tan bajo que no te importa que ellas te mantengan, como a un maldito perro faldero?

—Hemos terminado —le dijo Michael, dándole la espalda y alejándose.

—Una semana —repitió su padre tras él.

⁕

¡Ada estaba enamorada! Cuando Maggie vino a visitarla, junto a su pequeña Rosie, Ada simplemente tuvo que decírselo.

—Me encanta mi nueva casa. Mira, ven a ver la adorable talla alrededor de la chimenea del salón.

Maggie estuvo de acuerdo en que era encantadora.

—Sí, y también las cortinas de color verde pálido —declaró—. Son una opción mucho mejor que el marfil. Cada detalle es perfecto, incluso la aldaba de la puerta. Estás creando un hogar maravilloso.

—Agradezco a ese inteligente señor Cubitt el diseño de Belgrave Square. El hombre es muy anciano, pero me pregunto si debería visitarlo y ofrecerle mi sincero agradecimiento.

—Piensa en dónde estábamos hace unos años —recordó Maggie con una sonrisa—. ¿Puedes creer nuestra vida actual? Yo casi no tenía un centavo en Sheffield, y las dos estábamos a la caza del marido. Y ahora tú has comprado tu propia casa de estuco blanco en una plaza elegante. Vaya, hay un duque viviendo dos puertas más abajo, por el amor de Dios, y un almirante de la flota al otro lado de la calle.

Ada se rio.

—Y tú y yo tenemos un hijo. —Amabas se miraron con afecto.

Maggie y su marido, John Angsley, el conde de Cambrey, eran las únicas personas, aparte de la propia familia de Ada, que sabían que esta no se había casado y que no era la viuda que fingía ser. Se lo había contado a Maggie en una larga carta desde Juniper Hall en cuanto se dio cuenta de que estaba embarazada, un mes después de huir de Londres.

Un mes después de recibir el terrible y cínico rechazo de Alder.

Sin embargo, ni siquiera su amiga sabía quién era el padre de Harry. Ada se llevaría eso a la tumba.

Por un lado, lord Alder había estado comprometido con la hermana mayor de Maggie, Jenny, ahora felizmente casada con lord Lindsey. Sin embargo, su compromiso no había sido oficial, ya que nunca se había anunciado. Además, Alder había roto el acuerdo en cuanto el padre de Jenny y Maggie falleció, dejando a la familia Blackwood endeudada.

El canalla superficial…

Ada no había estado al tanto de eso durante el tiempo que estuvo enamorada de Michael Alder. Simplemente, lo consideraba un vizconde honrado con un cierto fuego que la atraía enormemente.

Si hubiera sabido que él no había cumplido su promesa verbal de casarse, tal vez lo habría considerado de otra manera. Por desgracia, se enteró de la historia de Jenny demasiado tarde para evitar su propia ruina.

Un día, Maggie la visitó para disfrutar juntas de sus bebés y charlar de los hombres en general, y le confió cómo lord Alder había abusado de Jenny. En ese momento, Ada imaginó que sería terriblemente incómodo revelarle quién era el padre de su hijo. En cambio, dejó que Maggie creyera que había amado a un hombre que la había correspondido con fervor y que, por razones privadas, no podía casarse con ella.

Luego creó un romance falso y trágico para salvar las apariencias y mantener la percepción de que el padre de Harry era un buen hombre. A menudo, Ada deseaba no haberlo hecho. Era una carga no poder despotricar contra Lord Vil ni una sola vez ante un oído comprensivo.

—¿Cómo está Jenny? —La pregunta salió de la boca de Ada sin que se lo propusiera. Todavía sentía fascinación por la mujer que, a diferencia de ella, había pasado de Michael Alder a una vida plena y aparentemente feliz.

—Muy bien. Vive en la más absoluta felicidad con su marido. Y al igual que yo —Maggie se acarició el vientre apenas abultado—, está encinta de nuevo.

Ada asintió, pensando en cómo Harry podría desear un hermano o hermana que nunca llegaría.

—El tercero, ¿no es así?

—El cuarto —dijo Maggie, y luego ofreció una sonrisa irónica—. Ya conoces a Jenny con los números. Le gusta sumar.

Las dos se rieron. Porque mientras Ada tenía cabeza para la bolsa, la hermana de Maggie era una hábil contable.

En su interior, sin embargo, Ada pensó que si Michael Alder no hubiera roto con Jenny Blackwood, esos cuatro niños serían de él y Harry no existiría. Más extraño aún era pensar que ella y Jenny habían besado al mismo hombre.

—¿Estás bien? —le preguntó Maggie al ver un cambio en su expresión.

—Sí, pensaba en lo bonito que sería para Harry tener un hermano.

Maggie inclinó la cabeza.

—Todavía podría ocurrir, ¿no?

Ada apreció la suavidad de la mirada y la voz de su amiga, pero no podía imaginar abrir su corazón ni volver a ser utilizada para el placer de un hombre. Estaba segura de que la *Obra Maestra* de Aristóteles, el libro explícito de las relaciones entre un hombre y una mujer, estaba equivocado, porque Ada había sentido un poco de dolor, ciertamente miedo y excitación, pero nada del gran placer mencionado en el libro, que se pasaba de hermana a hermana y de hermana a amiga en los grupos de debutantes.

Además, no podía recordar aquella noche sin acordarse de cómo su criada y su madre habían visto la sangre en su ropa interior: su desgracia había sido total.

No, no había sido más que vergüenza y humillación. Si a Maggie y a su hermana no les importaba el acto marital de procrear para tener maridos felices y más hijos, era cosa de ellas.

—La próxima vez que veas a Jenny o le escribas, por favor, dile que le deseo lo mejor.

—Lo haré —prometió Maggie—. Por cierto, ¿dónde está tu Harry?

—Subiremos al cuarto de juegos en un minuto. Estoy deseando que veas la habitación. Es...

—¿Adorable?

Ada sonrió y llamó para pedir el té.

—Sí, desde luego. Y su niñera es paciente y sabia. Mi madre la eligió personalmente, y me encanta.

Maggie se recostó en el sofá de color rosa pálido.

—Pareces contenta. ¿No hay ningún problema?

—No. Solo la necesidad de contratar más servidumbre. ¿Por qué lo preguntas?

—Tu misiva sonaba como si tuvieras algo en mente, además de las niñeras y las tallas en la chimenea.

Ada sabía que tenía que ir al grano, pero le costaba expresar exactamente lo que quería de su amiga. ¿Y si Maggie le decía que no?

—Sí, de hecho, hay algo importante de lo que quiero hablar contigo. Sin embargo, es bastante... ¿cómo decirlo? Irregular.

Maggie levantó las cejas.

—¿De veras? Qué interesante...

Justo entonces, Rosie, que tenía dos años como Harry, se levantó de la mullida alfombra, donde había estado jugando con sus dos muñecas.

—Mamá —dijo poniendo las manos sobre el regazo de

su madre—. Quiero una galleta.

—¿Una galleta, querida? Seguro que la tía Ada tiene algo para ti.

—Oh, por supuesto —dijo esta—, y es mucho mejor que una galleta.

Ada abrió el cajón superior de la mesita que estaba a su lado y sacó una barra de chocolate envuelta en papel. Se la entregó a la niña, que saltó de alegría.

—Espero que no te importe —dijo Ada a Maggie—. Es de Fry's, y creo que son fabulosas.

—Sería un poco tarde si me importara.

Ambas miraron a Rosie, que ya había comenzado a arrancar el envoltorio con sus dedos regordetes y estaba medio chupando, medio masticando el dulce.

—Supongo que no voy a probar un bocado de eso —dijo Maggie. Ada metió la mano en el cajón y sacó otro.

—¿Ves lo que pone? Chocolate *delicieux à manger*. Cuando vi el nombre francés, pensé en ti.

—Gracias. Me alegra saber que mi fluidez sirve para algo. —Maggie tomó la barra y la deslizó en su ridículo—. Para más tarde. Lo compartiré con John. Mi marido también es muy goloso.

Ada asintió con la cabeza.

—Quizá le decepcione. Puede ser un poco pastoso e incluso amargo.

Ambos miraron a Rosie, que parecía no tener ninguna queja.

Entonces Ada tuvo una idea. Quizá si ayudaba a su amiga a aumentar sus ingresos, estaría más dispuesta a ayudarla en su plan.

—Si estás interesada en convertir ese gusto por lo dulce en unos ingresos extra —continuó Ada—, te sugiero que te acerques a John Cadbury y averigües si quiere que alguien invierta en su negocio. Está creciendo y sus trabajadores le adoran. Además, tengo conocimiento de que el parlamento tiene la intención de eliminar pronto el elevado impuesto sobre el cacao, dentro de un año más o menos. Creo que la industria del chocolate florecerá.

—¡Dios mío, eres una maravilla! —exclamó Maggie.

Ada sintió que se le calentaban las mejillas y se encogió de hombros.

—No me invitaste para darme consejos de inversión —añadió Maggie con astucia.

—No, pero tampoco te invité solo para pedirte ayuda.

—Lo sé, pero quitemos eso de en medio para poder ir a ver la adorable guardería y a tu encantador hijo.

Ada respiró hondo.

—Tengo que ingeniármelas para disfrazarme de hombre.

Capítulo 3

Maggie no dijo nada al principio. A Ada le gustaba eso de ella, ni la juzgaba ni la ahogaba de golpe con un aluvión de preguntas entrometidas. En cambio, le hizo una muy inteligente.

—¿Necesitas ser tú ese individuo en concreto, o bastará con que alguien actúe en tu nombre?

Ada suspiró aliviada.

—Oh, lo último, siempre que pueda confiar en él. Y debe parecer inteligente y ser lo bastante agradable como para que alguien más le otorgue su confianza.

—¿Alguien en particular?

Ada asintió. «Oh, sí».

—Curiosamente, Jenny se encontraba en una situación similar hace unos años, después de la muerte de mi padre —reveló Maggie—. ¿Recuerdas cuando dejamos la ciudad y volvimos a Sheffield?

—Sí, por supuesto. —Ada había llorado la pérdida de

su amiga a mitad de temporada.

—Sé que mantendrás esto en secreto, ya que no está bien visto en una condesa, pero Jenny trabajaba como contable. Hizo que nuestro criado, Henry, fuera el enlace entre los clientes y mi hermana. Ellos creían que Jenny era un tal «señor Cavendish», Henry recogía los libros de contabilidad de los clientes y luego se los devolvía cuando ella terminaba su tarea.

Ada reflexionó.

—No quiero que nadie sepa que hay otra persona involucrada, en este caso, yo. Si no me hago pasar por un hombre, entonces tendré que contratar a uno de verdad para que me represente en las negociaciones con alguien en particular y transmita justo la información que yo le dé.

—Por el tipo de información que manejas, eso parece mucho más difícil —reflexionó Maggie—. ¿Y si ese «alguien en particular» al que intentas engañar hace una pregunta y tu hombre de paja no tiene la respuesta?

Ada se dio cuenta de que eso podría ocurrir con facilidad. Había muchos componentes implicados en el mercado de valores, que ella había pasado años aprendiendo. Por otro lado, no quería que Alder sospechara que había alguien más a quien pudiera culpar cuando las cosas fueran terriblemente mal, como ella pretendía.

—Mi hombre de paja, como tú lo llamas, sabrá lo suficiente para convencer a cualquiera. Me aseguraré de ello. Si hay algo que desconozca, entonces podrá decir: «eso es un secreto comercial».

—Supongo que funcionará —aceptó Maggie—. Antes de continuar, necesito saber una cosa... Supongo que se trata de negocios y de tu capacidad de inversión. Suena como si quisieras compartir tus conocimientos con alguien sin que ese alguien sepa que eres tú.

—Precisamente —coincidió Ada.

—¿Nadie saldrá perjudicado, tú en especial?

—¿Puedes ser más específica? —preguntó Ada—. ¿A qué te refieres con «salir perjudicado»?

—Oh, vaya —murmuró Maggie—. Supongo que me refiero a que nadie va a perder la vida, un miembro o a ir a la cárcel injustamente.

Ada reflexionó.

—Entonces, puedo asegurarte que nadie saldrá perjudicado, yo no, desde luego. Bien, ¿cómo puedo encontrar un hombre de confianza dispuesto a hacer ese papel? Tú tienes más contactos que yo.

—Tendré que preguntarle a John.

Cuando Ada la miró con los ojos como platos, Maggie la calmó.

—No te preocupes. Conoce a todo el mundo y no le importará ayudar mientras no se dañe a nadie. Creo que tienes la intención de ayudar a alguien que de otra manera no aceptaría la ayuda de una mujer, ¿estoy en lo cierto?

—Algo así. —«En realidad, nada de eso», pensó Ada.

Pero Maggie bebía su té y tenía una expresión soñadora.

—¿No sería muy romántico que te enamoraras de tu hombre de paja… o del otro, del individuo con el que este debe reunirse?

—¡No! —rechazó Ada.

Maggie se encogió de hombros.

—Está bien. No te alarmes tanto. Estoy percibiendo

que esto no tiene que ver con el romance.

—No —repitió Ada—. Esto no tiene nada que ver con un asunto del corazón.

De hecho, tenía que mantener su corazón al margen por completo para que el resto de su plan funcionara.

Todo esto era sobre la fría y dura venganza.

<hr>

—Tan fácil como caerse de la cama —dijo el hombre que lord Cambrey, el marido de Maggie, envió una semana después.

Ada se sintió muy agradecida de conocer al discreto señor Clive Brunnel, un hombre inocuo de edad indeterminada, con un acento que lo señalaba como bien educado y un rostro franco y confiable. Tampoco se le veían cicatrices ni marcas de viruela. En una palabra, era perfecto para el trabajo.

Sin embargo, Ada no veía su plan como algo fácil. Para ella, era complicado y le daba miedo. Además, el momento de actuar era inminente, ya que se había enterado de que lord Alder estaba preguntando por posibles negocios para ganar dinero.

¡Qué increíble casualidad! Ella había pensado que conseguir que el despreciable vizconde se interesara en resolver su ruina financiera sería difícil. Luego, Ada había venido a Londres para descubrir que él le facilitaría las cosas, siempre y cuando pudiera apartarlo de la Bolsa Real, donde ella no tenía conexiones, y dirigirlo hacia la Bolsa de Londres, de la que su padre era miembro.

El enlace de Ada, como esta llamaba ahora al señor Brunnel, se haría pasar por un miembro de la bolsa, ya fuera un corredor de la misma o un empleado. Ninguno de estos que operaban en la bolsa pondría en peligro su buena reputación ni se arriesgaría a convertirse en moroso al aceptar solicitudes de compra de una mujer. Por lo tanto, el señor Brunnel era un eslabón necesario, y ella le había dicho que tratara con un socio de su padre, un intermediario llamado Andrew Barnes, que negociaría de forma justa con Clive Brunnel y no cobraría una comisión exorbitante.

—Muy bien. No debe hacerme preguntas. Solo debe hacer lo que yo le diga.

—Sí, señora. Usted pagará mis honorarios. Siempre y cuando no haya que infligir daño corporal a nadie.

—Por favor, no. —Ada se preguntaba qué le habían pedido en el pasado, pero no quería saberlo—. ¿Está seguro de que nunca ha sido presentado a lord Alder o a su familia?

—No, señora. Estoy seguro.

—Perfecto. En primer lugar, tenemos que hacer contacto con él. ¿Cree que podría verlo fuera de su club, quizá aparentando que regresa de una reunión? Debería llevar papeles y un portafolios y dar la impresión de estar muy bien informado. Quizá tendría que conseguirle unas gafas.

Clive parecía dudoso, pero asintió.

—Entonces —continuó Ada—, debe toparse con lord Alder en la puerta de White's y dejar caer sus informes de acciones y decir algo así como «no puedo hacer que un hombre gane una fortuna si mis inversiones están todas en el suelo».

Él frunció el ceño.

—Dejaré que usted se encargue de esa parte, entonces —dijo Ada—. Simplemente encuentre una manera de aparentar tener éxito en las inversiones, y estoy segura de que él querrá hablar con usted.

—Sí, señora. Déjelo en mis manos.

⁂

Michael no podía creer que hubiera pasado de su existencia despreocupada a tener que encargarse de salvar el patrimonio familiar en una semana. Después de una segunda reunión con su padre y el banquero de este, así como un encuentro privado con el suyo propio, Michael estaba realmente comprometido a no terminar como un exnoble raído, viviendo en una casa de campo con una sola criada y patatas hervidas como único sustento.

Por no hablar de que su madre y sus hermanos tendrían que compartir con él la misma casa.

Estaba dejando volar su imaginación con lo bajo que podía caer, pero al menos esos pensamientos lo animaban a actuar. Sin embargo, no tenía ni idea de cómo demonios iba a hacer crecer sus cuentas. Necesitaba ayuda.

Alguien en White's le pondría en contacto con la persona adecuada, tal vez para invertir en los ferrocarriles.

Mientras se acercaba a las discretas puertas, otro hombre que salía en ese momento se abalanzó sobre él.

En una ráfaga de disculpas, Michael se dio cuenta de que lo que estaba ayudando al individuo a recoger de la acera eran informes bursátiles.

El destino había intervenido. Con suerte, a ese caballero

se le darían mejor las inversiones que manejar una puerta y conducirse por las calles de Londres.

Enseguida, Michael lo invitó a acompañarlo adentro, y se sentaron en la sala de invitados de los socios.

—¿Debería preocuparme por que esté aquí sin ser socio? —preguntó Michael al señor Brunnel, observando cómo el desconocido se subía las gafas sobre el puente de la nariz.

El hombre se encogió de hombros, despreocupado.

—Conozco a tantos caballeros en este club que entro y salgo a mi antojo sin tener que pagar la cuota anual. Muy inteligente por mi parte, ¿no cree?

Michael asintió, suponiendo que así era como los ricos seguían siendo ricos.

—Además, si me apetece una pequeña salida social, voy a Crocky's. El Tiburón tiene ofrece suficiente emoción en su establecimiento. Y la comida es mejor.

Michael no podía discutir eso. El salón de juegos de Crockford era elegante y tenía una exquisita cocina francesa.

—¿No tiene título, entonces? —le preguntó Michael.

—No —se apresuró a responder el hombre con honestidad y una sonrisa. De nuevo, jugueteó con sus gafas.

—¿Y tampoco es un hombre de negocios, señor Brunnel?

—No —contestó este de nuevo—. No tengo tienda ni comercio. Gano mi dinero en el mercado, el único tipo de comercio que me interesa. Llevo años descubriendo los valores negociables, y es la forma más rápida de ganar o perder una fortuna.

—¿Y usted podría ayudarme?

Brunnel asintió.

—A eso me dedico.

—¿Por qué?

—¿Por qué? —El hombre se subió las gafas por la nariz, luego se las quitó y se las guardó en el bolsillo.

—Sí —insistió Michael—. Si ha hecho una fortuna y puede seguir haciendo más, ¿por qué trabaja para otros?

El hombre dudó.

—¿Me estás preguntando por qué hago lo que hago?

—Precisamente. —Si Brunnel dudaba un momento más, Michael le mostraría la puerta.

—Es entretenido —contestó Brunnel, ofreciendo una gran sonrisa.

—¿De verdad? —dijo Michael, extrañado.

—Sí. Hay quien pasa el tiempo en las carreras, de caza o en un club de pugilistas. Yo prefiero ocuparme de las acciones, verlas subir y bajar. Es emocionante hacer predicciones y luego ver cómo se cumplen. Como bien supone, no tengo título, pero ejerzo mucho poder al manejar las cuentas de los caballeros.

Michael asintió y dio un sorbo a su bebida.

—Esto le ofrece diversión, entonces.

—Más que eso. He ganado mucho y pretendo ganar más. Si le ayudo, también obtendré parte de sus ganancias.

Eso tenía mucho sentido.

—¿Cómo empezamos?

Brunnel frunció el ceño.

—Pregúnteme cómo hice mi dinero.

—Perdóneme.

Brunnel ladeó la cabeza.

—Pensé que querría saberlo.

—De acuerdo, ya que quiere decírmelo.

El hombre volvió a sonreír.

—Leo los periódicos, nacionales y extranjeros. Veo las tendencias. También leo las notas parlamentarias y los próximos actos y proyectos de ley. Todo esto me permite saber lo que va a ser grande. Cuando me di cuenta de que íbamos a tender cables telegráficos a través del canal hasta los franchutes, invertí en las materias primas y en los conocimientos técnicos.

Michael estaba impresionado.

—Yo no tendría cabeza para ello —confesó—. Pero usted me dirá en qué invertir, ¿correcto?

—Exactamente, milord. De hecho, yo se lo digo, usted lo aprueba y luego voy a la bolsa y hago la compra.

—¿Y hay rendimientos a corto plazo? Para empezar, los necesito en unos meses o incluso menos.

—Desde luego. ¿De qué otra forma podría probarme a mí mismo?

—Efectivamente. ¿Y cuánto me costarán sus consejos? —Michael se preparó.

—El veinticinco por ciento.

—¡Ridículo! Es mi dinero y mi riesgo. Le ofrezco el diez por ciento. Cualquier otra cosa es una usura escandalosa. Incluso un robo.

—En absoluto —dijo Brunnel, con aspecto imperturbable—. ¿Qué tal si nos conformamos con el dieciocho?

—*Umm*, parece que eso le dará mucha de la diversión que busca.

—Será suficiente —aceptó Brunnel—. Pero recuerde que si gana, ganamos los dos. Si pierde, pierde usted solo.

A pesar de la dureza de la afirmación del hombre, Michael no veía que tuviera otra opción.

—Entonces empecemos a ganar, ¿de acuerdo?

—Exactamente, milord —dijo Brunnel, y se estrecharon la mano.

Después de que su nuevo socio se marchara, Michael se preguntó, mientras observaba su tarjeta de visita, si debía investigar un poco a Brunnel. Sin embargo, este le había prometido que le daría beneficios en un mes. Si lo hacía, Michael le confiaría el futuro de su familia. Si no lo hacía, le daría una buena paliza y se marcharía sin más.

También se le ocurrió ir a Crocky's para divertirse un poco antes de visitar a su última amante, una viuda que vivía en Belgrave Square. Para ello, unas horas más tarde, después de que su ayuda de cámara lo ayudara a vestirse, Michael apareció en el lujoso Crockford's de St. James's Street.

En cuestión de minutos, se vio rodeado por la flor y nata de la aristocracia británica, jóvenes que se jugaban fortunas en un abrir y cerrar de ojos. Michael tragó saliva. Hace unas semanas, se habría unido a ellos apostando demasiado sin importarle nada. Ahora, tenía la intención de mirar más que de jugar, y de gastar su dinero en una deliciosa comida y en un buen brandy de importación. Las mujeres de aquí no estaban en venta, pero eran encantadoras, así que pasó unas horas agradables hasta que llegó la hora de ver a su amiga.

Incluso ganó unas cuantas manos de *piquet*.

Sintiéndose animado por todo lo que había logrado en un día, Michael se subió a su carruaje para dar un paseo de diez minutos por el lado norte de Green Park, pasando por el Palacio de Buckingham hasta la casa de la viuda.

Todas las residencias de Belgrave Square eran más bonitas que la suya propia, una casa adosada de ladrillo en Brook Street. Este hecho no le molestaba en absoluto. *Lady* Elizabeth Pepperton era generosa con su casa, su comida, su cuerpo y, sobre todo, su brandy. Habiendo sucumbido su marido dos años antes a la fatal enfermedad de la vejez, esta joven viuda disfrutaba de los frutos de su corto matrimonio con un hombre de edad.

Una noche, en una cena privada, Michael la había felicitado por haberse ganado una jubilación tan jugosa de la única manera que podía hacer una mujer. Esa misma noche fue la primera de muchas veladas agradables que pasaron en casa de la viuda durante los últimos seis meses.

Nunca se casarían. Los ingresos de él eran insuficientes para mantenerla, y ella nunca podría serle fiel en ningún caso. Ella lo había admitido. Con un entendimiento tan sólido, él podría disfrutar de su compañía a fondo el tiempo que le conviniera.

Al descender de su carruaje, estaba a punto de subir los tres escalones de poca altura que conducían a la puerta barnizada y con aldaba de latón, cuando oyó a una mujer gritar de angustia.

Miró a su derecha y le asaltó una visión de cabellos dorados que llevaba un elegante vestido púrpura con una capelina a juego, con el color profundo y rico de una dama que había dejado atrás sus años de debutante.

Otra mujer, claramente una niñera, llevaba a un niño de una mano y una bolsa de la compra en la otra. Los paquetes esparcidos por la acera eran obviamente la causa de la angustia de la señora. Sin embargo, su carruaje ya se estaba alejando, quizá dirigiéndose a los establos del callejón de atrás.

Michael acortó los pocos metros que los separaban, se inclinó a los pies de la dama y comenzó a recoger sus paquetes, incluso antes de que ella pudiera empezar a hacerlo.

—Gracias, señor. Me temo que los había amontonado demasiado, y está claro que no soy arquitecto —le dijo ella a su cabeza inclinada, con una voz suave.

Cuando él reunió todo en sus brazos, incluido un pequeño corredor de alfombra envuelto en papel marrón, levantó la vista.

La expresión del rostro de ella cambió de inmediato de sonriente, cálida y amistosa a una de sorpresa. De hecho, la conmoción era lo único a lo que Michael podía achacar la pérdida de su sonrisa y que su tez cremosa se volviera blanca como la tiza.

Tal vez ella esperaba a otra persona, incluso a su marido, y se vio sorprendida por un extraño.

—Espero que no se haya dañado nada —dijo él.

Ella se limitó a estudiarlo con sus ojos azules y claros.

Michael no podía, en conciencia, dejar que ella cargase todos los paquetes con sus delgados brazos.

—¿Puedo llevarlos a su casa? —le ofreció.

—No —espetó ella, saliendo por fin de su aturdimiento.

Incluso su tono había cambiado notablemente.

Empezó a tomarlos de brazos de Michael, dejando caer algunos y poniéndose más nerviosa aún.

—Por favor, no quiero molestarla —le aseguró Michael—. Simplemente los llevaré a su vestíbulo. ¿Dónde está su mayordomo? ¿Por qué su lacayo no se detuvo a ayudar?

Ella lo miró fijamente, sin responder. Pasó por su lado hasta la puerta principal y la abrió de un empujón, dejó caer los paquetes que llevaba, seguramente al suelo, y luego regresó a por el resto.

Michael se agachó y cogió otro bulto de los que se habían caído, esperando que fuera una bolsa grande de té o un cojín, pues cualquier otra cosa se habría dañado sin remedio por el brusco golpe.

Al entregárselo, sus dedos enguantados tocaron los de ella. Observó, fascinado, cómo se quedaba paralizada, mirando fijamente el paquete.

¿Había dejado ella de respirar?

—Creo que debería tener más ayuda doméstica.

Al encontrar su mirada, los ojos de ella brillaban con… ¿enfado?

—Creo que no es asunto suyo. Señora Finn —dijo, sin dejar de observarlo—, por favor, lleva a Harry dentro.

Michael vio que detrás de la belleza, la niñera y un pequeño subían los escalones. En la puerta, este se giró y le clavó unos grandes ojos ambarinos al mismo tiempo que le dirigía una sonrisa curiosa.

Michael le hizo un gesto con la mano, que él devolvió.

La señora volvió a jadear. Agarrando el bulto contra su pecho, se dio la vuelta y los siguió al interior.

—De nada —dijo Michael antes de que la puerta principal se cerrase.

Hmm, ¿qué te parece eso? Una mujer de mucho carácter. No querría ser su marido. Aunque ella tenía una figura deliciosa y unos bonitos labios rosados.

Sin embargo, también le había parecido aburrida como

el barro y una gruñona. En ese caso, ninguna de sus deliciosas curvas y bonitos rizos dorados la harían deseable.

Michael estaba en el salón de su amante viuda, sentado en su sofá mientras la criada les estaba sirviendo a cada uno una copa de madeira. En cuanto la sirvienta se fue, Elizabeth cerró la puerta y corrió las cortinas.

Solo esas dos acciones le excitaron, anticipando lo que vendría después. Ella se unió a él en el lujoso asiento de terciopelo.

—¿Qué sabes de tus vecinos? —preguntó él.

Elizabeth enarcó las cejas de forma interrogativa.

—La familia del número veintisiete —aclaró Michael.

—La señora St. Ange. Se ha mudado aquí hace poco con su hijo. Todavía no he tenido ocasión de encontrarme con ella. ¿De qué la conoces?

—No la conozco. Sus paquetes estaban por toda la acera y tuve la amabilidad de ayudarla. Una mujer extraña, pensé.

—¿De verdad? —Elizabeth empezó a pasar la mano por el muslo de Michael—. ¿Por qué?

—Parecía furiosa conmigo y también alterada.

La rodeó con el brazo y la acercó a él, sin importarle que ella rozase con sus dedos los botones de sus pantalones.

—¿Y su marido? ¿Es alguien?

—Nadie en absoluto, ya que está muerto. Es viuda.

El interés de Michael aumentó, aunque sabía que era un canalla. Aquí estaba, sosteniendo a una exuberante mujer en sus brazos que le estaba desabrochando sus pantalones, y aun así estaba pensando en sus posibilidades con la rubia dama de lengua afilada que vivía a solo dos puertas de distancia.

Dejó su copa en la mesa a su lado y se volvió hacia su elegante viuda. Le deslizó el vestido por sus largas piernas al mismo tiempo que se inclinaba para besar la suave piel de su cuello. Como siempre, lo único que faltaba era el delicioso aroma floral que le había encantado tres años antes en la piel de una diosa.

Sin embargo, cuando su miembro estuvo liberado y subió las faldas de Elizabeth hasta las caderas para descubrir que no llevaba nada debajo, Michael tuvo que admitir que una mujer dispuesta y sin expectativas era un buen consuelo.

Capítulo 4

¿Qué cruel coincidencia había puesto a Lord Vil justo frente a su puerta?

Ada se lo preguntó mientras pasaba la página del cuento que le leía a su querido hijo, y se lo volvió a preguntar mientras comía sola antes de irse a la cama con un buen libro.

La casa de Alder, como Ada había descubierto antes de regresar a Londres, estaba a más de una milla de la suya, en el lado este de Hyde Park, por lo que él no había pasado simplemente por allí. Era obvio que se encontraba en la plaza para hacer una visita a su actual amante, que vivía a solo dos puertas en la misma acera.

Por supuesto, debería haber esperado encontrarse con él; de hecho, ese era el objetivo de volver a la ciudad. Lo que le costó superar a Ada fue la absoluta sorpresa.

Haber sido sorprendida de repente y con la guardia baja, había sido un golpe para la calma y la dureza con que se había protegido hasta ahora.

¿Habría cambiado algo si le hubieran alertado antes de

verlo? No estaba segura de que un aviso previo hubiera ayudado a apaciguar la multitud de emociones que la habían asaltado al ver su rostro. Solo deseaba no haber dejado que su temperamento y el torrente instantáneo de rabia se apoderara de ella. Él debió de pensar que estaba medio loca o que era una arpía, como mínimo.

Alder tenía el mismo aspecto que ella recordaba. De alguna manera, eso la había desconcertado, pues estaba segura de que ella ya no parecía la misma muchacha ingenua que había metido la pata hasta su propia ruina.

Si había tenido alguna duda al respecto, esta se disipó cuando él no la reconoció. Por supuesto, el hecho de que Lord Vil no la recordara se debía a una serie de razones, algunas desagradables de considerar. La noche en que ocurrió, el jardín había estado poco iluminado, él había mirado su rostro solo unos segundos antes de empujarla sobre el diván, ya que la mayor parte de su interés había estado bajo sus faldas, y luego, él se había alejado con tanta rapidez que no había habido tiempo para que ella le dejara ningún tipo de impresión. Además, él tenía una petaca de alcohol y, por lo tanto, tenía la mirada y el cerebro nublados.

En cualquier caso, ella le resultó tan anodina que ni siquiera la había reconocido al verla en el jardín, puesto que se habían cruzado unas horas antes esa misma noche.

Además, según los rumores, Lord Vil había tenido tantas mujeres en los años siguientes, que, aunque ella hubiera tenido tres ojos, era igual de probable que la hubiera olvidado.

Mientras se hundía en las almohadas, con el libro abierto en el regazo, Ada sintió una punzada de irritación. Él la había herido en su orgullo, sin embargo, ¡habría sido un desastre que él se hubiera acordado de ella! Para que sus planes funcionaran, Lord Vil no podía pensar en la joven de la que había disfrutado y luego había abandonado sin pensar en las consecuencias.

No, ella no quería que él recordara nada de la anterior señorita Ellis. Ahora era la viuda St. Ange, lo haría enamorarse de ella y volverse absolutamente devoto, y entonces le arrancaría su negro corazón.

Aun así, deseó no haberlo encontrado antes de estar preparada, ya que la había dejado un poco insegura. No importaba. De alguna manera, lo utilizaría en su beneficio.

Abrió el volumen de *Otelo* de Shakespeare, miró las ilustraciones grabadas en madera, y consideró cómo un hombre podía engañar a otro tan fácilmente para que creyese algo con toda su alma.

❖

Michael se sorprendió a sí mismo pensando en la mujer rubia de Belgrave Square. Demasiado, de hecho, sobre todo, cuando se suponía que estaba concentrado en el futuro del condado.

Hoy se reunía con el señor Brunnel y descubriría cuál sería su primera inversión.

—¡Guano! —dijo el hombre con entusiasmo.

—¿Guano? —repitió Michael—. No estoy seguro de entenderlo.

—¿No sabe lo que es? ¿Es ese el problema? —preguntó Brunnel.

—Por supuesto que sé lo que es. Estiércol de murciélago —dijo Michael casi gruñendo las palabras.

¿Así era como iba a salvar el nombre de Alder? ¿Con las heces de un ratón volador? Tras una breve pausa, preguntó:

—¿A qué está jugando?

—No es guano de murciélago, milord. Guano de aves marinas. Peruano, para ser exactos. Quiere ganancias rápidas, ¿no es así? ¿para demostrar que sé lo que hago? Este no es un mercado de grandes beneficios, como la seda, por ejemplo, pero le dará resultados en semanas.

—¿Para qué queremos estiércol de pájaro de Perú o de cualquier otro lugar?

—Hoy por hoy es el mejor fertilizante conocido por la humanidad. Rico en nitrato. Cientos de barcos están llegando a la costa sur de Perú, no solo desde Gran Bretaña, sino también desde Alemania y América.

Michael negó con la cabeza.

—¿No quieres invertir en esto? —Clive Brunnel frunció el ceño.

—Sí, pero estoy sorprendido. Realmente estoy empezando desde abajo, en un verdadero montón de estiércol.

Compartieron una carcajada.

—En efecto, así es.

En muy poco tiempo, Michael había firmado una nota por la cantidad solicitada, y su transacción se había completado.

—¿Puedo contarle esto a alguien más? —Si el hombre le estaba desplumando, él no querría que revelase el secreto.

Brunnel se encogió de hombros.

—Dígaselo a quien quiera. Comparta con sus amigos el

chivatazo de las acciones y se lo agradecerán dentro de unas semanas.

Animado por su respuesta, Michael pensó que podría contárselo a Hemsby con una copa de brandy y pedirle su opinión, si es que tenía alguna sobre el guano de aves marinas.

—Sí, señora St. Ange, todo ha ido como usted esperaba. Le dije a lord Alder que podía contárselo a quien quisiera. Y el agente que me recomendó fue cortés y justo.

—Gracias, señor Brunnel. Por favor, venga de nuevo dentro de tres semanas. Veremos dónde están sus inversiones, y entonces podrá concertar una reunión con el vizconde para comunicarle las buenas noticias.

Ada lo acompañó a la salida, ya que aún no había encontrado un mayordomo adecuado. Al no haber dirigido nunca su propia casa, no tenía ni idea de la dificultad que suponía encontrar personal. Había entrevistado a dos hombres que le dieron una sensación de inquietud, al parecer, demasiado interesados en que ella no tuviera un señor St. Ange ni ningún hombre en la casa. Además, no había encontrado ni siquiera un lacayo para su carruaje, el cual solo pudo contratar unos días a la semana.

Al menos tenía a Clive Brunnel. El hombre era perfecto para el puesto, ya que tenía unos modales que inspiraban confianza, aunque no supiera más de importación y exportación que lo que ella le había enseñado. Él la había ayudado a comenzar la ruina de Lord Vil. Ahora le tocaba a ella coger el toro por los cuernos. Para ello, decidió hacerse amiga de su actual amante.

Esto resultó ser fácil. Al fin y al cabo, algo de investigación previa y la buena suerte de que una casa quedara disponible en Belgrave Square, habían puesto a la mujer a pocas puertas de distancia.

Vivir tan cerca de la amante de Lord Vil podría haber parecido una bofetada en la cara de Ada, si no fuera porque ella tenía la intención de utilizarla para introducirse en su vida.

Su amante podía ser un medio fácil de acabar en su compañía, dependiendo de cuánto alardearan de su relación. Por ejemplo, sabía que a *lady* Pepperton le gustaba organizar cenas, y su acompañante durante el último medio año había sido casi siempre Lord Vil.

Como si hubiera salido a pasear, Ada dejó su tarjeta de visita al mayordomo de la viuda. Al observar al hombre de pelo trigueño, no pudo evitar preguntarse dónde lo había encontrado *lady* Pepperton. Con la edad adecuada, ni demasiado joven ni demasiado viejo, el mayordomo no parecía una amenaza, además de que aún podía cargar paquetes y mover muebles sin quejarse de su espalda.

—¿Desea esperar, señora, mientras le llevo su tarjeta? Su señoría está en casa.

—No, gracias. Nunca lo haría sin ser invitada. Vivo dos puertas más abajo. Entréguele mi tarjeta, y nos encontraremos cuando sea conveniente, si ella lo desea. Por favor, dígale que he dicho precisamente eso.

Ada se dirigió a su casa para tomar un relajante té con leche, ya que su corazón latía con fuerza por su atrevimiento. Llevar su tarjeta sin expectativas era una cosa. Sin embargo, quedarse para una audiencia con *lady* Pepperton la habría marcado como vulgar.

Al entrar en su magnífica casa, casi deseó haber fingido un marido noble muerto en lugar de un humilde, pero rico hombre de negocios. Sin embargo, si hubiera regresado a Londres como *lady* Tal y Tal, las cejas se habrían levantado y muchos de los aristócratas habrían empezado a indagar. No les gustaba que los recién llegados aparecieran de la nada en sus estimadas filas.

Sin embargo, como señora St. Ange, no representaba ningún desafío ni revestía ningún interés especial. En otras palabras, era invisible. La sociedad londinense la dejaría en paz, excepto por su propio ascenso. Su riqueza le ayudaría a abrir muchas puertas. Para ello, Ada esperaba que *lady* Pepperton quisiera conocerla al menos como vecina.

Para su sorpresa, ocurrió en pocas horas. Un lacayo apareció ante su puerta con una invitación a cenar esa misma noche.

Ada pensó que era extraño que la mujer no tuviera planes, pero, al invitarla con tan poca antelación, *lady* Pepperton debió suponer que ella tampoco los tenía.

Como ya era de noche, Ada hizo que su cochero la acompañara, caminando a su lado los pocos pasos que había entre su casa y la de la viuda, y luego lo despidió por el resto de la noche. Afrontaría el viaje de vuelta sola con una rápida carrera.

El mismo mayordomo la recibió en el interior, le tomó su capa y la hizo pasar a un salón bien decorado. Elegante, discreto, compartía en muchos aspectos el gusto de Ada en cuanto a color y estilo, salvo que había más cosas. Más muebles y cuadros, más alfombras y velas.

—Mi nueva vecina —exclamó *lady* Pepperton al entrar. Llevaba un exquisito vestido de brocado amarillo suave, que envolvía su alta y curvilínea silueta, mientras los plisados de la falda se ceñían a una estrechísima cintura.

Ada se sintió casi desaliñada, con una estatura inferior a la suya y vestida con un tenue tono gris paloma. Sin embargo, la señora la hizo sentir como una invitada de honor cuando le cogió las dos manos y le besó en las mejillas.

—¡Otra viuda en mi barrio! ¡Y no es una vieja estirada! Estoy encantada.

Sonaba como si lo dijera en serio.

—Gracias por invitarme a cenar, *milady*.

—Oh, debe dejar de llamarme así de inmediato. Vamos a ser amigas, lo sé. Dos mujeres de medios independientes. ¿Qué importa si me casé con un lord? Debe llamarme Elizabeth, insisto.

—Muy bien. Y usted debe llamarme Ada.

Elizabeth se rio de buena gana.

—Oh, no me estoy riendo de usted —aclaró cuando Ada la miró confundida—. Simplemente, su nombre es muy corto comparado con otros.

Encogiéndose un poco de hombros, Ada confesó:

—Se suponía que me llamaría Ada Kathryn por mi abuela, pero era un nombre tan largo que, poco después de mi nacimiento, mi madre lo acortó a Ada Kate. Mis amigos lo acortaron aún más a Ada, el cual me viene muy bien.

—¡Perfecto! —La viuda era una persona feliz, y todo lo que Ada dijo o hizo durante toda la noche invocó la misma respuesta, empezando por su elección de bebida.

—¿Madeira o jerez?

—Madeira, si es tan amable —dijo Ada.

—¡Perfecto!

Y así fue, a lo largo de una media hora de *tête-à-tête* en la que se conocieron mutuamente, o al menos, la falsa historia de amor y pérdida de Ada. Elizabeth ni siquiera intentó fingir que había amado a lord Pepperton.

—Él era un medio necesario para un fin —admitió, haciendo un gesto a su alrededor sobre el resultado «final»—. Es más, a Lyle no le importaba. Ya se había casado y no tenía descendencia. Su mujer hacía tiempo que había muerto. Yo fui un adorno y un consuelo para sus últimos años, y nunca le fui infiel durante nuestros dos años juntos.

Lo dijo con tanta naturalidad que Ada ni siquiera se ofendió por lo impropio del asunto.

—Sabía que habría mucho tiempo para divertirme en ese sentido después de su muerte.

¡Oh, Dios! Ada nunca había conocido a nadie que hablara con tanta franqueza sobre un tema así. Es más, Lord Vil era la última diversión de Elizabeth. Más tarde, en privado, Ada reflexionaría sobre las emociones que le provocaba una situación tan extraña. Habían besado al mismo hombre. Ambas habían hecho mucho más que besarlo, de hecho.

Por ahora, lo utilizaría como la apertura perfecta para llevar la conversación hacia el amante de la dama. La diana para su flecha.

—¿Tiene intención de volver a casarse? —le preguntó Ada.

Elizabeth negó enseguida con la cabeza, agitando sus oscuros cabellos.

—Ninguna. ¿Por qué habría de hacerlo? Tengo dinero suficiente para vivir, libertad absoluta y puedo elegir mis amantes.

Ada sintió que sus mejillas se sonrojaban. ¡Amantes!

—¿Y usted? Ha dicho que es viuda desde hace dos años. ¿Quiere volver a casarse? —Elizabeth parecía expectante.

—No, supongo que no. —La verdad era que Ada no se imaginaba viviendo con un macho dominante. En la actualidad, todo estaba a su gusto y no respondía ante nadie. Sin embargo, dudaba que se sintiera igual en el lugar de Elizabeth, sin un hijo. Harry le había dado un propósito, junto con su profundo deseo de venganza.

—¿Se entretiene, como ha dicho, con... con caballeros? —Dios mío, Ada no podía creer que estuviera haciendo semejante pregunta, pero tenía que dirigir la conversación hacia Lord Vil.

Elizabeth asintió.

—Exacto. Y como soy viuda y mis amantes son siempre solteros, podemos frecuentar la sociedad educada y ser bienvenidos prácticamente en cualquier sitio.

—¿Amantes? —Ada enfatizó la *s* y entonces se sintió como una campesina en lugar de la sofisticada mujer londinense que había querido proyectar—. Perdóneme —añadió en el acto.

Elizabeth se limitó a reír, un sonido encantador de una mujer encantadora, y aunque Ada admitió que le gustaba esta dama, también sintió que su autoestima se hundía. ¿Cómo podría competir con *lady* Pepperton, robarle a Michael Alder y aplastar su corazón —si es que lo tenía—, bajo su zapatilla de raso? ¿O al menos aplastar su orgullo?

Además, ¿cómo podría hacer un movimiento en absoluto si esta mujer se convirtiera en su amiga? No querría herirla para herir a Lord Vil. Esperaba que fuera una zorra de corazón duro y quebradizo, a la que no le importaría una higa que Michael Alder la dejara por otra.

Verdaderamente, Ada se sentía más que confusa.

—¿Sabe qué? —dijo Elizabeth cuando se sentaron en un extremo de su brillante mesa de comedor de madera de cerezo con cuencos llenos de caldo ligero ante ellas—. Creo que encontrar un poco de diversión propia le vendría muy bien si solo ha estado de luto y de duelo. ¿Y qué edad tiene su pequeño?

—Mi hijo tiene dos años y medio.

—Perfecto —volvió a decir Elizabeth, con menos entusiasmo—. Nunca quise tener hijos. Mi madre murió por intentar darle otro a mi padre cuando ya éramos tres. Además, soy demasiado egoísta.

Volvió a inclinar delicadamente su copa de vino y dio un sorbo.

—¿La ayudo a encontrar a alguien con quien pueda tener compañía? Actualmente tengo un compañero maravilloso, y conoce a mucha gente.

Ada sintió un escalofrío de incomodidad.

—La verdad es que he oído hablar de su asociación con lord Alder. No quisiera engañarla. ¿Está usted enamorada de él?

Si su atrevida pregunta molestó a su señoría, esta no mostró ninguna señal. Sin embargo, suspiró con fuerza.

—Me gustaría estarlo. Como he dicho, no para casarme, lo cual no me atrae en absoluto, pero nunca he estado enamorada. Me gustaría mucho probarlo, siempre que no me hagan daño. ¿Y quién puede garantizar tal cosa?

Lady Pepperton se sirvió la sopa lentamente, pensativa, mientras Ada consideraba su propia obsesión juvenil por Michael Alder. De no haber sido por él, entonces podría haber estado abierta a otro hombre de los que había conocido durante sus temporadas.

—Supongo que soy una cobarde —continuó Elizabeth—, pero estoy disfrutando demasiado como para que me importe. Además, no puedo enamorarme cuando pienso en quién más hay por ahí. Siempre hay otro amante a la vuelta de la esquina.

Se rio con ganas de sus propias palabras, y Ada no pudo evitar unirse a ella.

—Sin querer engañarla tampoco —añadió Elizabeth—, lord Alder mencionó que se había topado con usted delante de su casa. Le dije su nombre. Espero que no le importe.

Ya habían hablado de ella. Qué extraño y también qué afortunado.

—No me importa en absoluto. —Sin embargo, no debía dejar que toda esta charla franca e interesante la disuadiera de seguir adelante con su plan. Sobre todo, ahora que sabía que el corazón de Elizabeth no estaba involucrado.

—¿Cómo se conocieron? —preguntó Ada.

—¿Alder? En una cena. De hecho, debería organizar una. Hace semanas que no lo hago. Le invitaré, por supuesto, y hay otro nuevo inquilino en la plaza. Es mayor que nosotros, pero no demasiado. Creo que su familia es de Cornualles. Le enviaré mi tarjeta a primera hora de la mañana. ¿Quién más? Otros dos solteros y otra pareja deberían ser suficientes. Tendremos un poco de incertidumbre con ustedes, los solteros, así como una estabilidad segura con nosotros, las parejas confirmadas. Y no habrá nadie molesto, se lo prometo, como la horrible chismosa *lady* Turnandy. Le advierto que esa es una pesadilla.

Y Elizabeth se lanzó a contar la historia de cómo la mujer mayor, con la moral de una santa, intentó expulsar a *lady* Pepperton de la sociedad educada.

—Soy mucho más interesante que ella —dijo Elizabeth sin una pizca de arrogancia—, siempre le frustró mi presencia y se enfrentó a mí en cada cena o baile al que me importó asistir. ¡Fue perfecto! De todos modos, no tendremos a nadie como ella en nuestra cena.

Así, sin tener que convencerla, Elizabeth se puso a crear exactamente el tipo de velada que Ada había esperado. Lord Vil asistiría. Sin duda, bebería demasiado y se dejaría seducir fácilmente si Ada llevaba un vestido escotado a la moda. Ella tenía dos activos que estaba segura que él admiraría, si no otra cosa.

Cuando se marchó, después de una deliciosa comida y una buena compañía, Ada se felicitó de cómo las cosas estaban encajando. Avanzando con rapidez por la oscura acera, ya estaba cerca de su casa cuando oyó una voz a sus espaldas.

—¡Usted! ¡Señora St. Ange!

No se habría detenido si el hombre no la hubiera llamado por su nombre. Con el vello de la nuca erizado, Ada se volvió, sabiendo ya de quién se trataba. Era obvio que lord Alder se había bajado del carruaje que acababa de pasar. Luego, por alguna razón, había venido directo tras ella.

—Nuestro lugar de encuentro favorito —comentó él.

Ada trató de no burlarse de su supuesto ingenio.

—¿Le conozco? —preguntó, fingiendo no comprender.

Ada vio cómo su expresión amistosa se atenuaba. Parecía creer que ella debía recordarlo. Ja, ja, ja. Ada inclinó la barbilla.

—Bueno, no, en realidad no —dijo—. La ayudé con sus paquetes el otro día.

—En efecto —declaró ella, mirándolo de arriba abajo—. Sí, fue usted.

Si él estaba esperando un agradecimiento, se quedaría allí toda la noche.

—La vi caminando sola y pensé en asegurarme de que llegase bien a su casa.

Michael hizo un gran alarde al mirar detrás de ella, hacia la puerta principal a unos metros de distancia.

—Ya estaría dentro si no me hubiera detenido.

Él asintió con la cabeza.

—Sí, es cierto. Soy Michael Alder, por cierto.

—Sí, lo sé.

¿Acababa de hinchar el pecho como si estuviera satisfecho?

—Cené con su... amiga —aclaró Ada—. Ella lo mencionó.

—¿Mi amiga? —Él frunció el ceño—. Oh, se refiere a *lady* Pepperton. Sí, mi amiga. ¿La invitó a cenar? No estaba al tanto. ¿Y por qué debería estarlo? Menos mal que no llegué antes y las interrumpí.

—Menos mal —convino Ada.

—Por otro lado, me hubiera gustado verla en otro lugar que no fuera la calle.

—¿Perdón?

Lord Vil tosió.

—Solo me refería a que así podría verla mejor. Con mejor iluminación, quiero decir.

Ada no hizo ningún comentario, ya que no tenía nada que añadir. A estas alturas, parecía un bufón. ¿Qué había visto ella en él? ¿Cómo lo había considerado notable de alguna manera?

—Si me disculpa. —Se volvió hacia la puerta de su casa—. Volveremos a vernos.

—¿Por qué dice eso? —dijo él tras ella—. ¿Es adivina?

De nuevo, intentaba ser gracioso.

—En efecto —repitió Ada, esperando que él se sintiera medio insultado y a la vez intrigado por su desinterés—. Buenas noches, lord Alder —añadió y se deslizó hacia el interior.

Una vez a salvo en el vestíbulo, se apoyó en la puerta y cerró los ojos. Su corazón latía como un conejo atrapado, pero no pudo evitar la sonrisa que se dibujó en sus labios.

Dentro de muy pocas noches, se sentaría a comer con el vil vizconde. Delante de Elizabeth se mostraría cordial, pero ante él se mantendría fría y, con un poco de suerte, seductora.

Y si no lograba tentarlo para que se alejara de su amante, siempre estaba el siguiente plan, en cuanto se le ocurriera uno.

Capítulo 5

Michael estaba desconcertado. Nunca una mujer había reaccionado ante él con tanta frialdad como esta. Y ni siquiera estaba tratando de atraerla a su cama. Solo había sido amable con ella al recoger sus malditos paquetes y asegurándose de que estuviera a salvo en las calles de Londres.

La diminuta rubia seguramente estaría a salvo en cualquier lugar al que fuera, con su escudo de gélida indiferencia. ¿Quién podría penetrar en ella?

—¡En efecto! —imitó con voz cantarina al entrar en la casa de Elizabeth, arrojando su abrigo y sus guantes sobre la mesa del vestíbulo.

Ella lo saludó con un beso en ambas mejillas y luego pasó su brazo por el de él mientras lo dirigía hacia el piso superior. Al parecer, esta noche estarían en su dormitorio. Eso significaba que no habría una conversación pausada ni una comida.

—¿Hay brandy arriba?

—Por supuesto —dijo ella, sonando distraída—. Tengo una cena dentro de cuatro, no, de cinco noches. Eso me dará tiempo para prepararme y para asegurarme de tener los invitados que quiero.

Le hablaba a él pero miraba al frente, perdida en sus propios pensamientos.

«¿Y si él estaba ocupado esa noche?», elucubró Michael. ¿Eso creía ella? Después de todo, no le había hecho una invitación explícita.

—¿Estoy invitado?

Elizabeth se detuvo en medio de la escalera.

—No seas absurdo. Por supuesto que lo estás. No daría esa cena sin ti.

«Bien», pensó él mientras llegaban al dormitorio. Por un momento, se preguntó si Elizabeth estaría igual de contenta siendo anfitriona en solitario de su velada.

—Sin tu presencia —añadió ella, dejándose caer en la cama con dosel—, yo no brillaría tanto. Cuando demuestras a todo el mundo lo mucho que me adoras, me hace parecer absolutamente deliciosa.

Al parecer, él era su papel de aluminio. Ella no lo quería allí por su centelleante conversación durante la cena, sino solo para aumentar su propio ego.

—¿Y quién coquetearía con las invitadas durante el cóctel y conversaría después con los hombres entre el humo de los puros? —añadió, sintiéndose malhumorado.

La mayoría de las fiestas no eran para él. Demasiados miembros de la alta sociedad miraban con recelo sus años de mal comportamiento. Sin embargo, los invitados de Elizabeth serían tolerantes con él, pues Michael sabía que, de no ser así, ella no los invitaría.

Ella comenzó a quitarse la ropa, empezando por las zapatillas.

—Querido, eres imprescindible en una de mis veladas, como el buen vino.

Él se encogió de hombros, apaciguado.

—O como la bandeja perfecta para servir o el corte de carne. Absolutamente esencial —añadió Elizabeth.

Ahora, ella había ido demasiado lejos.

—Elizabeth, haces que parezca como un objeto de tu lista de preparativos, en lugar de tu pareja.

—¿Mi pareja? —Ella sonó aturdida. Sin embargo, se veía divina. Desnuda, estaba tumbada sobre el cobertor de satén, apretando su vestido de seda sobre su cuerpo. Por desgracia, nada en él se agitó.

Ella frunció el ceño.

—Nunca había pensado en nosotros como pareja.

—¿No? —preguntó él.

—No. ¿Tú sí? —Ella lo miró fijamente, con las dos cejas levantadas.

Michael tuvo que admitir que él tampoco lo hacía.

—Normalmente no, supongo. Ahora que lo mencionas, no en absoluto. Sin embargo, para una fiesta, soy tu caballero acompañante, tu coanfitrión, ¿no es así? Otros podrían pensar que somos amantes.

—Todos saben que es mi casa.

—Podríamos hacer la fiesta en la mía.

Ella se rio.

—Imposible, cariño. Quiero invitar a mi nueva amiga. ¿Por qué debería la señora St. Ange atravesar la ciudad para verme en tu casa?

—Ya veo. —De repente, la fiesta se volvió más interesante. Sin embargo, Michael no quería parecer menos que un vizconde de éxito delante de la señora St. Ange. Ni siquiera sabía por qué—. Para que ella pueda asistir, ¿tengo que parecer un mantenido que no puede permitirse dar una fiesta en su propia casa? —Sabía que sonó infantil.

—¿Qué demonios estás diciendo? —Elizabeth ladeó la cabeza hacia él—. Además, no es solo por ella. Tengo otro vecino nuevo al que voy a invitar, y tengo la intención de buscarles pareja a los dos.

Eso tampoco le gustó. Como si él y Elizabeth fueran un antiguo matrimonio, su amante pretendía ayudar a otras personas a encontrar su media naranja.

Tal vez seis meses era demasiado tiempo para estar con alguien con quien no tenía intención de casarse. Tal vez debería plantearse buscar una pareja para sí mismo.

—Te ves malhumorado. No me digas que no vas a venir a mi cena... —Elizabeth dejó de esconder su cuerpo y se quitó el vestido.

Michael pensó que asistiría, aunque solo fuera para ver cómo se comportaba la señora St. Ange con otras personas, pues no podía creer que fuera tan brusca y cortante con todo el mundo. Más que eso, quería verla dentro de casa, sin sombrero ni capa, y a la luz de la lámpara.

¿Permitiría ella que Elizabeth la emparejase con alguien? No podía dar crédito a eso.

—Por supuesto, allí estaré.

Entonces, Michael se concentró en la irresistible criatura que tenía ante sí, aunque él pudiera resistirse a ella sin ningún esfuerzo.

—Lo que confundes con malhumor es en realidad un dolor de cabeza —le confesó—. Mis disculpas. Avísame de la fecha y la hora, y allí estaré.

Con un sentimiento de satisfacción, cuyo origen no podía identificar, tal vez la negación de sí mismo, se marchó.

———————— ❧ ————————

Ada sostuvo a Harry en sus brazos hasta que le dolió la espalda, y al fin dejó a su hijo en el suelo. Utilizarlo como excusa para no ir a la cena de la viuda solo podía funcionar durante un tiempo. La niñera Finn estaba esperando que le entregase al niño y, Lucy, la criada, aguardaba para darle a Ada los últimos retoques a su arreglo.

Esta se puso de rodillas frente al pequeño, escuchando a Lucy jadear con consternación. Habría que planchar las arrugas y tal vez cambiarse de vestido si lo estropeaba. No le importaba. Los preciosos ojos de Harry, tan parecidos a los de su padre, la miraban con adoración, al igual que ella a él.

—Mamá.

—Harry —respondió ella. Lo hacían a menudo, afirmando el lugar del otro en el mundo con unas risas. Ella no sabía por qué le gustaba hacerlo al chico, pero, como siempre, se reía.

Besando su suave mejilla, dio gracias a Dios por él, como siempre.

—Te quiero, mi pequeño. ¿Te portarás bien con la niñera?

Él asintió.

Ada lo apretó fuerte contra ella, sin importarle que sus deditos se enredaran en su pañoleta de encaje. Luego se levantó luego y dejó que la criada terminase de arreglarla.

—Buenas noches —le dijo a Harry, quien la saludó con la mano antes de tomar la de la niñera para que se lo llevase.

«Un chico listo», pensó Ada. Sabía que la leche caliente y las galletas de chocolate lo esperaban arriba. ¿Y qué la esperaba a ella? Una actuación llena de nervios en una cena con desconocidos.

—No está tan arrugado —dijo Ada mientras Lucy tiraba del dobladillo para alisar la falda superior.

—¿Le traigo otro fichú para el escote, señora?

Ada miró hacia abajo. Las curvas superiores de sus pechos estaban a la vista, pero no más de lo que había visto en las revistas de moda y en su breve estancia en la ciudad.

—Iré sin más arreos —bromeó, haciendo que Lucy frunciera el ceño—.—Es decir, estoy bien como estoy.

—Sí, señora —aceptó la criada—. Está más que bien. Parece una joya deslumbrante.

Si al menos no se sintiera como un tazón de gachas mal cocidas, sin poder ni siquiera mantenerse en pie...

—Estoy lista —le dijo a su cochero, que la esperaba junto a la puerta principal para acompañarla unos metros.

En pocos minutos, la dejó en el portal bien iluminado de Elizabeth Pepperton, cuya puerta ya estaba abriendo el mayordomo.

—¿A qué hora la recojo, señora? —le preguntó el conductor.

Si todo iba bien, ella tendría una escolta para su regreso.

—No le necesitaré más tarde.

Enseguida se dirigió al interior cálido y luminoso, y luego fue acompañada hasta el salón, donde la gente ya estaba charlando y bebiendo. Elizabeth incluso tenía un violinista tocando con suavidad en una esquina.

Ada comprendió todo esto en el lapso de unos pocos latidos. La primera persona con la que estableció contacto visual fue Lord Vil, que estaba de pie junto a una pareja elegantemente vestida. Algo parecido a un rayo la atravesó. No se inmutó, sino que se limitó a tragar saliva y dejar que su mirada recorriera al resto de los asistentes.

Entonces, Elizabeth se acercó a ella con los brazos extendidos, para darle la bienvenida. La conversación general se había detenido con su entrada, así que, naturalmente, la anfitriona la tomó del brazo y se enfrentó a los demás invitados.

—Permítanme presentarles a mi encantadora nueva vecina, la señora St. Ange, que es viuda como yo.

Luego, con el saludo de todos aún resonando en sus oídos, Ada dejó que Elizabeth la llevara por la sala para conocer a cada uno de los invitados. No conocía a ninguno de ellos de sus temporadas, y solo el soltero, un vizconde de Cornualles que vivía al otro lado de la plaza, mostró un interés especial por ella. La superaba en unos diez años de edad, pero tenía ojos amables y un sorprendente mechón de pelo rubio.

Ada no compartía su interés, incapaz de concentrarse hasta que llegó al otro lado de la sala donde estaba su presa. Mientras lo observaba, se alegró de que un vaso con un líquido rojo apareciera mágicamente en su mano. Lo bebió a sorbos hasta que al fin llegó a Lord Vil.

Tosiendo por el inesperado sabor a bayas, miró a su némesis con lágrimas punzantes en el fondo de los ojos y las mejillas enrojecidas. ¡Maldición!

—Señora St. Ange —entonó lord Alder, inclinándose sobre su mano libre—. ¿Está usted bien?

En lugar de la conducta fría y sofisticada que esperaba proyectar, estaba balbuceando.

—Sí.

—¿No le gusta mi bebida? —preguntó Elizabeth—. Un cóctel, lo llamo, como dicen los americanos.

—Está delicioso —le aseguró Ada—. Por alguna razón, supuse que era vino.

Elizabeth se rio.

—Naturalmente. Mientras todos los demás sirven clarete, yo prefiero ginebra de endrinas. Hablando de vino, voy a asegurarme de que todo esté listo en el comedor antes de que entremos.

La anfitriona desapareció de su lado, y Ada sintió la aguda pérdida de su amistosa camaradería. Se enfrentaría sola a Lord Vil.

—Nos encontramos de nuevo, y bajo techo —dijo él.

En lugar de contestar, Ada volvió a beber, con mejor resultado. Tenía suficiente azúcar para hacerla aceptable. Dos sorbos más y estuvo lista para entablar conversación.

—Suelo quedarme en casa —ofreció—. Usted, sin embargo, parece pasar una cantidad desmesurada de tiempo holgazaneando en la plaza.

Él no se ofendió, sino que le sonrió. Ella no estaba segura de lo que pretendía, pero su sonrisa le hizo cosquillas por dentro, provocando un resurgimiento inmediato de su ira. No se dejaría encantar por él, ni lo más mínimo.

«Recuerda lo que te hizo», se dijo a sí misma. «Cómo tuviste que volver a hurtadillas a tu carruaje, con una pegajosa humedad goteando entre tus piernas».

—Le aseguro que fue una coincidencia —declaró él—. Tengo otros intereses, además de las aceras de Belgravia.

—¿De verdad? ¿Como cuáles?

Él abrió los ojos de par en par.

—Es un vizconde, que aún no es cabeza de familia —continuó Ada, clavándole la mirada—. Sin responsabilidades aparentes. Nunca se ha casado, no tiene descendencia. Es casi como si no hubiera necesitado crecer, y por eso... —se interrumpió.

Después de un momento de silencio —él quizá estaba aturdido por el hecho de que alguien le dijera por fin lo inútil que era—, Michael cogió una copa de una mesa cercana. Casi se la bebió entera antes de volver a mostrarle a Ada una expresión despreocupada y afable.

—Parece que sabe mucho sobre mí. O eso cree. Dígame, ¿ha estado haciendo indagaciones?

Ada se aseguró de que él viera cómo ponía los ojos en blanco, pero ya tenía preparada su respuesta.

—Me he dado cuenta de que ha respondido a mi pregunta con otra. Por lo tanto, su vida, con todos sus importantes intereses ocupando su tiempo, sigue siendo un misterio. En cuanto a que pregunte a otros sobre usted, no hace falta más que leer los diarios. El infame Lord V, como lo llaman, aparece a menudo en los periódicos.

Su sonrisa se había apagado decididamente, y su rostro adquirió una tenue palidez. Sin duda, por el uso que ella había hecho del apelativo de Lord V.

—No debería creer todos los chismes de los periódicos, señora St. Ange.

—De hecho, no lo hago. O no estaría hablando con usted ahora, lord Alder. —Ella apartó la mirada—. Creo que nos llaman para cenar. ¿Le gustaría tomar mi brazo?

Ada no podía creer que iba a dejar que él la tocara, pero decidió que eso le demostraría que no tenía ningún interés por él y que no la afectaba de ninguna manera.

Michael apretó la mandíbula.

En su interior, ella sintió una pequeña victoria. Más bien un golpe de estado que un golpe de gracia, porque ciertamente no le estaba dando un tiro misericordioso con la intención de sacarlo de su miseria. Había deseaba causarle aún mucha más miseria.

Colocando su vaso sobre el aparador, Ada esperó.

¿Qué podía hacer él? Tendría que tomarla educadamente del brazo y llevarla al comedor, o ser visto como un absoluto canalla.

Sin embargo, Ada no imaginaba la extraña reacción de su cuerpo cuando él buscó su mano y la colocó sobre su brazo.

Su olor, su calor, su rostro familiar, incluso la anchura y la amplitud de su cuerpo, la llenaron de agitación. En un abrir y cerrar de ojos, estaba de nuevo en el cenador, y una parte irracional de su cerebro se imaginó que él la atraía hacia sí y la besaba delante de todos.

Cuando lord Alder le indicó que se sentara en su silla, sintió la necesidad de respirar hondo. Con la cabeza baja, se sentó y ni siquiera le dio las gracias.

No fue una actuación muy atractiva, tuvo que admitir. Había utilizado toda su frialdad para ponerlo en su lugar, pero nada de la miel que requería para mantenerlo desequilibrado y atraerlo hacia ella.

Suspirando, Ada abrió su servilleta de algodón blanco y la colocó en su regazo. Cuando las damas estuvieron en sus asientos, los hombres las imitaron. Naturalmente, el hombre rubio y atractivo se sentó junto a ella, pues Ada ya había comprobado que él era la elección de Elizabeth para ser su «pareja» de la noche.

Sea como fuere, cuando se recompuso y levantó la vista, Michael Alder, a la cabecera de la mesa y a su derecha, la observaba.

«Hazlo», se dijo a sí misma. «Descoloca al canalla».

Mirándolo directamente, curvó los labios con una discreta sonrisa, y luego le guiñó un ojo.

¡Caramba! Michael no podía dejar de mirar a esa hermosa mujer de ojos azules, incluso después de que ella se dirigiera a su compañero de cena, lord Toddingly, y comenzara a conversar. Nunca nadie le había hablado así ni le había dicho a la cara ese horrible apodo. Debería estar furioso. Sin embargo, no lo estaba.

Su suave sonrisita y su guiño burlón le dieron un puñetazo en las tripas, al igual que su escote sin una pizca de encaje. Su pecho estaba a la vista, y a él le pareció magnífico.

Sin embargo, Michael no sabía si ella lo odiaba o lo admiraba. Tal vez ni ella misma lo sabía.

De cualquier modo, se arremolinaban muchos sentimientos en alguien que ni siquiera le conocía. Alguien a quien definitivamente deseaba conocer mejor.

La señora de su derecha, una de las conocidas de Elizabeth, lo llamó por su nombre para hablarle de cricket, a lo que se unió su marido a su derecha. Pronto, toda la mesa estaba debatiendo los méritos de George Parr sobre Fuller Pilch. Excepto la señora St. Ange y su compañero de comedor.

Ella y el soltero del otro lado de la plaza, a quien Michael había tomado una inmediata antipatía, tenían sus cabezas juntas, discutiendo algo que estaba claro que no tenían interés en compartir.

Su intimidad se prolongó durante los dos primeros platos, interrumpida solo por la encantadora risa gutural de Ada. Cada vez que la oía, Michael se preguntaba qué la había causado y por qué le enviaba un mensaje justo a su entrepierna.

Cuando no pudo aguantar más, después de las ostras y la sopa falsa de tortuga, y justo cuando se servía el plato de pescado, Michael se dirigió a ella directamente.

—Señora St. Ange, ¿qué le parece su nueva residencia en la plaza?

Ella se detuvo un momento, girándose despacio para mirarlo, haciendo que todos se dieran cuenta de que él había interrumpido su charla con lord Toddingly.

—Me parece que es de mi agrado. Sobre todo, la gente servicial que uno encuentra por la calle. Por supuesto, nunca se sabe cuándo puedes ser abordado por un malhechor justo en su propia puerta.

«Ya está, lo ha vuelto a hacer». En el espacio de dos segundos, parecía elogiarlo y luego despreciarlo.

—Toda la emoción debe de estar en este lado de la plaza

—observó lord Toddingly—. No he tenido ni ayuda ni obstáculos desde que me mudé.

Y para su consternación, ambos empezaron a hablar entre ellos de nuevo. Michael miró a lo largo de la mesa hacia su amante, solo para descubrir que ella le dirigía una mirada interrogativa.

¿Podría ella ver la tormenta que se estaba gestando en su cabeza? Esperaba que no.

Después del pollo asado y de la ensalada, tomaron sorbete y fresas —decepcionado, había esperado un bizcocho con crema espesa—, y luego café.

Por fin pudo ponerse en pie. Sin embargo, antes de que pudiera llegar a la silla de Ada, su compañero de comedor se la retiró. Michael no dejó de notar cómo lord Toddingly miraba su escote. Se habría enfadado si no fuera porque no podía culpar al hombre, ya que él esperaba hacer precisamente lo mismo.

Suspirando ante el deber que se avecinaba, Michael tuvo que cumplir su papel y conducir a los invitados masculinos a la biblioteca de Elizabeth para fumar puros y tomar brandy. Sin duda, hablarían más de cricket. Tal vez uno de ellos tuviera conocimientos sobre la bolsa y pudiera aprender un poco más.

Cuando regresaron media hora más tarde, ya que ningún caballero ellos deseaba demasiado demorarse lejos de las damas, Elizabeth y sus tres invitadas estaban en el salón bebiendo coñac, lo que a Michael le pareció una buena idea.

—¿Cuáles han sido sus temas de conversación? —preguntó él, sentándose junto a la viuda por primera vez en toda la noche.

Las mujeres intercambiaron miradas entre sí y luego estallaron en risas. Al instante, él miró a la señora St. Ange, cuyas mejillas se habían vuelto de un tono rosado, incluso mientras reía.

—Ya veo —dijo—. Caballeros —se dirigió a los demás—, creo que han estado hablando de nosotros.

—*Uff* —dijo Elizabeth—. Ustedes no son nuestra única fuente de diversión.

—¿Entonces nuestro comportamiento, a veces ridículo, no estaba en sus lenguas?

—Tal vez —admitió ella, y las damas volvieron a reírse.

Se alegró de ver que el violinista había vuelto. No habría que obligar a las damas sin talento a tocar el pianoforte o, peor aún, a cantar desafinando. Debería haber sabido que Elizabeth era una anfitriona demasiado amable como para exponer a sus invitados a la vergüenza.

Sin embargo, al observar a la señora St. Ange, no pudo evitar preguntarse por la destreza de sus dedos o la habilidad de sus labios. Para cantar una canción, por supuesto.

—¿De qué te ríes? —le preguntó Elizabeth en voz baja—. ¿Te alegras de que hayamos organizado esta fiesta?

Él miró a la mujer cuya cama había calentado durante medio año, y supo que se había acabado. Aunque la admiraba, no quería ser su pareja de ninguna manera fuera del dormitorio, y ahora, incluso esa pasión estaba disminuyendo. Esta noche, aunque fue un éxito y todos los invitados habían disfrutado, a él le había parecido una farsa. Podría ser cualquier hombre que ella hubiera colocado en un extremo de su mesa de comedor.

—Creo que eres una anfitriona divina —la elogió.

La mirada de ella se mantuvo fija en él durante demasiado tiempo.

Una hora más tarde, la velada había terminado y, como Michael sabía que ocurriría, tuvo que luchar con lord Toddingly por el placer de acompañar a la señora St. Ange.

Después de que las mujeres se besaran las mejillas y le dieran las gracias profusamente a Elizabeth, todos se reunieron en un pequeño grupo en el vestíbulo con suelo de mármol. Michael se las arregló para que fuera él quien sostuviera el chal de la señora St. Ange, y la rodeó por detrás, sintiendo sus hombros bajo sus dedos.

¿Sintió que ella temblaba ante su contacto?

Antes de que Toddingly pudiera ofrecerse como acompañante, Michael le tendió el brazo a Ada.

Esta lo miró a los ojos. Michael deseó cerrar los suyos y rezar una oración. Ella podría, y probablemente lo haría, humillarlo delante de todos.

«Pon tu mano en mi brazo», le ordenó él para sí.

Ella ladeó la cabeza, prolongando su agonía. Luego miró a Toddingly, y Michael se temió lo peor.

—Parece que nuestro anfitrión va a hacer su debida diligencia y se asegurará de que cruzo sana y salva esos diez metros de acera.

Michael dejó escapar el aliento que estaba conteniendo y sintió la delicada mano enguantada de ella apoyada en su antebrazo. La apretó más firmemente y salieron a la fría noche.

—No era necesario que dejara a *lady* Pepperton —dijo ella—. Lord Toddingly me habría acompañado a casa.

—Como ha dicho, he tenido la debida diligencia. No sé

si él pueda ser la mascota de alguna dama.

Michael se vio recompensado por el estallido de risa de ella ante su irreverencia, y miró detrás de él para asegurarse de que el hombre en cuestión había dado la vuelta a la plaza.

—Tampoco sé mucho de usted —señaló ella tras recuperar la compostura—. Aparte de los cotilleos, claro.

Ya estaban casi frente a la casa. ¡Lo que daría él por tenerla a solas en un carruaje!

—Protesto —dijo Michael—. Sabe que estoy dispuesto a recoger sus paquetes.

—Estoy segura de que lord Toddingly también se rebajaría a hacerlo.

—Realmente, no estoy convencido. Tiene la nariz tan alta que parece un carlino.

De nuevo, ella se rio, y él disfrutó mucho siendo la causa de su diversión.

—Es un sonido encantador —soltó él, sin querer pronunciar las sinceras palabras en voz alta.

Por desgracia, ella se detuvo y dejó de reír, y él supo que tenía que soltarla de inmediato o parecería demasiado atrevido.

Sin embargo, no la soltó. Más bien, esperó a ver qué hacía ella.

—Esa es mi casa —le recordó ella mirándolo a la cara, y con un aspecto mucho menos gélido que antes.

Michael estaba mucho más allá de sentirse tentado.

Capítulo 6

Por fin, Michael dejó que la mujer le soltara el brazo, pero solo hasta que pudo poner las manos en su cintura y atraerla hacia sí.

Él oyó su pequeño jadeo.

¿Qué le pasaba? Estaban en la calle, a pocos metros de una brillante farola que atravesaba la oscuridad. Sin embargo, se sentía fascinado por ella, arrastrado por ella.

—Solo dé un paso atrás —le dijo Michael—. No la detendré. Si no lo hace, sepa que voy a besarla.

Así, él pudo darse una palmadita en la espalda por su justa advertencia y luego asumir las consecuencias. No tenía la reputación de un hombre que disfrutaba de las mujeres sin un motivo. No, se la había ganado. Mujer por mujer.

Y justo en ese momento, estaba desesperado por disfrutar al menos de una muestra de su prestigio.

Pero ella no se movió.

¿Estaba congelada por el miedo, o por la incredulidad?

La luz estaba detrás de él. Cuando Michael inclinó ligeramente la cabeza, se inclinó sobre el rostro de ella.

Parecía estar reflexionando, pero, desde luego, no parecía asustada.

—No me voy a mover —dijo ella por fin.

El triunfo lo invadió y bajó la cabeza.

Michael rozó sus labios con los suyos, al principio con suavidad, y luego reclamó su boca por completo. Respiró hondo, captando el aroma de la piel de la dama. Tal y como esperaba, la distintiva fragancia floral que recordaba de aquella noche en el jardín no estaba presente.

No importaba en absoluto, se recordó a sí mismo. Esa mujer en particular se había alejado de su vida y nunca volvió para buscar su compañía. Su diosa dorada estaría ahora, con toda probabilidad, con sobrepeso, sin dientes y cargada con diez hijos feos.

Tras unos instantes, ambos se apartaron. Antes de que ella se recompusiera, él vio su expresión de sorpresa, que enseguida fue reemplazada por otra de fría neutralidad.

Él la soltó. Ella levantó los dedos y, por un momento, Michael pensó que iba a limpiarse la boca, pero lo que hizo fue dejar caer la mano a su costado.

—La debida diligencia —le dijo ella—. Bien hecho. Sin embargo, creo que su amiga lo está esperando.

Acto seguido, la señora St. Ange se volvió con aire regio hacia la puerta principal de su casa.

—Buenas noches —le dijo él, avergonzado, pensando que debió haber roto con Elizabeth antes de besar a esta nueva viuda.

Cuando ella entró sin responderle, Michael se encogió

de hombros y echó a andar con las manos en los bolsillos de regreso al número veintinueve de Belgrave Square.

Ada necesitaba un baño caliente y prolongado. Al darse cuenta de la molestia que supondría para su escasa servidumbre pedirlo a estas horas, no lo hizo. Esperaría hasta la mañana siguiente. Además, tampoco es que él hubiera recorrido con sus manos todo su cuerpo. Se lavó la cara con agua tibia y su jabón favorito de Pears y se cepilló los dientes con una gran dosis de pasta de alcanfor.

Una vez metida en su cama, se sentó a contemplar las brasas ardientes. Suponía que atraer a Lord Vil para que se encaprichara de ella, para que la deseara, incluso para que la amara, si es que eso era posible, iba a ser, en el mejor de los casos, desagradable. Como estar en compañía de una serpiente o de una rata.

En cambio, su beso fue como ella recordaba. Cálido y placentero, el cual despertó algo en su interior que le produjo un hormigueo de excitación. Cerró los ojos.

No, no, no. Todo estaba mal. ¿Cómo podía disfrutar del beso de un hombre al que odiaba? Y ese odio no había cambiado ni un poco.

Ella se concentraría en su éxito, pues había conseguido que ese hombre horrible dejara a su amante para acompañarla a casa. De una cosa tan pequeña como su breve paseo, podría hacer grandes avances.

Ada sabía que esto era solo el principio.

Al día siguiente, a última hora de la mañana, un criado había dejado la tarjeta de visita de lord M. Alder con una nota garabateada en el reverso.

«*¿Puedo visitarla cuando le resulte conveniente?*».

«Oh, ciertamente que puede», pensó ella. Ada estaba tejiendo su tela como una araña meticulosa, y él estaba acercándose sin darse cuenta.

Lo primero que ella debía hacer es no actuar con prisas ni parecer ansiosa. Hoy no iba a responderle.

En segundo lugar, tendría que enviar una nota de agradecimiento a *lady* Pepperton por la maravillosa velada. Ada deseó acallar los reparos que sentía por involucrarse con el amante de Elizabeth, pero no podía hacer nada al respecto. Su plan se había gestado mucho antes de que Lord Vil y lady Pepperton iniciaran un romance.

Mientras tanto, debía jugar con Harry, escribir cartas, visitar a su amiga Maggie y contratar más personal, ya que los que tenía estaban agotados.

Un día después, tras almorzar en la casa de los Cambrey en Cavendish Square, y haber logrado a duras penas no contarle a Maggie su primer beso en años, Ada se sentó frente a su escritorio para idear las palabras adecuadas con las que desarmar a Lord Vil.

En su tercer intento, escribió:

«Lord Alder:

¡Qué extraño que desee visitarme dada su asociación con *lady* Pepperton! ¿Qué puede pretender usted con tal petición? Además, ella y yo hemos comenzado a ser amigas. Por lo tanto, la respuesta es no.

Señora St. Ange».

¡Con eso le había dado en qué pensar!

Sin embargo, él lo hizo con rapidez, ya que una hora después de que Ada le enviara la nota a su casa, ella recibió otra como respuesta.

«Estimada señora St. Ange:

Comprendo su preocupación. Pero le aseguro que mis intereses en este momento solo están en usted. *Lady* Pepperton y yo hemos disuelto nuestra asociación en términos absolutamente amistosos y sin sentimientos heridos. Estoy a la espera de saber cuándo podré visitarla.

Lord M. Alder».

Hmm... Ada no quiso contestarle de forma precipitada. Ojalá tuviese ya la suficiente intimidad con Elizabeth Pepperton como para poder escuchar de los propios labios de la viuda si se había producido una ruptura. Sin embargo, no dudaba de él. Era vil, pero, por lo que ella sabía, no era un mentiroso. Además, Ada sabía que podría descubrir por sí misma con facilidad si lo que él afirmaba era cierto.

La cuestión, entonces, era cómo y cuándo ella le iba a

responder. Al fin, lo hizo dos días después.

«Lord Alder:
Puede visitarme mañana a las once de la mañana.
Señora St. Ange».

Si tan solo pudiera confiarle a Maggie lo que estaba haciendo… Sin embargo, debido a la relación previa de la hermana mayor de su amiga con lord Alder, Ada no podía hacerla partícipe del plan. Porque, sin duda, Maggie le diría que dejara de lado cualquier enredo.

Así pues, sin recibir ninguna clase de consejo, Ada esperó el día señalado sentada en su salón y con uno de sus vestidos de día favoritos, de un rico color coral.

No lograba concentrarse lo bastante como para leer, a pesar de intentarlo repetidamente, ya que no apartaba la vista del reloj sobre la chimenea, sabiendo que él llegaría puntual.

Justo cuando faltaban dos minutos para la hora convenida, oyó el *clop-clop* de los cascos de los caballos en la entrada.

«Respira», se dijo a sí misma. Con los hombros bajos, la cara relajada y las manos en su regazo para no empezar a juguetear con los dedos por el nerviosismo, esperó que él entrase. No había nada que pudiera hacer para calmar los fuertes y rápidos latidos de su corazón, excepto rezar para que Lord Vil no los notase.

Su criada, Lucy, respondió a la llamada y, de repente, tras años de espera, lord Michael Alder había venido a buscarla. Cuando él entró en la habitación, ella se puso en pie, dejando que el libro abierto sobre sus piernas cayera al suelo como si hubiese sido un descuido, y así él creyera que ella había estado leyendo, en lugar de esperar su llegada hecha un manojo de nervios y con la boca seca.

Esto hizo que él se acercara y se arrodillase para cogerlo. Él estaba exactamente donde ella lo quería.

Mientras se levantaba para devolvérselo, lord Adler le cogió la otra mano y se inclinó sobre ella, rozando con sus labios los nudillos, demorándose demasiado.

Ada lo había anticipado, sin embargo, la excitación la invadió. Observó su cabello castaño, que caía con gracia sobre su frente, y tuvo que recordar que él era hábil y experto en el arte de la seducción. Pero las defensas de Ada eran firmes. La indignación, la cólera, la mortificación, incluso la repugnancia por el modo de vida decadente de aquel hombre, le darían fuerzas.

Él no obtendría nada, salvo lo que ella le diera como cebo.

Ofreciéndole una sonrisa fría, como si no le afectara, Ada retiró la mano despacio y dejó el libro sobre el sofá. Si él se hubiera molestado en mirar lo que ella fingía estar leyendo, podría tener una mejor noción de sus pensamientos internos. *El Conde de Montecristo*, de Alexandre Dumas, era la novela por excelencia de la venganza perfectamente ejecutada, y a Ada le resultaba una lectura fascinante.

Se había quedado un poco sorprendida al saber que el héroe de la novela, Edmond Dantès, llegó a manipular el mercado de bonos para destruir la fortuna de uno de sus enemigos. Era una extraña coincidencia, aunque el método de Ada, en forma de consejos de inversión, parecía más sencillo.

—Tráenos una tetera —le dijo esta a Lucy.

La sirvienta asintió y se apresuró a salir de la sala. Probablemente, Lucy tenía la intención de volver enseguida para hacer de carabina, pero Ada la despediría de nuevo. No se había forjado una imagen de viuda independiente para que su criada la tratara como a una jovencita.

—¿No quiere sentarse, lord Alder? —Retomando su lugar, señaló un sillón frente a ella.

Él ignoró a propósito su sugerencia y se sentó a su lado en el sofá, con solo el volumen encuadernado en cuero de Dumas entre ellos. Luego apoyó un brazo en el respaldo, de modo que sus dedos tocaran el hombro de Ada, y giró su cuerpo para mirarla.

—Debería haberle preguntado si prefería un café —soltó ella antes de morderse la lengua.

Maldita sea. Había sonado demasiado ansiosa.

—El té es bastante agradable, hasta que llegue la hora del vino. —Michael estudió la sala con una mirada curiosa y apreciativa—. Me preguntaba cómo sería la residencia privada de la señora St. Ange.

—No puedo creer que haya dedicado parte de su tiempo en imaginar el interior de mi casa.

Él sonrió.

—Pues lo he hecho. El sentido de la decoración de una mujer suele representar su mente, e incluso sus emociones. ¿No cree? Sobre todo, su dormitorio.

Ella pasó por alto la última frase, obviamente destinada a provocar su excitación.

—¿Qué le dice mi casa sobre mí? —Esto era lo más parecido a un coqueteo.

—Es sobria, despejada, un poco austera, en realidad,

más de lo que esperaba. Quizá se deba a que se ha mudado hace poco. Aun así, tengo la sensación de que no es dada a malgastar el espacio con cachivaches y chucherías inútiles. Tiene pertenencias que le importan y no ve el motivo de acumular nada más. ¿Estoy en lo cierto?

Ella no pudo evitar asentir.

—Creo que eso es porque tengo un hijo. Después de experimentar la verdadera importancia de otro ser vivo, uno que depende exclusivamente de ti, entonces todo lo demás se convierte en cachivaches, como usted dice.

—Ya veo. Así que, si yo engendrara un mocoso, ya no querría conservar mis bronces chinos y, por supuesto, tiraría mi porcelana Ming al cubo de la basura.

Ada sonrió ante la idea de Harry echando mano a las antigüedades de porcelana. No durarían ni un minuto.

—Es una vista encantadora —comentó él.

—¿Perdón? —¿A qué se referiría?

—Su sonrisa. Es como la luz de la luna saliendo de detrás de una nube oscura.

Ella estaba experimentando los halagos de Lord Vil. Qué trillado.

—Por lo tanto, cuando no sonrío, ¿soy una nube oscura?

Él levantó los ojos hacia el techo de tres metros de alto en señal de frustración. Luego la miró de nuevo.

—Volvamos a las chucherías inútiles. ¿Qué le parecen los helechos y las algas? ¿Las colecciona como el resto de los británicos?

—No lo hago. —Aunque Maggie le había dicho a Ada que la hermana menor de aquella, Eleanor, estaba loca por los helechos.

—¿Y gatos o ardillas disecados? ¿Tiene algunas de esas criaturas en su gabinete de curiosidades? —preguntó Michael.

Ada no pudo evitar sonreír de nuevo, pero negó con la cabeza.

—Al menos dígame que tiene una colección de huevos de pájaro por aquí. —Él se inclinó hacia delante y miró detrás de sus botas hacia debajo del sofá.

La risa de Ada atrajo su mirada de nuevo a su rostro.

—Debo confesar que me gusta oírla reír. Por lo tanto, lo convertiré en mi objetivo.

—¿Su objetivo? —preguntó ella mientras Lucy regresaba con una bandeja de té.

—Sí, hacerla feliz y, por tanto, hacerla reír.

Sin duda, a él le habría sorprendido saber que sus palabras, destinadas a engatusarla, le hicieron sentir a Ada mariposas en el estómago. Lord Adler le había traído tanta miseria, que la idea de que su objetivo fuera el contrario casi la impulsó a revelarle quién era ella en realidad.

La criada le sirvió una taza a cada uno y se quedó allí, seguramente esperando instrucciones para tomar asiento al otro lado de la habitación.

—Gracias, Lucy. Eso es todo. Llamaré si nuestro invitado necesita algo. —Los ojos de la mujer se abrieron de par en par, y Ada temió que protestara. Su relación siempre había sido informal, ya que esta no pertenecía a la nobleza y ambas eran de edad similar—. Tal vez pueda vigilar a Harry por mí —añadió Ada.

Lucy frunció los labios. Las dos sabían que a la niñera

Finn no le gustaría que Lucy entrara en sus dominios o usurpara el cuidado del niño. Sin embargo, al final asintió y se marchó.

—Es testaruda para ser una criada, ¿verdad? —preguntó lord Alder, cogiendo su taza de té y su platillo—. No está acostumbrada a dejarla sola con un hombre.

Ella no le respondió y cogió su taza. El té, fuerte y dulce, era justo lo que necesitaba para superar este primer encuentro con Lord Vil.

—Usted me preguntó cómo paso mi vida —le recordó él—. Hablemos también de la suya.

—¿Está realmente interesado? —Ada no le creyó ni por un segundo. Meterse bajo sus faldas —o las de cualquier mujer— era lo único que le importaba.

Michael asintió con la cabeza.

—Sí, ¿por qué no?

Ada no podía expresarle su opinión sobre él, o el lord se preguntaría por qué le había dejado entonces entrar en su casa.

—¿Por qué no empieza usted primero? —sugirió ella—. Como hace poco que he vuelto a la ciudad, no he hecho mucho más que instalarme aquí y reencontrarme con viejos amigos.

Al instante, deseó no haber dicho eso. Él no debía descubrir nunca que su mejor amiga era la hermana de Jenny Blackwood, o podría sospechar que Ada lo conocía de antes.

—Mi vida no es tan interesante, en realidad —respondió Michael—. Tenía razón. Mientras usted estaba ocupada instalándose, yo iba a mi club. Me gusta White's. Disfruto jugando al cricket, y no se me da mal el bate, si me permite decirlo. Por supuesto, soy aficionado a las carreras de caballos y de remo. También me gustan las galerías de arte. Y últimamente me he interesado por las inversiones.

Ada apretó los dientes sobre el borde de la taza de té, haciendo un extraño sonido de *clac*.

Él la miró, pero ella se limitó a sonreír.

—¿Qué quiere decir con eso de que se ha «interesado»? —En su interior, Ada se regocijaba de su propia obra.

—Estoy invirtiendo en los mercados a través de la Bolsa de Londres. Es algo nuevo para mí, lo confieso.

—¿Y lo hace por puro placer?

Él se rio con un sonido corto y brusco.

—Sería muy difícil.

Sin embargo, lord Adler no se explayó sobre su necesidad de éxito financiero. Ella no podía culparlo, ya que ningún miembro de la aristocracia querría admitir la necesidad de ganar dinero. En cualquier caso, ella no podía presionarlo para que hablara más sobre el asunto sin parecer vulgar.

—Seguro que es fascinante —le dijo ella, deseando con todo su corazón poder conversar con él del tema. Como hombre, tenía libertad para ello y, sin embargo, no se molestó en hacerlo. La injusticia la hizo querer sacudirlo.

Lord Alder se encogió de hombros.

—Aprenderé lo que necesito saber, pero tengo a otra persona que actúa en mi nombre. He oído que hay muchos entresijos, y que unos pocos movimientos equivocados pueden hacer perder a un hombre su fortuna.

«Precisamente», pensó ella.

—¿De verdad? —Ada batió las pestañas, un gesto que le pareció ridículo, pero vio que la miraba con interés.

—¿Monta a caballo? —preguntó él—. Hoy hace buen tiempo.

No podía soportar la idea de que él husmeara en su salón a sus anchas mientras ella estaba arriba con Lucy cambiándose para dar un paseo por el parque. Además, tendría que llamar a su chófer para que ensillara uno de los caballos del carruaje. Y aunque se sentía cómoda a solas en la seguridad de su propia casa, la idea de que los vieran montando juntos no le gustaba.

Al instante, sería considerada la última conquista de Lord Vil en cuanto la gente se enterara de su ruptura con *lady* Pepperton.

—No estoy vestida para ello —señaló ella—. ¿Le molesta estar aquí, a dos puertas de distancia?

Su rostro inexpresivo por fin registró el significado de sus palabras.

—No, en absoluto. Su casa no es mi casa. Además, *lady* Pepperton seguirá siendo una amiga, y eso es todo. Vamos, usted no es una debutante. ¿Sabe cómo se hacen estas cosas?

¿Lo sabía? En realidad, ella no tenía ni idea.

—Podemos pasear a caballo por el parque otro día.

—Señora St. Ange, no puedo decirle lo que me complace saber que habrá otro día para nosotros.

Ella deseó no haberlo dicho. Con declaraciones como esa no lo mantendría confundido, no le haría dudar de su propia destreza y, ciertamente, no mostraba su indiferencia como ella quería hacer. ¡Maldición!

—Está vestida para dar un paseo en carruaje, si no me equivoco —declaró él.

Ada miró su vestido como si no supiera lo que llevaba

puesto, y se sorprendió al oírlo reír de nuevo.

—Y muy bien vestida, debo decir —añadió—. Me parece una pena que no se luzca.

—¿Desde el interior de un carruaje? —Puede que ella no supiera mucho, pero sabía lo que podía ocurrir en un espacio tan reducido. Es más, no tenía intención de ponerse en esa situación. Todavía no.

—Podríamos llevar mi carruaje al Serpentine[1] para dar un paseo —señaló él.

—El Serpentine no está tan lejos, podemos caminar hasta allí y luego dar un paseo tranquilo. —Tendría que ponerse sus botines—. No es necesario el carruaje.

—Para cuando hayamos llegado al Serpentine, estaremos cansados de caminar, ¿no cree?

Ada estaba confundida. La persistencia de lord Alder iba más allá de lo razonable, pero ella no iba a subir a su carruaje de ningún modo... a menos que...

—Podríamos llevar a Harry al parque. —Había pensado mantener a su hijo lejos de su padre, pero a Harry le encantaba Hyde Park y especialmente el Serpentine. Ni siquiera Lord Vil la tocaría con un niño de dos años a cuestas. Además, la niñera Finn sería una excelente carabina. Mientras tanto, ella podría seguir tratando de despertar su interés. Mantenerlo colgado como un pez en el sedal era de suma importancia.

—¿Harry? —preguntó él.

---

[1] Lago Serpentine, en Hyde Park, en el centro de Londres. Adquiere su nombre por su forma curvada, parecida a la de una serpiente.

—Sí, mi hijo. Lo vio la primera vez que nos encontramos. Cuando usted no quiso dejar mis paquetes en paz.

—¿Eso cree que hice? ¿Como si tuviera una extraña fascinación por coger sus paquetes envueltos en papel?

Se estaba burlando de ella. Ada lo notaba por la forma en que la piel se arrugaba en las esquinas de sus ojos leonados.

Luego, él se puso de pie.

—Muy bien, señora St. Ange. —Le tendió la mano y Ada tuvo que cogerla o parecer inaceptablemente descortés. Él la atrajo para que se levantara—. Saldré de excursión con usted y su hijo, renunciando a tenerla toda para mí, pero solo si me concede una petición.

«¡Oh, Dios!».

—¿Una petición?

—Otro beso. El primero fue muy dulce, y todo lo que puedo pensar es en saborearla de nuevo.

Si él le hubiera dicho palabras tan bonitas tres años antes…

—Por supuesto —dijo ella, apelando de algún modo a la viuda imperturbable en lugar de la mujer nerviosa que solo había experimentado el contacto de un hombre. ¡De este hombre!

—Por supuesto —repitió él, bajando su boca hacia la de ella sin más preámbulos.

Capítulo 7

Michael había disfrutado del primer beso, a pesar de su brevedad. Esta vez tenía la intención de hacerlo durar. La atrajo hacia sí con una mano en la espalda de ella y con la otra bajo su moño trenzado, y reclamó su boca.

Casi de inmediato, ella abrió los labios a su lengua. No de forma lasciva, como si estuviera a punto de chuparle la garganta. Simplemente en una silenciosa aceptación de las sensaciones que estaban explorando.

Había besado a muchas mujeres, a menudo en estado de embriaguez y, más a menudo aún, sin importarle quiénes fueran un momento después.

Ahora estaba perfectamente sobrio y era capaz de experimentar el emocionante chisporroteo que le recorría.

Sus suaves y flexibles labios de ella no se aflojaron ni se movieron. Ada inclinó la cabeza hacia un lado para que su boca encajara perfectamente en la de él y, entonces, maravilla de las maravillas, le devolvió el beso. Su boca se movía con delicadeza mientras su lengua tocaba la de él.

Este no era un beso que los llevaría a gemir y arrancarse la ropa mutuamente ni a retozar como animales sobre la alfombra persa.

No, este beso era como una conversación, dos mentes que se fundían mientras sus bocas hacían lo mismo. Un poco de dar, un poco de recibir. Esta mujer le estaba permitiendo alcanzar su intimidad y él quería ofrecerle lo mismo a cambio.

Cuando el beso terminó, él no se apartó. No se le ocurrió ninguna ocurrencia o broma. Se limitó a apoyar su frente sobre la de ella, con los ojos cerrados, respirando hondo y sintiéndose extremadamente agradecido de que hubiera entrado en su vida.

—Señor Alder —dijo ella.

Al fin, él se echó hacia atrás.

—¿Sí, señora St. Ange? —dijo mirando fijamente sus ojos azules.

—Me está pisando el dobladillo.

Él apartó su mirada y vio que su bota estaba en la parte inferior del hermoso vestido, aprisionándolo. Dio un paso atrás, deseando que ella lo hubiera llamado Michael.

—Mis disculpas.

—No son necesarias, pero se aceptan en cualquier caso —le dijo ella, pareciendo serena por completo, como si no hubieran tenido un momento profundamente íntimo.

Alejándose de él, Ada cruzó la habitación hacia el tirador de la campanilla. Luego pareció cambiar de opinión y se dirigió a la puerta.

—Voy a buscar a mi hijo y a su niñera. —Sin mirar atrás, la señora St. Ange lo dejó allí de pie, observando cómo se marchaba.

«Con la debida diligencia». Michael murmuró el ridículo término. ¿Qué acababa de pasar? ¿Y por qué, en lugar de sentirse excitado y dispuesto a levantar las faldas de la dama, estaba deseando pasar un rato en su compañía en el maldito Serpentine? ¿Con un niño?

En muy pocos minutos, se encontró en su carruaje —por suerte, había venido en su espacioso Clarence— sentado junto a una mujer corpulenta, que le fue presentada como la señora Finn. Frente a él estaba la intrigante viuda y su guapo hijo.

—Harry, ¿verdad? —dijo Michael, tratando de atraer su atención.

El niño sonrió, luego se volvió y enterró la cara en el costado de su madre.

La señora St. Ange se limitó a encogerse de hombros.

—Si lo anima, lord Alder, usted no disfrutará de otro momento de silencio.

¿Se suponía que eso es lo que él debía de esperar?

En cuanto sus pies tocaron el suelo, Harry salió como un tiro, corriendo de un lado a otro.

—Tiene mucha energía, ¿verdad?

—Sí, como un cachorro. Creo que la mayoría de los niños son iguales.

—Tal vez la mayoría de los niños deberían tener cachorros, entonces, para mantener el ritmo.

Ella asintió sin comprometerse.

—Yo tuve un perro de compañía cuando era joven —dijo—. Y era un perro excelente.

Michael la imaginó con el pelo recogido en coletas

persiguiendo a un amigo peludo.

—Teníamos dos gatos —confesó él—, y creo que yo no les gustaba en absoluto.

Ada le mostró una de sus escasas sonrisas, la cual lo estimuló a seguir hablando.

—En realidad, estoy bromeando en parte —continuó él—. Aunque mi madre tenía gatos, también teníamos perros de caza, ya que mi padre tenía una cabaña. Pero no eran realmente mascotas, supongo. Mi hermano se dedicó a entrenarlos casi desde que pudo caminar. Nunca me interesó demasiado la caza, ni del zorro ni del faisán, así que no pasé mucho tiempo con los perros. Cuando mi hermano empezó a tener algunos como compañeros, yo ya estaba en Eton.

Estaban paseando por el sendero hacia el lado norte del lago, pasando por el Dell y una enorme haya, cuando Michael cayó en la cuenta de que la última vez que había estado en el Serpentine había sido también la última vez que había estado a solas con Jenny Blackwood. Aunque ya estaba casada por aquel entonces, su marido había cruzado el Canal, o eso creía él. Michael le había pedido que se reuniera allí con él para explicarle que sus padres habían anulado su compromiso a sus espaldas.

Por un lado, él había esperado que ella dijera que lo prefería a él antes que a lord Lindsey y que incluso rompiera su matrimonio. En cambio, su marido apareció de pronto justo en el camino cerca del café, y Jenny no volvió a mirar atrás.

Michael se estremeció al recordar los oscuros días que siguieron, los cuales se convirtieron en meses hasta alcanzar un año. Desde entonces, habían pasado dos meses más y, de repente, se encontró con que se alegraba de que su padre le hubiera dado un propósito en su vida, aunque fuese uno para el que él mismo temía no estar capacitado.

—¿Se encuentra bien, lord Alder? Parece usted distraído. —Ada no lo miró cuando habló, ya que mantenía sus ojos maternales puestos en su hijo, a pesar de la presencia vigilante de la niñera.

—Estoy bien —le aseguró él.

El pasado se había quedado donde debía. Ahora, él estaba aquí, en el mismo lugar y con una mujer nueva, una que despertaba algo en él por primera vez en mucho tiempo, además del deseo básico.

De hecho, se sorprendió de lo agradable que era simplemente estar al aire libre, caminando junto a la intrigante e independiente señora St. Ange. El niño se distraía con cada flor y bicho, y su niñera era lo bastante joven como para seguirle el ritmo.

Después de que Harry volviera hasta su madre por enésima vez para agarrarle la mano con deleite, y luego se alejara de nuevo a la carrera sobre sus robustas piernecitas, Michael se preguntó si a ella le resultaba doloroso ver en el pequeño la viva imagen de su marido.

—¿Cómo murió su esposo?

La señora St. Ange vaciló durante un instante. Michael esperaba no haberla ofendido.

Sin embargo, cuando volvió lentamente su rostro hacia él, parecía tan serena como de costumbre.

—Desapareció en el mar —dijo, escueta.

—¿En un viaje de negocios, o estaba en la Marina Mercante?

—Ninguna de las dos cosas.

—¿En La Marina Real entonces? —sondeó él.

—No.

Michael aguardó su respuesta como si tratara de ordeñar a un toro, pero esta no llegó. Tal vez una línea de investigación diferente daría mejores resultados.

—¿Su hijo era muy joven cuando su padre falleció?

—Un bebé.

Nunca había conocido a una mujer de tan pocas palabras. Además, decidió que estaba siendo un patán por entrometerse, cuando era evidente que ella no deseaba decir más. Después de todo, el desafortunado señor St. Ange estaba muerto, y no se podía hacer nada al respecto.

De hecho, aunque Michael pensaba que era una pena que el hombre nunca volviera a ver a su encantadora familia, por su parte, él estaba muy vivo y feliz de estar en la compañía de su viuda.

¿Se le consideraría un canalla en toda regla por beneficiarse de la tragedia ajena? Desechó la idea en su interior. Desde luego, no sería la primera vez.

Cuando la niñera sacó de una bolsa que llevaba un barquito de madera con una vela de lino, el pequeño comenzó a dar saltos de emoción. Todos se dirigieron hacia la orilla del lago.

Por suerte, no había el fuerte hedor que a veces se desprendía en los días más calurosos del verano.

—Sigo pensando que el niño debería estar sujeto con

cuerdas[2] —dijo Michael.

La niñera Finn le lanzó una mirada, pero no dijo nada. Fue Ada quien respondió.

—La mayoría de los médicos coinciden en que no son saludables para los niños —dijo ella arrugando la nariz.

—¿De verdad? —Eso le resultaba a Michael una novedad, pero ¿qué sabía él de la crianza de los niños?—. Parece menos saludable para el niño escaparse de su niñera y ser pisoteado por los cascos de los caballos o atropellado por un carruaje.

Solo pensaba en voz alta, pero la expresión de disgusto de la señora St. Ange le recordó una vez más que su marido había perecido, y que sin duda tenía muchas preocupaciones en la cabeza por mantener a su hijo a salvo.

—Mis disculpas. Hablé sin pensar.

—En efecto —dijo Ada.

Con el Serpentine a sus pies, la señora Finn le dio a Harry su bote, el cual arrojó al agua con rapidez. Su brusca entrada hizo que la vela se mojara y la embarcación volcó, quedando tumbada de lado, justo fuera del alcance del muchacho. Este comenzó a gritar con ganas y parecía dispuesto a lanzarse tras él. Por suerte, la niñera lo tenía agarrado por la espalda de su chaqueta azul.

—¡Maldición! —exclamó la señora St. Ange, sorprendiéndolo en el acto.

Cuando quedó claro que Harry entendió que no debía

---

[2] Sistema de correas usados en Europa desde el siglo XVII al XIX para evitar que un niño se alejara demasiado o se cayera mientras aprendía a caminar.

intentar coger su juguete, la niñera Finn lo soltó. El pequeño se inclinó hacia delante con los brazos extendidos. Sin embargo, como su estatura era corta junto con sus miembros, no pudo hacer nada.

—Lord Alder —dijo la señora St. Ange, señalando el barquito y a su ahora infeliz hijo—, ¿podría ayudar?

—Por supuesto —dijo él, aunque no tenía la menor idea de qué era lo que ella esperaba que hiciera. No iba a meterse en el agua y arruinar sus botas.

La ligera corriente del suave viento primaveral había alejado aún más la barquita. Mirándola fijamente, consideró sus opciones. Si hubiera tenido un paraguas, podría usar el mango, pero no lo tenía porque no había ni una nube en el cielo.

Al otro lado del lago y más allá de King's Road —o Rotten Road, como lo llamaban todos—, el Palacio de Cristal se alzaba como un faro que contenía el progreso de la humanidad y las ideas de futuro. Sin embargo, aquí estaba él, en la orilla de un pequeño lago artificial, preguntándose cómo rescatar el juguete de un niño.

Echó un vistazo a su alrededor en busca de inspiración, y su mirada se posó en los robles cercanos. Sin dejar de mirar la pequeña embarcación, que se había asentado a unos dos metros de la orilla, Michael comenzó a tirar de una rama más pequeña. Era más dura de lo que parecía y extremadamente flexible, lo que lo obligó a estirarla de un lado a otro hasta que, por fin, se soltó y Michael casi acaba en el suelo.

Recuperando el equilibrio y esperaba que también su dignidad, él caminó hacia el pequeño grupo de tres. Cuanto más se acercaba a ellos, más le parecía que su rama era un palito inútil.

¡Diablos! No era lo bastante larga.

Otra mirada a su alrededor no le proporcionó ninguna otra idea. Después de todo, le había costado mucho esfuerzo conseguir esa rama, y no podía esperar arrancar otra con la longitud suficiente. Probablemente, si lo intentaba, aparecería uno de los guardias de la reina y lo detendría por destrucción de la flora de Su Majestad.

—Bien —dijo en voz alta, aunque hablando consigo mismo. Sentándose en la hierba, se quitó la chaqueta y empezó a quitarse las briznas de césped.

—¿Qué hace, lord Alder? —preguntó la señora St. Ange.

En silencio, él se subió los pantalones hasta las rodillas antes de bajarse las medias y quitárselas. Bastante humillado por su estado de desnudez, con las pantorrillas y los dedos de los pies al aire, continuó sin hablar. Al fin y al cabo, cuando se desnudaba ante una mujer hermosa, solía estar a solas con ella y a punto de sumergirse en un éxtasis apasionado, no dentro del maldito Serpentine.

—¿Estás seguro? —le preguntó ella.

—Sí, solo me llevará un momento. —Entrando con cautela en el agua, Michael rezó para no ver flotar el cadáver de algún perro o gato.

Al tratarse de un lago artificial, el fondo de barro era firme y no tenía la desagradable suciedad de un estanque. Sin embargo, el agua estaba más fría de lo esperado. En tres pasos, le llegaba a las rodillas y sus pantalones se estaban mojando. ¡Caramba!

El barco estaba casi al alcance de la mano si se inclinaba.

De repente, oyó caballos y el grito de un hombre.

—¡Saludos!

Al volverse, Michael reconoció a lord Toddingly, el vecino rubio de la señora St. Ange. Cuando este movió la mano en su dirección, Michael hizo lo mismo, sintiéndose un poco tonto desde donde estaba.

—¿Puedo ayudarlo? —dijo Toddingly. Sin esperar respuesta, impulsó a su caballo, dispersando a la niñera y al niño en una dirección y a la señora St. Ange en otra. El caballo chapoteó en el agua nerviosamente, como lo haría la mayoría.

Probablemente, lord Toddingly no quería adentrarse en el estancado Serpentine, famoso por su suciedad.

—No, ya lo tengo —protestó Michael, sabiendo que nada bueno podía salir de estar en el agua a la altura de las rodillas de un gran animal.

Sin hacerle caso, Toddingly obligó a su montura a acercarse a Michael y luego a rodear la pequeña embarcación. Al principio, sus movimientos hicieron que la barca se alejara, pero después, Toddingly ya estaba al otro lado de ella y la conducía hacia la orilla.

Mientras tanto, todo el chapoteo había empapado a Michael hasta la cintura.

«¡Que le den a ese imbécil entrometido!», pensó.

Mientras se alejaba del Serpentine, con la esperanza de no volver a repetir la experiencia, la señora St. Ange pudo agacharse y recoger la barca en la orilla.

—Gracias —dijo a Toddingly, que se quitó el sombrero.

—Es un placer. ¿Un consejo?

—¿Sí, milord? —respondió ella.

La molestia de Michael aumentó ante su tono deferente

y agradecido, uno que nunca había experimentado en ella.

—Una larga cuerda atada suele ser efectiva —dijo Toddingly, afirmando lo obvio.

—Por supuesto —convino ella, señalando a la señora Finn, que aún sostenía la cuerda que había sacado de su bolsa, pero que no había tenido oportunidad de usar.

—Ah, ya veo —dijo Toddingly mientras sacaba su caballo del agua. Al desmontar, le alborotó el pelo al muchacho, y Harry lo miró como si fuera un Dios.

Irracionalmente, Michael quiso enviar al entrometido señor de vuelta al lago con un puño en su cara engreída.

—Así que te has precipitado un poco, ¿no? —le dijo Toddingly a Harry, que asintió con la cabeza.

—Lo he tirado —dijo el pequeño con las palabras más bonitas que Michael había escuchado.

—La próxima vez, deja que tu niñera lo ate primero, hijo mío.

Michael volvió a sentarse en la hierba, subiéndose las medias por las piernas mojadas, con la esperanza de que, una vez que tuviera las botas puestas de nuevo, recuperara una parte de su habitual aplomo.

Antes de que terminara, Toddingly había agitado la barca para secar la vela, pero la declaró inútil, cambió el trozo de tela por uno de sus pañuelos con monograma, lo ató al mástil y luego aseguró la cuerda en un agujero de la proa.

Para entonces, Michael se había desenrollado los pantalones mojados, se había puesto la chaqueta y estaba de pie, con los brazos cruzados, observando el proceso. Al levantar la vista, su mirada captó la de la señora St. Ange.

¿Qué quería decir con esa ceja levantada? ¿Una

expresión de desafío, tal vez?

—Debo irme —dijo Toddingly.

—Oh, ¿de veras? —preguntó Michael, sin dejar de mirarlo.

—Me temo que sí, viejo amigo. Tengo una cita con mi sastre. Henry Poole, en Savile Row. Pero usted debe de saber de él, por supuesto. Es tan difícil conseguir una prueba con Poole como encontrar a un pecador en domingo, así que no me atrevo a hacerle esperar. Puedo hablar en su favor, si quiere.

Michael trató de no mostrar sus dientes.

—Tengo un sastre perfectamente adecuado, Toddingly.

El hombre lo miró de arriba abajo, observando sus pantalones mojados y su chaqueta arrugada.

—Sí, por supuesto. —Inclinando su sombrero hacia la niñera y la señora St. Ange, y despeinando de nuevo a Harry, Toddingly montó en su caballo.

—Gracias otra vez, milord —dijo la señora St. Ange.

—Espero que disfrute el resto del día —dijo y se marchó.

El hombre sonaba como un maldito tendero, pensó Michael. Además, ¿cómo se suponía que iba a disfrutar del resto del día en el estado en que se encontraba? Estaba listo para dar por terminada esta aventura.

Sin embargo, Harry ya se estaba afanando por meter su barca en el agua. Es más, la niñera lo ayudaba.

La señora St. Ange se acercó a él, y estaba seguro de haber detectado en ella una pizca de diversión.

—Siento mucho que se haya mojado —le dijo, sin parecer apenada—. Y qué lástima que después de todo haya fracasado.

—¿Fracasado? —Una palabra bastante dura, pensó, para su intento de rescate del barco de juguete.

—Me refiero a que si se hubiera empapado por recuperar el barco, tendría algún sentido.

Ella tenía razón. Maldita sea. Y, en verdad, sus pantalones eran incómodos como el infierno.

—Además, que lord Toddingly se lanzase a ayudar —continuó ella— como un caballero, imagino que lo habrá hecho sentir un poco… castrado.

Con esa afirmación, se giró para reunirse con su hijo, dejándolo con la boca abierta.

¡¿Castrado?! ¿Podría estar hablando en serio? Le gustaría demostrarle exactamente lo masculino que era. En privado. Con ella recostada en la cama, con los labios doloridos por los besos, los ojos suplicando que se acercara a ella, la piel desnuda enrojecida por el deseo.

Al fin, ella había dicho más que unas pocas palabras, ¡y eran insultantes!

Es más, ella esperaba que él se quedara allí con la ropa mojada mientras su hijo jugaba.

Lo primero era lo primero. Michael sacó su petaca del bolsillo, desenroscó el tapón y dio un buen sorbo. Al menos no se resfriaría. Solía rellenarla con ginebra, pero ahora prefería el placer más suave del brandy. Bebió otro trago.

—Creo que iré a casa a cambiarme. Vivo en el lado noreste del parque —dijo, señalando vagamente con su petaca.

Ella abrió los ojos de par en par y, si no fuera porque él lo creía imposible, parecía encantada.

—Enviaré mi carruaje para que la lleve a casa —le

aseguró Michael.

Ella negó con la cabeza.

—Iremos andando desde aquí. —Su tono era definitivo.

¿Qué podía decir él? No era así como esperaba que terminara su primera salida.

—Como quiera. Adiós, Harry —le dijo al chico, quien, para su alegría, se giró y saludó con una alegre sonrisa. Le gustaba la cara de Harry, y sus ojos le recordaban a Michael a su propio hermano pequeño, Gabriel.

—Que tenga un buen día, señora St. Ange —se despidió.

Entonces ella asintió. Él hizo una pausa. Seguramente, ella no podía ser tan grosera. Sin embargo, justo cuando él se dio la vuelta, ella añadió:

—Buenos días.

Nada de «milord», como le había dicho a Toddingly. Esta mujer era exasperante. Además, era evidente que le guardaba algún rencor. Peor aún, no importaba. Él seguía queriendo estar con ella, al margen de cómo lo tratara.

¡Qué estúpido era!

⸻ ◈ ⸻

Ada sabía que no debía sentirse tan triunfante, pero no podía evitarlo. Al fin y al cabo, no todos los días se veía a un noble descalzo ni se le bajaban los humos. Sin embargo, eso era exactamente lo que le había ocurrido a Lord Vil.

Por supuesto, él había querido mostrarse heroico ante ella y su hijo. No porque le importara Harry en absoluto, desde luego, sino para impresionarla. En cambio, había quedado como un tonto.

La salida había funcionado mejor de lo que ella podía esperar. ¡Incluso lo había hecho beber!

Ahora, más que nunca, ya que lo había herido en su orgullo, él la atendería e intentaría ganarse su admiración. Y ella disfrutaría de cada momento.

Capítulo 8

Como era de esperar, al día siguiente llegó a su puerta otra misiva de Lord Vil. Esta vez acompañada de flores. Claveles picantes y dulces rosas, para ser exactos.

Como nunca había recibido flores de un hombre, Ada admitió una pequeña sensación de placer. Aunque sabía que él no había hecho nada más que enviar a su criado a la florista de una esquina para que comprara el ramo, atado con una cinta de plata, había conseguido causarle una cierta impresión.

La nota era similar a la anterior, pero más específica:

«Querida señora St. Ange,

A pesar de no haber recuperado el barco de Harry, espero que no me lo tenga en cuenta. Me gustaría visitarla mañana a las dos de la tarde para dar un paseo en carruaje.

Lord M. Alder».

De nuevo, él deseaba tenerla a solas en un espacio reducido. Ella estaba segura de que él la besaría y luego intentaría tocarla. La seducción era su objetivo, pero Ada pretendía ponérselo difícil. En algún momento, sabía que tendría que permitirle tomarse algunas pequeñas libertades con su persona, y estaba preparada para ello, pero todavía no.

Mañana, él podría probar otra pequeña muestra de ella, y luego dejaría de estar disponible hasta después de su próxima cita con el señor Brunnel. Las buenas noticias financieras pondrían a Lord Vil de un humor eufórico y, sin duda, su negro corazón se abriría un poco más a ella, sobre todo, después de unos días de ausencia alimentados por la espera.

«Lord Alder,

Dada su reputación, un paseo en carruaje parece el colmo de la locura, y no soy tonta. Sin embargo, montaré como de costumbre a las dos, si desea traer un apacible castrado para mí.

Señora St. Ange».

Ciertamente, a Ada no le apetecía intentar montar el caballo de su propio carruaje, que era más bien redondo en la cruz y se balanceaba en el lomo. Si Alder no tenía un caballo disponible para ella, entonces irían a dar otro paseo. Al menos, harían ejercicio.

Antes de que se diera cuenta, llegó la hora de su cena a solas con *lady* Pepperton. Su invitación había llegado el día anterior, y Ada no veía ninguna razón para evitar a su nueva amiga solo porque ella tratase de destruir al antiguo amante de la viuda.

De hecho, su asociación solo podía serle de ayuda.

—Me alegro de verla —dijo Elizabeth—. Está espléndida. Pase, pase. ¿Madeira?

Ada asintió.

—Perfecto.

Ada estuvo enseguida instalada en el salón de la dama, con los pies apoyados en un pequeño reposapiés de terciopelo, bebiendo vino tinto y oyendo hablar de la ruptura de *lady* Pepperton y Lord Vil.

Por lo que a ella respectaba, Elizabeth había hecho bien en librarse de él.

—¿Qué ha conseguido en seis meses? —No pudo evitar preguntar, pues le parecía que aquella encantadora mujer no debería haber perdido tanto tiempo con un hombre tan hedonista.

Elizabeth la miró como si fuera bicéfala.

—Querida, no se trataba de obtener nada de nuestra relación. Ninguno de los dos necesitaba nada tangible del otro. Después de todo, no esperaba flores ni bombones.

Ada sintió que sus mejillas se calentaban, puesto que ya había recibido lo primero. Sin embargo, Elizabeth no pareció darse cuenta.

—La asociación fue satisfactoria en muchos sentidos. Me gustaba que viniera a verme cuando lo llamaba, supongo. No hablábamos mucho más aparte del tiempo y de lo que íbamos a comer. Nada de importancia, ya que ambos sabíamos que era una tontería invertir demasiada intimidad en algo que nunca iba a ser un vínculo sentimental.

Teniendo en cuenta lo que la amiga de Ada, Maggie,

sentía por su marido, John, o el profundo sentimiento que unía a sus padres, Ada no podía concebir el hecho de pasar seis meses con alguien que solo rozara la superficie y se mantuviera completamente desvinculado de ella.

Estaba convencida por completo de que si pasaba tiempo con un hombre, e intercambiaba besos y mucho más, sería porque quería estar con él para siempre. Con la excepción, por supuesto, de su tentación por Lord Vil, a quien quería castigar y luego expulsar de su vida lo antes posible.

—Me alegro mucho de que su corazón no estuviera involucrado y de que no se sienta triste.

Elizabeth tenía una risa maravillosa, que Ada agradeció escuchar.

—Nunca podría amar a un hombre como Alder. Era demasiado poco fiable para mi gusto. Sin embargo, lo pasamos muy bien juntos.

A Ada no le gustó pensar en esos buenos momentos. Supuso que era algo parecido a lo que había ocurrido entre ella y él en el mirador. Al menos, él había parecido disfrutarlo. Recordó vagamente la mezcla de terror y excitación, junto con algo insatisfactorio y decepcionante, y luego el *shock* total de lo que había ocurrido. Lo que ella había permitido voluntariamente.

Desde luego, Ada no llamaría a eso un buen momento y seguía sorprendiéndose de que las mujeres buscasen la experiencia.

—¿Así que es poco fiable y superficial, y sin embargo era una buena compañía?

—Lo dice como si estuviera fuera de lugar. Le aseguro que Alder tiene algunos activos bastante buenos. ¿Por qué tanto interés? ¿Está pensando en salir con él? —Y la encantadora risa de Elizabeth estalló de nuevo.

—Oh —dijo la viuda dejando de reír al ver que Ada se ponía seria.

—No es lo que piensa —comenzó a decir esta. ¿Cómo podía explicar lo que era? ¿Una simple venganza? ¿Acaso quería hacerlo? ¿Y si Elizabeth sentía un sentimiento de lealtad hacia su antiguo amante y se lo contaba? Ada decidió guardar su plan para sí misma y ser sincera—. No tengo ningún interés en él en absoluto como pretendiente, ni querría jamás pasar un «buen rato» con él.

Elizabeth la observó y luego asintió.

—En cualquier caso, no me molestaría —admitió la viuda—. Como he dicho, nunca podría amarlo, aunque estoy convencida de que podría haber hecho que se enamorara de mí si hubiera querido. Si es que él es capaz de enamorarse.

—Una vez estuvo comprometido con alguien que conozco —soltó Ada.

—¿En serio? —Elizabeth parecía intrigada y luego frunció el ceño.

—Nunca lo mencionó.

Ada se encogió de hombros.

—¿Por qué iba a hacerlo? Ella no significaba nada para él, pues fue él quien rompió. De todos modos, fue hace unos cuatro años.

—¿Se refiere a usted? —le preguntó Elizabeth con rapidez.

—No, lo juro. —Sin embargo, tampoco quiso revelar el nombre de Jenny Blackwood, pues todo era ya agua pasada.

—Es extraño —dijo Elizabeth—. Nunca he oído un

solo rumor de su compromiso, pero yo estuve en el extranjero durante gran parte de la década antes de conocer a mi marido, que en paz descanse. De todos modos, el comportamiento de Alder o sus asuntos sentimentales no me habrían impedido salir con él. La viuda hizo una pausa y luego levantó una ceja con picardía—. En respuesta a su pregunta anterior —continuó—, había una cosa que quería de él que no había tenido con mi marido, y Alder me la proporcionó por completo.

Ada suspiró. Volvían a las relaciones físicas entre un hombre y una mujer, el misterioso acto del que ella no podía entender que se le diera tanta importancia.

—¿No le molestaba su reputación, la cual le valió su apodo? ¿Su forma de beber y que frecuentase a prostitutas?

Elizabeth se encogió ante la última palabra.

—Admito que bebe más que algunos. Pero no creo que fuera la ginebra o el disfrutar de unas cuantas rameras el motivo de su atroz apodo.

—¿No? —Ada sintió un pinchazo de incomodidad.

La viuda sacudió la cabeza, con los rizos oscuros agitándose en su cuello.

—La alta sociedad no se preocupa demasiado por un poco de bebida o prostitutas, aunque seguro que los lugares que eligió para obtener ambas cosas eran inadecuados. No, fue su reputación de aprovecharse de las jóvenes ingenuas lo que les llamó la atención, e incluso les hizo temer. La mayor parte de la alta sociedad sigue pensando que es vil seducir a una muchacha inocente.

—Por supuesto —dijo Ada, obligándose a no dejar que su mente volviera a esa noche y a la terrible conmoción que le supuso.

—Y ni siquiera es por el bien de la joven —continuó Elizabeth—. Básicamente, la preocupación de todos es la percepción del robo de su virginidad al futuro marido. También, por supuesto, la posibilidad de que se le adjudicase a este un bastardo.

Ada tragó saliva, incapaz de hablar.

Elizabeth se encogió de hombros.

—En cuanto a mí, supuse que cualquier hombre capaz de seducir a una debutante para que renuncie a su posesión más preciada debe ser bastante hábil haciendo el amor.

Ada no quiso preguntar si su nueva amiga había adivinado correctamente las habilidades de Lord Vil. Pudo ver la respuesta en su rostro. La mujer había disfrutado. Entonces, Elizabeth suspiró.

—La única molestia al final de una aventura es tener que encontrar otro candidato. La fastidiosa búsqueda está en marcha.

Sin embargo, su expresión, ansiosa e incluso excitada, desmentía sus palabras. La viuda parecía demasiado dispuesta a lanzarse a la caza.

<hr>

Michael le trajo a Ada un caballo castrado y tranquilo, como le había pedido. Hacer otra cosa sería poco caballeroso, y él estaba decidido a ser un caballero a sus ojos. Excepto cuando la besara, como era su intención, o cuando se acostase con ella, como también se proponía hacer. No ese día, pero sí en el futuro.

Obviamente, era una buena amazona. Había tomado sin esfuerzo sus estrechos faldones con la mano izquierda, agarrado el pomo con la derecha y colocado su pie izquierdo en la mano de él. Con su ayuda, se subió sin esfuerzo a la silla de montar de las damas, enganchando la pierna derecha sobre el pomo.

Paciente e inmóvil, ella le permitió asegurar su pie calzado en el estribo e incluso arreglar las faldas de su traje de montar.

Cuando levantó la vista, ella miraba al frente mientras él la tocaba. ¿Era porque se sentía conmovida por su tacto, o porque estaba completamente impasible? Él no lo sabía.

—O al norte, hacia Grosvenor Gate, o al oeste, hacia Kensington Gardens —le ofreció él como ruta—, pero evitaré por completo el Serpentine, señora. En eso, no toleraré ninguna discusión.

—Por supuesto.

Al parecer, esa era su palabra favorita para irritarlo, no comprometerse y mostrarse cortante.

Cuando ella no dijo nada más, él decidió que irían al oeste por Rotten Row, bordeando Hyde Park.

Para satisfacción de Michael, cabalgaron en silencio durante unos minutos. Como era de esperar, él iba a la derecha de ella, lo que le proporcionó una deliciosa vista de su redondeado trasero.

—Tiene una buena figura —dijo él por fin, bajando la voz mientras se acercaban al Palacio de Cristal y a la multitud de visitantes.

Llevaba un traje de montar de terciopelo verde que él había deseado quitarle desde el momento en que la ayudó a subir a la silla.

Haciendo caso omiso de su comentario, Ada miró el edificio a su izquierda.

—Increíble —afirmó.

—Estoy de acuerdo —dijo él—, pero ¿a qué se refiere?

Ella mantuvo su mirada en la estructura.

—A que los constructores pudieron diseñar y tenerlo en pie en solo nueve meses. Su tamaño, su diseño. No importa lo que haya dentro, aunque los objetos expuestos son suficientes para aturdir el cerebro, creo que el edificio en sí, con todo ese vidrio y hierro, es una maravilla.

—De nuevo, coincido. ¿Cuántas veces ha estado dentro?

Esto hizo que su mirada se encontrara con la de él.

—Cuatro. Mi padre cuenta con Henry Cole entre sus conocidos, así que, naturalmente, nos invitaron a la inauguración de la exposición de la reina. ¿Y usted?

—No fui invitado —dijo él, esperando que ella se diera cuenta de que su tono sarcástico iba dirigido a sí mismo. Porque él no había contribuido en nada al mundo de la invención que justificara conocer a Cole, quien prácticamente había creado toda la exposición él solo, o ser miembro de su círculo íntimo.

—Supongo que su padre también es miembro de la Real Sociedad para el Fomento de las Artes, las Manufacturas y el Comercio.

—Naturalmente —dijo ella.

—Ni siquiera he enviado una tarjeta de felicitación a Cole —dijo él—, pero sí he recibido una —añadió, esperando suavizar la frialdad que la rodeaba—. Por esta razón, estoy agradecido al hombre.

—Efectivamente —dijo ella.

Él puso los ojos en blanco.

—Dígame, ¿por qué está disgustada conmigo ahora?

—¡El señor Cole ha hecho mucho más que tener la simple idea de una tarjeta de Navidad! —espetó ella—. Incluso ahora, está desarrollando un Museo de Arte Ornamental en Marlborough House. ¿Sabía que inventó una maravillosa tetera?

—¿Una tetera? —Michael se mordió la lengua para no mencionar que se podía preparar té en casi cualquier cosa.

—También ha escrito libros.

—¿De verdad? —Michael había leído muchas tonterías en su época. Le parecía que cualquier Tom, Dick o, en este caso, Henry, podía escribir un libro.

En cualquier caso, no dudaba de que Cole fuera tan inteligente como todo el mundo decía. Por lo tanto, Michael no iba a mencionar lo mucho que le gustaban los aseos públicos de la exposición. Sin embargo, había pensado que eran una delicia. De hecho, era un dinero bien gastado. El asiento estaba limpio y el empleado le había dado una toalla inmaculada y un peine para que se arreglara. Sin embargo, no se atrevió a lustrar los zapatos, ya que su propio ayudante de cámara se habría sentido insultado si hubiera aparecido una nueva capa de cera en sus hessian mientras él estaba fuera.

—¿Entramos? —le ofreció él—. Llevo unas cuantas guineas encima.

La señora St. Ange levantó la barbilla.

—Tengo un pase de temporada, gracias. Y no estoy vestida para ello.

Michael nunca entendió del todo por qué las damas vestidas con traje de montar no deseaban hacer otra cosa que ir a caballo mientras lo llevaban puesto. Un atuendo perfectamente útil, según él, aunque al parecer ellas no podían soportar estar sin sus faldas con pliegues y sus trozos de encaje.

Por otro lado, eso le dio una razón para pedirle que lo acompañara de nuevo. Y en un carruaje.

Fueron hasta la calle West Carriage Drive, que separaba el parque de los jardines.

—¿Seguimos? —preguntó él—. ¿Tal vez hasta el lago?

—¡Donde se quedaría con las botas y las medias puestas, por Dios!

Como ella asintió amistosamente, continuaron con sus caballos a paso ligero. Una vez en los Jardines de Kensington, dejaron atrás algunos de los carruajes y jinetes, y él empezó a pensar que podría encontrar un lugar donde estar a solas con ella un momento.

En un pequeño bosquecillo de castaños, con el lago justo delante, Michael sugirió que desmontaran para estirar las piernas y dejar que pastasen los caballos.

Ella lo miró fijamente. Por fin, aceptó.

—Tendrá que ayudarme —le dijo, como si tuviera alguna duda de que lo haría.

Él se bajó del caballo en un tiempo récord, aseguró las riendas a una rama y se puso a su lado izquierdo, dispuesto a tocarla de nuevo.

—La pierna sobre el pomo —le indicó, sacando el otro pie calzado del estribo.

—Ya lo sé —espetó ella, levantando la pierna derecha por encima del alto pomo de la silla de montar. Luego se deslizó hacia los brazos de él—. *Hmm* —dijo con las manos apoyadas en el pecho de Michael y su cuerpo contra el suyo. Ella no tenía otro lugar al que mirar que no fuera su pulcro corbatín o su cara.

Con la cabeza inclinada hacia arriba, fue fácil. Michael acercó su boca a la de ella.

—*Hmm* —la imitó sobre sus suaves labios.

A ella no pareció importarle que la besara. No retrocedió ni lo empujó hacia atrás. Tenía que admitir que besarla era diferente. Ella le hizo querer ser precavido, suave y lento. Se había acostado con sirvientas y con damas aristocráticas, incluso con una duquesa. Sin embargo, nunca había tenido la sensación de cautela que sentía con ella.

Eso le inquietaba, pues sabía que ella era alguien a quien él podía y debía querer. Qué extraño, teniendo en cuenta que era una de las hembras más espinosas que había conocido.

Cediendo a un impulso, le chupó el labio inferior, rozándolo con los dientes mientras la soltaba.

Él oyó su pequeño jadeo. ¿Fue de placer? ¿Indignación?

Al fin, Michael se dio cuenta de que ella no podía moverse, ya que el caballo le cortaba el paso. ¡Qué mal! Tal vez no le había gustado en absoluto su beso y solo estaba atrapada.

Él levantó la cabeza y la liberó dando un paso atrás. Desde luego, no quería forzarla. Ni mucho menos. Le gustaban las mujeres dispuestas y rebosantes de deseo y, que él recordara, nunca había tenido una mujer de otra manera.

Sin decir nada, mientras sus mejillas se sonrosaban con gracia, ella se alejó y le dio la espalda.

¡Diablos! ¿La había ofendido tanto? Después de atar su

caballo, la alcanzó.

—Señora St. Ange, ¿damos al menos una vuelta por la orilla y luego volvemos a casa a caballo, quizá por el camino del norte? —Incluso se dignaría a rodear el maldito Serpentine.

Ada asintió con la cabeza, parecía distraída, como si nada le importara.

Michael quería desesperadamente hacer algo por ella, cualquier cosa, para agradarla.

—Me he dado cuenta de que usted que no tenía un lacayo ni mayordomo para sujetar la brida de su caballo cuando ha montado. ¿Tiene problemas para conseguir sirvientes?

—De hecho, sí.

—¿Dónde estaba hoy su cochero?

—No lo tengo a tiempo completo. Y he decidido no buscar un lacayo. ¿Qué haría él todo el día? Sin embargo, me gustaría tener un mayordomo. Uno que no me moleste de ninguna manera.

¿Un mayordomo molesto? ¿Qué querría decir?

—No, por supuesto, eso no serviría.

—Exacto. No quiero sentirme amenazada.

¿Amenazada? ¿Qué clase de sirvientes había entrevistado?

—Haré algunas averiguaciones. Estoy seguro de que puedo localizar un mayordomo capaz.

Michael vio cómo dudaba.

—No, no se moleste —dijo ella, malhumorada—. No necesito su ayuda.

Qué rápido cambió su tono y su comportamiento. Necesitaba ayuda, pero era obvio que no quería la suya.

Muy bien. Él lo haría de todos modos y le enviaría algunos candidatos a su casa. Ella no podía impedirle que la ayudara. Conocía a mucha gente y lo más probable es que alguien en White's le diera una buena sugerencia. Aunque tuviera que robarle el mayordomo a otro hombre, le encontraría uno adecuado.

Sintiéndose benevolente, se dispuso a tratar de engatusarla con alguna pequeña nota de calidez. Y la mejor manera sería hablar de Harry.

—Su hijo me recuerda a mi hermano menor.

De nuevo, sus pasos vacilaron como si todo lo que él dijera la sorprendiera o la turbara.

—¿En qué sentido? —preguntó ella tan escueta como siempre.

Nunca había querido que una mujer hablara demasiado, hasta que conoció a la señora St. Ange. De ella le gustaría oír un discurso completo.

—Curiosamente, Harry se parece mucho a Gabriel, el mismo color de pelo y los mismos ojos. Yo tenía seis años cuando él nació, así que recuerdo cómo era de pequeño, aunque no me interesaba mucho. Como la mayoría de los niños, tenía mis propias preocupaciones.

—Sin duda —declaró Ada tras una pausa—, hay muchos niños pequeños que se parecen a Harry.

Michael decidió insistir.

—También tengo una hermana, Camille. Es cinco años menor que yo. Ahora que lo pienso, lo más probable es que esté a punto de tener su primera temporada.

No era de extrañar que su padre estuviera empezando a preocuparse por el dinero. Las entradas, los vestidos y todos los adornos y comodidades podían ser económicamente agobiantes. Por no hablar de reservar fondos para una dote considerable. Aunque, con la cara bonita de Camille, confiaba en que ella encontraría una pareja a su gusto, aunque no tuviera dinero.

Ella no dijo nada, quizá pensando en sus propias temporadas.

—¿Tuvo usted una temporada en Londres? —preguntó Michael—. Me temo que no recuerdo haberla conocido en ningún evento social.

Esta vez, Ada no dudó. Giró sobre sus talones, obviamente caminando hacia su caballo.

¡Maldita sea! Debe de haber experimentado algún suceso desastroso como debutante. O tal vez alguien la rechazó en un baile, o su dote había sido una miseria. ¿Cómo iba él a saberlo? ¿Y cómo podía seguir estando tan afectada? Después de todo, había acabado casándose con el acaudalado señor St. Ange y consiguiendo una gran casa en Belgrave Square, así que ¿por qué estaba casi trotando para alejarse de él y de algún recuerdo del pasado?

Michael la alcanzó con rapidez, a pesar de que ella caminaba con furia.

—Ayúdeme —le exigió mientras intentaba desatar su caballo.

—¿Se encuentra mal? Es decir, veo que está bien físicamente, pero...

Impaciente, ella intentó subir a la silla por su cuenta, colocando el pie izquierdo en el estribo, pero después se enfrentó a la tarea de poner su pierna derecha sobre el pomo sin necesidad de pasarla por encima del lomo del caballo. El faldón de su traje lo hacía casi imposible.

Saltó sobre un pie, con el otro todavía en el estribo, a la vez que el caballo se movía agitado.

—¿Me va a ayudar o no?

A él le gustaría decirle que se fuera al diablo, ya que no le había dicho ni una sola palabra amable. Sin embargo, se acercó, le sacó el pie del estribo y le ofreció sus manos vueltas hacia arriba.

Ella puso el pie encima y dejó que él la impulsara. Pronto estuvo a salvo en la silla de montar, y antes de que él pudiera hacer lo mismo, ella estaba llevando el suyo al trote.

Durante el camino, él esperaba poder convencerla de que le contara lo que le había molestado. Sin embargo, en cuanto llegaron a su casa, ella bajó sola de la montura y huyó.

Asombrado por sus modales, la vio abrir la puerta, entrar sin mirar atrás y cerrarla de golpe.

«¡Por supuesto!».

Capítulo 9

Ada tardó un día en recuperarse del insensible canalla. ¿Cómo se atrevía a preguntarle si había tenido una temporada? Simplemente tuvo que alejarse de aquel hombre para no intentar hacerle daño.

Esperaba tener una salida agradable en la que lo dejaría con ganas de más antes de negarse a verlo durante una semana. En cambio, su plan se había arruinado. No solo había huido de él, sino que había sido irracionalmente descortés.

Si él no le pedía que la acompañara de nuevo, no se sorprendería. Pero si no lo hacía, ¿cómo iba a romperle el corazón?

Si se ponía en contacto con ella, en lugar de no responder durante una semana, decidió que volvería a verlo. ¿Pero serviría de algo?

Cada vez que estaba con él, se juraba que sería seductora e incluso adorable, pero luego, en cuanto estaba frente a su apuesto rostro, recordaba toda aquella horrible noche. Especialmente cómo había susurrado el nombre de Jenny mientras él estaba dentro de ella. Y luego, el espantoso guiño, como si fueran conspiradores de alguna travesura.

Lo maldijo en la intimidad de su habitación y luego deseó no maldecir tanto. Siempre sobre él, y normalmente a diario.

Prometiéndose a sí misma hacerlo mejor, Ada se preguntó si debería romper el patrón de sus interacciones y ser dulce como el azúcar. ¿Podría hacerlo?

Al no tener noticias de Alder al día siguiente, temió haberlo estropeado todo. Y entonces ocurrió algo sorprendente: un hombre llamó a su puerta y dijo que quería solicitar ser su mayordomo. A Ada le gustó a primera vista y todavía más después de que hablaran. Cuando el hombre declaró que el sueldo era aceptable y que las dependencias del mayordomo eran más que adecuadas, ella casi lo abrazó. Era impecable, excepto por una cosa.

Y era una cosa bastante inusual. Estaba casado.

¿Había oído hablar alguna vez de un mayordomo casado?

No, en absoluto. Sin embargo, en ese momento, él era su mejor opción, por no decir la única. Además, con los cuartos de los sirvientes apenas ocupados, Ada decidió hacerle un ofrecimiento.

—Señor Randall, si acepta el puesto, puede empezar de inmediato. Sé que ha dicho que su esposa vive en Lambeth, pero no veo ninguna razón para que se separen, y menos con el Támesis de por medio. Ella también puede vivir aquí. Si la habitación que le mostré no es lo bastante grande, puede elegir cualquiera de las que están vacías, aunque creo que esa es la más cómoda.

Por primera vez, la expresión neutra, pero amigable del hombre, se tornó en una pequeña sonrisa de felicidad.

—Gracias, señora. Mi esposa estará muy contenta, al igual que yo. Sin embargo, creo que debe pedirme referencias antes de contratarme.

Por supuesto, tenía razón. Él metió la mano en el bolsillo de su abrigo, sacó una hoja de papel y se la entregó.

Ella reconoció enseguida la letra. Alder. Leyó la nota con rapidez.

«Este hombre viene muy recomendado, pero debido a su condición de casado, tiene dificultades para encontrar un empleo».

Ada sabía que Adler que no enviaría a su casa a alguien que no fuera de confianza, no con Harry allí. Simplemente lo sabía.

¡Qué raro! Lo consideraba el más vil de los seres en cuanto a su trato con ella, y tal vez con todas las mujeres y, sin embargo, confiaba en su criterio sobre esto.

Que así fuera. Tenía un mayordomo. Cuando el señor Randall se marchó a recoger sus cosas y a su esposa, Emily, Ada dio unos pasos de vals alrededor de su salón. Tal vez intentaría tomar el té con Maggie y cotillear un poco.

Entonces se dio cuenta de que lord Alder no había pedido verla de nuevo, y como un globo de aire caliente desinflado, Ada se hundió en su sofá.

Era su turno de hacer una propuesta. Por supuesto. Para agradecerle que le hubiera encontrado el empleado más difícil de todos, el mayordomo perfecto, lo invitaría a cenar.

Lord Vil era muy puntual. A Ada le gustaría poder decir

que eso le gustaba de él, pero no había nada que le gustara. O, al menos, nada que admitiera.

En cualquier caso, se había vestido para deslumbrar, como diría Maggie, ya que su amiga era quien mejor sabía deslumbrar a un hombre de todas las mujeres que Ada conocía. Pensando en Maggie, eligió el rico satén azul en lugar del rosa más recatado que había escogido al principio, y luego dejó de lado la pañoleta de encaje. Su escote le deslumbraría también.

Su nuevo mayordomo anunció la llegada de lord Adler y le hizo pasar al salón. Si Ada no pensara que Lord Vil ya se sentía seguro de sí mismo, pensaría que había hecho un esfuerzo especial para parecer más devastadoramente atractivo que de costumbre. Y lo había conseguido.

Se levantó para saludarlo y le permitió tomar su mano y besarla. Tenía una bonita forma de hacerlo, con los labios secos y la más tentadora y suave caricia de su boca sobre sus dedos desnudos. Luego la soltó.

—Gracias por venir —dijo ella, sintiendo que podría ahogarse con las palabras.

—Gracias por invitarme. Veo que el señor Randall ya está en la residencia.

Ada pensó en mostrarle una sonrisa genuina sobre su mayordomo, y así lo hizo.

Para su consternación, Alder se congeló y retrocedió un paso.

—¿Pasa algo? —preguntó ella, llevándose la mano a la garganta. ¿Podría tener un pequeño trozo de lechuga de su ligero almuerzo entre los dientes?

—No. Es solo la visión de su sonrisa. Y es

impresionante.

Una pequeña burbuja de placer flotó dentro de Ada ante el cumplido.

—¿Una copa antes de la cena? —le ofreció—. ¿Qué le apetece?

—La estoy bebiendo con los ojos —dijo él.

Su ridícula afirmación, tan practicada y poco sincera, la devolvió por completo a sus sentidos. Gracias a Dios.

—Sin embargo, ¿no le apetece nada?

Los ojos de Michael se abrieron de par en par y apareció una sonrisa lobuna.

—¿Y ahora qué? —preguntó ella—. ¿Lo he vuelto a impresionar? —Esperaba que su tono fuera tan cortante como pretendía.

—Hay algo que me apetece mucho, pero, sin duda, lo encontraría inapropiado. Al menos, antes de la cena.

Frunciendo el ceño, ella consideró sus palabras y se dio cuenta de su doble sentido, aunque seguía sin saber a qué parte de ella se refería. Casi quiso preguntar.

En lugar de eso, extendió las manos, impotente.

—Ya que no ha tomado ninguna decisión, la tomaré por los dos. Entraremos a cenar de inmediato sin tomar ninguna bebida antes. Podemos hablar fácilmente en el comedor durante la comida.

—Como quiera —dijo él con una inclinación de cabeza, volviendo a ser cortés. Luego le ofreció el brazo.

A Ada le parecía más que extraño dejar que un hombre, especialmente este, la condujera a su propio comedor.

Cuando se sentaron, su escaso personal trabajó como un reloj, sirviendo los platos que su cocinera, Mary, había preparado. Ada había simplificado el abundante menú que se suele servir a un invitado. Quería que esto terminara antes de las dos horas que por norma se tardaba en pasar de los aperitivos al postre. Además, Mary era menos hábil de lo que había afirmado cuando la contrató. Hubo algunos desastres menores, pero Alder era el primer invitado que ella tenía para cenar.

Enseguida les trajeron un plato de langostinos con una ramita de perejil a cada uno.

Un poco simple, pero tenía buena pinta, y Ada comenzó a comer. Masticó y masticó el pequeño bocado gomoso, y lo regó con un sorbo de vino. ¡Maldición!

Mirando cautelosamente a Alder, lo vio trabajar con sus mandíbulas el marisco demasiado cocido.

—Estoy cansada de las ostras —comentó Ada antes de meterse otra gamba en la boca como si estuviera deliciosa. Luego masticaron en silencio.

Después de terminar la mayor parte, Alder se reclinó en su asiento.

—Dejaré espacio para el siguiente plato. —Fue todo lo que dijo.

Estaba siendo amable de nuevo. Ella odiaba eso. Sin embargo, como él había dejado de fingir que disfrutaba de las gambas, ella también podía hacerlo.

Cuando la sirvienta trajo de forma inoportuna una cesta de pan antes de la sopa, Ada se limitó a encogerse de hombros. Con unas pinzas, la chica puso un panecillo crujiente en el plato de Ada. Por desgracia, cuando fue a hacer lo mismo para Alder, el bolló se resbaló y, por el sonido que hizo al golpear la porcelana y luego rebotar en el suelo, Ada supuso que eran más bien piedras que panecillos. Con suerte, un poco de mantequilla ayudaría.

—Lo siento mucho, señora —dijo la sirvienta a la vez que se inclinaba para recogerlo, pero se lo pensó mejor y utilizó las pinzas para recuperarlo y luego se lo metió en el bolsillo.

Ada se alegró de que la chica no lo hubiera puesto en el plato de Alder. En su lugar, le sirvió otro con cuidado, luego dejó la cesta en el aparador, cogió sus platos de aperitivo y se apresuró a volver a la cocina.

—¿Le he dado las gracias por enviarme un mayordomo? —preguntó Ada.

—Lo hizo en su nota. Me alegro de que haya funcionado. ¿Y no es un inconveniente tener a su esposa aquí también?

—Desde luego que no. Parece una barbaridad que se obligue a los criados casados a vivir separados, o peor aún, que se les prohíba contraer matrimonio. ¿Por qué no deberían tener una vida privada al margen de su empleo?

Michael asintió.

—No mucha gente piensa así. ¿Es usted una romántica, señora St. Ange?

Ella sintió que sus mejillas se calentaban. Podría decirle que era una joven romántica antes de que un supuesto caballero le arrancara el velo de la inocencia de sus ojos. El romance era la mentira que un hombre fingía hasta que levantaba las faldas de una mujer y conseguía lo que quería.

Esperaba una respuesta.

—No. —En ese momento trajeron la sopa y no tuvo que decir más.

Olía bien. Le había pedido a Mary que hiciera un caldo de pollo. Cuando Ada miró hacia abajo, jadeó antes de poder contenerse, ya que había algunos huesos flotando en el cuenco y otros en el fondo, visibles a través del líquido transparente.

Ada quiso llevarse una mano a la frente, pero fingió una calma absoluta mientras miraba de reojo a su invitado para ver su reacción.

Su mirada se encontró con la de Ada, y ella trató de mostrarse natural.

—Nunca había visto la sopa de pollo servida de esta manera —confesó él.

—Los huesos le dan más sabor. Solo hay que dejarlos en el fondo.

—Le aseguro que no me los iba a comer —dijo Michael mientras cogía su panecillo e intentaba partirlo. Como no pudo, lo atacó con el cuchillo y, al fin, se desmenuzó como una tostada, con las migas volando por todas partes sobre el mantel blanco.

Ada fingió no darse cuenta y tomó una cucharada de sopa. A primera vista, parecía estar bien, pero luego el sabor salado golpeó la parte posterior de su lengua y se prolongó en su garganta. No era lo que uno llamaría agradable, más bien era como tragar vidrio. ¡Por Dios!

Esperando ansiosamente a que él metiera la cuchara en la sopa, se preguntó si sería prudente volcar el cuenco sobre la mesa, pero no se le ocurrió cómo hacerlo sin que acabara en su regazo.

Mientras él tragaba, ella vio cómo sus ojos se abrían de par en par.

A Ada se le escapó una risa nerviosa, que enseguida se convirtió en tos.

Él también tosió, obviamente debido a la sopa.

Ambos cogieron con rapidez sus copas de vino y las apuraron de un trago. Ada trató de recordar cuál era el siguiente plato, sabía que le había dicho a Mary que se saltara el pescado, y supuso que la carne sería algo que incluso su cocinera podría manejar.

Por suerte, cuando les retiraron la sopa casi intacta, la criada trajo un sencillo muslo de cordero asado con crema de patatas y judías francesas con mantequilla.

¿Qué podría salir mal?

Por supuesto, el cordero estaba demasiado cocido, de modo que la piel tenía la consistencia de la suela de un zapato. A pesar de eso, hambrientos a estas alturas, ambos se terminaron el plato. Para su sorpresa, las patatas estaban perfectas. Al parecer, el exceso de calor las hacía más cremosas. ¿Quién lo diría? ¿Y las judías?

Ada se atragantó con una judía blanda y extrañamente fibrosa.

Ya no tenía sentido fingir que estaban buenas.

Abrió la boca para disculparse, pero se detuvo cuando él levantó la mano.

—No lo diga.

—¿Decir qué? —preguntó ella.

—Que cocinar todo hasta casi achicharrarlo aumenta el sabor. ¿Es esa su opinión? Porque le puedo decir, señora, que salvo las patatas, no estoy interesado en degustar un mayor sabor, no de esta comida.

Sin embargo, él terminó su queja con una sonrisa.

¿Qué podía hacer ella? Ada le devolvió el gesto.

—En realidad, iba a disculparme por este desastre. Mi cocinera ha cometido algunos errores, como el áspic duro del otro día. No puedo entender cómo pudo convertir un alimento gelatinoso en algo tan sólido, pero lo hizo. De todos modos, no soy una comensal exigente y no me había dado cuenta de lo mal que cocina.

—Yo, por mi parte, estoy encantado con la comida —dijo él.

—¿Perdón?

Michael tomó otro sorbo de vino.

—Gracias a su cocinera, usted me ha hablado más de cuatro palabras seguidas.

Ada puso los ojos en blanco. Deseó haber mantenido su actitud distante.

—¿La va a despedir? —preguntó él.

La idea no se le había ocurrido. Ada no podría dar buenas referencias a Mary, y sin ellas, ¿cómo iba a encontrar otro trabajo?

—Absolutamente no —declaró.

—Entonces, ¿cómo se las arreglará? —dijo él—. Y lo que es más importante, ¿cómo podré aceptar su próxima invitación? Podría comer primero, supongo, y luego venir a cenar.

De nuevo, él sonrió.

Ella suspiró.

—Mary mejorará.

—¿Hay muchos más platos? —Parecía nervioso.

—No. Solo el postre.

—Gracias a Dios. —Luego vació su vaso—. Por cierto,

el vino es delicioso.

Ella estuvo de acuerdo. Habían tomado dos tipos diferentes, uno con las gambas y la sopa y otro con el cordero. En cada caso, el vino era lo único realmente apetecible.

La criada entró con el postre.

—¿Qué vamos a tomar, Lucy?

La chica miró la fuente plato y frunció el ceño.

—La cocinera dijo que era tarta de frambuesa, señora. Con nata fresca.

Lucy les sirvió una porción negruzca y todavía humeante, con una crema muy fina que se había escurrido por los lados.

—A decir verdad, señora —añadió la muchacha—, no estoy nada segura de lo que es. —Con un cacareo, se marchó.

Entonces Ada hizo algo que pensó que nunca haría en su vida. Se rio con Lord Vil. Se rio tan fuerte que se le saltaron las lágrimas mientras miraba el desastre que tenía delante.

Golpeó la mesa con alegría.

—No me lo voy a comer, señora St. Ange. Se lo aseguro. Ni siquiera por cortesía. ¿Quién sabe cómo me sentiría por la mañana?

Ella no podía hablar mientras se limpiaba los ojos con la servilleta, sacudiendo la cabeza.

—No tiene que hacerlo —dijo al fin—. Ha sido más que educado durante este fiasco de comida. No sé qué haré con la cocinera.

Él se puso de pie y se acercó a la silla de ella. Cuando se levantó, le cogió la mano y se la pasó por debajo del brazo.

—¿Volvemos al salón y tomamos una copa?

«¿Y luego qué?», se preguntó Ada. Sin embargo, tenía

que ser agradable.

—Solo tengo oporto. Nada de brandy.

Michael sonrió.

—Lo soportaré.

Ella dejó que él sirviera dos copas del aparador. Luego se sentaron uno frente al otro, ella en el sofá, él en un sillón con orejas, y el silencio descendió como las nubes de los truenos. Ada recordó lo que había dicho Elizabeth sobre hablar del tiempo y de lo que iban a comer.

¿De qué quería hablar con él?

Si él realmente le interesara, le preguntaría por su familia, y quizá ella también le hablaría de la suya. Podrían hablar de inversiones y de cómo llegó a existir la Bolsa de Londres gracias a un grupo de comerciantes renegados que abandonaron la Bolsa Real o, más bien, fueron expulsados por ser revoltosos, para empezar a comerciar en los cafés de Londres. Podrían, si ella no estuviera tratando de arruinarlo económicamente.

—¿Qué lee? —le preguntó ella al fin.

Él pareció sorprendido.

—¿Leer?

—Sí, ya sabe, como libros.

—Sí, lo sé. Francamente, leo sobre todo periódicos, pero confieso que me gusta la ficción por entregas de vez en cuando. Apenas se puede abrir una revista sin ver una historia del señor Dickens.

—Por supuesto —dijo ella.

Alder se levantó de un salto de su asiento y se sentó a su lado, inclinándose sobre ella para colocar su vaso en la pequeña mesa octogonal que había a su lado.

—No vuelva a empezar con sus «por supuesto». Creía que ya habíamos superado eso.

—No tengo ni idea de a qué se refiere —respondió Ada, sorprendida.

—¿Por qué no me dice qué le gusta leer?

Ella lo miró fijamente.

—¿De verdad quiere saberlo?

—Sí, desde luego —insistió él.

Ada pasaba mucho tiempo leyendo no solo *El Economist* y los informes de la Bolsa de Londres, sino también a los filósofos, sobre todo, a los que hablaban de economía. Había leído con voracidad durante su reclusión antes de que naciera Harry, y había leído para evitar la soledad después, cuando se negaba a ver a nadie, excepto a Maggie, y apenas salía de la casa de sus padres en Surrey. Se había convertido en un hábito tan grande que leía todos los días. Por suerte, era un lujo que podía permitirse y, por tanto, había creado su propia biblioteca. Sin embargo, no quería llevar a lord Adler a su biblioteca. Era demasiado personal.

Pensando en lo que había leído recientemente, confesó:

—Me gustan John Stuart Mill y Karl Marx. —En cuanto dijo esos nombres, Ada supo que debía añadir algo más frívolo y femenino. Así como Jane Austen. —Aunque no se le ocurría ni un solo título de esa estimada escritora.

Alder enarcó las cejas.

—Son textos muy diferentes. Puedo entender que lea a Austen, pero sinceramente, nunca he conocido a una mujer que haya leído a Mill o a Marx.

Ella reflexionó.

—Aparte de mí, yo tampoco.

—Debo confesar que no he leído a ninguno de los tres —dijo él, y luego se encogió de hombros.

Cuando Michael se inclinó hacia delante, ella jadeó con suavidad. Iba a besarla, y ella sabía que tenía que permitírselo si quería ganarse su afecto.

Ada cerró los ojos, a la espera.

No ocurrió nada. Cuando los abrió, él tenía su bebida en la mano y la miraba con suficiencia.

Qué rata. Sabía lo que ella había supuesto y la había dejado allí sentada como una tonta. Si no hubiera tenido la intención de humillarla, la habría besado. Debería haberlo hecho.

¡No! Eso no tenía sentido. ¿Cómo podía ser correcto besarla?

Confundida por sus propios pensamientos, Ada tomó su copa y bebió un sorbo mientras Lord Vil terminaba la suya en dos tragos. Luego se levantó para servir otra. Levantó el decantador en señal de pregunta, pero ella negó con la cabeza.

¿Había pasado ya suficiente tiempo siendo seductora? ¿Podría terminar ya con aquella velada?

Cuando él se sentó de nuevo, miró su perfil.

—¿Por qué no es usted una romántica, señora St. Ange?

—Nunca lo he sido —dijo ella, pero enseguida deseó poder retractarse de sus palabras. Era por culpa del oporto, que le aflojaba la lengua después de todo el vino.

Él ladeó la cabeza.

—¿Su marido no la cortejó en la forma adecuada?

—No quiero hablar de él —dijo ella con rigidez.

—Está bien. Hablemos de usted. ¿Puedo llamarla por

su nombre de pila?

—No —le contestó Ada en el acto.

—Puede llamarme Michael.

—No deseo hacerlo.

Él suspiró.

—¿Por qué se trasladó del campo a la ciudad? ¿Se sentía sola?

¿Lo hacía?

—Supongo que sí.

—Entonces, ¿ha venido a la ciudad para encontrar un nuevo marido? —preguntó él, con una risa que sonó como un ladrido de desprecio a los oídos de Ada.

—No.

—¿Un amante, entonces?

—¡No! —Ella tenía que deshacerse de este acoso—. Tengo amigos aquí.

—¿Alguien que conozco?

—No… —murmuró Ada. ¡Maldición! No podía mencionar a Maggie, quien, tras su huida de Londres, era la única amiga que Ada conservaba. Mencionar a la hermana de Jenny sería un desastre—. Estoy segura de que usted y yo nos movemos en círculos diferentes. —Tuvo que disuadirle—. ¿No le parece extraño estar sentado aquí, en mi salón, una noche en la que podría estar dos puertas más abajo?

—Ya hemos hablado de esto antes, creo.

Ella alzó una ceja.

—Habría comido mejor allí —señaló él, terminando su segunda copa de oporto—. Y a estas alturas, seguro que no estaríamos hablando de libros y amigos.

Ada se sonrojó.

—De hecho, me gustaría demostrar que preferiría estar en su compañía antes que con cualquier otra mujer.

Con eso, se inclinó hacia ella y la besó. Ella ni siquiera tuvo tiempo de cerrar los ojos.

❖

Michael aspiró su aroma, como hacía siempre que besaba a una mujer, aunque sabía que ella no olería como su diosa dorada. No importaba. Le gustaba mucho la fragancia de la señora St. Ange, el popular aroma de neroli, supuso. De hecho, empezaba a ser tan querido para él como el de la dama perdida del jardín.

Sus suaves labios lo llamaban cada vez que estaba con ella, y él se exaltaba al reclamarlos de nuevo, tanto como deseaba reclamar el resto de su cuerpo.

¿Quería ella que lo hiciera?

Por su comportamiento y sus palabras, no podía saberlo. Sin embargo, cuando su boca se acercó a la de él y sus labios se abrieron a su lengua, Michael tuvo la certeza de que estaban avanzando hacia una aventura.

Como la que tuvo con Elizabeth. O con Lilith. O con otra anterior, cuyo nombre ya había olvidado.

Incluso mientras exploraba su boca y sus manos empezaban a vagar, acariciando sus brazos desnudos hacia su esbelta cintura, discutía consigo mismo.

Una aventura con Ada Kathryn St. Ange no sería como las demás. No quería que lo fuera. Con la mayoría de sus amantes, la relación nunca iba más allá de los límites de la residencia de la dama. Aunque había acompañado a

Elizabeth a eventos para los que era necesario un varón cariñoso, esas ocasiones no dependían de él. Siempre supo que estaba prestando un servicio y desempeñando un papel.

Con la señora St. Ange, deseaba realmente ver la exposición del Palacio de Cristal en su compañía y escuchar sus opiniones sobre las maravillas que había en su interior. Imaginó ver una ópera con ella o algo de Dickens en uno de los teatros más nuevos del West End. Incluso podía imaginarse yendo más lejos y tomando las aguas en Bath o viendo los lagos de Escocia juntos. También con Harry, supuso.

Si al menos ella no se pasara la mayor parte del tiempo demostrándole que no le interesaba… O eso es lo que él captaba. Por otro lado, seguía aceptando sus invitaciones y lo había invitado a cenar aquí. Es más, le dejaba tomarse libertades, al menos con la boca. Ella era inquietante.

Al sentir las manos de Ada en su nuca y sus dedos fríos entre su pelo, Michael se estremeció y el deseo se disparó directo a sus entrañas.

¿Cuántas veces más podría besarla así y no empezar a desnudarla?

¿Qué probabilidad había de que ella le dejara hacerle el amor cuando ni siquiera le permitía usar su nombre de pila?

Tal vez había sido demasiado tímido en sus atenciones. Tal vez era el momento de insistir, de perseguirla con más firmeza y ver si ella quería más.

Con ese fin, él movió la mano desde la cintura de Ada hasta la parte inferior de su pecho derecho y lo tocó. A pesar de las capas de tela, pudo sentir su corazón latiendo como un tambor de guerra. También sintió que se congelaba como una estatua de Miguel Ángel.

¿Debía seguir adelante?

Cuando ella no protestó, Michael le pasó el pulgar por el pezón, que era fácil de sentir a través del satén del vestido. Podía imaginarse cómo se movía bajo su tacto, y deseaba ardientemente posar sus labios en esa baya madura.

Se apartó y le mordisqueó la barbilla y el cuello, que ella arqueó, aparentemente transportada por su contacto.

Sin embargo, ella no protestó. Tenía los ojos cerrados y los labios ligeramente separados, y él sabía que si metía la mano bajo sus faldas, estaría húmeda para él. Por su parte, su miembro le presionaba dolorosamente contra los pantalones.

Introdujo los dedos en el escote trató de bajar la tela para poder posar sus labios sobre su cremoso pecho.

Tal vez fueron sus torpes intentos de llegar a sus senos los que la sacaron de su apasionada neblina, pero de repente, ella estaba luchando por liberarse del peso de su cuerpo.

Las mismas manos que lo habían abrazado estaban ahora sobre su pecho para empujarlo hacia atrás.

—Déjeme levantarme —exigió ella.

Capítulo 10

Ada no podía creer que hubiera cedido a las delicias de la boca y las manos de Alder. Había planeado dejar que la besara, precisamente como lo había hecho antes. Sin embargo, en un abrir y cerrar de ojos, cuando su lengua se deslizó en su boca, pasó de tener el control a cerrar los ojos y perderse en la experiencia sensual.

Ahora, con el cosquilleo en los pechos, sintiendo todavía el recorrido de sus labios por su cuello desnudo hasta el escote, y con una clara humedad entre las piernas, estaba mortificada.

Se trataba de Lord Vil. ¿Quién sabía si por la mañana recordaría con quién había estado la noche anterior? Después de todo, había tomado dos vasos de oporto y otros tantos de vino. En cuanto a ella, se sentía un poco achispada.

Lo empujó y él retrocedió con rapidez.

—¿Le he hecho daño? —le preguntó, con la voz enronquecida.

—No —dijo ella. ¿De verdad se lo había preguntado como si le importara?

Ada quería decirle que se fuera al diablo. En cambio, respiró hondo, arqueó una ceja y se dirigió a él.

—No estoy dispuesta a ir más allá.

Esa era la verdad.

Él asintió.

—Está bien. No pretendía faltarle al respeto.

Ella lo miró fijamente. ¡¿De verdad?!

—Parece difícil de creer.

Él parecía sorprendido.

—¿Por qué? Le estoy expresando lo mucho que la admiro y que me gustaría conocerla mejor.

—¿Quitándome la ropa?

Él tuvo el descaro de sonreír. El muy pícaro.

—Sí, por supuesto. Porque me gustaría conocer mejor cada parte de usted. Intento ser muy claro. Al fin y al cabo, no está unida a nadie, y yo tampoco. Imagino que debe de sentirse sola a veces, después de haber tenido la compañía de un marido. Seguramente, es demasiado joven para renunciar a los placeres de la carne.

—Yo... —Ella no sabía qué decir. Obviamente, él era mucho más mundano que ella. Estaba acostumbrado a los gustos de *lady* Pepperton y vivía en un mundo en el que los hombres y las mujeres disfrutaban entre sí sin ataduras.

Con toda probabilidad, ella no lograría abrirse camino en su corazón de piedra antes de que él le exigiera algo que ella nunca le daría.

—Creo que es hora de que se vaya.

Su expresión se nubló.

—Siento si la he ofendido. Francamente, usted es un rompecabezas para mí.

Ella quería seguir siendo un rompecabezas. Tal vez debería dejar que Brunnel se vengara sobre las posesiones financieras de Lord Vil y renunciar a la esperanza de ver su corazón aplastado como él había hecho con el suyo.

Él se puso en pie.

—No tenía forma de saber que usted no quería, como ha dicho… ir más allá. Pero eso no importa. Le confieso, sin embargo, que si nos encontramos a solas de nuevo, querré poner a prueba su determinación. —Se cruzó de brazos y se golpeó la barbilla con una mano—. Tengo la solución perfecta. Salgamos la próxima vez. Conseguiré entradas para una obra de teatro.

A Ada le daba vueltas la cabeza. Esperaba que él saliera corriendo de su casa cuando le dijera que no le dejaría tomarse más libertades. En cambio, él quería volver a verla, esta vez en público.

Pasar tiempo juntos haciendo cosas ordinarias, sin duda demostraría si él era capaz de formar un vínculo de corazón. Sin embargo, si ella accedía con demasiada facilidad, ¿cómo iba a mantenerlo interesado?

—Lo acompañaré a una obra de teatro, pero no esta semana, y tampoco la siguiente.

—¿Por qué? —preguntó él, con cara de perplejidad.

¿Por qué? ¿Tenía derecho a preguntarle por qué?

—Está siendo impertinente —le dijo ella levantando la barbilla.

—No es cierto. ¿Por qué no puede verme esta semana o la próxima? ¿Tiene otro pretendiente?

Lo dijo como una broma, lo cual la molestó.

Ada permaneció en silencio, con pensamientos rápidos y engañosos. ¿Por qué no se le había ocurrido a ella? La forma más segura de ganarse su devoto interés era darle celos. Incluso su pausa lo estaba afectando, pues su sonrisa fácil murió en su rostro.

—Bien, ¿qué responde?

—Me niego a hablar de esos temas —dijo ella al fin. Ni confirmar ni negar parecía la mejor opción.

—Ya veo. Si decido cortejar a otra dama, estará bien mientras no hablemos de ello.

¡Maldición! No sería bueno que se enamorara de otra persona.

—Por supuesto que no. —Ada se puso de pie y se enfrentó a él en el centro de la habitación.

—Me está desconcertando de nuevo —declaró él con un suspiro.

—No soy un rompecabezas. Si es incapaz de contenerse, si necesita tener otra amante de inmediato, entonces le sugiero que no vuelva a contactar conmigo.

Él la miró fijamente a los ojos, hasta que, al fin, incapaz de soportar su escrutinio, ella apartó primero la mirada.

—Muy bien —dijo él—. Ha sido una velada estimulante.

¿Se iba para siempre?

—Estoy deseando que llegue la próxima —añadió él.

Ella asintió con la cabeza, sintiendo una oleada de alivio porque su plan no se hubiera arruinado, y se dirigió a la puerta del salón. Sabía que él deseaba besarla de nuevo y estaba totalmente preparada para soportarlo.

Sin embargo, Michael le cogió la mano y le dio un suave beso en los nudillos. Después, antes de soltarla, le giró la palma y le rozó con los labios el interior de la muñeca.

Ella jadeó cuando una sensación de deseo se disparó directa a su núcleo femenino. ¡Por supuesto!

En una mesa privada de White's, Michael escuchó a Brunnel mientras este le explicaba cuánto había aumentado el valor de sus acciones y cuánto había ganado. Con el guano.

Sin dudarlo, aceptó la sugerencia del hombre de formar parte de un grupo de comercio de azúcar. ¿Por qué no? ¿A quién no le gusta una cucharada en su té o café o un delicioso dulce en cualquier momento? Al parecer, todos sus compatriotas británicos lo disfrutaban mucho.

Brunnel aceptó una copa de brandy y la firma de Michael, y siguió su camino. Eficaz y competente. Todo lo contrario a la cocinera de la señora St. Ange.

Cada vez que comía, Michael recordaba la cena de hacía cuatro noches, y estaba decidido a hacer algo al respecto. No solo por el bien de la señora St. Ange, sino también por el suyo propio. Tenía la intención de volver a cenar con ella mientras caminaba desde la planta baja hacia las habitaciones superiores. Volver a probar aquellos platos sería más un estímulo para la indigestión que para el deseo sensual.

La señora St. Ange no aceptaría otra cocinera. Había dejado claro que no tenía intención de despedir a la incapaz sirvienta. Solo había una solución, aparte de asesinar a la mujer mientras esta compraba unos productos perfectos que luego iba a arruinar. Él enviaría a su propia y maravillosa cocinera a llamar a la puerta trasera con una oferta de ayuda. Tal vez la señora St. Ange no necesitara saberlo.

Pensó mejor su última idea. Si ella se enteraba de que él había actuado a sus espaldas y había interferido con su personal, sin duda heriría su orgullo. Por el contrario, él más bien esperaba obtener el crédito de haber hecho algo bueno, como había ocurrido al enviarle al experimentado señor Randall.

Así, sintiéndose magnánimo, envió a su experta cocinera, la señora Beechum, con una carta en mano. Estaba a disposición de Mary y le enseñaría lo que pudiera, diariamente, según fuera necesario.

Después de todo, él casi siempre comía en su club, y de todas formas pagaba a su cocinera. No tendría que abonarle ningún extra por cocinar en casa de otra persona. Además, a ella le gustó la idea de salir de su cocina, tener un poco de compañía y ayudar a otra cocinera.

Esperó una misiva de agradecimiento de la señora St. Ange.

No hubo ninguna durante tres días y, luego, cuando empezaba a pensar que podría ir a su casa y ver si sus luces estaban encendidas por la noche, o incluso enviar otro mensaje, tal vez con alguna invitación para ir al teatro, al fin recibió una breve nota.

«Mary está encantada de conocer a la señora Beechum, y le envía su gratitud».

¡Mary le enviaba su gratitud! Pero ni una palabra de

agradecimiento de la dueña de la casa. ¡Naturalmente!

Esperaría antes de ofrecerle otra invitación, como ella sugirió, aunque no pudo evitar preguntarse a qué estaba jugando la infernal mujer. ¿No le resultaba agradable tanto su compañía como sus besos? ¿Ya no quería tener ambas cosas?

Había pasado más de una semana, y él ansiaba ver su cara, hermosa incluso cuando le fruncía el ceño.

Después de una reunión con su padre, durante la cual Michael le hizo la promesa de visitar a su madre dentro de quince días, sintió que había esperado lo suficiente. Mañana compraría dos entradas y contactaría con su misteriosa amiga.

—Padre, ¿sabe usted algo de la familia de la señora Ada Kathryn St. Ange?

El conde apretó los dedos, miró hacia el techo, arrugó la frente y luego dijo:

—No. Nunca he oído hablar de esa persona.

—¿Y de algún St. Ange?

Su padre negó con la cabeza.

—No creo. ¿Cuál es el nombre de pila del marido?

—No lo sé. Falleció.

Michael solo sabía el nombre de Ada porque se lo había preguntado a Elizabeth.

—¿Otra viuda? —El tono de su padre era despectivo.

—Ella no necesita mi dinero, si es eso lo que te preocupa.

—Por supuesto que no —dijo el conde de Alder—. Con la forma en que te has tomado esta empresa de hacer dinero, no voy a pasar ni un momento preocupándome por asuntos financieros. Estoy orgulloso de ti al fin —añadió, provocando en Michael un momento de rencor.

Ajeno a ello, su padre encendió un cigarro.

—Solo pienso en el futuro —declaró—. En mi legado y en el tuyo. Para ello, ya es hora de que te plantees cortejar a una mujer con la que quieras casarte, en lugar de juguetear con viudas solo porque te gusta lo que hay bajo sus faldas.

Michael se agarró a los pulidos reposabrazos de su silla. Era cierto que Elizabeth y las demás no habían representado más que una cuestión física. Sin embargo, ni siquiera había experimentado lo que había bajo las faldas de Ada Kathryn y la deseaba de todos modos.

Su padre sopló una perfecta bocanada de humo.

—Después de todo, cualquier esposa tendrá el mismo atractivo en ese aspecto particular. Al menos lo suficiente como para que engendres un heredero, y luego podrás volver a disfrutar de las viudas, me trae sin cuidado.

Qué buen corazón...

Michael apuró su brandy. Su sincera discusión había terminado. Gracias a Dios. Se fue decidido a descubrir más cosas sobre la señora St. Ange. En cualquier caso, ¿a quién le importaba su marido? El hombre estaba muerto, después de todo.

Si Michael quería averiguar de dónde venía ella, si había tenido una temporada, y si tenía un pasado antes del señor St. Ange, entonces tenía que averiguar su nombre de soltera.

¿Cómo iba a conseguirlo?

⊰⊱

Una semana después, no estaba más cerca de resolver ese

rompecabezas. Nadie había oído hablar del señor o la señora St. Ange. Sin embargo, ella al fin estaba terminando con su miseria. Y extrañamente, el no verla se había convertido justo en eso: en miseria. Cada día, se despertaba pensando en lo agradable que sería pasar tiempo con ella. Cada noche, se sentaba en White's con Hemsby o solo en casa, deseando que ella estuviera a su lado. O mejor aún, debajo de él. O encima.

Nunca había experimentado algo así.

Por fin salieron juntos. A ella le gustaba la ópera, y por eso había comprado entradas para la Real Ópera Italiana de Covent Garden para una representación de *Semiramide* de Rossini.

Cuando fue a recogerla, el señor Randall le hizo pasar al vestíbulo, donde ella estaba preparada para salir, con su capa ya puesta sobre los hombros.

Estaba claro que ella no lo invitaría a tomar una copa en el salón, lo cual le dolió un poco. Sin embargo, en el teatro tomaría una antes de que se levantara el telón, lo que le alegró. Además, al palpar su bolsillo, encontró su habitual petaca.

En cualquier caso, estarían solos un rato dentro de su carruaje de dos plazas. El brougham era ciertamente más acogedor que un salón y bastante privado, con su discreto cochero encaramado en la parte superior.

Le cogió la mano mientras ella ponía el pie en el escalón para subir. Luego, él entró y se sentó a su lado. Si hubiera traído su carruaje más grande, ella habría tenido la oportunidad de sentarse frente a él, y él sabía que lo habría hecho.

En cambio, tuvo el extremo placer de sentir su brazo y su muslo apretados contra los suyos. Estaba siendo un pícaro por aprovecharse, pero había esperado más de dos semanas para volver a estar cerca de ella. Iba a disfrutar de cada momento.

—¿Cómo van las habilidades de Mary? —le preguntó, recordando el nombre de su cocinera y dándole a Ada la oportunidad de darle las gracias.

Ella miró fijamente por la ventana.

—Mejorando —murmuró.

—La señora Beechum dijo que es una alumna dispuesta que solo necesita algo de entrenamiento.

Lentamente, la señora St. Ange se enfrentó a él.

—¿Tiene la señora Beechum la costumbre de discutir lo que ocurre en mi casa?

Michael abrió la boca, luego la cerró. Al fin, negó con la cabeza.

—No, se lo aseguro. Eso es todo lo que ha dicho.

—Por supuesto. —Ella enderezó los hombros y él esperó que se diera la vuelta de nuevo. En lugar de eso, respiró hondo, como si se estuviera preparando para una tarea desagradable.

—Yo...

¿Qué estaba tratando de decirle?

—¿Sí? —le preguntó él.

Ella parecía aspirar un olor desagradable con su delicada nariz.

—Le agradezco que me la haya enviado —dijo suspirando de nuevo, como si hubiera hecho una tarea monumental, y entonces sí se apartó.

¡Caramba! Esto no iba en absoluto como él había esperado. ¿Cómo iba a conseguir que se relajara y se mostrara amable si ella no podía expresarle siquiera un simple agradecimiento?

La única vez que ella pareció dispuesta a ello en lugar de hostil fue cuando la besó.

Tocando su hombro cuando ella se volvió hacia él, Michael tomó suavemente su cara entre las manos, se inclinó hacia delante y la besó.

Ella se congeló ante su contacto, pero lo rechazó, así que él persistió.

El placer habitual de besarla se apoderó de él, a pesar de que no había nada habitual en ello. Esta mujer fría y serena le encendía una pasión única cada vez que la tocaba.

Al acercar su boca a la de ella, Michael sintió que el calor del deseo lo invadía y le inundaba la entrepierna al encontrar sus labios separados, suaves y dóciles. Quiso hundir los dedos en sus brillantes mechones rubios, pero nunca conoció a una mujer a la que le gustara que le despeinaran de camino al teatro.

En lugar de eso, rodeó su espalda con los brazos y la atrajo hacia sí. Ella no protestó. De hecho, emitió un pequeño gemido.

Él quería darle placer, deleitarla tanto que rompiera su gélida coraza. Para ello, llevó su mano a las faldas de ella, mientras seguía acariciando su espalda con la otra.

Sin embargo, en el momento en que empezó a levantarle el vestido, ella lo detuvo.

—No —murmuró contra su boca, a pesar de que parecía contenta de permanecer en sus brazos.

—Deje que la toque —susurró él.

—No.

Se dio cuenta de que a ella le afectaban sus caricias, porque respiraba con dificultad y se inclinaba hacia él.

—Lo disfrutará —le prometió.

—No.

Retrocediendo ligeramente, la miró.

—¿Pero le gustan mis besos? —le preguntó, aunque estaba seguro de que sí.

Si ella decía que no, la reconocería como una mentirosa.

Después de una breve vacilación, durante la cual sus mejillas se tornaron ligeramente rosadas, ella le respondió.

—Sí.

—Nunca la obligaré a hacer nada que no quiera hacer. Solo esperaba que pudiéramos darnos placer mutuamente.

—No. —Todo su cuerpo se puso rígido, y la fría señora St. Ange volvió a acercarse.

—¿Puedo besarla de nuevo?

Ella se apartó.

¡Qué diablos! La próxima vez que la besara, no seguiría adelante. Por mucho que quisiera hacer más, se contendría. Sus instintos le decían que ella merecía la espera.

Él sacó su petaca del bolsillo, necesitaba más que nunca un trago.

Capítulo 11

Ada odiaba la verdad, pero disfrutaba de los besos de Lord Vil. Los suyos eran los únicos labios que había conocido, y no podía imaginar que alguien la besara mejor.

Sin embargo, esperaba que un beso dado con amor, y no simplemente con deseo, fuera superior.

¿Había besado alguna vez Lord Vil a una mujer con amor en su corazón?

Lo dudaba. Excepto quizá a Jenny Blackwood, y Ada no sabía si lo habían hecho alguna vez.

Pero cuando Alder le puso la mano sobre sus piernas fue demasiado lejos, haciendo lo que ella había temido que hiciera si estaba a solas en un carruaje con él. Aunque, extrañamente, no sintió miedo. Sabía que él no la agrediría ni haría más de lo que ella le permitiese.

Cómo o por qué lo sabía, no tenía ni idea.

Él había hecho cosas viles, pero por lo que ella podía ver, tenía alguna guía moral. Además, un hombre tan atractivo como Michael Alder no tenía necesidad de forzar a una mujer. Estaba segura de que todas las debutantes a las que había corrompido se lo habían permitido sin protestar, exactamente igual que ella.

¿Cómo podía resistir la virtud al enfrentarse a sus magníficos ojos, su sensual boca y sus perversas manos? Por suerte, ahora era inmune a sus encantos.

Ir a la ópera, sin embargo, era una absoluta delicia. Nunca había ido a un teatro sin la compañía de sus padres. Le gustaba salir del carruaje cogida de la mano de él y entrar en el vestíbulo de su brazo. Alder la atendía en todo momento, le entregó su abrigo a la empleada y le procuró una copa de champán. Ella tomó una y él dos.

Con todos sus sentidos en alerta, no le pasó desapercibido el hecho de que casi nadie les hablara. De hecho, estaba claro que cuando las mujeres lo veían, empezaban a hablar de él detrás de sus abanicos o de sus manos enguantadas. Y los caballeros fruncían el ceño. Su comportamiento lo había alejado de sus iguales. La mayoría de los miembros de la alta sociedad temían por sus esposas, hermanas o incluso hijas. Era una maravilla que no lo hubieran matado en un duelo.

En cuanto a ella, no era más que la hija de un barón que había tenido un par de pretendientes hacía tres años, el segundo de los cuales la hizo huir de Londres. No había muchas razones para que alguien se fijara en ella, salvo porque era obvio que era la acompañante de Lord Vil. Al menos por esta noche.

Subieron las escaleras hasta el siguiente nivel y él la condujo hasta el palco de la familia Alder. Cuando entraron, él cerró la cortina tras ellos y ella se dirigió directa a la barandilla. Alrededor del teatro había palcos de condes, duques y marqueses. El palco real estaba vacío, aunque todos los asientos normales, incluido el que ella habría ocupado con sus padres, estaban llenos.

El ruido del público era un estruendo excitado, que imitaba perfectamente cómo se sentía ella, vestida con sus mejores galas y sentada en un palco privado. Ada se dio cuenta de que esta era una de las noches más emocionantes de su vida.

¡Junto a Lord Vil!

Lo vio quitarse el sombrero, poner los pulgares en la parte superior y los dedos en el ala y apretarlo antes de deslizarlo bajo su asiento. Luego se sentaron en silencio mientras se atenuaban las luces y se descorría el telón.

La ópera la hizo exclamar asombrada por la música, y la canción casi la hizo llorar mientras ella y Alder permanecían en silencio, rozando de vez en cuando sus hombros.

Ada se abanicó a causa del calor concentrado en el teatro, sobre todo, donde estaban sentados. Menos mal que se había puesto un vestido con mangas cortas acampanadas y sus guantes de seda, en lugar de los de satén, que podían hacerle sudar las palmas de las manos.

Mientras aplaudían al final del primer acto, se preguntó qué había planeado Alder para el intermedio. ¿Se quedarían encerrados en su palco o volverían al vestíbulo para mezclarse con los asistentes?

—Está preciosa —le murmuró cerca de la oreja, provocándole un escalofrío—. Quiero presumir de usted.

Él cogió su sombrero de copa, le dio un fuerte chasquido contra su pierna para que recuperase su forma, y se puso en pie para ofrecerle su mano. Pronto descendieron al vestíbulo, donde se separaron con la promesa de encontrarse cerca del bar. En la sala de descanso de las damas, Ada oyó susurrar Pepperton cerca de ella, y supo que todos se preguntaban qué había pasado entre lord V. y *lady* P. para haber terminado su romance. Ada también sabía que nunca oiría su propio nombre en boca de nadie. ¿Quién conocía a la señora St. Ange?

Cuando se giró demasiado rápido, sorprendió a dos damas que la miraban fijamente. Dejando que se preguntaran quién era, con una cortés inclinación de cabeza, Ada salió de la habitación.

Ella lo encontró de pie junto a una mesa alta cerca de la barra, donde le esperaba una copa de vino, y observó también una vacía, que debía de ser la suya. En ese momento, él sostenía una copa de brandy, haciendo girar su líquido ámbar pálido. Su sonrisa apareció al verla.

Ada arrugó la nariz con disgusto, dándose cuenta de que él deseaba beber tanto como exhibirla a ella, pues ciertamente había apurado el vino con rapidez.

—¿Algo le desagrada, señora St. Ange?

A punto de preguntarle cómo podía beber un licor tan fuerte a todas horas, de repente, ella oyó que la llamaban por su nombre a unos metros de distancia.

—¡Ada!

Su corazón empezó a palpitar. ¡Dios mío! Era Maggie, la condesa de Cambrey, pero sobre todo, la antigua señorita Blackwood, una de las hermanas de Jenny.

Ada no había tenido la precaución de averiguar dónde iba a ir Maggie esa noche, pero, ¡qué terrible coincidencia que ambas hubiesen acudido al mismo teatro!

¿Qué podía hacer? Era demasiado tarde para esconderse.

Con una copa en una mano, no pudo abrazar a su mejor amiga, pero se inclinó hacia delante para besarla en ambas mejillas. El marido de Maggie, John Angsley, el conde de Cambrey, tomó su mano libre y se inclinó sobre ella.

Y entonces se dieron cuenta de con quién estaba Ada.

—¡Oh! —dijo Maggie, con los ojos brillantes muy abiertos por la sorpresa.

John fue menos sutil.

—¿Qué demonios?

Además, no se inclinó ante Adler ni le ofreció un gesto de reconocimiento. En cambio, su expresión era lívida.

—Ada, ¿qué diablos estás haciendo con este sinvergüenza?

Ella miró nerviosamente a Alder, pero él no se ofendió. Se limitó a enarcar una ceja y miró a Ada en busca de su respuesta.

¿Cómo podía contestar sin delatarse?

—Lord Alder me ha traído a la ópera.

Esa era la simple verdad y no revelaba su plan.

Claramente, John no estaba satisfecho.

—Conoces la reputación de este hombre, ¿no? Sabes cómo trató a Jenny.

Notó por el rabillo del ojo que Alder se estremecía. Al parecer, no era del todo indiferente a su mala reputación.

—Y su trato con otras mujeres después de ella —añadió John.

A este ritmo de escalada, Ada sabía que debía intervenir

o los dos se darían de puñetazos.

—Sea como sea —le dijo al conde—, solo estamos disfrutando de una ópera.

John frunció el ceño, pero Maggie parecía pensativa. Su amiga era muy lista, y Ada no dudaba de que sabía que había algo más.

Prometiendo contarle alguna parte de su plan, pero en privado, Ada consideró cómo retirarse antes de que se dijera algo demasiado revelador. ¿Y si John o Maggie sacaban a relucir a Clive Brunnel?

Sin embargo, el conde de Cambrey no renunció a actuar como su protector.

—Creo que estás cometiendo un error de juicio. ¿Saben tus padres con quién te relacionas?

En cualquier momento, John diría el apellido de su familia, y no quería que Alder supiera nada de su vida real ni de su pasado.

Por fin, este dejó su vaso vacío.

—Dado que la señora St. Ange es viuda —dijo—, dudo que tenga que responder ante sus padres respecto a su acompañante, ni por esta noche ni por ninguna otra.

Vaya, eso sonó íntimo, casi como si fueran amantes.

—Y desde luego no tiene que responder ante usted —remató.

John apretó la mandíbula. Tenía prohibido decir nada sobre la pretensión de su estado civil para proteger a Harry de ser tachado de bastardo. Sin embargo, era evidente que estaba deseando darle una reprimenda a Alder.

Maggie apoyó una mano en el brazo de su marido y miró a Ada.

Mientras tanto, Alder tomó su mano libre y la colocó en el brazo de ella.

—El intermedio ha terminado. ¿Ha terminado su copa?

—Sí —dijo Ada, dejándola sobre la mesa.

Michael se dirigió a Maggie.

—Condesa, espero que su hermana esté bien.

John emitió un sonido exasperado, pero Alder lo ignoró y condujo a Ada lejos de ellos, mientras ella les ofrecía una sonrisa tranquilizadora a sus amigos.

—Ha sido interesante —dijo Alder cuando estuvieron lo bastante apartados como para que no lo oyesen—. Supongo que son buenos amigos suyos.

Era inútil negarlo.

—*Lady* Cambrey lo es.

—Lo que significa que está al tanto de una historia entre su hermana mayor y yo, que el conde mencionó tan indiscretamente.

—Sí —admitió ella.

—¿Tiene eso algo que ver con su predisposición contra mí?

Habían llegado a sus asientos.

—¿Qué quiere decir? —preguntó Ada acomodándose el vestido sin mirarlo.

—A menudo parece molesta conmigo, o algo peor. ¿Tiene eso que ver con la hermana de su amiga?

Ella lo miró fijamente.

—No. —Podía ser absolutamente sincera. Su ruptura del compromiso con Jenny no tenía nada que ver con lo que ella sentía por él. Ada tenía mucho combustible para alimentar su propia furia.

—¿Me hablará de sus padres? —dijo él tras una pausa.

—Tengo dos —murmuró ella.

Las luces se apagaron y comenzó el segundo acto de la ópera.

De vuelta en el carruaje de Lord Vil, Ada se preguntó si el viaje de regreso a casa sería más de lo mismo, con él intentando seducirla mientras ella trataba de mantener la ilusión de ser una posible conquista a sus ojos, a la vez que lo rechazaba.

En lugar de eso, dejó un poco de espacio entre ellos y comenzó a hablar casi tan pronto como el carruaje comenzó a moverse.

—Por lo general, no me molestaría en defenderme de las ofensas que se me han adjudicado. Sin embargo, en este caso, quiero contarle lo que sucedió con *lady* Lindsey, ya que usted es amiga de su hermana.

—Eso es innecesario —le dijo Ada. Realmente no deseaba escuchar sus excusas.

—Sea como fuere, usted me gusta. Nunca pensé en volver a hablar de lo sucedido, ya que eso no debería afectar a nadie más que a la dama en cuestión y a mí. Sin embargo, si usted cuenta con su hermana entre sus amistades, supongo que tiene cierta importancia.

Él se quitó el sombrero y se pasó una mano por su ya revuelto pelo, haciendo que se pusiera de punta en algunas partes.

—Es una historia corta. Me gustaba *lady* Lindsey, en

aquel momento la señorita Blackwood, y le pedí su mano. Nunca llegamos a un acuerdo formal ni a una declaración pública. Mi padre me envió a Kent, donde tenemos nuestra casa familiar, así como otras propiedades. Cuando regresé, ella y su familia habían vuelto a Sheffield. Es más, ella tenía la impresión, debido a la ruina financiera de su familia, de que yo había roto insensiblemente nuestro compromiso, al igual que pensaron todos los chismosos.

—Nada de esto es nuevo para mí —dijo Ada.

—Sí, pero verá, yo no rompí nuestro compromiso en absoluto. Mi padre falsificó una carta que escribió en mi nombre. Al mismo tiempo, él me dijo que ella había roto. Para cuando me enteré de lo contrario, ya estaba casada con Simon Devere, lord Lindsey.

Sus palabras pusieron lo ocurrido bajo una luz diferente. Ada no sabía qué decir. Era una sensación extraña cuando una creencia largamente sostenida resultaba ser incierta.

—¿Por qué no les dice a todos la verdad?

Inclinándose hacia atrás, él se cruzó de brazos.

—No es necesario. *Lady* Lindsey lo sabe, y eso es suficiente. Me importa un bledo lo que piense la sociedad. Además, como he dicho, he cometido muchas otras ofensas.

En realidad lo había hecho, incluida la perpetrada contra ella misma gracias a su propia estupidez e ingenuidad.

—Ni siquiera lo sabe la hermana de Jenny —señaló Ada—. Tampoco, obviamente, el marido de *lady* Cambrey.

—Supongo que no, pero Cambrey tendría otras razones para que yo no le gustara, al igual que el marido de *lady* Lindsey.

—¿De verdad? —Ella quería escucharlo todo.

—Por desgracia, no podía permitir que *lady* Lindsey me creyera tan canalla después de haberme preocupado de verdad por ella, así que le pedí vernos cuando estaba en Londres. Fuimos a pasear. Solos. Su marido nos sorprendió. Creo que si ella no hubiera estado tan tranquila y tan claramente desinteresada en mí, lord Lindsey y yo podríamos haber decidido un duelo en ese momento.

Ada procesó esta nueva información. Alder había querido que Jenny supiera la verdad. Qué extraño que le hubiera importado que ella lo considerara un canalla o no.

—¿La amaba? —le preguntó.

—Sí —dijo él simplemente.

¡Oh, Dios!

—La próxima vez que me encuentre con *lady* Cambrey, ¿puedo contarle la verdad —preguntó Ada—, sobre usted y su hermana y la perfidia de su padre?

Él se encogió de hombros.

—No me importa en absoluto lo que piensen los demás. —Se volvió hacia ella, aunque Ada no podía ver sus ojos en la oscuridad—. Se lo digo porque usted me gusta. Además, supongo que también quiero gustarle.

Casi sintió pena por él, pero eso nunca podría ocurrir.

⁂

Michael se lo pensó mejor antes de pedirle que lo invitara a una copa. Si ella decía que no, los alejaría aún más. Decidió esperar a la siguiente oportunidad, la acompañó hasta su puerta, rozó ligeramente sus labios con los de ella porque eso sí que no podía evitarlo, y le dio las buenas noches.

Empezaría a cortejar a la inescrutable señora St. Ange desde el principio. Esperaba que su opinión sobre él fuera mejor ahora que ella sabía la verdad. Porque si había sido influenciada por su amistad con las hermanas Blackwood, entonces esto solo podría beneficiarlo.

Además, él podría hacer más averiguaciones con esa poca información. Ada Kathryn era amiga de *lady* Margaret Cambrey. Los que conocían podrían saber también de ella.

Al día siguiente fue a Almack's. Aunque ya no era la cúspide de la temporada de las debutantes, y ciertamente había perdido su brillo de exclusividad, hacía unos aún habría sido una visita obligada para aquellas. Además, las damas patrocinadoras, ahora casi retiradas de sus funciones, tendrían registros de todas las personas que habían pasado por sus puertas. Estaba por ver si compartirían ese conocimiento, pero él haría todo lo posible por conseguirlo.

Para ello, Michael dirigió su carruaje hacia King Street y el modesto edificio que custodiaba las esperanzas y los sueños de muchas jóvenes.

Personalmente, nunca le había gustado la sencilla estructura de ladrillo, pues pensaba que algo que decidía el destino social de debutantes y solteros —incluida la ruina de tantos que no pudieron ser admitidos—, debería ser más grandioso por fuera.

En el interior, pudo ver que debía ser redecorado, aunque conservaba su elegancia aristocrática. Para ser justos, era media tarde y, por lo tanto, quizá no tenía tan buen aspecto como cuando se preparaba para la noche, como la mayoría de las mujeres que conocía. Esperaba encontrar allí a alguien que pudiera ayudarlo.

Resultó que había una oficina en la planta baja. Mientras que las antiguas patrocinadoras se reunían y tomaban sus decisiones en otro lugar que no fuera el edificio en sí, Almack's tenía un secretario de negocios, el cual estaba sentado frente a su escritorio.

Michael le preguntó sin preámbulos si había listas escritas de asistentes, en particular a los bailes de los miércoles por la noche durante la temporada.

El hombre calvo bajó la mirada y negó con la cabeza.

—No sabría decirle, milord.

Michael puso los ojos en blanco.

—¿A qué se refiere? ¿Que no hay registros o que no puede facilitarme la información?

—Tampoco podría decirle eso, milord. Aquí hay una lista de nuestras antiguas damas patrocinadoras. Puede llamar a cualquiera de ellas a su conveniencia, y a las suyas, por supuesto. Yo le sugeriría a *lady* Cowper, tiene buena memoria.

—No estoy tratando de volver a la época de nuestro regente, buen hombre, solo a unos tres, tal vez cuatro años.

—Entonces, uno de los primos Willis, que ahora son dueños de este establecimiento, podrán ayudarlo.

Le entregó dos tarjetas de visita, una con el nombre de Charles Willis impreso y otra con el de Frederick Willis.

Michael empezaba a sentirse como un miembro de la policía londinense, un auténtico detective en ciernes. También se sentía un poco conspirador. Al fin y al cabo, si la señora St. Ange quería que él conociera su pasado, se lo diría. Si tan solo pudiera tener una charla amistosa con la condesa de Cambrey…

¡Obviamente no! La hermana de Jenny era tan propensa

a desollarlo vivo como a hablarle civilizadamente.

En poco tiempo, se presentó en la casa de Frederick Willis. Por suerte, el hombre estaba en casa y accedió a verlo.

—Buenos días, lord Alder. ¿A qué debo esta visita?

Debería iniciar una cháchara sobre la importante posición de Almack's en el tejido social de la sociedad londinense, pero no se había ganado el apodo de Lord Vil por nada. Además, nunca había asistido a un baile en el amplio salón, que abarcaba uno treinta metros, si había oído bien. También había oído que los refrescos eran espantosos y no valían el precio de la entrada. Además, no había alcohol en el local.

Por el hecho de tener que enfrentarse a tres o cuatro horas sin una copa de brandy o de ginebra y de fingir interés en las debutantes, más allá de imaginarlas desnudas, a Michael nunca le había importado Almack's.

Excepto en lo que respectaba a la forma en que una dama podría haber disfrutado allí.

Para ello, fue al grano.

—¿Tienen registros de los asistentes a Almack's desde, quizá, hace cuatro años?

—Creo que sí, pero esos registros son privados, milord.

—¿Cómo de privados? —¿Willis quería dinero por la información?

—No estoy seguro de entender la pregunta. ¿Hay grados de privacidad, milord?

Michael suspiró. ¿No iba el hombre a invitarlo a tomar una copa? Al fin y al cabo, esto de averiguar información era un trabajo sediento.

—Tomaré un brandy si usted me acompaña —dijo Michael con tranquilidad, como si se lo hubieran ofrecido.

Parecía una buena manera de conseguir un trago.

Frederick Willis estaba totalmente desconcertado.

—En realidad, yo no lo tomaré, milord, pero estaré encantado de que usted lo haga si acepta mi hospitalidad. —El hombre no se molestó en llamar a un sirviente. Abrió su aparador y sacó una copa y una botella.

Enseguida, Michael estaba sentado con el brandy en la mano y una deliciosa calidez bajando por la parte posterior de su garganta. ¿Había algo mejor que esa sensación? Esta solía presentarse justo antes de un fuerte deseo por una mujer, lo que hizo que volviera a centrar su atención en la señora St. Ange.

—Está la privacidad absoluta —dijo, volviendo al punto de Willis—, y luego la discreción. Creo que lo que le pregunto pertenece a la última categoría. No le pido que publique los nombres en el *Times*, sino que me diga el apellido de una debutante. Dado que los apellidos de las personas son públicos y que un miércoles cualquiera habría asistido mucha gente a Almack's, unas seiscientas personas, ¿no?. Entonces no puedo imaginar que la asistencia o el nombre de esta joven puedan ser considerados confidenciales, y mucho menos privados.

Michael se relajó, cruzó las piernas y dio un sorbo a su brandy.

El señor Willis dudó, reflexionando sobre las palabras de Michael.

—Supongo que tiene razón. Sin embargo, no puedo empezar a revisar los registros ahora mismo. Tenemos los libros de suscripciones de las damas patrocinadoras con los nombres de quienes recibieron invitaciones, y, por supuesto, la lista de las personas mucho menos numerosas que tenían simples entradas.

—Si le doy el nombre de pila, ¿puede encontrarme un apellido?

Willis frunció el ceño.

—Hay muchas señoras con el mismo nombre de pila, se lo aseguro. Podría encontrarlas a decenas paseando por Knightsbridge.

—Este es inusual, creo, y solo necesito que busque en tres años en concreto.

El hombre suspiró.

—Necesitaré unos días y...

Michael esperó a que dijera un precio. Con las ganancias de sus acciones, podría pagarle.

—Y, naturalmente —continuó Willis—, su sincero compromiso de que no le dirá a nadie de dónde ha sacado la información, sobre todo, si le trae problemas.

Aliviado de que Willis no fuera a desplumarlo, Michael vació su vaso, se levantó y extendió la mano para estrecharle la suya.

—Le doy mi palabra.

Francamente, le sorprendió que el hombre aceptara la promesa de Lord Vil. Tal vez su reputación estaba olvidada. Después de todo, había pasado más de un año desde que fue acusado, falsamente, de corromper a una debutante y aún más desde que se le encontró por última vez con un montón de borrachos en las escaleras de White's.

—¿Y el nombre de la joven que busca?

—Ada Kathryn.

Capítulo 12

Ada entró en la casa de los Cambrey en Cavendish Square, esperando no sufrir las reprimendas de su mejor amiga.

Después de que esta la abrazara, se acomodaron en el salón con una taza de té, y Maggie comenzó a asediarla con sus preguntas y suposiciones.

—Creo que estás tramando algo grande, y el señor Brunnel tiene algo que ver. ¿Vas a contármelo, o tengo que sonsacarte la verdad?

—Eso es ridículo —dijo Ada para distraerla—. ¿Cómo podrías sonsacarme?

—¡No importa! Dime, ¿por qué estabas con Lord Vil? Una pregunta fácil.

—Me invitó a la ópera, y yo quería ir.

Maggie entrecerró sus encantadores ojos.

—¿Cómo os conocisteis? ¿Dónde? ¿Por qué no me lo dijiste? Ya sabes cómo se comportó con Jenny.

¿Debía responder por orden?

—Nos conocimos porque me ayudó con unos paquetes frente a mi casa. No hay nada que contar. Y, sí, sé lo que «crees» que pasó con Jenny.

—¡Si ha dicho lo contrario, entonces está mintiendo! —insistió Maggie—. Todos los que conocían a Jenny también sabían que Lord Vil había pedido su mano verbalmente.

Ada dio un sorbo a su té.

—Lo sé. Él tampoco lo niega. Sin embargo, dijo que no había roto con ella. Fue su padre quien lo hizo mientras él estaba fuera.

Maggie frunció el ceño.

—¿Por qué no se lo habría dicho a todo el mundo si tal fuera el caso?

—Dijo que se lo había dicho a Jenny. Ella ya estaba casada con Simon para entonces.

—*Hmm*, le preguntaré a mi hermana. Sea como sea, él no ha sido rechazado por la sociedad solo porque rompió con Jenny.

—Lo sé —murmuró Ada. Lo sabía demasiado bien.

—Entonces, ¿por qué te relacionas con él? En público —dijo Maggie—. ¡Es infame!

Encogiéndose de hombros, Ada apoyó la cabeza en el sofá.

—Nadie me conoce —dijo—. Apenas he salido en sociedad. No tengo amigos. No eras una aristócrata cuando tratábamos de encontrar hombres solteros, si lo recuerdas. Sí, la gente me vio en el teatro, pero ¿quién soy para ellos? Una don nadie. Solo lo conocen a él.

—Intentarán descubrir quién ha sustituido a *lady*

Pepperton.

Ada levantó la cabeza.

—Yo no la he sustituido. —Sintió que las mejillas le ardían—. Ciertamente, no tengo la misma relación con Lord Vil que ella.

—Nadie creerá que es así, y los rumores se extenderán como un reguero de pólvora por el Puente de Londres, al igual que las preguntas curiosas. La gente querrá descubrir quién eres. Además, seguro que hay bastantes personas de nuestra temporada que te conocen. Seguro que alguien dirá: «Oh, sí, la hermosa mujer rubia es Ada Kathryn Ellis, la hija del barón Ellis». Comenzarán todas las indagaciones sobre el difunto señor St. Ange. Y luego sobre Harry.

El estómago de Ada dio un vuelco incómodo. ¿Podría tener razón Maggie? ¿Le importaría a la gente quién era la última acompañante de Lord Vil?

—¿Qué debo hacer?

Maggie sacudió la cabeza.

—John estaba muy disgustado la otra noche. No quiere verte herida, y yo tampoco. Te sugiero que no vuelvas a ver a Lord Vil. No me has dicho por qué lo haces ni por qué necesitas al señor Brunnel.

Ada suspiró.

—Tengo mis razones para pasar tiempo con Lord Vi... con lord Alder, pero no corro peligro de que me haga daño. Te lo prometo. De hecho, aunque sea imposible de creer, ha sido amable.

—¿Amable? —El tono de Maggie era incrédulo.

—Sí. Me encontró un excelente mayordomo, para empezar. Y ha hecho que su cocinera enseñe a la mía, la cual admito que es abominable en la cocina.

La expresión de Maggie se nubló.

—¿Cuánto tiempo llevas en su compañía? Suena como si lo conocieras de mucho más que una simple velada en el teatro.

Ada asintió.

—Unas cuantas semanas.

—¡¿Qué?! —Maggie engulló su té como si fuera un licor fortificante, y luego dejó la taza en su platillo con un ruido seco—. ¿Y durante todo ese tiempo ha sido simplemente amable? ¿Esperas que me crea que no ha intentado salirse con la suya? El hombre tiene fama de tener un apetito insaciable. Y no por la comida, desde luego.

—¡Lo sé! —Ada se estaba irritando un poco. Maggie podía estar casada, ser madre y condesa, pero no era su guardiana.

Ella también era una madre con una buena cabeza sobre los hombros, como afirmaba su querido padre. Y aunque no tenía experiencia en lo que respectaba a los hombres, tampoco era una tonta.

—¿Piensas dejar que te corteje? —insistió Maggie.

Eso era precisamente lo que Ada pretendía, pero no tenía que decírselo a Maggie, quien lo desaprobaría de forma rotunda, a menos que también conociera su plan de venganza. E incluso entonces, Ada sospechaba que su amiga lo consideraría demasiado arriesgado.

—En realidad no es un cortejo —murmuró con rapidez, tratando de poner fin a las preguntas de su amiga. En cuanto a Brunnel, solo está pasando alguna información comercial en mi lugar. Sabes que yo nunca podría hacerlo.

¿Quién tomaría en serio a una mujer hablando de la bolsa?

Algo apaciguada, y luego distraída al instante por la sensación de su bebé moviéndose dentro de ella, Maggie accedió a dejar pasar el tema de Lord Vil con una última advertencia.

—Eres una persona dulce, Ada, y él definitivamente no lo es. Además, él es… ¿cómo decirlo? Mundano. ¡Y esa es la palabra más bonita que se me ocurre para un bribón declarado! Sé que has tenido un hijo, pero sigues pareciendo tan inocente como cuando éramos debutantes.

Se sonrieron entre sí, recordando sus días de despreocupación, y luego comenzaron a considerar seriamente nombres de bebés.

⁕

Cuando Michael recibió la noticia de un aumento del valor de su cuenta gracias al comercio de azúcar, quiso celebrarlo. Además, quería hacerlo con la señora St. Ange. Sabiendo que debía enviar un mensaje primero, después de tomar unas copas en White's, ignoró el decoro y se dirigió a Belgrave Square.

Al bajar de su carruaje, Michael se apresuró a llegar a la puerta, con todos sus pensamientos centrados en verla.

—Randall —saludó al mayordomo, tratando de pasar, al menos, al gran vestíbulo.

Sin embargo, el hombre, que llenaba el marco de la puerta, era formidable, y no le cedió el paso al interior.

—La señora no espera visitas esta noche, milord.

Agradeció saber que ella tampoco esperaba a otro hombre, pero no quería ser un simple visitante más.

—Randall, te prometo que no pondré un pie más allá del vestíbulo si me dejas entrar y le dices a la señora St. Ange que estoy aquí.

Aun así, el hombre dudó. Conocía bien su trabajo, pero ¿tenía que ser tan eficiente cuando se trataba de él, quien le había encontrado el maldito empleo?

—Mira, viejo amigo, estoy seguro de que ella se alegrará de verme si le haces saber que estoy aquí. —Michael no estaba nada confiado, y esta podría ser una ocasión de ser humillado.

El mayordomo suspiró y se apartó.

De inmediato, sin pensarlo, Michael se puso en marcha hacia el salón.

—Milord —entonó el señor Randall—, lo prometió. Debo insistir en que espere aquí mientras le anuncio.

¡Castigado por el mayordomo!

El problema era que la botella de oporto estaba en el salón o en la sala. No recordaba dónde.

—Tengo mucha sed, Randall. ¿Serías tan amable de traerme una copa de oporto, a no ser que tengas algún licor francés? —Tal vez, sabiendo que le gustaba el brandy, la señora St. Ange había comprado un poco—. Si lo haces, esperaré aquí mismo.

—Eso es muy irregular, milord.

En ese momento, apareció una de las criadas, con un plumero en una mano. Ella se detuvo en seco al verlo, cuando se suponía que la mujer debía ser invisible para los invitados, sobre todo, cuando sostenía un instrumento de limpieza en la mano. Después, la sirvienta escondió la varita de plumas detrás de su espalda y miró al señor Randall.

—Rachel —siseó este—, deberías usar las escaleras de atrás. —La desafortunada chica se dio la vuelta para huir—. Espera —la llamó el mayordomo—. Ya que estás aquí, tráele a lord Alder un vaso de oporto mientras hablo con nuestra señora.

Esperando que todo se hiciera como él había ordenado, el señor Randall subió con paso firme las escaleras principales, sin apresurarse ni perder el tiempo.

Michael admiró su aplomo. Sin duda, al hombre le había molestado sobremanera incluso permitir la entrada a alguien después de que su patrona se hubiera retirado al piso de arriba.

En poco tiempo, la sirvienta regresó con un generoso chorro de oporto. Esperaba que nadie le enseñase en un futuro próximo servir a un invitado, porque esa era justo la cantidad que él disfrutaba.

Se sentía un poco extraño merodeando en el vestíbulo y bebiendo solo, sin embargo, mantendría su palabra y se quedaría donde estaba. Miró la escalera principal de la casa, que era muy parecida a la de Elizabeth, a solo dos puertas de distancia, y pudo imaginar el dormitorio de Ada Kathryn. Al menos, podía adivinar su ubicación en la parte superior. Sin embargo, aún no conocía sus gustos como para imaginar su cama. ¿Madera o hierro? ¿Colgaduras de encaje o un diseño de damasco?

En unos minutos, con la bebida casi agotada, Michael estaba apoyado en la puerta de entrada y prácticamente había diseñado su dormitorio en su mente. Es más, podía verla tumbada sobre un colchón de satén rubí. Se estaba preguntando si valdría la pena la ira del señor Randall para violar la santidad del piso superior y comprobar por sí mismo cómo era su habitación, cuando oyó pasos.

Al mirar hacia la escalera, Michael la vio. A pesar de los diez minutos que había tenido para prepararse para él, su aspecto distaba mucho de su atuendo para ir al teatro. Tenía el pelo recogido, pero de forma desordenada. Llevaba un sencillo vestido de algodón azul noche, probablemente suave y cómodo, y por alguna razón, este parecía mojado. A pesar de todo, estaba preciosa.

Subiendo las escaleras a un paso rápido, en lugar de hacer un descenso elegante, en un momento, la señora St. Ange estaba ante él, con los ojos brillantes.

—Lord Alder. ¡Qué sorpresa!

Su tono no dejaba lugar a dudas sobre su disgusto. Por suerte, el oporto lo había calentado contra su gélida recepción.

—Casi esperaba que enviara a su mayordomo de vuelta a la planta baja para rechazarme, sobre todo, después de tanto retraso.

—Qué astuto de su parte, porque casi lo hago. Sin embargo, su aparición aquí, sin haber sido invitado, me hizo pensar que había algún asunto de importancia que deseaba contarme. ¿Por qué, si no, rompería las reglas de la buena educación? Bajé en cuanto pude.

Ella agitó los brazos y él supuso que intentaba secarse las mangas. Sin embargo, sus movimientos también llamaron la atención sobre la humedad de la parte delantera de su vestido.

—¿Qué demonios estaba haciendo ahí arriba?

Ella lo miró como si fuera un tonto.

—Bañando a Harry, por supuesto.

—Bañando a Harry —repitió él. Reflexionó un momento—. Pero tiene una niñera. La conozco. Bastante corpulenta y de aspecto capaz. ¿Está enferma? ¿Se ha ido de vacaciones?

—La niñera Finn está acostando a mi hijo ahora mismo. Yo baño a Harry porque lo disfruto. Es un poco travieso, por supuesto, como todos los niños. —Ella detuvo su mirada en el vaso vacío—. Y por eso, estoy algo mojada por sus salpicaduras. No me importa. Nos divertimos mucho.

Él sacudió la cabeza.

—Increíble.

Ella comenzó a caminar hacia el salón.

—¿Por qué? —le preguntó por encima del hombro—. ¿Qué tiene de extraño que una madre bañe a su hijo.

—Oh, estoy seguro de que tiene razón. En toda Inglaterra, de hecho, añadamos Escocia, Gales e Irlanda, en todas las Islas Británicas, las queridas mamás bañan a sus hijos e hijas. Sin embargo, apostaría a que usted es la única en Londres que tiene sirvientes a su disposición, en particular una niñera, que todavía se encarga de hacerlo.

Ella lo miró fijamente y frunció el ceño, tal vez considerando si eso era cierto.

Luego se encogió de hombros.

—¿Me sirve una copa? —Y señaló el aparador antes de sentarse en uno de los sofás.

—Por supuesto. Si puede convertir sus manos en ciruelas arrugadas para divertir a su chico, puedo estirar los brazos para servirle una copa. ¿Oporto u oporto?

—Oporto, por favor —dijo ella, siguiéndole la

corriente. Luego se examinó las manos y él se rio.

—Solo estaba bromeando. —Le sirvió la mitad de lo que la criada le había puesto a él y luego se sirvió otra de igual medida—. Ni una arruga a la vista.

Ella entonces sofocó un bostezo, aparentemente cansada. Tenía sus defensas bajas, supuso Michael, o no estaría ahora mismo en su salón.

—Bueno, no me importa lo que diga —afirmó Ada—. Quiero a Harry más que a nadie en el mundo, y disfruto viéndolo jugar. ¿Por qué debería la niñera Finn tener ella sola ese placer?

—Supongo que no es tan diferente de cuando yo preparaba mi caballo cuando era joven. Teníamos mozos de cuadra, naturalmente, pero a mí me gustaba cepillar mi montura favorita.

Su boca se había quedado algo abierta, pero al tomar su copa de él, empezó a sonreír. A él le encantaba ver su rostro, casi siempre serio, relajado y divertido.

—No, lord Alder, mi hijo y su caballo no están en la misma categoría, pero creo que entiende lo que quiero decir. Me habría cambiado de esta ropa húmeda si no fuera porque usted ha venido sin ser invitado y, la verdad, vestirme de nuevo antes de ponerme el camisón no tenía sentido.

Él le sonrió, tratando de imaginar lo que ella se ponía para irse a la cama.

Como si le leyera la mente, ella se sonrojó, bajando la cabeza para ocultar su rostro. Al instante siguiente, tras recomponerse, levantó la mirada hacia la suya, dio un sorbo a su bebida y enderezó los hombros.

—¿Por qué ha venido?

La fría señora de la casa había vuelto.

—Parece un poco impetuoso ahora, pero estoy haciendo crecer la fortuna de mi familia a través de la bolsa. He tenido cierto éxito y quería compartir la noticia con alguien.

Al ver que ella asentía, sin mayor interés, decidió hablar con más franqueza.

—No, no con cualquiera. Eso sería una mentira. Con usted. Lo primero que pensé fue en contárselo a usted.

Ella alzó las cejas.

—Ya veo. ¿Y qué hay de su familia? ¿No les gustaría saberlo?

Sintiéndose desanimado por su falta de entusiasmo, se encogió de hombros y dejó su copa.

—Pronto se lo diré, y sí, mi padre estará encantado.

Tras una breve pausa, ella levantó su copa hacia él.

—En ese caso, brindemos por su éxito. Estoy... feliz por usted.

Pero Michael advirtió que ella tenía problemas con la palabra feliz. ¡Qué mujer tan extraña!

—Supongo que mientras nos contamos nuestras noticias —dijo Ada—, debo confesarle que el otro día tomé el té con *lady* Cambrey y surgió el tema de usted.

—¿De veras? —Le hubiera gustado ser una mosca en la pared.

—Naturalmente, se sorprendió de vernos juntos en la ópera, dado su... —se interrumpió—. De todos modos, le dije que no había tratado mal a su hermana como ella creía.

Pensando en Jenny, él miró hacia la botella, que estaba a unos metros. Qué diferente habría sido su vida si se hubieran casado y formado una familia. Imaginar lo que podría haber sido solía escocerle, como abrir una vieja herida. Es más, ese camino de pensamiento solía llevarle a un trago fuerte. Y a otro.

Sin embargo, esta noche, la oportunidad perdida con Jenny Blackwood no le torturaba como solía hacerlo. Además, un tercer trago, sobre todo, en presencia de esta dama, podría ser desaconsejable.

—¿Y qué dijo la condesa? —preguntó él.

—No mucho —dijo la señora St. Ange—. Le pedirá a *lady* Lindsey que confirme su relato, pues no podría darle crédito de buenas a primeras, ni siquiera viniendo de mí.

Michael se encogió de hombros.

—No si recibió la información de mi parte.

—Precisamente —dijo Ada sin parecer siquiera avergonzada.

Después de todo, él conocía su reputación de pícaro. ¿Por qué alguien del sexo débil iba a creer su palabra?

—¿Dijo algo más sobre mí? ¿Quizá le dio algún consejo?

La señora St. Ange apartó la mirada con desconcierto. Evidentemente, su discusión sobre él había incluido la habitual advertencia que una dama hacía a otra sobre sus malas costumbres.

Y, sin embargo, Ada Kathryn había bajado las escaleras con su vestido húmedo para recibirlo, y en ese momento lo estaba mirando con sus grandes ojos azules.

Impulsivamente, cruzó hacia ella y se sentó a su lado. Sin pensarlo, tomó su mano entre las suyas, solo por tocarla.

—Después del veneno que le habrá derramado —le dijo él—, me sorprende que no haya mandado a Randall que me echase a la calle.

—¿Veneno, dice? ¿no mentiras? —Su mirada estaba fija en él.

—Lo más probable es que sea la horrible verdad —admitió—. No he ocultado quién soy ni lo que he hecho. Así que probablemente *lady* Cambrey me conoce tan bien como cualquiera.

Ella asintió, sin parecer impresionada ni temerosa. En cambio, tenía un aspecto tentador, con sus rizos desordenados cayendo sobre su rostro y su vestido mojado.

Michael se acercó más. No había planeado besarla de nuevo tan pronto, pero ahora le resultaba inevitable. Desde que dirigió su carruaje hacia su puerta, tenía la intención de que acabasen juntos y besándose. Simplemente no lo había sabido hasta ese momento.

Respiró su aroma y disfrutó de su fragancia a jabón fresco, sin duda por el baño de Harry. Su pelo ya estaba despeinado, así que no tenía que preocuparse por estropearlo más. Más bien, podía ceder a su deseo de deslizar sus dedos en él y acunar su cabeza mientras la acercaba hacia sí.

Para su deleite, ella se relajó contra él en cuanto sus labios tocaron los suyos.

⁓

Cuando Ada se enteró de que lord Alder estaba en su vestíbulo, supo que acabarían besándose. Parecía inevitable siempre que estaban solos. No solo había llegado a esperarlo, sino a anticiparlo con placer.

Se mentiría a sí misma si dijera que no disfrutaba

enormemente de sus besos, aunque sabía que ella lo hacía solo para atraparlo.

Cuando las manos de él se hundieron en su pelo, que se había arreglado con rapidez, poniéndose horquillas y soltando los mechones, sintió un estremecimiento de excitación. La lengua de él se introdujo familiarmente entre sus labios para saborearla, y ella deslizó las manos por detrás de su cuello, entrelazando los dedos y sujetándose con fuerza.

Cada nervio de su cuerpo se puso en alerta. Sentía las medias apretadas contra los dedos de los pies y el vestido le parecía demasiado pequeño sobre los pechos. Temblaba contra el impulso de separar las piernas. Sintiendo ya el calor en su vértice, cerró los ojos e imaginó que Michael Alder la tocaba allí, justo en el lugar donde le ardía.

Ella gimió y, tomándolo como una invitación, él la tumbó sobre el sofá. Se situó encima de ella con audacia y le tocó los dos pechos, pasando el pulgar por los pezones antes de continuar su exploración. Apoyado en un brazo, bajó la mano hasta el dobladillo de su vestido y empezó a subírselo.

Al sentir el aire fresco en los tobillos y las pantorrillas, su cuerpo le pedía que continuara. Era extraño ese deseo traicionero que la atenazaba, teniendo en cuenta lo desagradable que era el acto en sí.

¿Por qué su cuerpo le ardía y casi se derretía bajo su contacto?

Sintió la mano de él bajo el vestido, rozando su rodilla izquierda y luego trazando un camino por su muslo.

—Sí —siseó ella contra su boca.

En un instante más, sus dedos tocarían su montículo femenino, pasarían por sus rizos y llegarían a su núcleo. Se había jurado que no volvería a suceder.

En su interior, su cerebro racional intentaba ser escuchado. Recuerda, este es Lord Vil. Toma lo que quiere, sin pensar en la mujer que tiene debajo.

—Ada —murmuró él sobre su cuello, y ella se regocijó con el sonido de su nombre en sus labios.

Ella estuvo a punto de susurrarle el suyo, pero entonces los dedos de él tocaron su lugar más íntimo, silenciándola.

Agarrando su chaqueta, ella chupó suavemente la lengua de él. Y entonces, hábilmente, con suavidad, la acarició. Ella se agitó bajo su cuerpo, que palpitaba de necesidad. Por supuesto, ya se había tocado allí antes, pero estar tumbada, con los fuertes dedos de un hombre pulsándola como si fuera un instrumento de cuerda, era diferente por completo.

Ada no podía moverse, no podía detenerlo porque las sensaciones eran abrumadoramente deliciosas. Puro placer. Dudando entre contener la respiración y respiró hondo, ni siquiera le importó que él deslizara su escote, dejando al descubierto sus pechos. Su boca abandonó la de ella para besar su piel.

Con los ojos cerrados, la cabeza arqueada hacia atrás, y con algo en su interior listo para saltar, cuando Michael posó sus labios en uno de sus pezones, ella volvió a gritar.

—¡Sí!

Al roce de sus labios sobre su carne, Michael añadió su hábil lengua. Mientras tanto, sus dedos en el centro de ella se movían rítmicamente, un poco más rápido, con un poco más de intensidad.

Ella se retorcía contra él, no para detenerlo, sino para ayudarse a sí misma a alcanzar una culminación que estaba justo fuera de su alcance.

Y entonces, mientras él fijaba con delicadeza sus dientes en uno de sus pezones, introdujo un dedo dentro de su resbaladizo canal, mientras su pulgar seguía acariciando dulcemente el botón entre sus piernas.

—Oohh —gimió ella al sentir que la tensión en su interior alcanzaba su punto máximo y luego, maravilla de las maravillas, se liberaba como una espiral que se desenredaba con rapidez.

Fue glorioso.

Fue agotador.

Como si hubiera hecho un viaje lejano, se sintió regresar a su propio salón, a su propio sofá. Abriendo los ojos, miró a lo largo de su cuerpo al mismo tiempo que lord Alder levantaba la cabeza de su pecho para encontrarse con su mirada.

Por suerte, él no aumentó su mortificación con un gesto de suficiencia. Tal vez parecía un poco satisfecho consigo mismo, pero tuvo la delicadeza de retirar enseguida la mano de su zona privada y comenzar a sentarse. Al mismo tiempo, le bajó las faldas de su vestido.

Ada se incorporó, respirando con dificultad. ¿Qué demonios había pasado con su control? Y, dulce madre de Dios, ¡cómo había pasado tantos años sin una sensación tan exquisita! El libro explícito, *La obra maestra de Aristóteles*, había tenido razón todo el tiempo.

Lord Alder permaneció en silencio, mirándola como si fuera un espécimen bajo un microscopio. ¿En qué estaría pensando? Ella no podía preguntárselo.

Sabía que corría el riesgo de ir más allá de un beso, pero

nunca había tenido la intención de ser transportada a alturas tan vertiginosas. ¡Gracias! Ella le había dejado tocarla. Incluso la había mordido.

Mirando hacia abajo, se dio cuenta de que su escote seguía dejando al descubierto uno de sus pechos y la mitad del otro. De un fuerte tirón, se lo subió, al mismo tiempo que se ponía de pie y se alejaba de él.

Le temblaban las manos.

¿Qué debía decir?

¿Por qué él no hablaba?

—Eso fue... —¡Maldita sea! Ella no podía decir que fue indeseado o incluso desagradable. Sin duda, él podía decir por las reacciones de su cuerpo lo agradable y deseado que había sido.

Sin embargo, había sido inapropiado. Totalmente inapropiado.

—No debería haberlo hecho —dijo ella al fin con una protesta poco entusiasta.

Él se rio con suavidad y Ada se giró hacia él.

—¿Se está riendo de mí? —No creía que pudiera soportar ser el objeto de su humor. Si ese era el caso, lo desterraría para siempre de su vida.

—No —insistió él, levantándose con rapidez para tomarla en sus brazos.

—Estaba pensando en que puede estar en lo cierto. No debería haber hecho eso, porque ahora mi malestar casi coincide con su placer.

Frunciendo el ceño, se sintió mareada. ¿A qué se refería?

Él tomó la mano de Ada y la colocó en la abertura de sus pantalones, para que ella pudiera sentir... ¡Oh, Dios! Su virilidad se abultaba contra el fino tejido de lana, dura como un palo.

Michael gimió, y la mirada de ella voló hacia él.

—Debe saber lo que le hace a un hombre ver a la mujer que desea alcanzar su plenitud bajo su contacto. Y luego no tener ninguna liberación para sí mismo.

Ella debería saberlo. Es decir, si hubiera sido realmente una esposa.

Parecía doloroso. ¿Explotaría?

—¿Está bien? —preguntó ella.

Esto provocó otra leve risa de él.

—Dentro de un rato, sí. Todo se calmará. Tal vez con otro trago —sugirió él.

Supuso que si fueran verdaderos amantes, después de que ella hubiera encontrado su liberación, como él lo llamaba, entonces habrían repetido lo que habían hecho en el mirador y...

Sí, ella recordaba el extremo placer de él aquella noche. Él había gemido y disparado su semilla dentro de ella. Mirando de nuevo sus pantalones, se dio cuenta de que otro Harry estaba justo debajo, esperando llegar a su vientre.

A ella también le vendría bien un trago, algo que le permitiera adormecer sus ideas y sentimientos contradictorios.

En silencio, Ada sirvió dos generosas copas, pero no podía sentarse. Al menos no allí, en el sofá donde acababa de...

—Beba —le dijo Ada entregándole su vaso, antes de dar un generoso trago, dejando que el líquido de color ámbar se deslizara por el fondo de su garganta—. Luego debe irse.

Capítulo 13

Michael nunca se había despedido tan rápido. Era cierto que se había levantado de la cama de muchas mujeres después de acostarse con ellas, y se había ido mientras ellas aún disfrutaban de las consecuencias. Esto era diferente.

Ansiaba estar dentro de ella y acabar con el deseo acumulado durante las últimas semanas. Tuvo la sensación de que podría haberlo hecho también, justo cuando ella se estremecía de placer ante su contacto.

Pero sabía que si lo hubiera hecho, no podría volver a verla. Era una criatura salvaje y asustadiza, y debía seguir tomándoselo con calma si esperaba tenerla desnuda debajo de él, con sus suaves muslos rodeando su cintura mientras la penetraba.

Ella lo disfrutaría. Él se aseguraría de ello. Por su parte, él estaría extasiado.

Pero, por desgracia, todavía no ocurriría.

Terminó su tercera copa de oporto, sabiendo que era su

deseo reprimido e insatisfecho el que lo mantenía sobrio, y se despidió.

Cuando llegó a su casa, se tumbó en su cama y tuvo que alcanzar por sí mismo el clímax mientras pensaba en Ada Kathryn. El de ella había sido rápido e intenso, sin duda, debido al tiempo transcurrido desde la muerte de su marido. Era obvio que no había estado con un hombre desde entonces.

Todo lo que podía pensar mientras terminaba era en el sabor de su piel y en lo hermosa que era, sobre todo, en el momento de su plenitud.

Esperaba ver cómo se repetía. Pronto.

A la mañana siguiente, recibió una carta de Frederick Willis.

La lista de Ada Kathryns que había asistido a un baile en Almack's era realmente corta, concretamente una, Ada Kathryn Ellis, hija del Barón y *lady* Ellis.

Mirando el papel, sintió una punzada de inquietud. ¿Por qué estaba investigando su pasado? ¿Qué podía esperar conseguir?

Sin embargo, ahora tenía una pista. Ellis. Un nombre bastante bonito. No sonaba a nada inaceptable. Tal vez una vieja familia galesa.

En cualquier caso, podía sorprenderla diciendo que sabía su nombre, lo que ya suponía que no le gustaría, ya que parecía una persona extraordinariamente reservada, o podía indagar más. ¿Con qué fin?

Porque ella había llegado a significar algo para él, y la idea de que nunca le permitiera ser su amante no le gustaba. Quería prescindir de la incomodidad, rodearla con sus brazos y hacerle el amor con pasión.

Sospechaba que a ella no le gustaba por alguna razón que no era su pasado libertino. ¿Podría su vida antes de casarse con el señor St. Ange tener la clave?

Primero, por desgracia, tenía que ir a Kent. Su madre clamaba por una visita desde que él había aceptado la tarea de hacer crecer las arcas de la familia. Además, quería ver a sus hermanos.

Así, al día siguiente, entró en el vestíbulo de Oxonholt, su casa en el oeste de Kent, que no había pisado durante cuatro años. Antes era un parque de ciervos real, ahora era solo un dolor de cabeza. Demasiado grande ahora para su modesta familia y sus menguadas cuentas. Unos siete años atrás, su padre había encargado al renombrado arquitecto francés del renacimiento gótico, Anthony Salvin, la construcción de la cúpula de mansarda y la torre del castillo.

¿Para qué necesitaban una torre? ¿No eran una familia moderna, por el amor de Dios? Michael seguía pensando que era una tontería.

En cualquier caso, la casa tenía el mismo aspecto que la última vez que la vio. Exactamente igual. Un papel pintado anticuado y bastante feo, cuadros de paisajes de algún artista desconocido y un suelo desgastado que necesitaba un buen pulido, pero con los cientos de metros de madera de la casa que necesitaban cera de abeja, era comprensible.

Su padre se había quedado sin dinero después de las renovaciones, y así se quedaría hasta que Michael infundiera a la finca nuevos ingresos.

Incluso el mayordomo, el señor Tulsey, estaba igual. Recibió al hijo pródigo en su casa sin ni siquiera enarcar una ceja o crear la más mínima arruga de interés en su imperturbable rostro.

—¿Está *lady* Alder por aquí? —le preguntó Michael.

—Sí, señor. En los jardines del parterre. Entre sus rosas, milord. ¿Lo anuncio?

—No, puedo encontrar el camino. Pero me gustaría un brandy cuando tenga un minuto. No, que sea madeira. No quiero disgustar a mamá a estas horas. Un vaso de buen tamaño, Tulsey. Tengo mucha sed.

—Muy bien, milord.

Y Tulsey desapareció con la velocidad perfecta para no parecer apresurado, pero transmitiendo a Michael la confianza de que tendría su bebida en breve.

Precisamente como había dicho el mayordomo, su madre estaba en su jardín de rosas, podando los arbustos.

—Mamá —la llamó.

Ella chilló innecesariamente, dejó caer las tijeras que sostenía en una mano y la cesta de la otra. En lugar de correr hacia él, se cubrió la cara con las manos y comenzó a sollozar.

Michael no pudo evitar poner los ojos en blanco ante su histrionismo. Era cierto que habían pasado varios años, pero él no había vuelto de entre los muertos. En realidad, solo había sido un viaje rápido desde Londres.

Al acercarse a ella, no supo qué hacer una vez que estuvo en frente. Al fin, le dio una palmadita en el hombro y ella bajó las manos. Al instante, ella le dio una bofetada en la mejilla.

¡Dios mío! ¿Dónde estaba Tulsey con esa copa?

Ella puso gesto de asombro, tal vez debido a sus propios actos erráticos, y luego se acercó a él y lo abrazó, apretando su rostro contra su pecho.

—¡Hijo mío! ¡Hijo mío!

De nuevo, él le dio unas palmaditas en la espalda, con cierta cautela. Después de todo, esta era la mujer que había arruinado su felicidad. Pero ahora que sabía la razón, el miedo a la ruina financiera, Michael supuso que casi comprendía las intrigas de sus padres.

Al oír las pisadas, dejó de darle palmaditas, esperando que ella siguiera su ejemplo y lo soltara. No lo hizo, no hasta que él intentó girarse, y entonces ella miró por encima del hombro de Michael.

—¿Qué es eso, Tulsey?

—El madeira de su señoría, *milady*.

Por fin, la dama dio un paso atrás y Michael pudo volver a respirar. También pudo darse la vuelta y coger el vaso de la bandeja.

—¿Quieres algo, mamá? —preguntó, tomando un sorbo. Ah, ¡qué refrescante!

Frunciendo el ceño, ella negó con la cabeza.

—Eso será todo —le dijo al mayordomo, que desapareció enseguida.

—¿No crees que un té o un café es más apropiado a estas horas?

La miró fijamente.

—¿No crees que no robarle a un hombre su prometida es lo más apropiado a cualquier hora?

Ella suspiró y levantó las manos.

—¡Por Dios! Han pasado casi cuatro años, ¿no?

Inclinándose, Michael recogió sus recortes, los echó en el cesto y se lo entregó a ella, con cuidado de no derramar su vino.

—He oído que querías verme. ¿Era solo para darme una palmada en la mejilla con afecto maternal?

Ella palideció ligeramente.

—No puedo creer que te hayas alejado tanto tiempo. ¿Sabes cuánto te he echado de menos?

—Tenías a Gabriel y a Camille. —Y él había tenido su ginebra y sus mujeres. Parecía un intercambio justo.

Su madre apretó los labios.

—Un hijo no sustituye a otro. Eso es una tontería.

—Ya veo. —Supuso que ella tenía razón—. De todos modos, ¿dónde están?

Ella ladeó la cabeza.

—¿De verdad has venido aquí simplemente para vernos?

Él dejó de escudriñar la propiedad en busca de señales de sus hermanos y la miró.

—Pues sí, por supuesto. ¿Por qué si no?

Ella lo estudió unos segundos.

—No para pedir dinero.

Él soltó una carcajada.

—No, desde luego que no. Al parecer, en esta familia, soy el único que no solo tiene un poco, sino que puede ganar más.

—Tu padre mencionó algo de que ibas a la Bolsa. ¿Está dando sus frutos, entonces?

—Mamá, no estoy «yendo a la Bolsa». Estoy invirtiendo en ella. Pero no importa. Explicar cómo funciona el comercio y las acciones tampoco es mi fuerte. Todo lo que necesitas saber es que me va bien. Espero que sigamos teniendo un condado durante muchos años.

—Eso está bien, querido. —Parecía totalmente despreocupada. Tal vez su padre no le había explicado las terribles circunstancias en las que estaban en peligro de caer.

—Michael —dijo una voz suave.

Al girar, vio a Camille corriendo hacia él.

—Ahí está mi chica —declaró Michael, sintiéndose totalmente encariñado con su hermana, que parecía, en ese momento, bastante salvaje. Tanto es así, que le entregó a su madre la copa de vino, sabiendo lo que se avecinaba.

Con el pelo castaño suelto y sujetándose la faldas, Camille atravesó la terraza trasera hacia ellos. Bajó los escalones de piedra en un abrir y cerrar de ojos y se encontró en sus brazos.

—Estás aquí —dijo por fin—. Mamá, Michael está aquí. En Kent.

—Sí, querida. Nació y se crio aquí y tenía que volver en algún momento.

Su madre, superado el *shock* de verlo, continuó cortando sus rosas.

—Deja que te mire —dijo Michael—. ¿Estás emocionada por la próxima temporada? Papá me ha dicho que vas a ser presentada en sociedad.

—¡Lo estoy! —Ella saltó, más como una niña que como una joven que desea casarse—. No puedo esperar a mi primer baile en Londres.

—Ah, sí. —Michael pensó en los muchos a los que había asistido y en lo que solía ocurrir en las grandes mansiones con muchas habitaciones oscuras y jardines—. Espero poder ser tu carabina, junto con mamá, por supuesto.

Camille se limitó a encogerse de hombros.

—No veo la hora de empezar a encargar vestidos y mudarme a una casa en el campo. ¿Nos quedaremos contigo?

Se estremeció. La gran casa de los Alder en Londres se había vendido hacía años, cuando Michael era solo un niño. Probablemente la familia también había necesitado dinero por aquel entonces. Su padre se alojaba en su club cuando iba a la ciudad, y su madre nunca lo acompañaba.

Por suerte, su abuelo le había cedido a Michael una pequeña casa propia, que antes había sido la de su amante. No podía imaginarse a su madre y a su hermana viviendo allí con él, pero podría ser la única opción.

A menos que siguiera ganando dinero en la bolsa.

—¿Dónde está Gabriel? —preguntó.

—Donde siempre —dijo su madre.

Camille le ofreció una sonrisa cariñosa.

—Vamos a buscarlo. —Lo cogió del brazo.

—Quédate a cenar —dijo su madre tras ellos.

Y fue como si nunca hubiera abandonado el seno de la familia.

Cuando estuvo a solas con su hermana, con su dulce rostro apoyado en su hombro, Michael se relajó. El primer encuentro con su madre no había sido terrible en absoluto, aparte de sus sollozos y de los golpes en la mejilla. Había visto a Camille y a Gabriel al menos una vez cada seis meses, ya que su casa estaba a menos de dos horas de Londres, asegurándose de que entendieran dos cosas: una, que le encantaba ser su hermano y que siempre cuidaría de ellos, y dos, que no debían confiar en sus padres.

Tenían que aprenderlo alguna vez, y mejor de él que ser

sorprendidos por la astucia de aquellos.

—Cuando te exhibes en el mercado matrimonial —le dijo a su hermana—, debes tomar precauciones.

Camille soltó una risita.

—Oh, ya lo sé. Nunca estar a solas con un hombre. Nunca dejar que me bese. Nunca bailar más de dos veces con el mismo, a menos que quiera que estemos unidos.

Michael se rio. ¿Cuántas veces había hecho que una joven rompiera todas esas reglas, y muchas más?

—Sí, todos esos son buenos consejos —admitió, esperando que su hermana tuviera mejor suerte que las damas a las que había comprometido—, pero me refería a las precauciones contra nuestros padres. Ahora sé exactamente cómo son, y tratarán de empeñarte, incluso de venderte, al soltero más rico. Te guste o no.

Camille vaciló, y su expresión soñadora se marchitó al instante.

¡Maldita sea! Había hablado demasiado claro.

—No te preocupes, querida hermana, no dejaré que te casen con alguien que no te guste.

—¿Lo prometes?

—Siempre y cuando no te pongas en una situación en la que el matrimonio sea la única alternativa.

Ella se rio.

—¡Tú nunca dejas que eso te detenga!

Se detuvo en seco, justo al llegar al patio de los establos. ¿Qué había escuchado?

—¿Qué quieres decir? —preguntó él.

—Siento ser yo quien te diga esto, querido hermano —dijo con complicidad—, pero las acciones de Lord Vil han llegado incluso hasta el campo.

Él sacudió la cabeza.

—¿Cómo sabías que era yo, con ese apelativo tan horrible que me puso la sociedad?

—Fácil. Cada vez que mamá encontraba algo en los periódicos sobre ti, lo marcaba para que papá lo viera. Siempre se trataba de «lord A, también conocido como Lord Vil», hasta que simplemente se convirtió en lord V. No hace falta ser un intelectual de Oxford para saber quién es quién.

Entraron en los establos, que para Michael, siempre habían sido un lugar de refugio. Le había hablado a Ada sobre el aseo de un caballo. No le había dicho cómo había domado a varios de ellos en su juventud, creando monturas de equitación condenadamente buenas a partir de bestias casi salvajes.

Cuando fue lo bastante mayor, su hermano menor, Gabriel, siempre lo seguía. Aunque Gabe también tenía una excelente mano con los equinos, los perros eran su pasión. Por ello, no fue una sorpresa que al entrar en el antiguo edificio, y después de saludar al primer mozo de cuadra que vieron, encontraron a Gabe rodeado por una jauría de sabuesos. Y no solo rodeado. Estaba sentado en el suelo, con las piernas cruzadas, y un rápido recuento le dijo a Michael que había ocho perros en continuo movimiento a su alrededor.

—Eres como su sol —gritó Michael por encima del estruendo de los ladridos de los animales.

Gabriel lo vio y le lanzó una sonrisa que se parecía mucho a la de Camille. Extrañamente, también le recordaba a la del pequeño Harry.

—¡Silencio! —les ordenó con éxito, excepto por el

relincho de un caballo en uno de los establos.

—Eso es una buena dosis de magia —dijo Michael, ahora que se le podía oír.

Su hermano, que tenía el pelo castaño más oscuro de la familia se puso en pie.

—Aquí tienes otra. ¡*Sit!*[3]

Hasta el último trasero canino golpeó el suelo empedrado.

—¿Qué te parece? —preguntó Gabe, pasando entre los devotos perros para alcanzar a su hermano.

—Creo que es jodidamente increíble —admitió Michael.

Gabe sonrió.

—Puede que me gane la vida entrenando perros de caza, ya que no tengo la carga de holgazanear como el heredero.

Entonces, como siempre ocurría, tuvieron que forcejear y despeinarse mutuamente antes de dejar que su hermano declarase una victoria mutua, a pesar de que Michael podría arrastrarlo por el suelo. Es más, Gabriel lo sabía.

—De todos modos, creo que es una buena idea —dijo Michael—. La gente siempre necesitará perros bien entrenados. —Entonces pensó en Ada y Harry.

—¿Qué tal una mascota familiar? ¿Alguno de estos chuchos es bueno para ese propósito? ¿Sentarse junto al fuego, dejar que una señora descanse sus pies sobre él, o jugar al tira y afloja con un niño pequeño y salir a pasear con correa por el parque?

Al dejar de hablar, se dio cuenta de que su hermano y

---

[3] ¡Sentaos!

su hermana le miraban fijamente.

—¿Y ahora qué he dicho?

Camille habló primero.

—Hablas como si fueras un hombre casado y con familia. Eso es todo.

Michael sintió que se sonrojaba.

—¿Es así? —insistió ella—. ¿Te vas a casar con esa mujer?

—¿Qué mujer? —¿Sabía ya toda su familia que estaba intentando cortejar y acostarse con la señora St. Ange?

—*Lady* P es como se refieren a ella en los periódicos. Mamá dice que es *lady* Pepperton.

Apretó los labios. No hablaría de su vida personal con sus hermanos y especialmente con sus padres.

—¿Y bien? —preguntó Camille mientras Gabriel miraba con interés.

—No. Y eso es todo lo que diré.

Sus hermanos se miraron entre sí.

—De todos modos —dijo Gabe—, no son chuchos. Son sabuesos. Estarían bien como mascotas, muy sociables también, excepto que pueden ser ruidosos. Escuchad esto. —Se volvió hacia la camada—. ¡Cantad!

Empezaron a aullar. A Michael se le erizó el vello de la nuca.

—Si es una mascota de campo —continuó Gabe, como si no le acompañaran los fuertes sonidos caninos que había justo detrás de él—, puede que no quieras que ladre al lado de tu vecino.

—Haz que paren —protestó Camille.

—Silencio —dijo él igual que antes, y se callaron, todos

con los ojos fijos en el menor de los Alder, esperando su siguiente orden—. Además —continuó Gabe—, pueden seguir un olor y vagar durante kilómetros.

—Solo el aullido es suficiente para desanimarme —dijo Michael. Quizá Ada y su hijo simplemente necesitaban un conejo o un loro.

—Entrené a una camada de spaniels hace un par de meses. —Gabe estaba claramente interesado en el tema—. Para cobrar faisanes, ya sabes. Si confiesas que este perro es de verdad para una buena señora y su hijo, te enseñaré algo que te gustará.

—Muy bien —aceptó Michael, disfrutando de la luz en los ojos de su hermano—. Sí, hay una señora que es mi amiga, y ella tiene un niño de dos años. Ahora, enséñame lo que tienes.

—Vamos. —Gabe se dio la vuelta y los condujo por el otro lado de los establos hacia el prado—. ¿Dónde están?

Con sus dos hermanos, Michael se puso de pie y observó el campo de hierba. En la esquina más alejada, tres perros corrían.

—Probablemente tienen un conejo a su merced —murmuró Gabe—. Venid —gritó y, al instante, los tres perros acudieron a la carrera.

—¿Por qué se quedan en el prado? —preguntó Michael a su hermano, ya que la valla estaba destinada a contener solo a los caballos.

—Porque yo se lo ordeno —dijo Gabe con orgullo en su voz. Los tres recién llegados saltaron excitados a su alrededor—. El setter rojo de ahí es Rufus, el retriever es Myrtle, y este compañero —se agachó para coger al más pequeño de los tres, un spaniel blanco y negro—, es Dash.

—¿Dash? —repitió Michael.

—Es encantador —dijo Camille, inclinándose para acariciar su cabeza—. Aunque a los gatos de mamá quizá no les gustaría que estuviera en la casa.

—Vendí el resto de la camada. Este era el más pequeño, pero ha crecido bien —dijo Gabe—. Sería una gran mascota de ciudad. Feliz simplemente de estar con la gente o incluso de sentarse en el regazo de su amiga como un gato.

—¿En serio? —Michael no podía imaginarse al apuesto animal acomodándose en un regazo. Parecía muy lleno de brío y vigor. Pero bien podía imaginarlo en el suelo jugando con Harry—. ¿Te desprenderías de Dash?

—Por una pequeña suma —replicó Gabe.

Michael echó la cabeza hacia atrás y se rio. Su hermano iba a ser un buen hombre de negocios.

—Además, me gustaría conocer a tu señora y a su hijo algún día.

—Oh, sí —asintió Camille—. A mí también me gustaría.

Pensando en lo improbable que era eso, siendo Ada tan espinosa, accedió de buena gana.

—Trato hecho —dijo.

Después de una insoportable comida con sus padres, que solo se hizo soportable por la presencia de sus hermanos, y en la que le interrogaron sobre qué estaba haciendo con su vida, Michael decidió pasar la noche en su antigua habitación. Gabe podría contarle todo lo que necesitaba saber sobre el cuidado de Dash. Después, Michael podría compartir una botella de brandy con su padre mientras lo ponía al corriente de las buenas noticias de la bolsa, un tema demasiado vulgar con mujeres presentes en la mesa.

Después de la cena, llevaron a Dash a la casa para que se aclimatara al mundo civilizado, aunque Michael pensaba que el spaniel ya se comportaba mejor que muchas personas que conocía.

—Debe quedarse en tu habitación —dijo lady Alder—. No quiero que mis gatitos se asusten.

Para cuando se fue a la cama, con Dash en la alfombra junto a la chimenea, Michael estaba agotado, pero emocionado. Se sentía como el viejo Papá Noel trayendo un regalo. Además, no podía esperar a ver la cara de Ada.

⁂

Para ello, Michael fue directamente de Oxonholt a Belgrave Square.

Llegó a última hora de la tarde. El señor Randall abrió la puerta y de inmediato dejó caer su mirada hacia el perro sentado a los pies de Michael.

—Buenos días, Randall —entonó Michael, emocionado por volver a ver a Ada—. ¿Está ella en casa?

—Si se refiere a la señora, milord, sí. Sin embargo, una vez más, no recibe visitas, no sin invitación.

—¿Está bañando al niño? —preguntó Michael.

Randall frunció el ceño.

—No, milord. Creo que está leyendo en la biblioteca.

—Por favor, dile que estoy aquí y que vengo con regalos. —Al fin y al cabo, probablemente estaba enfrascada en una de esas tontas novelas con las que todas las damas estaban obsesionadas. Más aún si era gótica y romántica. Nada como un castillo oscuro y helado, una dama en apuros actuando de forma ridícula y un par de fantasmas haciendo ruido para evocar nociones de amor ideal. Al menos, eso fue lo que había oído.

—Sí, milord. —Randall cerró la puerta antes de que Michael pudiera negociar con él para que le dejara pasar al vestíbulo.

—Bueno, Dash, esperaremos. Supongo que no veremos una copa de brandy o de oporto por aquí, ¿verdad?

No importaba. Sacando su petaca del bolsillo, bebió un par de sorbos. Estaba guardándola cuando la puerta se abrió de golpe.

Era la señora St. Ange.

—¿Está loco? —Fueron sus primeras palabras mientras miraba fijamente al perro—. El señor Randall me dijo lo que había traído, pero no podía creerlo hasta que lo he visto con mis propios ojos.

—Sí, un perro para usted y Harry. —Pensó que Dash estaba dando una buena primera impresión.

La boca de Ada formó una *o* y luego las lágrimas brotaron de sus ojos.

Michael esperaba que fueran lágrimas de felicidad, pero empezó a dudar cuando ella se llevó una mano a la boca y negó con la cabeza.

—No, no, no.

—Lo siento, Ada. No era mi intención molestarla. —Sin embargo, no podía imaginar cómo lo había hecho.

Sus ojos se cruzaron con los de él, y luego se recompuso, estrechando su mirada.

—Nunca le di permiso para llamarme por mi nombre de pila. Tampoco podía imaginar que se presentara sin avisar y nos trajera un perro. ¡Un perro de aspecto dulce y suave! ¿Cómo se atreve?

Lo siguiente que supo Michael fue que estaba mirando la puerta principal, cerrada y pintada de oscuro. Si se hubiera acercado un paso más, su nariz habría pagado el precio. El pequeño Dash incluso dio un salto hacia atrás, alarmado.

Intercambiando una mirada con el spaniel, Michael se encogió de hombros.

—Me temo, querido amigo, que no tengo ni idea de qué ha sido eso. Supongo que, por el momento, te vendrás a casa conmigo.

Capítulo 14

Ada corrió de vuelta a la seguridad de su biblioteca, tratando de no pensar en el adorable perro sujeto a la correa que llevaba Lord Vil.

—Debería ser él el que estuviera bien amarrado —murmuró, pensando en el arrogante hombre.

¡Qué patán! ¿Cómo se atrevía a suponer que ella quería un perro? Además, ¿cómo osaba hacer algo tan considerado por ella y Harry? No tenía ni idea de cómo reaccionar.

Era Lord Vil, prácticamente un borracho y definitivamente la ruina de muchas mujeres, incluida ella misma. Después de su última visita, esperaba que él le enviara una nota disculpándose por ser tan atrevido. En cambio, le trajo un perro.

Le había dicho a Maggie que estaba siendo amable, ¡pero esto! Esto iba más allá de lo normal.

Le picaban los dedos por tocar el suave pelo del perro. Ahora quería arrancarse el suyo. O el de Michael Alder.

Es más, él tenía su encantadora sonrisa en la cara, ocultando al villano que había detrás.

Con un juramento despiadado, limpió la mesa de todos los periódicos de negocios, arrojándolos al suelo con un solo movimiento indignado de la mano.

Cada encuentro con él hacía más complicado aferrarse a la parte más oscura de su ira, la rabia latente que le daba fuerzas. Sin ella, todo lo que estaba haciendo para hundir a aquel hombre le resultaría una carga difícil.

Se agachó y empezó a recoger los papeles. No era propio de ella tener un ataque de ira. Ambos habían tenido una breve conversación sobre perros, ¿no? ¿Era por eso que le había traído uno? Harry lo adoraría. Además, ¿ella también lo haría? Si tan solo pudiera tolerar al portador del regalo.

Aceptar al perro la haría estar en deuda con él, o al menos, suavizaría el odio que ella sentía.

¡Maldito hombre!

—¡Mamá! —gritó Harry. Entró en la habitación saltando por delante de la señora Finn—. ¡Perrito! —gritó encantado antes de chocar con sus faldas.

Agachándose, lo abrazó mientras enviaba una mirada escrutadora a la niñera, quien se encogió de hombros.

—Estábamos arriba y vio a su señoría venir con el perro. Lo siento.

—No es culpa suya —le aseguró Ada, pero Harry la miraba con sus grandes ojos ambarinos, de la misma manera que su padre acababa de mirarla antes de que ella le diera con la puerta en las narices. Sin duda, Michael Alder estaba perplejo por sus acciones, aparentemente irracionales e inexplicables.

—¡Mamá! ¿Dónde está el perrito?

¡Oh, Dios!

El niño no tenía hermanos ni padre, y ahora ella le había privado de un adorable spaniel. Por supuesto, podían ir a comprar un perro si ella tenía alguna idea de dónde se conseguía uno bien entrenado. No era como si hubiera una tienda de la esquina llena de mascotas.

Sonriendo ante la extraña idea, se enderezó. Si le daban unos minutos para pensarlo, empezaba a creer que aceptaría el regalo. Tal vez incluso le ayudaría en su plan de hacer que Lord Vil se enamorara perdidamente de ella. Aunque no tenía ni idea de cómo.

—Señora Finn, creo que nuestra casa necesita un perro. ¿Vamos a casa de lord Alder a reclamar ese?

La niñera la miró con extrañeza.

—Estoy segura de que Harry disfrutará creciendo con un perro, señora, pero debo decirle que no voy a ocuparme de uno. Mis responsabilidades terminan con el niño.

—Sí, lo entiendo. —Si fuera necesario, Ada podría hacer que Rachel o incluso el señor Randall se encargaran del perro hasta que Harry tuviera la edad suficiente dentro de unos años. Lo más probable es que a su mayordomo no le importara.

—Muy bien, lo haremos. Vamos a cambiarnos todos para salir.

Sacándolos de la habitación, llamó al señor Randall.

—Mi cochero no viene hoy, ¿verdad?

—No, señora.

—¿Puede llamar a un Hansom? Nos vamos a Brook Street.

Entonces pensó en lo apretados que estarían ella, la señora Finn, Harry y un perro.

—Pensándolo bien, mire si puede conseguirnos un Hackney.

—Sí, señora.

Para cuando Harry estaba presentable y ella se hubo puesto un vestido de día adecuado, el carruaje alquilado ya estaba esperando. También tuvo la desagradable tarea de enviar a Lucy dos puertas más abajo para preguntar a *lady* Pepperton el número exacto de la residencia de lord Alder.

Presentarse sin invitación ya era bastante malo. Sintiéndose mareada por la vulgaridad de su tarea, Ada tendría que disculparse por su imprudente comportamiento —¡disculparse con él!—, lo que era aún peor. ¿Y si ya le había dado el perro a otra persona?

Fue la preocupación de que el spaniel ya no estuviera disponible lo que la impulsó a completar esta desagradable misión. Harry saltaba emocionado a su lado. Si Alder dudaba debido a que ella le había cerrado la puerta en la cara, ella confiaba en que no podría decepcionar a Harry.

En quince minutos, el cochero, con instrucciones de esperarlos, los dejó en la casa de Alder, en el corazón de Mayfair.

Ada se paró en los escalones, con el estómago revuelto por la aprensión, sosteniendo la mano de Harry como un talismán, y la señora Finn a sus espaldas. Pulsó el timbre, y luego utilizó la aldaba para asegurarse.

En un minuto, la puerta se abrió y un hombre alto y delgado la miró.

—¿Sí, señora?

—Venimos a ver a lord V… —se detuvo justo a tiempo—, lord Alder. No nos espera exactamente, pero tiene nuestro perro.

Eso sonaba tan bien como cualquier otra razón para que el sirviente no la tomase por una intrusa maleducada.

—Ya veo, señora. Pase usted. Le diré a su señoría que está aquí. Por su perro —añadió, abriendo la puerta de par en par.

Al entrar en su casa, se preguntó cuántas mujeres habrían cruzado el mismo vestíbulo de madera pulida. Dudaba que alguna lo hubiese hecho con su hijo y una niñera a cuestas. Ada no pudo evitar fijarse en las escaleras que llevaban al piso superior. Al dormitorio de Lord Vil, que, de ser ciertos algunos de los relatos del periódico, veía muchas idas y venidas.

Sin embargo, después de lo que había ocurrido en su propio salón, se dio cuenta de que una cama era algo accesorio.

El mayordomo les hizo pasar a la sala principal, un salón que no era lujoso, pero tampoco desagradable. Los tres permanecieron de pie en el centro, sobre la alfombra, aunque Harry tiraba de la mano de ella.

Una de las puertas dobles se volvió a abrir, y lo primero que vieron fue una bola de pelo blanca y negra entrando a toda prisa, seguido de lord Alder. Harry se soltó de su mano y ya estaba en el suelo con el spaniel antes de que Alder tuviera la oportunidad de saludarlos.

Después de mirar al niño y al perro, que ya se habían convertido en compañeros de juegos, Michael tomó la mano de Ada, como si ella no se hubiera comportado de forma abominable poco antes. Como si antes él no hubiera metido la mano bajo sus faldas. Luego asintió a la señora Finn.

—¿Puedo ofrecerles algo, señoras?

Ada quería gritar. Él no solo estaba siendo un amable anfitrión, sino que estaba incluyendo a su niñera.

Por fin, Ada encontró su voz.

—Yo... Yo...

Por desgracia, no pudo encontrar las palabras. Nerviosa y reacia a expresarle ninguna satisfacción o gratitud, cerró la boca.

—¿Té? —le ofreció él y, por su sonrisa sesgada, supo que ella estaba desconcertada.

—Sí —dijo Ada—. Eso sería encantador.

Entonces recordó la naturaleza de su visita y su deseo de que fuera breve. «No te sientas intimidada por él», se dijo a sí misma. «No hagas caso de las apariencias. Él se ha comportado de una forma terrible en el pasado». Luego, se puso un poco más recta y dejó de ser una cobarde.

—En realidad, hemos venido solo por el spaniel. Harry lo vio por la ventana y supuso que era para él.

—Lo es —confirmó lord Alder.

—No podemos quedarnos a tomar el té. Hemos venido en un Hackney. Está esperando, así que debemos irnos enseguida.

Ada ya se sentía mejor. Podían usar la misma correa que había llevado antes Alder y marcharse en menos de cinco minutos.

—Tonterías, haré que Lawrence lo despida —dijo con suavidad—. Somos gente civilizada, ¿no es así, señora Finn? Debemos tomar el té.

La niñera, desconcertada, se limitó a asentir.

Ada apretó las manos ante la idea implícita de que no estaba siendo educada.

—No será necesario —dijo.

—Insisto. —Con eso, Alder asomó la cabeza por la puerta del salón y le dijo algo a su mayordomo. Cuando volvió, Ada estaba furiosa.

—Debo protestar, porque ahora tendremos que tomarnos la molestia de conseguir otro carruaje.

—Tonterías —dijo él de nuevo, haciendo que ella quisiera darle un golpe en la cabeza con su ridículo—. He ordenado que nos sirvan té y pastas, así mientras le hablaré sobre Dash.

—¿Dash? —Ada había perdido el control de la situación, y eso la irritaba.

—El perro. —Lord Alder se volvió hacia Harry, cuyas mejillas estaban ahora húmedas por la lengua del spaniel—. Tu perro se llama Dash, a menos que desees que sea de otra manera.

—¡Dash! —repitió Harry, demostrando que estaba escuchando.

Un nombre fácil de pronunciar, pensó Ada, incluso para un niño que aún no tiene tres años.

—Muy bien, milord. Nos quedaremos a tomar el té.

Ada se dirigió al sofá azul oscuro y le indicó con la cabeza a la señora Finn que se uniera a ella. Sin embargo, en cuanto su trasero tocó la tela de damasco, recordó lo que había sucedido en su propio sofá y casi se levantó de un salto. Solo podía imaginar las numerosas escenas de relaciones sensuales que se habían desarrollado justo donde ella estaba sentada. ¡Vil!

Ada se dio cuenta de que él la miraba fijamente y se preguntó si estaba pensando lo mismo que ella. Lo siguiente que supo fue que sus mejillas le ardían.

¡Maldito!

Echando un rápido vistazo a la habitación, consideró improbable que una mujer hubiera vivido allí. El mobiliario, meramente funcional, incluía dos sillones con respaldo, varias mesas, un espejo, un cuadro de un paisaje y un aparador que casi gemía por el peso de las botellas y los decantadores. ¡Dios mío! Nunca había visto tanto alcohol junto.

Cuando se giró hacia Alder, advirtió que él había seguido su mirada y un ligero rubor apareció en su rostro. ¿Se estaba sonrojando él ahora?

Lord Adler se aclaró la garganta y se sentó en una de las sillas.

—Me alegro de que haya venido. Estaba a punto de escribir una nota expresando mi esperanza de que considerara aceptar a Dash y, naturalmente, también iba a disculparme por ser demasiado atrevido.

Ada se quedó sin aliento, miró a la niñera y luego a él, con gesto sofocado mientras apretaba los labios. ¿Estaba loco sacando a relucir lo que había ocurrido en su salón?

Él juntó las cejas en señal de perplejidad ante su reacción, como si se diera cuenta de lo que ella podría pensar.

—Por traer el perro a su casa, quiero decir.

¡Claro! Ella estaba siendo demasiado sensible. Al contrario que Ada, probablemente él ya había olvidado el incidente, el cual sin duda le resultaba una nimiedad. Precisamente. De hecho, había jugado con ella.

—Mamá —gritó Harry con deleite, captando su atención. Estaba de espaldas, con el perro semipostrado sobre su estómago—. ¡Perrito! —chilló.

Su corazón se derritió. Verdaderamente, ¡qué maravilloso regalo! Decidiendo dejar a un lado su rencor por el momento, Ada comenzó con sus preguntas mientras les traían la bandeja de té.

—¿De dónde lo ha sacado?

Alder cogió una pasta y cruzó las piernas antes de contestar.

—Mi hermano tiene facilidad para los perros. Sabe adiestrarlos.

—Sí, creo que lo mencionó antes.

—Visité a mi familia, y Gabriel había entrenado recientemente a una jauría de spaniels para ahuyentar a los pájaros de los arbustos. Se había quedado con este y dijo que sería una buena mascota. Pensé en Harry.

Eso la hizo estremecerse, y su corazón empezó a latir más rápido. No quería que Lord Vil pensara en Harry.

—¿Y su hermano ya le había puesto el nombre de Dash?

—Sí, creo que la reina tiene un perro similar con el mismo nombre, y mi hermano tiene un extraño sentido del humor.

—Es un buen nombre —murmuró ella—. ¿Le recomendó algo en particular para alimentarlo?

—Carne y verduras —dijo él—, al menos dos veces al día, y no demasiado pan o galletas.

Intentó recordar lo que la cocinera le daba de comer a su perro cuando era niña, pero no recordaba haberlo sabido nunca.

—Hasta que Mary mejore en la cocina, supongo que Dash tendrá muchas sobras de nuestros platos. —No había querido hacer una broma, pero lord Alder se rio.

—Espero que Mary mejore o el perro engordará.

Ella también quiso reírse, pero se contuvo.

—Por suerte, tiene jardines en la plaza y Hyde Park está cerca —señaló.

—Cuando vaya con Harry al parque a tomar el aire, no me importa que llevemos al perro —dijo la señora Finn, que ya entonces había extendido la mano para que el perro la oliera.

—Gracias —le dijo Ada dando un sorbo de té, que estaba perfectamente preparado. Sabía delicioso, pero ella no quería disfrutar de su hospitalidad, ni siquiera de su miserable té.

—Tiene un collar bastante sencillo —señaló lord Alder—. No como los que he visto que llevan las damas en el parque, con joyas incrustadas.

La señora Finn se rio.

—Me refería a sus perros, por supuesto, no a las damas. También tiene una correa, sencilla pero resistente. Y debe tener agua disponible en todo momento, según mi hermano.

Entonces, los hermanos habían hablado del perro y de lo que Alder debía tener en cuenta sobre su cuidado. Ada pensó que también podrían haber hablado incluso de ella y de Harry.

Ella dejó la taza y el plato en el suelo y se levantó. Sabía que era brusca, pero no podía aguantar un momento más esta familiaridad. Él incluso estaba encantando a su niñera.

Por supuesto, lord Alder también se levantó de un salto.

Cuando se puso de pie, la habitación pareció encogerse, y ella se alegró de que hubiera una pequeña mesa entre ellos.

—Tal vez podría darnos los arreos del perro —sugirió ella—, y le dejaremos en paz. —Entonces se acordó del Hackney—. También le agradecería que le pidiese a su mayordomo que nos busque un carruaje.

Él negó con la cabeza.

—Mi cochero les llevará a casa. Traeré las cosas de Dash. Antes, ¿le digo qué órdenes conoce?

Sin esperar su respuesta, se dirigió al niño y al perro.

—Ven —dijo, y Dash se bajó de un salto de encima de Harry y corrió hacia Alder.

—Siéntate. —Y el spaniel se sentó.

Harry dio una palmada.

—Ven —gritó, y el perro volvió hacia él.

—Estoy impresionada con su hermano —admitió Ada.

—Si empieza a ladrar fuerte, le sugiero que pruebe con «silencio». —Al menos, eso funcionó con los sabuesos.

—Si ladra demasiado fuerte —dijo la señora Finn—, sentirá la punta de mi pie.

Ada escondió su sonrisa ante su niñera, que no se andaba con chiquitas.

—Probaremos primero con «silencio», por supuesto —dijo Ada—. ¿Y su correa?

Para su alivio, enseguida estuvieron en la puerta principal, Dash con el collar y la correa, de la que Ada sostenía el extremo, y Harry de la mano de su niñera.

—Su carruaje la espera, señora St. Ange. Por cierto, a mis hermanos les gustaría conocerla.

Ella sintió como si el suelo se hundiera, y casi se le cayó

la correa del perro.

—¿Por qué? —preguntó sin pensar. Su siguiente pensamiento fue aún menos amable. Ni en cien años.

Alder sonrió y, parecía tan genuino, que si ella no lo conociera como un canalla y un libertino, en lugar de un hombre amable y generoso, podría haberse enamorado de él.

—Gabriel quiere conocer a la persona que tiene ahora a su perro, por supuesto, y Camille, simplemente tiene curiosidad por mis ... amigos.

—Ya veo —dijo Ada. No quiso decirle entonces lo improbable que era que ese encuentro se produjera. Después de todo, se suponía que estaban formando un vínculo—. Por favor, dele a su hermano mi agradecimiento por entregarnos a Dash. Buenos días.

Con eso, ella se apartó de su apuesto rostro, su atractiva sonrisa y sus ojos cómplices.

—Ven, vamos a casa.

Al verlos partir, Michael sintió una punzada, quizá de envidia, al darse cuenta de que ella tenía un hogar al que regresar. La imaginó arropando a Harry esta noche en la cama antes de sentarse en su biblioteca o salón, tal vez con una copa de oporto en la mano. Cogería un libro o sus agujas de tejer, si le apetecía. El fuego crepitaría a su lado y Dash se sentaría en su glorioso regazo, donde a él también le gustaría recostar la cabeza.

Tenía la intención de ir a White's y jugar a las cartas con desconocidos, algunos de los cuales apenas le toleraban, y beber. El brandy lo hacía soportable. De hecho, agradable. Siempre era una velada satisfactoria, sobre todo si se encontraba con Hemsby. Por lo general, en los meses anteriores, se dirigía después a casa de Elizabeth, o previamente a la de Lilith.

Sin embargo, la noción de hogar le intrigaba. Tenía uno, se recordó a sí mismo, mientras subía las escaleras de dos en dos para cambiarse para la noche que le esperaba.

¿Había apreciado el señor St. Ange lo que tenía? ¿Solía sentarse junto a Ada Kathryn por las noches y luego la había llevado al dormitorio para hacerle el amor apasionadamente? ¿Incluso ahora, ella pasaba las tardes pensando en su difunto marido, quizá echándolo de menos desesperadamente, amándolo todavía?

Todo parecía tan estable comparado con su existencia... Cuando creyó que quizá tendría que quedarse con Dash, se había puesto un poco nervioso. Por supuesto, habría hecho que su mayordomo cuidara del perro, pero saber que había una criatura, cuya responsabilidad recaía en última instancia sobre sus hombros, le había hecho reflexionar. ¿Cómo sería tener un hijo?

Recordó las palabras de Ada en la fiesta de Elizabeth. «No ha necesitado crecer», le había dicho ella, y puede que tuviera razón. Cuando su padre lo había amonestado por ser un «niño truculento», también lo había descartado. Sin embargo, Michael hacía lo que le daba la gana, igual que un niño obstinado.

Por eso, ¿por qué seguía queriendo ayudarla en lo que pudiera? Tal vez estaba madurando.

—Fenley —llamó a su criado—. Tráeme un poco de

brandy. Me estoy volviendo demasiado introspectivo.

Pronto comenzaría a cosechar las recompensas de su generosidad. Después de todo, ¿cómo iba ella a rechazarlo después de haber hecho tan feliz a su hijo? La próxima vez que la besara y le recordara la felicidad que había encontrado en su contacto, seguramente estaría dispuesta a corresponderle.

Esta noche, sin embargo, preguntaría en el club si alguien conocía a la familia Ellis.

Capítulo 15

¿Cómo habían podido vivir sin Dash? Mantenía a Harry constantemente entretenido y risueño. De hecho, los hacía a ambos felices con sus brillantes ojos oscuros y abotonados, su naturaleza juguetona y su adorable cola, por suerte, intacta, que se balanceaba de un lado a otro mostrando su propia alegría. Además, le encantaba la línea blanca entre las marcas negras de su cabeza, que hacía que pareciera que Dash lucía una raya de pelo muy cuidada.

Cada vez que se encontraba con este nuevo miembro peludo de su familia, su corazón se expandía. Incluso la niñera Finn se había encariñado con el perro, y no se había quejado nunca de que estuviera bajo sus pies.

Pensar que Lord Vil había logrado esto... Que el diablo se lo llevara.

Había sido difícil, de hecho, responder a su siguiente misiva invitándola a un concierto. Se necesitaba un poco de distancia después de lo que había pasado en su sofá.

Él era demasiado hábil en el arte de la seducción, y ella era demasiado inexperta para resistirse. Tal vez si hubiera tenido unos cuantos años de encuentros sensuales de este tipo, sería capaz de rechazarlo con facilidad. En cambio, su cuerpo se derretía bajo su contacto y pedía más.

Incluso mientras le escribía desde la seguridad de su propia biblioteca, se imaginó que aquello se repetiría. Lord Alder podría empujarla sobre su escritorio, levantarle las faldas y...

Un golpe en la puerta interrumpió su ensueño erótico.

—Pase.

El señor Randall entró con un sobre en una bandeja de plata. Otra carta no deseada, estaba segura.

—¿Qué le parece a la señora Randall su habitación? —le preguntó Ada, esperando que no fuera una pregunta demasiado personal.

Él pareció algo desconcertado. Luego se inclinó ligeramente.

—Muy bien, señora. Gracias.

—Ella trabaja en una tienda, ¿no?

—Sí, señora. En el Burlington Arcade, una tienda de sombreros.

¿Qué más podía decir para no recibir la carta que sabía que era de Lord Vil? Nada. Extendiendo su mano y cogió la misiva.

—Gracias.

Él la dejó sola para que la abriera.

«Querida señora St. Ange:

Espero que esté bien y que Dash se esté portando de

forma correcta».

¡Ja! Ella sabía que él mencionaría al perro de inmediato. La consideraba en deuda con él y quería que le pagara por ello. Continuó leyendo.

«Hace mucho tiempo que no viene a mi casa. Espero que pronto podamos volver a vernos. Supongo que no le interesa el ballet del Liceo Real. Tal vez su corazón tenga un deseo secreto de ir a algún lugar al que yo pueda acompañarla. Solo tiene que decírmelo.

Siempre a su servicio,
M. Alder».

¡Siempre a su servicio! Qué tontería. Era el hombre más egoísta que ella había conocido. Excepto por encontrar al señor Randall, facilitarle a Mary lecciones de cocina de su propio cocinera y, por supuesto, Dash.

Lord Michael Alder era ciertamente un enigma.

Suspirando, cogió su pluma. Al menos no tenía que responder a su anterior invitación a un concierto. Podía rechazar las dos invitaciones de un solo golpe.

Luego dudó. Su plan tenía que seguir adelante, y ahora con más urgencia, antes de que sus padres llegaran a la ciudad dentro de un mes más o menos.

Ella y Alder tendrían que reunirse de nuevo, pues ella quería una declaración de amor. Nada más serviría. Nada más le permitiría arrojar su corazón al suelo y pisotearlo bajo su zapatilla, o mejor dicho, bajo sus robustas botas de paseo favoritas.

¿Dónde podrían ir? A algún lugar muy público que permitiera poco contacto físico. Tal vez el próximo Derby, que anunciaba el verdadero comienzo de la temporada social, o a Ascot. ¿Pero qué podrían hacer la semana siguiente? Tal vez una conferencia en la Royal Society, de la que su padre era miembro. Ella podría conseguir entradas con facilidad, y Lord Vil no se atrevería a actuar rodeado de los intelectuales de Londres, ¿verdad?

Por otra parte, era mejor que hicieran algo a lo que Harry y la señora Finn pudieran asistir también. Su presencia aseguraría el buen comportamiento de Lord Vil.

Sonriendo para sí misma, le escribió una breve nota invitándolo al zoológico. Al fin y al cabo, era una bestia y debía encajar bien con los leones y el hipopótamo solitario en exhibición.

Así, dos días después, él los recogió en su carruaje.

—Cómo está Dash? —Fueron sus primeras palabras, como para recordarle su consideración. De nuevo.

Ada dejó que Harry le contestara y este siguió parloteando, con frases sin apenas sentido, durante todo el trayecto hasta el zoo, que al estar en Regent's Park, tardaron casi tres cuartos de hora por el tráfico.

Al no ser lunes, la entrada costaba un chelín para los tres adultos y seis peniques para Harry. Naturalmente, ella dejó que lord Alder pagara. Caminó a su lado mientras la señora Finn acompañaba a Harry. Felicitándose a sí misma por haber orquestado una salida tan inofensiva, de repente, sintió que Alder la cogía del brazo y lo metía bajo el suyo.

—Ha sido una gran idea —le dijo él—. Además, ha sido

muy inteligente por su parte no traer al perro. No me gustaría que se le escapara la correa y acabara devorado por un oso.

—Por supuesto —murmuró ella, preguntándose si podría soltar la mano sin dejar de parecer amable. Imaginó que no. Así, se acomodó a la desconcertante situación de su cercanía, su calidez, su fácil charla, su agradable aroma a sándalo y su impertérrito esfuerzo por divertirla.

Mientras vigilaba innecesariamente a Harry, que estaba bajo la atenta mirada de la señora Finn, Ada se encontró disfrutando del día, en particular de la exposición de colibríes. De entre todos los grandes animales expuestos, era esta diminuta y preciosa avecilla la que despertó su admiración. Qué pena que todos estos pájaros estuvieran disecados. ¿Y por qué no había ninguno en Inglaterra?

—¿Por qué crees que no tenemos estas maravillosas criaturas en toda Gran Bretaña?

Alder pareció considerar realmente su pregunta. Al fin, se encogió de hombros.

—Supongo que la belleza de una dama inglesa es tan exquisita que no pueden competir y por eso no lo intentan.

Ella se quedó boquiabierta.

—Esa es la afirmación más ridícula que he oído nunca.

—¿De verdad? Estoy seguro de que se me ocurre algo mucho peor. Déjeme pensar un momento. Está claro que los elefantes se pusieron en la tierra para darnos algo que montar en la India, y cada casa británica debería tener un mono bien educado.

—No, pare. Estoy segura de que puede ser mucho más ridículo, pero ¿por qué no tenemos colibríes?

Él volvió a mirar la exposición, centrándose en un

espectacular ejemplar azul y verde.

—Apostaría que la respuesta tiene que ver con sus alas y su tamaño, señora St. Ange. Somos una isla rodeada de agua. No son nativos de nuestra tierra y no pueden llegar hasta aquí porque no pueden almacenar suficiente comida en sus pequeños cuerpos para el viaje. Además, no podrían ser mayores porque sus alas son muy pequeñas.

Mirándolo fijamente, se sintió como una niña a la que sus padres acaban de señalar lo obvio. En ese instante, lo vio bajo una nueva luz, como un hombre contemplativo. Se tragó un inesperado nudo en la garganta, pensando en lo bonito que habría sido para Harry tener un padre que le regalase un perro y pudiera explicarle las poblaciones de aves.

Solo que Harry sí tenía un padre así.

Ada sacudió la cabeza para despejar esa idea indeseada.

—¿Está bien?

—Sí, bien. —Ella se lamió los labios repentinamente secos—. No sé por qué no se me ocurrió a mí. Obviamente, no son como los gansos.

—No —coincidió él, mirándole la boca—. No son como los gansos.

Su mirada permaneció fija en sus labios hasta que parpadeó hacia sus ojos.

En ese instante, ella supo que si hubieran estado solos, él la habría besado. Por suerte, había cientos de personas en el zoo, así como la niñera Finn y Harry a escasos metros.

—¿Vamos? —dijo él, haciendo que ella se sobresaltara.

—¿Vamos a qué? —Ada no podía apartar la mirada de sus finos ojos.

—A la siguiente exposición.

¡Qué tonta por distraerse!

—Sí, por supuesto.

Alder volvió a cogerla del brazo, cosa que a ella le importaba cada vez menos.

—Vamos a ver algo más interesante para Harry, ¿de acuerdo? Quizá el rinoceronte. Apuesto a que lo disfrutará.

<hr>

¿Qué le pasaba? Cuando Ada le había enviado por primera vez un mensaje sobre el zoo y sobre llevar allí a Harry, Michael se había sentido decepcionado. Su objetivo era siempre tenerla a solas. Los animales malolientes y las hordas de familias visitantes difícilmente despertarían su deseo.

Sin embargo, se encontró disfrutando de la experiencia. Harry era un torbellino de emociones. Cada animal despertaba sus *oohs* y *aahs*, incluso una paloma que se cruzó en su camino. Eso le hizo reír a Michael.

Además, pasar tiempo con Ada Kathryn de forma relajada solo hacía que le gustara más. Por supuesto, seguía buscando el premio final de una invitación a su cama. Sin embargo, resultó que se había equivocado con respecto al zoológico. El deseo podía despertarse en los momentos ordinarios.

Pudo ver en sus ojos que, si hubieran estado solos, ella habría agradecido un beso. ¡Qué maravilla! Es más, incluso con un vestido de día perfectamente ordinario, sin una pizca de escote, era la mujer más deseable que él podía imaginar. El sombrero que llevaba en la cabeza en un ángulo alegre podría hacer parecer tonta o desaliñada a cualquier otra mujer. En ella, era entrañable.

¿Qué estaba ocurriendo con su mente práctica?

Con eso, se dio cuenta de que necesitaba un sorbo de brandy y utilizó la mano libre para sacar la petaca del bolsillo. Su elección fue usar sus dientes para abrirla o liberarse del encantador brazo de la señora St. Ange. Al final, no hizo ninguna de las dos cosas, consiguiendo sujetar el recipiente de plata y desenroscar el tapón con la misma mano. Por suerte, había tenido la precaución de comprar uno con una cadena segura, para que la tapa no saliera volando hacia algún recinto de animales.

De haber sido así, se habría visto obligado a beber todo el contenido de una vez.

Lo inclinó hacia atrás y dejó que el líquido cayera sobre su lengua y luego se deslizara por la parte posterior de su garganta. No había sabor más delicioso que el del buen brandy francés. La próxima vez que viera a Brunnel, le preguntaría sobre la inversión en su importación.

Al sentir que ella se ponía rígida a su lado, se dio cuenta de que lo estaba observando.

Como estaba claro que habían compartido un momento con los colibríes muertos, le pareció apropiado ofrecerle su petaca.

Desde luego, no esperaba que ella palideciera como si le hubiera tendido un cubo de estiércol en llamas.

—Es brandy —le explicó, cuando ella se soltó de él—. No es ginebra.

La forma en que su mirada pasó de la petaca a su cara le resultó extrañamente familiar, como si ya la hubiera visto hacer lo mismo antes. Un escalofrío de aprensión le recorrió.

Qué extraño. Porque estaba seguro de que no le había ofrecido un sorbo durante ninguno de sus otros encuentros.

Sin decir nada, ella se dio la vuelta, dando los pasos necesarios para alcanzar a su hijo.

—¿Estás contento, cariño? —La oyó preguntar a Harry.

El niño asintió con entusiasmo y le tendió la mano. Pasaron otra hora vagando por el zoo, la mayor parte de esta con él arrastrándose detrás del feliz trío. ¿Qué había hecho mal?

Seguro que la mujer no era miembro de la sociedad de la templanza. La había visto beber vino y champán, e incluso la ginebra de Elizabeth. Tal vez fuera el hecho de beber en un lugar público lo que la había desanimado.

Encogiéndose de hombros, decidió dejar de lado sus preocupaciones. Lo que había descubierto con esta criatura voluntariosa era que, en cualquier momento, ella podía alejarse de él, incluso parecer enfadada o como si no pudiera soportar estar cerca. Luego, al minuto siguiente, le permitía besarla profundamente.

Y como besarla era lo mejor que él había experimentado en su vida, se conformaba con esta relación incómoda, que lo mantenía en vilo. Al menos hasta que pudiera saciar su hambre de ella.

Su grito lo sacó de su fantasía. Como ella estaba junto a la señora Finn, supuso que tenía que ver con Harry, y su corazón empezó a latir con fuerza. La niñera Finn estaba inclinada. ¿Se había herido? Entonces se dio cuenta de que se estaba atando los cordones de las botas. ¿Dónde estaba Harry?

Ada miraba a su alrededor con desesperación, pero

cuando Michael se apresuró a ir a su lado, la señora Finn se enderezó. Ahí estaba el niño, sano y salvo, oculto por su cuerpo redondo y la forma de sus faldas.

—Está bien —le dijo a Ada, ya que esta aún parecía angustiada—. Harry está a salvo.

—¡Mi ridículo! —exclamó ella—. Un hombre me lo arrebató y salió corriendo. —Levantó los cordones que pendían de su muñeca—. Un monedero cortado en el zoo. Debería haber tenido más cuidado.

¿Cómo se le había escapado a él semejante suceso?

—¿Qué aspecto tenía?

—¿Por qué? —preguntó ella.

—Iré tras él.

Ella puso los ojos en blanco.

—Ya podría estar a kilómetros de distancia.

—Lo estará si no se da prisa y me dice qué aspecto tenía.

Ella se cruzó de brazos.

—Es el que corre hacia la salida del zoo con un bolso de señora en las manos.

Michael le dedicó una sonrisa irónica.

—¿Qué tal el color de su ropa? Echaré un vistazo rápido cerca de la taquilla.

Al ver que hablaba en serio, Ada bajó los brazos.

—Llevaba una gorra marrón y llevaba... oh, creo que un abrigo azul oscuro. Fue muy rápido. Realmente no es necesario.

—Quédese aquí para que pueda encontrarla.

Con eso, Michael se fue hacia la puerta del zoológico por la que habían entrado. No había nada malo en intentarlo. Los robos proliferaban en Londres, y él comprendía la desesperada pobreza que los causaba. Apostaría a que los carteristas habían desplumado a un tercio de la gente en el teatro la noche que había asistido a la ópera con Ada, pero eso no lo hacía correcto. Sobre todo, cuando le ocurría a la mujer que consideraba a su cargo por ese día.

Llegando a la puerta en tiempo récord, se dirigió unos metros fuera del parque y miró a su alrededor. Nadie huía. Nadie parecía mínimamente sospechoso.

Al cabo de un momento, mostró al taquillero su billete y volvió a entrar, situándose junto a un árbol para observar a la multitud.

Y entonces vio al ladrón. Michael estaba seguro de ello. Sombrero marrón, abrigo azul marino, caminando con determinación hacia la salida. El hombre era inteligente, caminaba despacio, silbando para sí mismo como si no tuviera ninguna preocupación en el mundo. Incluso podría haber tenido tiempo de robar otro bolso.

Interceptando al hombre en el último momento, Michael lo empujó contra la parte trasera de la taquilla. Colocó su antebrazo sobre el pecho del ladrón y lo presionó sobre el cuello de este.

—Eh, ¿qué pasa? —preguntó el hombre, mirando con desprecio a Michael.

Era un individuo de aspecto bastante rudo de cerca, y Michael estaba lo bastante cerca como para oler la ginebra que desprendía su piel. También era más joven de lo que parecía al principio, y bastante delgado.

Michael sintió un poco de lástima por él. Incluso su estatura desnutrida hablaba de su pobreza.

—Te has llevado la cartera de *milady,* y quiero que me la

devuelvas.

—Está loco, hombre. —El ladrón comenzó a forcejear, pero Michael lo tenía firmemente inmovilizado.

—Te he visto —mintió Michael—. Solo dame su ridículo y no habrá problemas.

El joven suspiró, como si se rindiera, y entonces, cuando Michael apenas aflojó su agarre, el ladrón intentó de nuevo liberarse.

Estuvo a punto de conseguirlo, pero Michael no había participado en peleas de bar en los callejones del East End, lleno hasta los topes de ginebra, sin aprender algo, incluso cuando había perdido alguna que otra pelea.

Cuando el ladrón se alejó un paso, Michael le agarró el brazo, se lo retorció detrás de la espalda y, una vez más, lo empujó contra la taquilla, esta vez de cara.

—Tienes cinco segundos para decirme cuál es el bolsillo, y después decido si llamo a un agente o te golpeo la cabeza contra esta caseta hasta que te derrumbes en el suelo. Entonces cogeré tu botín de todas formas.

—Muy bien. Bolsillo izquierdo, dentro.

Por desagradable que fuera, Michael rebuscó en el interior de la chaqueta del hombre hasta localizar el bolsillo y el ridículo. Lo sacó y se aseguró de que todavía tenía objetos en su interior. Sin duda, el hombre no había querido detenerse a rebuscar en él las monedas hasta estar a salvo fuera del zoo.

—Podrías probar en la Bolsa —dijo Michael mientras soltaba al ladrón y retrocedía fuera del alcance de los golpes—. Es mucho más rentable para un carterista.

El hombre maldijo en voz alta antes de escupir a los pies de Michael. Luego salió corriendo.

A decir verdad, no había mucho que lo separara del ladrón, salvo una mejor clase de bebida y su buena cuna. Eso, y los acertados consejos de inversión del señor Brunnel.

En muy pocos minutos, estaba devolviendo el retículo a una Ada Kathryn St. Ange con los ojos muy abiertos.

—Estoy sorprendida —admitió esta.

Él hizo una reverencia caballeresca.

—De veras —añadió ella—. ¿Sus actos heroicos no tienen fin?

Michael comenzó a sonreír, sintiéndose satisfecho, cuando se dio cuenta de que su tono contenía cierta burla.

—¿No le complace que se lo haya devuelto? —Sabía que su voz tenía una nota de irritación, pero por Dios, la mujer apenas parecía agradecida.

—Le tengo cariño a este ridículo, pero solo porque hace juego con este vestido.

—Pero... pero. —Se detuvo y tomó aire. Se negó a balbucear, indignado mientras la niñera y el pequeño Harry lo miraban.

—¿Y su contenido? Parece que hay una buena cantidad de monedas ahí dentro.

Ella se rio.

—Oh, no. No hay ninguna moneda. Tengo un bolsillo cosido en la falda. Solo llevo ahí algunas cosas de Harry, un par de canicas, tal vez un soldado de juguete o dos, ya sin brazos. —Comenzó a volcarlo todo en su palma—. Oh, y algunas de sus piedras favoritas.

—¡Sus piedras! —Michael casi se golpeó la frente. Podría haber sido herido o golpeado ese hombre. Por un retículo lleno de canicas y rocas.

Ada sonrió a su hijo como si hubiera sido él quien rescatara el retículo.

—Harry, dale las gracias a lord Alder por salvar tus juguetes.

El pequeño volvió sus encantadores ojos hacia él y sonrió.

—Gracias…

Michael sabía que ella se reía de él tras su plácido rostro. Sin embargo, al ver la dulce expresión de Harry, lo volvería a hacer.

—De nada, joven St. Ange —le dijo al muchacho.

Su encantadora madre ladeó la cabeza hacia él. Tal vez había conseguido ablandar su corazón un poco después de todo.

⁓✦⁓

Ada supuso que debía alegrarse de que Lord Vil no estuviera herido. Sería difícil vengarse si lo hubiera golpeado un carterista y lo hubiera dejado demasiado herido para cortejarla adecuadamente.

Además, se había comportado con caballerosidad, aunque solo hubiera salvado los juguetes de Harry. Pero él no sabía que eso era lo que iba a hacer.

¿Qué haría él ahora? ¿Adoptar algunos de los muchos huérfanos de la ciudad? ¿Ayudar a los que aún sufren en Irlanda? Por suerte, la hambruna casi había terminado, y Lord Vil no necesitaba arrodillarse para plantar patatas.

Caminó junto a él hacia la puerta, amonestándose en silencio por haber hecho caso omiso de los problemas de su mundo moderno. Era mejor contar con sus bendiciones y rezar por el resto.

Tropezó con un adoquín suelto y Michael la agarró por el codo.

Su corazón se encogió con fuerza y sus propios pensamientos resonaron en su cabeza: «contar sus bendiciones y rezar por el resto».

Miró a lord Michael Alder, quien, al darse cuenta de que ella lo estaba observando, la miró a su vez. Cuando ella no dijo nada, sino que se limitó a asentir con la cabeza, él sonrió y le pasó la mano por debajo del brazo hasta que llegaron a su carruaje.

Ella tenía mucho que agradecerle. De repente, su plan de venganza le pareció insignificante y estuvo a punto de renunciar a él por completo. Alder podría llevarles a casa y ella no tendría que volver a verle ni ofrecerle ninguna explicación.

—Tengo una invitación para usted —dijo él, sorprendiéndola.

—¿Sí? —Otra frívola excusa para tenerla a solas, sin duda.

—Creo que le gustará. Mis padres y mis hermanos viven fuera de la ciudad, pero no demasiado lejos. En West Kent. Es un paseo encantador, y Gabriel tiene esos perros de los que hablamos. Estoy seguro de que a Harry le encantará ver una camada completa. Podemos llevar a la señora Finn, por supuesto, e incluso a Dash...

Se interrumpió cuando ella dejó de caminar.

—¿Esta es una de esas veces en las que la he molestado más allá de lo razonable?

¡Maldito hombre! Ella no pudo evitar la sonrisa que apareció en su rostro junto con sus burlonas palabras.

—¿Nos invita a todos? —¡Como una excursión familiar! Si Alder supiera que Harry iba a conocer a sus abuelos paternos y a sus tíos...

¿Era posible que alguno de ellos notara el parecido? Ella lo dudaba. Después de todo, no sabían que Alder tenía un hijo, así que sus ojos no verían a Harry como tal.

Se sintió muy tentada. ¿Qué clase de familia había creado a este desconcertante hombre? Y sus padres controladores, que habían arruinado su oportunidad de ser feliz con Jenny Blackwood, ¿qué era de ellos? Algún día, ella querría contarle a su hijo más sobre ese lado de su familia.

Por el bien de Harry, aunque solo fuera para poder decir que le había permitido conocer a la familia de su padre, aceptaría.

—Sí —dijo él—. A todos.

—Me parece una gran idea. —Ada empezó a caminar de nuevo.

Es más, Lord Vil ni siquiera intentaba quedarse a solas con ella para hacerle el amor otra vez. Casi se sintió decepcionada por su falta de esfuerzo para seducirla.

Sin embargo, después de que la niñera Finn y Harry entraran en el carruaje, dejó que lord Alder la ayudara a subir y sintió claramente sus manos en el trasero. Un toque innecesario, teniendo en cuenta que no necesitaba que la metieran como a un cerdo en su pocilga.

Cuando él se sentó frente a ella, con una sonrisa en su rostro atractivo, Ada se preguntó si había aceptado demasiado rápido. Lord Vil tenía que tener en mente algo más que visitar una camada de sabuesos.

~ 253 ~

Capítulo 16

La siguiente reunión con Brunnel fue tan emocionante como la anterior. Las cuentas de Michael estaban en alza, gracias al guano y al azúcar. Ahora comprendía que su país tenía un hambre insaciable de ambos, así como de té, seda y algodón. Era simplemente cuestión de saber cómo comprar en el mercado.

Era demasiado fácil.

—¿Por qué no lo hace todo el mundo? —le preguntó Michael.

Brunnel le dedicó una sonrisa cómplice

—Lo he echado a perder, milord. Como sé cómo invertir y con quién, ahora cree que es una ganancia segura. Muchos intentan lo mismo que usted, pero pierden dinero, incluso van a la quiebra.

A Michael se le revolvieron las tripas ante la idea de semejante desastre. No solo por los terribles apuros en que lo pondría, sino que, por primera vez, pensó en Gabriel y

Camille. Sin duda era porque los había visto hacía poco. Si Gabriel no tenía un lugar para criar a los perros, ¿qué iba a hacer? Si Camille no podía venir a Londres para su primera temporada, quedaría destrozada.

—¿Puede asegurarme que no me arruinaré?

El rostro de Brunnel se puso serio.

—Por supuesto que no, milord. Sería una tontería por mi parte. Si alguien hiciera tal afirmación, debería salir corriendo. Solo puedo decirle que mire mis resultados hasta ahora.

Michael asintió. El hombre no le había orientado mal. ¿Por qué iba a hacerlo? Si Michael perdía, Brunnel perdía.

—Muy bien. Parece que tiene las cosas bien controladas con la seda y todo eso. —Se interrumpió un momento, pensando en regalarle a Ada un trozo de seda brillante para que se lo pusiera sobre el cuerpo—. ¿Nos vemos de nuevo, digamos, en tres semanas?

En tres semanas, Michael esperaba haber conseguido algo más que aumentar su fortuna. Esperaba fervientemente presentar a Ada a sus hermanos y, porque tenía que hacerlo, también a sus padres. Era lo más respetable para ganarse el afecto de una dama, aunque no tuviera interés en casarse.

◆

Su excursión a Oxonholt, la casa de los Alder, se organizó para la semana siguiente, lo que le dio tiempo para escribir a su familia y fijar la fecha. Tenía la sensación de que Harry adoraría a Gabriel.

Como la señora St. Ange aceptó con facilidad, no tuvo

que usar ninguna persuasión. Había estado preparado para mencionar a Camille y su necesidad de consejo sobre cómo comportarse durante la temporada. Normalmente, a las mujeres les gustaba cotillear y dar consejos. Sin embargo, se abstuvo de decir nada, porque sabía que la temporada era un tema delicado para la irritable señora St. Ange. Estaba seguro de que algo le había dejado un mal sabor de boca con respecto a la sociedad.

Y eso era algo que le gustaría saber. ¿Se había comportado de forma inapropiada? Suponía que no, dado su comportamiento sereno, pero era una posibilidad que la incipiente Ada Kathryn Ellis hubiera dado un paso en falso. Ella solo había asistido a Almack's una vez, y ninguno de sus amigos la conocía. Un amigo de White's recordaba el nombre, y creía que incluso había bailado con ella. Nada que lo ayudara.

Cuando indagó más, preguntando si las hermanas o la madre de alguien recordaban a la señorita Ellis, un compañero volvió con la pepita de oro de que su hermana recordaba que Ada casi había completado una segunda temporada cuando, abruptamente, dejó Londres con su familia, para no volver a saber de ella. Si aquel se debió a Ada o a sus padres, no se sabía.

Lo único que Michael sabía con certeza era que Ada estaba firmemente vinculada a la hermana mediana de Jenny Blackwood, Margaret, a quien todo el mundo parecía conocer. La ahora condesa de Cambrey no solo había sido una brillante debutante, sino que le habían propuesto matrimonio delante de la reina Victoria en el baile de la duquesa de Sutherland.

Teniendo en cuenta esa trascendental ocasión, ¿cómo se podía esperar que alguien recordara a otras jóvenes menos afortunadas?

El día de la excursión, recogió al grupo de St. Ange en su espacioso clarence. Dash subió por sí solo, aunque Michael disfrutó ayudando a Ada. Su cintura o su suave trasero parecían estar siempre bajo sus manos cuando lo hacía.

Para su deleite, ella parecía relajada y entusiasta. Un par de horas más tarde, cuando pasaron por las puertas abiertas, con media milla por delante antes de que su casa estuviera a la vista, Dash dio algunos ladridos, quizá recordando su antiguo hogar. Todos se rieron.

Una racha de orgullo le recorrió cuando su finca familiar, que abarcaba más de setenta acres, apareció entre los robles al final del carril. La costosa cúpula y la torre de Oxonholt parecían bastante impresionantes después de todo.

—Primero entraremos —dijo mientras les ofrecía a todos una mano y levantaba a Harry al suelo, asegurándose de sujetar la correa de Dash para que el perro no saliera corriendo a buscar a sus hermanos—. Luego iremos a los establos, donde probablemente esté Gabriel.

Tan pronto como entraron en el vestíbulo, su madre apareció desde el salón, seguida por su hermana.

—Qué niño tan querido —dijo lady Alder después de las presentaciones—. Se parece tanto a mis hijos... Tal vez todos los niños pequeños se parezcan —añadió. Luego se volvió hacia Harry—. He oído que te gusta tu perrito, ¿verdad?

Él asintió con los ojos muy abiertos, y después se escondió detrás de las faldas de Ada.

—Sí —confirmó lady Alder—. Muy parecido a todos los niños pequeños. Mi Camille era una charlatana.

Esta se sonrojó.

—Mejor una charlatana que una salsera, madre.

—Yo diría que eso también lo tienes cubierto, querida. Pero ninguna de las dos cosas te sentará bien cuando llegues a Londres.

Camille se sonrojó más aún.

—Nos estamos preparando para la primera temporada de nuestra hija —aclaró la dama.

Ada asintió y, en tono serio, dijo:

—Hoy en día, una joven debe decir lo que piensa y mantenerse en un mundo en el que tenemos tan poco control sobre nuestras vidas.

Se produjo un silencio de sorpresa por parte de las dos anfitrionas.

—Es casi desgarrador cómo la temporada social se construye como el punto culminante de la vida de una chica, así como el momento crítico para conseguir un marido. —Ada se dirigía ahora directamente a Camille—. Se espera que seas perfecta en todo momento, hasta el punto de ocultar tu verdadera naturaleza, por muy maravillosa que sea, con el pretexto de ser potencialmente la esposa ideal. Al mismo tiempo, deberás rechazar las insinuaciones de los solteros que se aprovechan de la inocencia y no aceptarían una esposa más que una mosca.

Michael se dio cuenta de que se había quedado con la boca abierta. Al parecer, había imaginado bien. Ella había tenido una temporada bastante difícil.

—Por suerte, como en su caso —señaló Ada—, las

damas sí encuentran marido fuera de la temporada de Londres.

Por un momento, los labios fruncidos y el rostro pálido de Ada le advirtieron que estaba a punto de soltar otra perorata. Luego, se relajó visiblemente y miró a su alrededor, como si se diera cuenta de que tal vez no estaba en el lugar apropiado para discutir su opinión, por muy válida que fuera, sobre la sociedad y la temporada.

—Me disculpo si he hablado fuera de lugar —dijo Ada, mirando a las dos Adler. La joven parecía más impresionada que amedrentada—. Espero que la señorita Alder lo pase muy bien en Londres.

Lady Alder se aclaró la garganta

—Agradezco sus advertencias, y nos esforzaremos por guiar a nuestra Camille en una presentación exitosa, aunque no obtenga un compromiso.

Ada asintió, y Michael decidió que sería mejor que al menos salieran del vestíbulo.

—Me gustaría mostrarle a la señora St. Ange y a su hijo la propiedad y los demás perros.

—Por supuesto —aceptó lady Alder—. Tal vez un recorrido por la casa primero. Tenemos algunos cuadros preciosos en la galería de arriba. Después de que hayan ido a ver a Gabriel, nos sentaremos a comer. Camille, ¿vas a ir con ellos?

—Sí —dijo su hermana, todavía mirando a la señora St. Ange como si fuera de otro mundo—. Creo que lo haré.

Michael sabía que a Harry no le interesaría ver los cuadros, así que en cuanto su madre los dejó, comenzó por dividir el grupo.

—Camille, ¿por qué no llevas a Harry, a Dash y a la niñera Finn a nuestra guardería y dejas que el niño vea nuestros viejos juguetes y luego a la cocina a por unas galletas de azúcar? Le enseñaré a la señora St. Ange la galería de arriba y el invernadero y cualquier otro punto destacado y nos encontraremos en el prado.

Camille le devolvió una sonrisa tan parecida a la suya, que pensó que debía saber exactamente lo que pretendía: quedarse con Ada a solas.

—Sí, querido hermano. Nos vemos en unos veinte minutos en el prado.

—No hay prisa —murmuró él, tomando el brazo de Ada—. Creo que el viejo caballo de tiro sigue allí, y Harry tiene el tamaño perfecto para él.

Con eso, Michael condujo a Ada hacia la escalera principal.

—Primero los cuadros —ofreció.

⁂

Ada se encontró a solas con Lord Vil menos de diez minutos después de entrar en su casa. Qué confabulación de su parte... Por otro lado, consideró que su hermana y su madre eran bastante agradables, teniendo en cuenta que casi se había aventurado a dar una conferencia.

Durante el almuerzo, refrenaría su tendencia a dar su opinión sobre los terribles escollos de la primera temporada de una chica, mantendría la boca cerrada y los oídos abiertos, y averiguaría más sobre los Alder.

—No tengo más que buenos recuerdos de haber

crecido aquí —dijo él mientras subían al primer rellano.

—Puedo ver por qué. Su casa es preciosa.

—Gracias. Me alejé por un tiempo y acabo de regresar.

—¿Cuando recogió a Dash? —supuso ella.

—Sí.

Quiso preguntarle por qué se había producido el distanciamiento, aunque supuso que se debía a que su padre era un conspirador a su manera. Lord Vil había pagado el precio de perder a Jenny Blackwood. ¿Y por qué? ¿Por qué su padre había puesto fin a su compromiso?

Habían llegado al comienzo de la larga galería.

Reconoció un cuadro de Constable, segura de que era una escena de Dedham Vale, y un cuadro de Turner, que parecía un poco borroso en comparación. Luego estaban los preceptivos retratos de antepasados.

Para su horror, había un hombre y una mujer vestidos con ropas del siglo XVIII, con un niño que parecía la viva imagen de Harry. Sin duda, Michael Alder lo había visto cientos de veces, pero las cosas que se ven a menudo se vuelven casi invisibles. Además, eso fue antes de conocer a su hijo.

Si lo miraba ahora, podría ver el increíble parecido y sabría que Harry era una rama del mismo tronco, como solía decirse.

Al divisar un cuadro en la pared opuesta, un castillo sobre una escarpada colina, Ada lo alabó como una obra maestra.

Michael le habló de él, un tío suyo lo había pintado en sus viajes a Escocia, y entonces ella le arrastró más lejos, sin dejarle volver a los cuadros familiares de en frente.

Por desgracia, el extremo más alejado de la galería estaba

poco iluminado. Casi como si ella o él hubieran pretendido estar solos en un rincón oscuro, allí era precisamente donde habían acabado.

—Fue bastante asertiva en sus consejos a Camille —dijo él, apoyando una mano en la pared, a la altura de su cabeza.

—Como he dicho, hablé fuera de lugar. Estoy acostumbrada a vivir de forma independiente, supongo, y a no morderme la lengua.

Cuando ella dijo la última palabra, Michael miró su boca. Sin pensarlo, ella se lamió los labios.

Él gimió.

—Si hace eso, estoy obligado a querer besarla.

—Oh. —Ella se mordió el labio inferior para no decir nada más.

—Y si juega con su labio de esa manera, voy a querer hacer lo mismo.

—¿Qué puedo hacer que no encienda sus pasiones? —preguntó Ada con un suspiro.

—Nada —dijo él, y luego bajó la cabeza hasta que su boca se acercó a la de ella—. Me enciendo constantemente cuando estoy cerca de usted.

Entonces la besó.

Ella no protestó, demasiado acostumbrada a sus besos como para sentirse ofendida, y demasiado aficionada a ellos como para querer detenerlo. Se le ocurrió que aquella era justo la situación en la que se encontraría una debutante en un baile londinense. Si tan solo hubieran tenido una ruptura tan inocente, en lugar de lo que realmente había ocurrido en la glorieta infernal...

Dejó que él deslizara su lengua entre sus labios porque

le gustaba. Por mucho que le odiara por lo que le había hecho en el pasado, no le repugnaba. El hombre que estaba empezando a conocer, con todos sus defectos, también parecía ser amable y atento. Además, su cuerpo ansiaba su contacto.

Cuando sus manos se deslizaron hasta su cintura y la acercaron a él, atrapándola entre su cuerpo y la pared, Ada sintió el familiar chisporroteo del deseo. Al mismo tiempo, se recordó a sí misma que sus actos de amabilidad de ese hombre estaban calculados para conseguir lo que quería.

Con la cabeza pegada a la pared, sujeta por sus firmes labios, ella no podía apartarse, y no pudo hacer nada más que disfrutar del beso. Y entonces él gimió en su boca, y ella sintió una punzada de excitación, en su estómago, entre sus caderas.

Por fin, él se apartó.

—Besarla es como encontrar un rayo de sol en un día especialmente nublado.

Ella se rio, y luego se llevó la mano a la boca.

—Lo siento, lord Alder. No parece usted el tipo de hombre que se expresa con ensueños poéticos. No a menos que sea una línea practicada y diseñada para obtener alguna ventaja.

—Eso me hiere —dijo él—. Tiene razón en lo primero. No soy dado a los vuelos de la poesía. Pero no la he practicado ni veo ninguna ventaja en que aplaste mi intento de hacerle un cumplido sincera.

—¿De veras? —Ella lo consideró—. Su beso fue agradable, al igual que su cumplido, si era sincero. Nunca me habían llamado un rayo de sol.

Él sonrió.

—Con su glorioso cabello rubio, me resulta difícil de creer. Ya que cree que mi beso fue placentero, y yo pretendía que fuera arrebatador, tendré que besarla de nuevo. Creo que tenemos al menos siete minutos más.

Antes de que Ada pudiera pensar en una réplica, él volvió a acercar su boca a la de ella. Este beso estaba diseñado para impresionarla y abrumarla. Después de que él le devorara la boca y le robara el aliento, dejándola sin aire, la besó a lo largo de la línea de la mandíbula y por el cuello.

A ella le encantaba la sensación de su boca en la piel de su garganta. Para su sorpresa, él le dio un pellizco y luego lamió el mismo lugar, provocando un escalofrío que la recorrió de arriba abajo. Apartando su pañoleta de encaje con dedos ágiles, él le lanzó una lluvia de besos por la parte superior de los pechos hasta que ella habría bajado de buena gana su escote de satén para darle mejor acceso si no tuviera que aparecer en perfecto orden para el almuerzo. Sus manos recorrieron su cuerpo y se posaron en la curva de su trasero a través de la falda, atrayéndola contra él para que pudiera sentir su excitación.

Coincidía con la suya.

De no estar en el pasillo superior de la casa de los Adler, si su hijo no estuviera en algún lugar cercano, ella cedería a su seducción y buscaría el dormitorio más cercano.

—Ojalá hubiéramos planeado pasar la noche aquí —dijo él leyendo su mente.

—Francamente, me sorprende que no lo haya hecho.

Rompiendo el momento de intensa pasión, él parpadeó y se echó a reír, apoyándose en la pared junto a ella.

—Estuve a punto —admitió, con las manos en las

rodillas mientras reía—. Un caballo cansado, una rueda de carruaje agrietada, habría sido fácil.

—¿Por qué no lo hizo?

—¿Sinceramente? —Dejó de reírse y la miró—. Porque usted me gusta demasiado.

El corazón de Ada dio un vuelco. Un paso más cerca de una declaración de amor.

—Y me imaginé que no sería feliz estando fuera de casa sin sus artículos de aseo y las cosas de Harry.

—¿Mis artículos de aseo? —repitió ella.

Él se enderezó y le tomó la mano.

—Todas esas cosas misteriosas que las damas necesitan por la noche y por las mañanas. Además de una criada para peinarla.

—¿Peinarme? —Ella levantó la mano para asegurarse de que su cabello estaba en orden.

—Sí, así que si la dejara tirada aquí en el campo, con una niñera enfadada, un niño irritable y sin sus artículos de aseo y su criada, no creo que me sirviera de nada.

Aunque se sintió un poco insultada por su idea de que no podía sobrevivir sin algunos lujos, también se sintió complacida.

—Es sorprendentemente astuto para ser un hombre y un soltero.

—Gracias. ¿Quiere ver el invernadero, o le gustaría salir a ver a Gabriel y los perros?

—Su hermano y los perros, por favor.

Se sintió aliviada cuando bajaron por una escalera diferente a donde estaba colgado el retrato que se parecía a Harry, pero no por ese motivo. Al descender a un pasillo alfombrado, justo antes de que doblaran una esquina, Alder la atrajo hacia él y la besó de nuevo, haciendo que ella se derritiera al instante y se aferrara a su chaqueta con sus dedos temblorosos.

Cuando él se separó, se sintió descolocada, sus labios parecían agitarse, y estuvo a punto de volver a agarrarse a él para estabilizarse.

—¿Por qué ha hecho eso? —Su voz sonaba extrañamente ligera y jadeante.

—Porque puede que no tenga otra oportunidad en todo el día —contestó él—, y desde luego no en el atestado carruaje de vuelta a Londres. Así, a menos que me invite a su casa esta noche, no sé cuándo podré volver a tocarla.

Tenía mucho sentido, pero ella no estaba segura de cuánto podía soportar este péndulo de deseo, que oscilaba entre los besos apasionados y la conversación como amigos.

Más allá del vestíbulo, la condujo escaleras abajo hacia las cocinas. Harry estaba sentado frente a una mesa, Dash a sus pies, y ambos parecían estar comiendo algo. Camille estaba hablando con la niñera Finn, pero todos levantaron la vista cuando Michael y ella entraron.

Ada tuvo la impresión de que su escarceo en el piso de arriba se reflejaba en su rostro, porque Camille entrecerró los ojos y la señora Finn apartó la mirada.

Michael Alder parecía totalmente imperturbable. Dirigiéndose a Harry mientras acariciaba la cabeza de Dash, le preguntó:

—¿Estás listo para ir a ver más perros, jovencito?

—¡Sí! —gritó Harry, haciendo que Dash comenzara a ladrar.

—Vengan todos, vamos a buscar a Gabriel.

Mientras se dirigían hacia la puerta de la cocina, Ada sintió una mano en su trasero, y casi dio un grito.

Ella le propinó desde atrás a Lord Vil un codazo tan fuerte como pudo.

—Uf. —Oyó decirle a este, con satisfacción.

Ignorándolo, se apresuró a caminar con Harry.

—¿No es esto alegre? —le preguntó ella.

—Sí —repitió el pequeño.

En cuanto el niño vio a los sabuesos, echó a correr. Entonces Camille se giró hacia Ada y la tomó del brazo.

—Me alegro mucho de que Michael la haya traído a visitarnos. Nunca había traído aquí a una amiga —añadió significativamente.

Ada se preguntó cuánto sabía Camille sobre el compromiso roto de su hermano.

—Vinimos para que Harry viera dónde se había criado Dash —explicó Ada, esperando restar importancia a cualquier expectativa que esta joven pudiera tener sobre un final romántico de la relación entre ella y Michael.

—Sea como fuere —dijo Camille—, Michael tampoco ha mostrado nunca mucho interés por los perros de Gabriel, no lo suficiente como para elegir uno y regalárselo a alguien de la ciudad. Deben gustarle mucho usted y su hijo.

¿Qué podía decir ella? Se limitó a sonreír.

—Comprendo lo que dijo antes en el vestíbulo —añadió Camille—, y de ninguna manera estoy poniendo todas mis esperanzas en la temporada. Quiero bailar y conocer gente nueva. No estoy preparada para un marido, y me niego a que me obliguen a aceptarlo, ya sea impuesto por mis padres o por ponerme yo misma en una situación insostenible.

—Bien por usted —dijo Ada—. Parece que tiene una buena cabeza sobre los hombros, que es lo que se necesita para moverse en sociedad.

—Y usted parece que lo hizo bien.

Ada casi se atragantó.

—Por desgracia, no es así. —Casi se mordió la lengua por haber soltado esa verdad.

—¿Cómo puedes decir eso? —le preguntó Camille—. Se casó y tiene un hermoso hijo. ¿Y no es dueña de su propia casa en Londres?

—Sí, tiene toda la razón. Me ha ido bien. Sin embargo, no encontré a mi marido en un salón de baile londinense. —Sería mejor que dejara de hablar antes de que dijera demasiado o tuviera que mentir demasiado. Mirando detrás de ella, vio a Michael cerrando el tapón de su petaca. Debía de haber tomado un trago—. Usted disfrutará de unos bailes preciosos y hará nuevos amigos, siempre que no se pase el tiempo buscando un hombre.

—Gracias por el consejo. —Camille sonó sincera—. Ahí está Gabriel.

Harry ya se había apresurado a ir al encuentro del joven rodeado de sabuesos. Dash también había corrido en medio de los perros, aparentemente reconociéndolos. Harry reía encantado mientras los sabuesos hacían cabriolas a su alrededor.

—Hola a todos —les saludó Gabriel, tendiendo una mano a su hermano y luego asintiendo hacia Ada.

Los mismos hermosos ojos dorados de Michael y Harry.

Era realmente un milagro que nadie se hubiera dado cuenta.

Después de unos instantes, Gabriel señaló a los otros perros que corrían en el campo detrás de él.

—Esos sabuesos no son en realidad la camada de Dash. Estos dos sí lo son. ¡Rufus! Myrtle —llamó, y un setter rojo y un retriever saltaron hacia el grupo. Dash echó a correr hacia ellos y pronto fue revolcado sobre su espalda por los perros más grandes, con sus patas moviéndose alegremente en el aire.

Ada sonrió al ver lo diferente que eran los hermanos de Dash. ¿No eran maravillosos los perros? No tenían que nacer en una familia, simplemente aceptaban la que se les daba. Y ahora Dash los había aceptado a ellos como su familia en Londres. Otra bendición en su vida.

Entonces, un hombre mayor salió del interior del granero, y Ada sintió que su mundo daba vueltas. Lo conocía. Se había sentado a su lado en un acto de la Real Sociedad para el Fomento de las Artes, las Manufacturas y el Comercio, apretujada entre él y su padre. Habían hablado sobre el evento toda la noche, antes y después de la conferencia. Él había comentado su interés por el comercio y la industria.

Caminando hacia ellos, el conde de Alder saludó a sus hijos y a su hija. Luego se volvió hacia Ada, y la luz del reconocimiento se encendió en sus ojos.

—Vaya, la conozco, ¿no? Usted es la hija del barón Ellis.

Capítulo 17

Recuperando la compostura, Ada le sonrió. Era una versión más vieja de Michael en todos los aspectos físicos, con una pizca de canas en las sienes.

—Sí, lo soy.

Rápidamente, consideró las posibles ramificaciones de esta inesperada revelación. Michael nunca supo su apellido cuando se conocieron durante la temporada. ¿Qué importaba que supiera quién era su padre? ¿O que le gustaban las conferencias? Ninguno de estos hechos podía poner en peligro sus planes.

—¿Cómo están sus padres? —preguntó el conde.

—Ambos están bien, milord. Los espero en Londres dentro de un mes.

—Tu padre no se perdería las nuevas conferencias en la RSA, ¿verdad?

—No, milord.

—¿Y qué hay de usted? ¿Estará allí?

Mientras tanto, ella podía ver que Michael la miraba con una intensa curiosidad. ¡Maldición!

—No estoy segura.

—Han pasado algunos años, ¿no? Pero aquí está. Qué casualidad... ¿Así que es la amiga de mi hijo?

Ella sintió que sus mejillas se calentaban. Era una bonita forma por parte de la familia Adler para dirigirse a ella. Mucho mejor que si dijeran lo que estaban pensando: la amante de Michael.

—Sí. Ha sido muy amable conmigo y con mi hijo.

—Ah, claro. He oído que ha enviudado. Mis condolencias. Y aquí está el pequeño.

Harry se revolcaba en la hierba con los perros como si fuera uno de ellos.

—¡Ja! —dijo el conde con una carcajada—. Como solía hacer Gabriel. También se parece a él.

El corazón de Ada dio un vuelco. Por suerte, Harry tenía los ojos cerrados mientras reía con Dash y los demás perros que correteaban con él. Además, estaba segura de que su hijo comería luego en la guardería o en la cocina, y no bajo el escrutinio de sus abuelos.

—¿Sigue interesada en la bolsa?

Las palabras del conde llegaron como un rayo, inesperadas y peligrosas.

Solo había una cosa que ella podía hacer. Mentir.

—No estoy segura de saber a qué se refiere, milord. ¿Cómo podría entender algo tan... complicado e inaccesible?

Él asintió.

—Cierto, cierto —dijo jovial—. Debemos hacer concesiones al sexo débil. Sin embargo, creí que seguía las fluctuaciones del mercado.

Ada se encogió de hombros, sin querer comprometerse.

—Ya que las mujeres no pueden ir a la Bolsa, milord, me veo restringida a seguir el mercado.

Ada pensó que eso sonó plausible, y le ofreció una sonrisa tensa. Sin embargo, si él mencionaba que ella leía los periódicos financieros, podría cambiar de treta.

—Es cierto —dijo el conde con amabilidad—. Aun así, sé que es bastante inteligente. Tal vez mi hijo mayor pueda contarle lo que ha aprendido últimamente sobre la compra y venta de acciones. Ahora es un gran capitalista. Está haciendo crecer la fortuna de todo el patrimonio de los Alder. ¿No es así, Michael?

Ella dirigió su mirada hacia el «gran capitalista» de la bolsa, y él sonrió con indiferencia.

—Sé muy poco —admitió Michael—, pero estaré encantado de compartir mis conocimientos con la señora St. Ange, si a ella le interesa.

Una vez resuelto el asunto, el conde siguió con los suyos, como sacar brillo a su rifle de caza o alguna cosa varonil. El sexo débil, ciertamente. Era como si ella fuera también el sexo más tonto, el sexo más insensato, el sexo incapaz.

¡Qué montón de tonterías! Había conseguido ser madre de un niño, hacer una fortuna, comprar su propia casa, y ahora estaba ayudando a la maltrecha familia Alder a no perder la suya. Hasta que ella les quitase todo.

De pie en medio de ellos, su plan para construir la fortuna de Michael, que resultó estar ligada a la de toda su familia, para luego destruirla, no parecía tan justificado. Al menos no en ese momento.

Camille volvió a cogerla del brazo mientras volvían a la casa para comer.

¡Maldita sea! Ada se reprendió por haber venido a Oxonholt. Desde luego, nunca debería haber accedido a conocer a esta gente.

¿Cómo iba a arrebatarles el dulce vestido de Camille y el dinero de las entradas?

¿Y si perdían su casa y Gabriel no tenía ningún lugar para sus perros?

El almuerzo era insípido, pero no en el mismo sentido que el de la comida que Mary preparaba, sino porque cada bocado estaba aderezado por la culpa. Esta familia la había hecho sentir bienvenida, y aunque tenía en mente cómo el conde había falsificado una carta para romper el compromiso de Jenny, si no su corazón, aun así, el rencor de Ada no era para ellos.

Si había una manera de vengarse de Michael sin herir a su familia, lo haría.

—¿Por qué no se quedan todos a pasar la noche? —preguntó la condesa mientras se servía el último plato—. Si no, tendrán que ponerse en camino antes de que anochezca, o me preocuparé mucho por los salteadores de caminos y demás. Si se quedan, tendremos algunas diversiones alegres esta noche y, por la mañana, podemos bajar al mercado del sábado. Es muy alegre.

Camille aplaudió, y a Ada le recordó a Harry en su entusiasmo.

—Oh, digamos que sí. Tengo muchas más preguntas sobre la temporada. Mamá no puede recordar las suyas, y de todas formas todo ha cambiado desde la Edad Media.

—¡Camille!

Ada ocultó su sonrisa cuando *lady* Alder murmuró:

—La Edad Oscura, en efecto…

Sin embargo, antes de que pudiera hablar, fue Michael quien acudió al rescate.

—No hay salteadores de caminos entre aquí y Londres, por el amor de Dios. Nadie ha oído hablar de tal cosa en décadas. Además, la señora St. Ange y su familia no están preparadas para pasar la noche.

—Tonterías —le rebatió la mujer mayor—. Somos gente civilizada. Tenemos todo lo que cualquiera podría necesitar para pasar una sola noche, incluso en el caso del niño. Y solo piensa en cómo disfrutará de los malabaristas mañana.

—¿Malabaristas, mamá? —Michael levantó una ceja.

—Sí, en el mercado. Muy divertidos, como si tuvieran cinco brazos. Además, todos podremos conocer mejor a tu amiga.

Ada volvió a mirar a Michael.

Él pareció preguntarle si debía seguir luchando o ceder.

—Al fin y al cabo —añadió *lady* Alder, dirigiéndose a Ada—, su hijo, incluso su perro, están aquí, todos los que le importan en realidad, así que ¿qué tiene de malo que mañana lleve el mismo vestido?

La dama esbozó una sonrisa entrañable, tras la cual se escondía la determinación y la fortaleza de un gladiador romano.

A estas alturas, rechazarla sería terriblemente grosero. Ada solo podía imaginar que, dado que era la primera mujer que Michael había traído a casa, su madre quería estudiarla, conocerla, y quizá también preguntarle por sus finanzas.

Que así fuera. Sabía que Harry se divertiría, pero con la niñera Finn podría ser otra cosa. Con suerte, la mujer tenía todo lo que necesitaba en el bolso que siempre llevaba.

Mirando a Michael, Ada le dedicó una sutil inclinación de cabeza.

—Muy bien —dijo este a su madre—. Puedes salirte con la tuya.

—¡De verdad! —lo amonestó *lady* Alder antes de sonreír satisfecha y dar un sorbo a su vino—. No se trata de salirme con la mía. Lo disfrutaremos todos, ¿no?

Lord Alder pareció no inmutarse en ningún caso, pero se llevó a sus dos hijos a charlar a su estudio después de la comida.

Ada dejó que Camille y *lady* Alder la acribillaran a preguntas sobre la vida en Londres, aunque les recordaba constantemente que solo llevaba unos meses viviendo allí y que su última temporada había sido tres años antes. Aun así, tenía cierto conocimiento de Almack's al haber asistido una vez, y de la famosa *soirée* de *lady* Grishom, así como de la zona más segura para navegar en el Támesis.

Por suerte, las damas eran demasiado educadas como para husmear sobre su difunto marido, o habría tenido que inventarse todo un noviazgo y un matrimonio, que hasta ahora había conseguido evitar con vagas declaraciones. Pasaron el resto de la tarde antes de la cena con un recorrido más exhaustivo por la finca, incluyendo los fastidiosos jardines del parterre y los huertos.

Después de que Ada viera a Harry instalado con la niñera Finn, se encontró de nuevo sentada en el comedor para la cena. Ciertamente se sentía extraña al llevar la misma ropa, ya que las otras dos damas se habían cambiado, pero al menos se había lavado la cara y las manos y se había peinado en la habitación que le habían dado.

La cena fue deliciosa, y la charla versó sobre asuntos nacionales, como el nuevo primer ministro conservador, el conde de Derby, la terrible inundación de Holmfirth, que provocó el derrumbe fatal del embalse de Bilberry, y la apertura bastante tardía del parlamento.

Cuando volvieron a reunirse en el salón, Ada se sorprendió al descubrir que el conde de Alder era un animador nato. Para deleite de todos, recitó una comedia de Shakespeare haciendo todos los papeles, y luego hizo una emocionante interpretación de una de las secciones del coro de Aristófanes, *Las avispas*.

Ada se quedó paralizada, decidida a hacerse con algunas comedias griegas antiguas para leerlas en casa.

—Bravo —dijo, aplaudiendo cuando Michael terminó.

Camille tocaba el pianoforte con una habilidad superior a la media. Sin duda, le habían enseñado desde que nació que, para atrapar a un marido, una dama debía ser capaz de tocar una melodía de salón para entretenerlo a él y a sus invitados.

Ada se alegró de poder jugar en la bolsa en su lugar.

Entonces llegó la hora de las cartas.

En ese momento, empezó a contar los minutos que faltaban para la hora de acostarse, hasta que Lord Vil se presentó en su puerta, inflamado por ella, como había dicho. Era inevitable.

Michael tenía dos ideas, ser un santo o un pecador. Fingir ser alguien que no era y tal vez decepcionar a la dama, o ser él mismo, llamar a su puerta y disfrutar enormemente el uno del otro. Al fin y al cabo, estaban protegidos de las repercusiones al encontrarse en el seno de su familia.

Llamó a su puerta al filo de la medianoche, cuando la casa estaba en silencio.

No hubo respuesta.

¿Se había quedado dormida esperándole? Antes, ella había parecido casi decepcionada de que él no hubiera arreglado esta precisa situación de verse obligada a pasar la noche, que luego les había proporcionado su madre.

¿Tal vez había leído mal a Ada? Sus labios, sus ojos, su cuerpo, cada vez que la tocaba, le decían que estaba lista para más.

Volvió a llamar a la puerta un poco más fuerte, sus pies descalzos se enfriaban en el pasillo con corrientes de aire. Se abrochó el cinturón de la bata que había encontrado en su antigua habitación.

Otro momento insoportablemente largo y luego la puerta se abrió una rendija. En la escasa luz, lo único que pudo ver fue un ojo que lo miraba.

—¿Sí? —preguntó ella, como si hubiera alguna duda de por qué estaba allí.

Casi se rio por lo absurdo. Él podía pedirle una libra de tocino, supuso, o decirle que estaba allí para limpiar los establos.

—¿Puedo entrar?

Ella dudó. No era una buena señal. Él había tenido razón. Su mente, tal vez incluso su moral, estaba en guerra con su cuerpo. En su experiencia, era una batalla innecesaria. Los placeres de la carne no hacían daño a nadie y ciertamente levantaban el ánimo.

Tratando de ser paciente, no dijo nada más. Ni siquiera puso la mano en el marco de la puerta. Nunca había forzado a una mujer a soportar su compañía, nunca lo había necesitado, y no podía imaginar que uno obtuviera algún placer de una compañera de cama poco dispuesta. La quería jadeante y abierta a él.

Pasó otro largo momento, y entonces ella dio un paso atrás, abriendo la puerta hasta que hubo espacio para que él se deslizara dentro.

Sin duda, eso era suficiente. En un abrir y cerrar de ojos, la abrazó, cerró la puerta con la planta del pie y se dirigió con ella hacia la cama.

—No puedo esperar ni un segundo más —le susurró contra la piel de la clavícula.

Como respuesta, sintió que las manos de ella subían por su pecho hasta posarse detrás de su cuello, y que sus dedos se entrelazaban sobre su pelo.

Sí.

Dejó que sus manos recorrieran el cuerpo de ella, que por fin estaba libre de las capas de moda del día, vestida solo con su camisola. Subiendo por sus costados, recorriendo sus redondas nalgas, lo primero que notó fue su gloriosa cabellera, que colgaba en una trenza en su espalda. Se apresuró a quitar la cinta del extremo y a soltar los mechones para poder pasar las manos por las largas y sedosas ondas doradas.

Podía sentir su pulso donde su boca tocaba su cuello. Latía a un ritmo errático. Normalmente, la mujer con la que estuviese habría empezado a quitarse la ropa, o a él la suya, o le habría dado permiso para hacer lo mismo.

Ella se limitó a permanecer en silencio, salvo por su respiración acelerada en la oscuridad.

Maldita sea, él quería verla bien. Se dirigió a la ventana, pateando con el dedo del pie la pata de una silla, y comenzó a maldecir violentamente.

Mientras saltaba de dolor, empezó a tirar de la pesada cortina para dejar entrar la luz de la luna, cuando increíblemente, ella empezó a reírse.

—Imaginaba que el infame Lord Vil tendría más práctica en la seducción —entonó ella con su voz gutural, haciendo que su ingle se tensara, incluso cuando su uso del despreciado apodo le molestaba.

Con un último tirón, hizo retroceder una de las cortinas y la luz brilló, golpeándolo. Apoyó el pie en la gruesa alfombra y se limitó a contemplar la visión que tenía ante sí. Era una diosa.

Aspiró una bocanada de aire. Algo en su memoria se agitó, pero antes de que pudiera captarlo, ella se movió hacia él. Cuando la luz de la luna le permitió ver sus pezones a través del fino tejido de su camisón, todos sus pensamientos se vieron superados por su belleza.

Sus ojos azules, iluminados por la luna, le brillaban, su pelo parecía bruñido y su piel parecía resplandeciente.

—Eres tan hermosa… —murmuró, pensando que incluso una voz demasiado alta podría arruinar el momento.

—Ya he oído eso antes —dijo ella.

Una respuesta extraña, como si se burlara de su pasado; sin duda, su devoto marido había adorado el mismo altar al que Michael estaba a punto de mostrar la máxima reverencia.

—Estoy seguro de que lo volverás a escuchar. —Ignorando su palpitante dedo del pie, se concentró en cambio en su dolorido miembro y se acercó a ella—. He deseado tanto ver tu piel desnuda…

Ella no respondió, pero tampoco lo detuvo, mientras él le deslizaba el camisón por un hombro y luego por el otro, hasta que cayó al suelo.

Él gimió y los pezones de ella se erizaron. Al instante, él se agachó para tomar uno en su boca mientras ahuecaba el dulce peso de su pecho con una mano y agarraba su trasero con la otra.

Al sentir los dedos de ella en su cabello, no le importó la punzada de dolor mientras chupaba y lamía, y luego dirigió su atención al otro pezón. Ella se retorció contra él y apretó la parte inferior de su cuerpo contra el suyo como si buscara alivio.

Sus entrañas le ardían. La abrazó, la tumbó en la cama y se puso a su lado, apoyándose en el codo para poder contemplarla. Ella lo miró fijamente, y si no supiera que era viuda y madre, diría que era la imagen de la inocencia.

Tal vez fueran sus claros ojos azules y su pálido pelo desplegado a su alrededor. Tenía un aspecto verdaderamente angelical, lo que no hizo más que avivar su lujuria.

Volvió a pasar la mano por sus pechos, maravillado por su piel satinada, y fue recompensado con un suave gemido de ella.

Cuando bajó por su vientre suavemente curvado hasta el tesoro que había entre sus piernas, ella levantó las caderas.

Él no pudo resistirse a la oferta. En un rápido

movimiento, se situó entre ellas, abrió suavemente sus pétalos y sopló un aliento sobre su suculento botón.

—Oh. —Fue un sonido totalmente sensual.

Bajando un poco más, la tocó con la lengua, recompensado cuando ella se agitó bajo él y, una vez más, hundió sus dedos en su pelo. Mientras él la saboreaba, ella le tiraba del cabello. Podría quedarse calvo antes de que terminara la noche, pero valdría la pena. Ella aceptaba sus atenciones, parecía dispuesta y sensible a cada toque.

Cuando él atrapó el duro capullo con sus labios, sintió que su deseo la humedecía. Al instante siguiente, ella dejó caer las manos sobre las sábanas mientras se estremecía, se estrechaba contra su boca y experimentaba su liberación.

¡Dios mío! ¿Alguna vez una mujer se había consumido tan rápido en sus brazos?

Sí, lo había hecho, en su propio sofá unas semanas antes.

¿Cómo podía la fría e imperturbable señora St. Ange ocultar una naturaleza tan apasionada?

Por su parte, la palpitación de su entrepierna se había vuelto casi insoportable. Se quitó la bata y se puso de rodillas frente a los muslos de Ada, sin dejar de mirarla.

Sus ojos seguían cerrados, los labios entreabiertos, su cuerpo enrojecido, exactamente como una mujer lista y dispuesta a ser conquistada.

Sin embargo, cuando él acercó el extremo d su miembro a su núcleo, ella se puso rígida y abrió los ojos de golpe, clavándolos en los de él. Llamas azules gemelas, totalmente alerta, todo su ser dejó de ser lánguido y relajado.

—No —dijo Ada, con una de sus manos colocada sobre

sus pechos desnudos y la otra en los rizos de su pubis para protegerse.

—¿No? —¿Qué quería decir?

Entonces empezó a forcejear, presionando las piernas de Michael con las suyas para intentar cerrarlas.

—No —repitió, y él se hizo a un lado, mientras ella se incorporaba y agarraba el cobertor para taparse.

¿Era una provocación? ¿Lo había planeado todo el tiempo para dejarlo con las pelotas doloridas, ansiando liberarse dentro de ella?

A pesar de saber que ella tenía una columna vertebral de hielo cuando quería, nunca había adivinado que fuera tan cruel.

¿Qué podía decir?

—Quieres que me detenga, ¿correcto? —Porque tenía que estar seguro de que esta pesadilla de frustración estaba ocurriendo de verdad.

—Sí. Solo piensa en las consecuencias.

Apenas podía formar un pensamiento racional.

—¿Consecuencias? —preguntó él, y luego tuvo que ajustar cómo estaba sentado, para que su miembro no estuviera doblado dolorosamente contra su pierna.

—Ya tengo a Harry —dijo ella después de una pausa.

—Oh. —Todo se aclaró. Le preocupaba tener un hijo fuera del matrimonio.

Él se relajó, confiando en que podría aliviar su mente y, también, aliviar su dolorosa ingle.

—No me derramaré dentro de ti. No habrá ningún niño.

Ella ladeó la cabeza como si nunca hubiera oído hablar

del proceso.

—Antes de llegar al clímax, me retiraré por completo —aclaró él, por si ella realmente no supiera que un hombre podía hacer eso.

Su expresión de duda cambió a una de desconcierto.

—¿Estás diciendo que un hombre no deja dentro de una mujer su semilla para que crezca a menos que quiera? ¿O también puede hacerlo por ser descuidado?

¿Era una nota amarga lo que oía en su voz? ¿No había querido ella a su hijo? ¿Su marido la había obligado a quedarse embarazada?

Michael alargó la mano para acariciar su cara, y ella se estremeció, pero luego se calmó cuando él hizo contacto. Tocando ligeramente su piel, trazó los contornos de sus pómulos y luego su barbilla. Tan exquisitamente hermosa. Tan joven para haber conocido el dolor de la muerte de un marido.

—Solo quiero complacerte —le dijo—, y hacerte feliz.

Ella se encogió de hombros.

—A menudo me diviertes.

No era exactamente lo que él esperaba. Ella estaba resentida, eso se notaba. ¿Confiaría en él, sobre todo, después de que la hubiera complacido tan íntimamente?

—¿Me contarás más de tu vida?

Al instante, Michael vio que se había equivocado. La expresión de ella se enfrió, y también su ardor. No haría falta mucho para recuperarlo. Si la besaba de nuevo y acariciaba la piel de su hombro desnudo...

—Creo que es mejor que te vayas ahora —dijo Ada—. No tengo intención de arriesgarme a que te retires, como dices. No tengo ninguna razón para confiar en que lo harás o, incluso si lo haces, en que funcionará.

—Eso es absurdo, yo…

Con la sábana aún sujeta sobre sus pechos, ella logró cruzar sus esbeltos brazos, con un aspecto formidable a pesar de estar desnuda y tener el cabello despeinado.

Michael suspiró.

—Déjame solo besarte de nuevo, dulzura.

Al oír sus palabras, ella apretó los labios.

Él metió la mano en su bata, sacó su petaca y bebió un sorbo antes de ofrecérsela.

Otro paso en falso.

Sujetando la sábana con una mano, Ada señaló con la otra hacia la puerta. En un tono más de reina del hielo que de diosa cálida, pronunció una sola palabra.

—Fuera.

Capítulo 18

Como si Ada hubiera sido hipnotizada por uno de los alabados hipnotizadores o místicos sobre los que había leído en los periódicos de Londres, salió de repente de su trance.

Quiso abofetearle la cara en cuanto lo oyó llamarla «dulzura», lo mismo que había dicho la terrible noche en que la había arruinado.

Y ahora, como entonces, él le había ofrecido su petaca. A ella le importaba un bledo si esta contenía ginebra o brandy. En cualquier caso, él bebía demasiado y acabaría en una zanja.

Cuando Alder se puso la bata y se bajó de la cama, Ada se pensó mejor su oferta, ya que estaba empezando a temblar.

Extendiendo la mano, gesto que él no entendió de inmediato, ella le señaló la petaca y luego torció un dedo.

Él se la dio. Con una rápida inclinación de la cabeza, bebió un buen trago, dejando que el calor del brandy la calmara. Bebió otro sorbo antes de devolvérsela y limpiarse los labios con el dorso de la mano.

Él empezó a hablar y ella negó con la cabeza. Lo miró fijamente y le pidió que se fuera sin decir nada más. Cualquier cosa que dijera solo podría herirla de nuevo, y ya estaba terriblemente decepcionada de sí misma por haber cedido a sus anhelos y a sus expertas caricias.

Él se dirigió a la puerta.

«Date prisa», le instó, porque ella quería enterrar la cabeza bajo la almohada y llorar.

Pero él se volvió.

—Me importas mucho, Ada Kathryn.

Con esa impactante declaración, se fue por fin.

❖

—Harry —le espetó Ada a su hijo por enésima vez—. No tires de la correa.

Marchando hacia él, la desató de la mano de su hijo y deslizó la correa de Dash sobre su propia muñeca. El pobre perro no tenía por qué acabar con el cuello roto.

Harry empezó a llorar, pero Ada se alejó, dejando que la niñera Finn se ocupara de su devastado hijo. Un segundo después, sintiéndose como si fuera el mismísimo Napoleón, volvió a su lado, se dejó caer de rodillas sobre la hierba y abrazó a su pequeño.

—Te quiero mucho, querido.

Sus brazos la rodearon y ella lo apretó con fuerza.

—¿Puedo tener a Dash un rato? —le preguntó ella, mirándole a los ojos llorosos—. Así podrás comer más fácilmente... —hizo una pausa y miró alrededor de los puestos—, ¿una jugosa manzana?

Harry arrugó la cara, su nariz se aplanó ligeramente de una manera que a ella le encantó.

—¿No? —preguntó Ada—, ¿qué tal un bollo de sultana?

Él le dirigió una sonrisa y ella le besó la mejilla, se levantó y le cogió la mano.

—Vamos al puesto de la panadería —anunció a *lady* Alder, que estaba admirando los arreglos florales de otro puesto. La mujer no había notado la agitación de su invitada en toda la mañana o había decidido ignorarla.

Ada no se molestó en buscar a Michael, que le había dado un amplio margen de maniobra, por lo que estaba muy agradecida. Después de una noche agitada, en la que había considerado su vida, sus defectos y su debilidad por ese hombre, se había despertado irritada e insegura y deseando desesperadamente estar en su casa.

Cuando la noche anterior oyó que llamaba a la puerta, lo cual temía y esperaba a partes iguales, al principio pensó en no contestar. Dejar que se quedara en el vestíbulo y se preguntara si lo deseaba.

Sin embargo, para llevar a cabo su plan, tuvo que hablar con él. En realidad, su intención era dejar que la besara, burlarse un poco, hacer que la deseara aún más. En cambio, se había comportado como una mujer apasionada desde el momento en que él la había tocado. Sus mejillas se encendían cada vez que recordaba que había dejado que le quitara la ropa y se había quedado desnuda ante él. Y lo que le había hecho después.

Al atravesar el pequeño mercado de Hadlow, el pueblo más cercano a los Alder, Ada sabía que la señora Finn la seguía. Sin duda, la mujer creería que su ama había perdido la cabeza por su comportamiento errático. Un minuto estaba enfadada y malhumorada, y al siguiente era dulce como el azúcar. Y dando a su hijo una regañina y luego una golosina.

Dentro de su propia cabeza, todo era igual de agitado. Apenas había dormido por pensar en las palabras de despedida de Alder y en lo cerca que estaba de su ruina.

Y sin embargo, había cedido a su tacto.

Sacando seis peniques de su cartera, se los entregó al panadero a cambio del bollo. Harry estaba encantado y lo comió con gusto.

Al menos había arreglado las cosas con su hijo.

Mirando a su alrededor, vio a los hombres Alder y a Camille viendo el partido de cricket en el campo del pueblo. *Lady* Alder se unió a ellos.

Suspirando, Ada supuso que debía hacer lo mismo por respeto a sus anfitriones. Sin embargo, eso la pondría en contacto con Michael.

Michael, cuyos labios y manos la habían hecho...

Se dio la vuelta y caminó en otra dirección. ¿Cómo se las arreglaría en los estrechos límites del carruaje de vuelta a Londres? ¿Y si Lord Vil sonreía?

—Señora St. Ange.

¿Y qué pasaría cuando volvieran a casa? ¿Esperaría él también entrar en su dormitorio, como si fuera su amante? ¿Cuánto tiempo podría ella postergarlo y aun así hacer que él volviera a ella?

—¡Señora St. Ange!

Unos pasos más y estaban en el otro extremo de la platea.

Ada miró a la señora Finn, luchando con sus piernas más cortas para seguirle el ritmo, y a su lado estaba Harry, que seguía comiendo mientras corría.

—Sí —dijo al fin, deteniéndose en la relativa seguridad de la mesa donde el carnicero y su mujer vendían salchichas y pasteles de carne, a bastante distancia de los Alder.

—¡Señora, el perro!

En el mismo momento, Harry dio un grito.

—¡Dash!

Ada miró el extremo vacío de la correa. ¡Maldición!

—Se fue por ahí —dijo la niñera Finn, señalando más allá de los establos hacia el campo de cricket.

Efectivamente, el spaniel corría hacia la pelota.

Solo podía esperar que el perro no fuera golpeado por un bate o pisado por uno de los veloces jugadores. Por desgracia, Gabriel Alder no había ido con ellos. Estaba segura de que con una sola palabra suya, el perro volvería a su sitio.

—¡Dash! —Harry gritó de nuevo y echó a correr.

—¡No! —gritó Ada, chocando con la señora Finn cuando ambas se lanzaron a por el niño, que se escabulló ágilmente bajo la mesa de pasteles de carne y hacia fuera del mercado.

—¡Harry! —lo llamó Ada. Pero él siguió corriendo.

—Niño travieso —dijo la niñera Finn, pero Ada pudo oír el pánico en su voz mientras ambas intentaban ver el camino más rápido a través del laberinto de puestos.

Necesitaban acceder al campo, al que, al parecer, solo un niño de dos años y un perro podían llegar por debajo de las mesas y a través de un seto.

Empezando a correr, Ada consideró que era más rápido seguir adelante que volver por donde había venido. Enseguida pasó por encima de los puestos del mercado, rodeó el seto y llegó al extremo del campo. Allí estaba Dash corriendo en alegres círculos, ladrando e interrumpiendo el juego.

Sin embargo, uno de los jugadores lanzó una pelota de repuesto al otro extremo del campo para deshacerse de la molestia, y el perro se alejó para ir a por ella.

—¡Por Dios! —exclamó Ada cuando se reanudó el juego.

De repente, con el corazón encogido, vio a Harry, a punto de llegar detrás del *wicket* y del bateador, que ella temía que no hubiera visto a su pequeño.

Ada siguió corriendo, sin dejar de gritar su nombre.

Y entonces, de la nada, el alto y macizo Michael Alder había salido al campo, gritando «¡Alto», justo cuando el jugador se disponía a lanzar.

Para su alivio, todos hicieron exactamente lo que se les había ordenado. El bateador bajó su bate, el lanzador bajó la bola, incluso el perro pareció dejar de ladrar. Y Harry miró de repente a su alrededor, dándose cuenta de que estaba en medio de un problema.

Todavía estaba a metros de distancia cuando su hijo se llevó la punta de los dedos a la boca en un gesto familiar cuando se asustaba. En el instante siguiente, Michael lo levantó mientras decía «lo siento, chicos, seguid» y luego se dirigió hacia ella.

Sus ojos se cruzaron y él le ofreció una sonrisa reconfortante.

Al ver a Harry cargado en la cadera de Michael, con los brazos de su hijo alrededor del cuello de su padre, su estómago dio un extraño vuelco y se le llenaron los ojos de lágrimas.

En cuanto estuvo lo bastante cerca, Michael bajó al niño para que ella pudiera cogerlo, aunque era demasiado grande para que ella lo llevara.

Después de un abrazo, puso a Harry en pie y se quedó a su lado, la segunda vez que se arrodillaba en la hierba ese día.

—Gracias —le dijo Ada a Michael.

Él asintió.

—Yo en su lugar despediría a su niñera —añadió después con un tono ligero.

—Supongo que también tiene una de repuesto para enviarme —bromeó ella hasta que sus latidos se calmaron. Harry estaba a salvo. Eso era lo único que importaba.

La niñera Finn llegó, respirando con dificultad por la inusual carrera.

—Lo siento mucho, señora —comenzó.

—No es culpa suya —dijo Ada—. ¿Quién podría imaginar que se metería debajo de la mesa?

—Dash —dijo Harry, recordándoles al pequeño alborotador que había empezado todo.

Michael miró a su alrededor.

—Si mi hermano hizo bien su trabajo, estoy seguro de que podremos recuperarlo.

Miró hacia el lejano borde del campo, donde el perro parecía estar jugando solo sin recordar a sus dueños.

—¡Dash! —gritó Michael lo más fuerte posible por

encima del sonido de los jugadores de cricket y los pocos espectadores. El perro levantó la cabeza al oír su nombre—. ¡Ven!

A Ada le pareció pura magia que el spaniel comenzara al instante a correr hacia ellos a toda velocidad.

—Menos mal —dijo ella.

—Sí —bromeó Michael—. No me gustaría tener que decirle a mi hermano que lo hemos perdido tan pronto. Estoy seguro de que eso nos dejaría mal a nosotros y no al perro.

Ada se quedó de rodillas mientras llegaba Dash, que casi los hizo caer a ella y a Harry.

—Dash actúa como si lo hubiéramos abandonado —dijo Ada, deslizando el collar sobre su cabeza—. No más actos de desaparición, gracias.

De pie, su mirada se encontró con la de Michael y, para su alivio, gran parte de su incomodidad se había evaporado, junto con su exasperación.

—¿Nos unimos a los demás para el resto del partido? —preguntó él, cogiendo la mano de Harry como si fuera lo más natural del mundo.

Ada intercambió una mirada con la señora Finn, que se encogió de hombros.

—Vamos a tomar un poco de limonada por el camino —sugirió Ada, ya que su niñera aún parecía un poco desubicada.

Así, mientras bebían limonada y paseaban para reunirse con el resto de la familia Alder, Ada sintió que la invadía una sensación de paz. No necesitaba tomar ninguna decisión sobre sus planes en ese momento. El futuro era incierto, pero

Harry había sido acogido por su padre y la familia de este, aunque ninguno de ellos lo supiera. Un resultado inesperado por entrar en la vida de Lord Vil.

———————— ❖ ————————

Estar con la señora St. Ange era más bien como navegar en un pequeño barco en un mar agitado, subiendo y bajando, y vacilando entre la frustración, la alegría, el miedo y el asombro. En una palabra, ¡extenuante!

Pero también muy refrescante. ¿Y quién iba a pensar que iba a ser el héroe del día, rescatando al niño y al perro? El viaje de vuelta a casa fue tranquilo y sin sobresaltos, ya que Harry se quedó dormido apoyado en él, con Dash en su regazo.

Si no tenía cuidado, corría el riesgo de convertirse en un hombre totalmente domesticado. Tendría que salir de juerga esa misma noche para evitarlo. Primero a White's y luego a uno de los clubes privados de Cyprian, donde una deliciosa mujer estaría encantada de compartir con él unas horas de placer.

Pero mientras cabalgaba con los St. Ange, intercambiando de vez en cuando unas palabras con Ada Kathryn cuando esta no leía los periódicos que su padre le había regalado, se dio cuenta de que no quería divertirse. Aquella mujer sentada frente a él, junto a una adormilada señora Finn, se había apoderado tanto de sus sentidos y había captado tanto su interés, que no podía imaginar estar con ninguna otra.

Incluso después de la debacle de la noche anterior, que había comenzado divinamente solo para terminar en una absoluta desolación.

Sacó su petaca y bebió un sorbo. La había rellenado con brandy del bien surtido aparador de su padre, un regalo que consideraba mucho mejor que los periódicos. Esta pequeña muestra de deleite engendró una de las agudas miradas desaprobadoras de Ada.

Después de otro trago, la guardó, suspirando para sí.

Le gustaría conservar su aceptación el tiempo suficiente para ganarse su...

«¡Detente!», se dijo Michael, observándola mientras ella leía un artículo. Estuvo a punto de pensar en ganarse el corazón de la dama, en hacer que se enamorara de él. ¡Qué mala idea!

Michael sacudió la cabeza, la apoyó en el reposacabezas de cuero y cerró los ojos. Si no la miraba, no necesitaba pensar en ella.

No sabía cuánto tiempo había dormido cuando escuchó su voz y abrió los ojos. Estaba discutiendo con la señora Finn. Cuando Ada vio que él se había despertado, lo miró con gesto reflexivo.

—¿Le gustaría cenar con nosotros, lord Alder? Ya que será casi esa hora cuando lleguemos a casa.

Su pregunta lo llenó de calidez. Y esperanza. Qué invitación tan diferente a la que recibiría de Elizabeth. Ella nunca lo había invitado sin necesitar su presencia para acompañarla a un evento o a su cama. Nunca cenaban juntos por el simple placer de la compañía mutua, como ya lo habían hecho él y Ada.

Al menos la comida sería mejor esta vez, si la señora Beechum había hecho su trabajo enseñando a Mary.

—Me gustaría mucho. —Después de todo, «nosotros» significaba solo ellos dos.

Así, en lugar de ser despedido, Michael se encontró sentado en el comedor de Ada, escuchando lo que ella pensaba de su familia y su finca, los acontecimientos de la semana que había leído en el periódico y cómo esperaban que la comida supiera tan bien como olía.

Con una copa de vino en la mano y una sopa de patatas perfectamente cremosa delante de él, Michael se sintió aliviado de que Ada ya no pareciera molesta como lo había estado durante el desayuno, cuando ni siquiera lo miraba. Gracias a Dios por el perro travieso.

—¿Alguna vez Harry come aquí con usted?

Ella sacudió su hermosa cabeza.

—No, pero solo porque se pone inquieto y le parece más una tortura que un privilegio. Dentro de unos años, tal vez.

Tenía una mirada melancólica.

—¿En qué piensa? —le preguntó él, esperando que ella se lo dijera sin dudar.

Para su sorpresa, así lo hizo.

—Que sería encantador para él tener un hermano o hermana.

Sin embargo, tan pronto como las palabras salieron de su boca, sus ojos azules se abrieron de par en par y jadeó con suavidad. Para disimular su vergüenza, Ada bebió un sorbo de vino y miró su plato de sopa como si fuera el espectáculo más cautivador del mundo.

Obviamente, con su marido muerto, no iba a darle a Harry un hermano en breve. Debió de haberlo pensado después de verlo con su propia familia. Él podría aliviar su mente.

—Yo era mucho mayor que mis hermanos, los cuales se llevaban pocos años, así que era casi como si yo fuera hijo único. Mire cómo he salido. —Sonrió.

Para su disgusto, ella levantó hacia él lo que solo podría describirse como una expresión de horror, mirándolo con ojos aún más abiertos que antes.

—¿Qué? —preguntó él.

Ella negó con la cabeza, tomó un poco de sopa y apretó los labios alrededor de la cuchara, como para no hablar.

—Vamos —la instó—. Siempre me ha hablado con claridad. Brutalmente, de hecho. ¿Qué tiene que decir?

—Solo que ha resultado increíblemente egoísta, egocéntrico, interesado e incluso autodestructivo. —Hizo una pausa—. Solo por lo poco que lo conozco, claro —concluyó.

¡Dios mío! Desde luego, no tenía pelos en la lengua. Tomando aire, Michael recogió la servilleta de su regazo y se limpió la boca antes de volver a soltarla. Estuvo a punto de tirarla sobre la mesa.

Una parte de él quería ponerse de pie, reprenderla y marcharse. Sin embargo, temía que si lo hacía, ella no se pondría en contacto con él para disculparse y no volvería a verla.

¿Cómo podía responder a una anfitriona que había insultado tanto a su invitado?

—Ya veo.

Ella se rio. Sonó cínica a sus oídos.

—¿Y ahora se ríe de mí? —Michael cogió su copa y la apuró.

—Bueno, parece ofendido, lo cual es divertido. Como

si su propio comportamiento fuera un misterio para usted, y como si no fuera consciente de cómo le llaman todos.

Él consideró esto. Ella tenía razón en algunos aspectos, aunque probablemente ella imaginaba que él había llevado una vida peor que en la realidad. Quizá mucho peor. Además, él había dejado que la gente lo llamara Lord Vil sin rechistar porque sencillamente le importaba un bledo.

Excepto cuando se trataba de ella. No le importaba cómo lo llamasen los demás, pero Ada...

—¿Y usted cómo me llama?

Ella se puso seria y ladeó la cabeza, tomándole la medida con esos ojos inteligentes que tenía.

—Lo llamo lord Alder, por supuesto.

Esperó mientras su criada le llenaba el vaso y salía de la habitación.

—En su cabeza, quiero decir. ¿Cómo me llama cuando está a solas?

Ella palideció ligeramente, lo que le pareció interesante. A su modo de ver, era un reconocimiento de que, en efecto, pensaba en él.

Sin embargo, lo único que ella hizo fue encogerse de hombros.

—¿No cree que mi cocinera ha mejorado mucho?

Él mantuvo su mirada en ella un momento más, luego asintió, miró su sopa y tomó varias cucharadas.

—Así es. Gracias a mí, un zoquete egoísta y egocéntrico, no estamos cenando gachas y bazofia de cerdo.

Con un sonido rico y pleno, Ada se rio. Esta vez lo disfrutó mucho más que su risa burlona.

—No estuvo tan mal —protestó ella.

—Sí, lo estuvo. De veras. —Estuvo a punto de advertirle que podría empezar a comer más y engordar unos cuantos kilos, ahora que Mary podía servirle una comida decente. Sin embargo, a pesar de ser considerado vil, incluso él sabía que discutir su aspecto físico, en particular su peso, haría que ella llamase al señor Randall para que este lo echara.

Además, podía recordar con facilidad su forma perfecta, lo mucho que disfrutaba mirándola, tocando la plenitud de sus pechos, la curva de su cintura y sus muslos suaves y delgados.

Si ella supiera lo que él estaba pensando, seguramente haría que su mayordomo lo arrojara a la calle.

En cambio, él quería que lo invitara a su dormitorio, y además con regularidad. ¿Cómo podría lograr tal hazaña?

—Ya conoce a mi familia —comenzó—. ¿Puedo conocer a la suya? —Se sorprendió a sí mismo, pero descubrió que tenía muchas ganas de hacerlo. Por el momento, ella seguía siendo un misterio singular. Tal vez si conociera a sus padres o viera dónde se había criado, podría entenderla mejor.

Un largo silencio siguió a su petición.

—No están en Londres en este momento —respondió ella al fin.

—Tampoco mi familia.

Ada suspiró visiblemente.

—La casa de mis padres está más lejos que la suya.

—Seguro que lleva a Harry a ver a sus abuelos con regularidad.

Ella dio un sorbo a su vino.

—Hace poco que me he mudado aquí. No tengo planes

de visitarlos pronto.

—Y si lo hiciera, supongo que yo no sería bienvenido a acompañarla. —Michael empezaba a pensar que debería haber rebatido su tono al principio de sus desagradables insultos.

Ella volvió a dudar. Él no podía imaginar lo que ella estaba pensando.

—Tal vez la próxima vez que vengan a Londres.

Esperó a que Ada terminara la frase, pero no lo hizo.

Eso fue todo, la más vaga de las sugerencias. En algún momento del futuro, sus padres podrían venir a Londres, pero ella no le aseguraba en absoluto que pudiera conocerlos.

Tal vez, como mujer independiente, prefería un enfoque más directo.

—Me gustaría que me permitiera llamarla Ada sin tener la incómoda sensación de que me estoy extralimitando. Teniendo en cuenta todo lo que ya hemos vivido juntos, creo que es una petición razonable.

Ella lo miró fijamente, abriendo de par en par sus encantadores ojos azules.

Al fin, tras un visible trago, asintió lentamente.

¡Dios mío! Cualquiera diría que le había pedido un favor extraordinario.

—Por supuesto, por mi parte insisto en que empiece a llamarme Michael.

Él pensó que se iba a negar como había hecho antes. ¿Qué haría él entonces? Nada. Podía llamarlo como quisiera, y él sabía que seguiría siendo feliz solo por estar en su presencia. ¡Qué extraño!

—Muy bien.

Le sorprendió el tono de su voz, neutro y no forzado, y cómo había logrado pronunciar las palabras sin atragantarse. Estaban progresando. Sin embargo, si ella siempre había sido tan difícil y asustadiza, Michael tuvo que preguntarse por el poder de su antiguo marido para traspasar sus muros y acercarse lo suficiente como para pedirle la mano.

¿Qué había visto ella en el señor St. Ange para casarse con él? Ansiaba saberlo. Si alguna vez llegaba a conocer a sus padres, podría llegar a ser tan entrometido como una tía solterona.

En cualquier caso, por fin se tuteaban. Cuando llegó el siguiente plato, que olía delicioso, decidió probarlo.

—Ada —comenzó, observando cómo ella fruncía los labios—, ¿cómo puedo avanzar para que podamos llegar a un entendimiento?

—¿Un entendimiento? —repitió ella.

—Sí, como una pareja, tanto para nosotros como para la sociedad. No quiero dar más pasos en falso, pero me temo que ni siquiera sé cuándo estoy dando uno.

—Asume que deseo tener pareja, y que esa pareja es usted. ¿Y si no quiero ninguna? Tal vez no desee tener un entendimiento.

Fue su turno de suspirar.

—Vamos a cenar juntos. Además, tanto en su casa como en la de mis padres, hemos...

Se interrumpió cuando ella palideció. Más le valía no decir palabras de intimidad o ella podría arrojarle su plato.

—Hemos estado a solas —terminó diciendo él, omitiendo todo recordatorio de lo que habían hecho.

—Sí —aceptó ella, siseando ligeramente.

—Parece que quiere mi compañía. —En realidad, era más bien que ella parecía tolerarlo, pero él tenía demasiado orgullo para decir eso.

—Sí —dijo ella con más suavidad, como si se resistiera a admitir nada.

Él quiso tirarse del pelo. Ella no le daba ningún estímulo ni dirección, ni siquiera el más mínimo indicio de que quisiera convertirse en su amante exclusiva.

—¿Hay algo que desee que haga para que nos convirtamos en pareja?

Qué situación tan enrevesada e innecesariamente difícil.

—Michael —dijo ella, probando su nombre.

A él le gustaba cómo sonaba en su boca. Por supuesto, le hizo pensar en hacerle el amor. Todo en ella le hacía sentir como si fuera un colegial despechado.

—Si fuera una debutante o si estuviese en mi segunda temporada, es decir, si fuera cualquier ingenua muchacha, no una viuda y una madre...

—Sí —la interrumpió—, entiendo el concepto de dama virginal. Continúe, por favor.

Sus mejillas se sonrosaron, como si de hecho fuera la encarnación misma de una virgen.

—Bueno, si yo fuera así, entonces ¿cómo haría para entenderse conmigo? Desde luego, no de ninguna de las maneras que ha utilizado hasta ahora —añadió—. Todas ellas se considerarían demasiado atrevidas, incluida la cena de esta noche.

Él consideró su punto de vista. ¿Cómo se relacionan un hombre y una mujer normales? No lo hacían, supuso, a menos que condujera a un compromiso, como había intentado con Jenny, y luego a un matrimonio.

¿Matrimonio con la señora St. Ange? ¿Era eso lo que quería decir? ¿Todos los días y noches juntos, viviendo en la misma casa? Incluso criando a Harry como si fuera su padre natural.

Michael cogió su copa y le dio un gran sorbo. Sin embargo, el temor a una relación tan permanente y envolvente no se materializó. Ya lo había sentido antes. No con Elizabeth, pues ella nunca quiso tal cosa. Pero sí con algunas mujeres antes que ella, las cuales se habían encariñado demasiado con él y habían insinuado un acuerdo permanente. Entonces, al instante, el terror se apoderaba de él y veía los muchos defectos de la mujer, las cosas que le molestaban hasta el punto de disuadirle. Siempre había roto con ellas en cuestión de horas.

Dio otro sorbo de vino, pero aun así, no sintió ninguna de las emociones del corazón, solo el deseo de conocer mejor a Ada.

—Supongo que si fuera, como dice, una mujer inocente, y si yo quisiera formar un vínculo duradero, entonces la cortejaría adecuadamente con flores y poesía, dulces y salidas, y siempre con una carabina para no manchar su reputación. —Hizo una pausa—. De hecho, he hecho muchas de esas cosas, ¿no es así?

—Ha hecho algunas de ellas —concedió ella—, así como otras que definitivamente no debería hacer en un cortejo apropiado.

En eso tenía razón. Y tampoco se arrepentía de nada. Sin embargo, él quería seguir adelante. No se conformaba con esperar una migaja ocasional de intimidad. Quería dejar caer un beso en sus deliciosos labios siempre que le conviniera, sin temor a recriminaciones. Quería hacer el amor con ella y saber que por la mañana ella no estaría tan angustiada como para clavarle un cuchillo en el pecho.

—¿Está diciendo que lo estoy haciendo todo mal? —preguntó él—. ¿Me está pidiendo que me convierta en un pretendiente formal, que la corteje como marca la costumbre, con la intención de comprometerme? ¿Es su objetivo volver a casarse?

Al decir estas palabras, se dio cuenta con total claridad de que ese resultado en particular a él le parecería perfectamente aceptable. Sí, podía verse a sí mismo compartiendo su vida con ella. Nunca había conocido a una mujer que le gustara más, y ni siquiera se había acostado con ella.

Es más, el cariño que había desarrollado por Ada, que parecía crecer con cada encuentro, podría ser incluso... amor.

Capítulo 19

Al principio, Ada pensó que tendría que parar la conversación. No deseaba hablar de un futuro con Lord Vil, ni mucho menos de un acuerdo en el que fueran a ser amantes. Sin embargo, cuanto más lo dejaba pensar y preguntar, más se acercaba él a comprender que lo que ella quería era su corazón.

Aunque jamás podría adivinar sus verdaderas intenciones.

Por eso, cuando él le preguntó por el matrimonio, en lugar de llamarlo impertinente, dudó, esperando que pareciera que estaba reflexionando sobre lo que quería. Las prisas a estas alturas aún podría arruinar el juego.

Por fin, respondió a sus preguntas.

—Digo que deseo ser tratada como cualquier mujer respetable, no como si, por mi anterior estado civil, estuviera madura solo para una cita o para ser su amante. Si cree que eso significa que tengo intención de casarme, esa es su conclusión.

Ella lo observó beber su segunda copa de vino, si no era la tercera, mientras él mantenía su mirada fija en ella.

¿Qué estaba pensando detrás de esos ojos de tigre?

—Creo que por fin veo la diferencia —dijo él—. Uno compromete solo el cuerpo y la mente, por supuesto, y el otro compromete el corazón.

Ada casi se cayó de la silla. Por fin lo había entendido. Asintiendo con la cabeza, no dijo nada. Lo estaba haciendo tan bien por sí mismo que no quería interrumpirlo.

—No es una idea extraña para mí. Como sabe, estuve muy poco tiempo comprometido. Al igual que usted con su señor St. Ange, yo también tuve mi corazón involucrado por un tiempo. Encontré la experiencia insatisfactoria, en el mejor de los casos.

Insatisfactoria. Una palabra extraña para que los padres de uno arruinen su pretendido matrimonio. En cualquier caso, aunque su corazón hubiera quedado herido, no era nada comparado con cómo él había devastado el suyo.

Su buen humor desapareció como siempre lo hacía cuando Ada recordaba aquella noche. Prácticamente había adorado a Michael Alder, solo para que él la utilizara como un pañuelo, fácilmente desechable.

Además, él seguía tratando a las mujeres de la misma manera, incluso ahora. Con qué facilidad había dejado a Elizabeth Pepperton para empezar algo con ella.

—Su corazón… —reflexionó ella, tratando de imaginar el pequeño órgano negro y endurecido en su pecho—. Pasó seis meses con lady Pepperton para luego marcharse como si ella fuera menos que nada para usted. Ese tipo de acuerdo tampoco me interesa.

Él frunció el ceño.

—Tiene razón en un aspecto. Mi corazón nunca estuvo involucrado con *lady* Pepperton. Ni el de ella conmigo, para ser justos. Sin embargo, se equivoca por completo en cuanto a lo que ella significa para mí. Fuimos amigos y todavía lo somos. Ella sabe que puede recurrir a mí si puedo serle útil.

Ella tosió, dejando volar su imaginación.

—No ese tipo de servicio —añadió él, leyendo correctamente sus pensamientos.

Estaban dando vueltas. Ada siempre había pensado que Lord Vil no tenía corazón. Eso fue hasta que le dijo que no había roto su compromiso con Jenny por su cambio de fortuna. Por otro lado, ella necesitaba que él tuviera el suficiente para poder romperlo. Un pícaro verdaderamente desalmado nunca sentiría las punzadas del amor no correspondido que ella esperaba infligirle.

Para ello, seguiría la lógica de Alder.

—Tiene razón al pensar que no deseo un acuerdo que implique solo el cuerpo y la mente. Sin embargo, tampoco tengo ninguna inclinación hacia el matrimonio.

—¿Involucrar el corazón sin el objetivo del matrimonio? Qué previsora es usted —declaró.

La venganza era tan antigua como el tiempo, pensó ella. No era para nada previsora.

También era mucho más complicado de lo que había imaginado. Porque ese hombre tenía muchas cualidades positivas, siempre y cuando su corazón no estuviera comprometido. Siempre y cuando lo viera como lo que era.

Esta noche, como cada vez que estaban juntos, tenía

que ceder un poco, normalmente más de lo que pretendía, y luego mandarlo a paseo. Cada vez era más fácil dar un poco más porque parecía que era ella la que recibía el placer.

Sin embargo, darle placer a cambio estaba fuera de su alcance. La marcaría como una mujer baja y común, y casi parecería como si perdonara sus anteriores indiscreciones.

Lo que no podía permitir.

Después del postre, un *mouse* de fresa perfectamente comestible, Ada se levantó de la mesa preguntándose cuánto tiempo tendría que entretenerlo en el salón antes de que él empezara a besarla. Porque cuando lo hiciera, lo enviaría a su casa.

Para su sorpresa, en cuanto salieron del comedor, él se dirigió hacia la puerta principal.

El señor Randall apareció de la nada, como siempre hacía.

—Randall —dijo Michael—, mi abrigo y mi sombrero, por favor.

—¿Se va? —le preguntó ella, sintiéndose bastante sorprendida por su abrupta partida.

—Pues sí. Ha sido un día muy largo, empezando en Hadlow esta mañana. Supongo que querrá irse a la cama.

La palabra evocó la escena de la noche anterior y lo que él le había hecho en su dormitorio, como ella estaba segura que él también recordaría.

Sintiendo que sus mejillas se calentaban, apartó la mirada cuando Randall regresó.

Rápidamente, Michael se encogió de hombros y se puso el sombrero.

—¿Puedo volver a llamarla pronto?

Qué extraño, pero se sintió decepcionada de que no intentara hacerle el amor, ni siquiera darle un casto beso en la mejilla. ¿A qué estaba jugando?

«Recuerda que no lo quieres de verdad», se recordó a sí misma. «Esto es solo una treta».

—Puedes —le dijo ella—. Quizá la semana que viene.

—Quizá mañana —corrigió él. Se quitó el sombrero y se fue.

¿Mañana? Tan rápido como llegó la decepción, se disipó. En realidad estaba deseando ver a Lord Vil. Eso no podía ser bueno.

Subiendo las escaleras, le ordenó a Lucy que preparara un baño y, tan pronto como le fue posible, se sumergió en el agua caliente, sintiendo que el agotamiento se apoderaba de ella. Michael tenía razón. Había sido un día muy largo y estaba empezando a dejar que los encantos del hombre confundieran su pensamiento y sus sentimientos.

Incluso, se dio cuenta, empezaba a pensar en él por su nombre de pila, Michael.

Después de una buena noche de sueño, volvería a ser ella misma.

———◆———

Cuando él envió un mensaje por la mañana diciendo que se pasaría por allí después de comer, Ada estuvo a punto de salir a dar un paseo simplemente para fastidiarle. Sin embargo, recordó su objetivo. Cuanto antes lo consiguiera, antes podría acabar con esta farsa y no volver a verlo.

Eso era lo que quería, después de todo.

Por eso, cuando él llegó a la puerta a media tarde, con flores en la mano, ella ya se había preparado para resistir su encanto y, al mismo tiempo, había esbozado una agradable sonrisa.

Cogió las flores, las olió una vez y se las entregó al señor Randall.

—De nada —bromeó Michael.

—Oh, ya veo. Quiere que me entusiasme con ellas, a pesar de que anoche me explicara sus intenciones sobre ser mi pretendiente. No me sorprendería que tuviera una barra de chocolate Cadbury's en el bolsillo envuelta en un poema de su propia creación.

La mirada avergonzada de su apuesto rostro era realmente deliciosa. Ella había adivinado la verdad. Llevaba una golosina en el bolsillo junto a su siempre presente petaca de brandy.

—Por supuesto que no tengo un poema en mi bolsillo —dijo él.

Luego le regaló su amplia sonrisa, que a Ada le agitó las entrañas.

—Todavía estoy trabajando en él y lo dejé en mi escritorio —añadió—. Y tengo el chocolate de Fry en el bolsillo, que ahora le daré a Harry y no a usted.

Le gustaba cómo incluía a Harry con tanta naturalidad.

—No me dijo qué quería hacer hoy. No tenía ni idea de cómo vestirme —respondió ella.

—Va muy bien vestida, como siempre —dijo él, mirando con aprobación su vestido de día color violeta, desde el escote hasta el dobladillo.

Ella sintió calor en todo el cuerpo. En ese instante,

decidió que en cuanto terminara con Lord Vil, le pediría a Maggie que comenzara la búsqueda de un marido adecuado para ella. Nunca había notado una sensación de soledad antes de conocer a Michael Alder, pero sabía que echaría de menos que un hombre le prestara atención y le hiciera compañía. Y que la besara y la tocara.

Sin embargo, en la actualidad no podía imaginarse a ningún otro hombre haciendo esas cosas, excepto al que tenía delante.

Obviamente, se había encariñado con el único hombre con el que había estado en los últimos tres años, y ese era sin duda el hombre equivocado.

—Hay mucho que hacer en Londres, pero admito que estoy cansado de tener que hacer siempre algo. ¿Estaría dispuesta solo a pasear por Bond Street y mirar las tiendas?

Ella lo miró fijamente. ¿Había preguntado alguna vez un hombre a una mujer algo así?

Entonces recordó a la esposa del señor Randall.

—Eso suena bien —dijo ella—. Me gustaría ir al Burlington Arcade.

—¿De verdad? El extrarradio puede ser algo incómodo.

Encogiéndose de hombros, Ada insistió.

—Sin embargo, la esposa del señor Randall trabaja en una tienda allí, y me gustaría mucho ir. También hay una cafetería.

—Entonces está decidido —aceptó él—. ¿Está lista, o necesita bañar a Harry?

Ella se rio.

—No, no hace falta. Y sí, estoy lista.

—¿Así que solo nosotros dos? ¿Qué pasa con su

reputación? Anoche hablamos de la necesidad de una carabina.

Ella tomó su capa de manos del señor Randall y dejó que Michael se la pusiera sobre los hombros.

—Si fuera una joven inocente, como discutimos anoche, entonces sí, llevaría a Lucy, mi criada. Pero no lo soy. ¿Nos vamos?

El señor Randall sostuvo la puerta, y Ada nunca se alegró más de su inventado marido muerto que cuando le dio la libertad de salir sin que la vigilaran como a una niña.

New Bond Street estaba tan animada como de costumbre, con miembros de la sociedad desfilando arriba y abajo, y Ada se distraía con cada escaparate, muchos de ellos llenos de artículos de lujo que uno nunca podría necesitar realmente.

Se detuvo para admirar un colorido despliegue de bolsos de cuero y retículos de seda, saleros y candelabros de plata, todo tan artísticamente dispuesto que le pareció un cuadro.

—Aspreys —dijo él, echando un vistazo al letrero de arriba.

—Ah, sí. —Ella conocía esta tienda—. ¡Ganaron una medalla en el Palacio de Cristal!

—¿En serio? —reflexionó Michael.

—Sí, recuerdo haber visto el nombre en una maleta para damas.

—Bueno, si necesita una maleta o un bolso, este es el lugar para conseguirlo.

Siguieron caminando con ella deteniéndose cada pocos metros hasta que Ada se dio cuenta de que debía de ser una compañera bastante fastidiosa. En su propia defensa, la última vez que había ido a un distrito comercial, había sido para amueblar su nuevo hogar, y había ido principalmente a Market Hall, en Covent Garden. Y solo había hecho compras prácticas. Esto era mucho más placentero.

Además, nunca en su vida había paseado mirando los escaparates con un caballero. Había algo cómodo en la forma en que las otras parejas los miraban, sonreían o asentían, y seguían adelante. Era cierto que tal vez detectó un ceño fruncido o dos, y creyó que dos señoras cruzaron al otro lado de la calle después de estudiar el rostro de Michael. Puede que fuera su imaginación.

Sin embargo, en ese momento se sentía más integrada en la sociedad londinense que en las semanas anteriores, y no quería volver a una vida de reclusión y aislamiento. Él tenía razón: su vida había sido solitaria.

Una vez más, pensó en pedirle a Maggie que hiciera de casamentera.

De vez en cuando, si se demoraba, Michael se ofrecía a comprarle algo.

—No, gracias —decía ella cada vez. No necesitaba ninguna de las chucherías y curiosidades que le llamaban la atención. Además, no podía dejarle gastar el dinero que le había ayudado a ganar, no cuando pensaba quitárselo todo.

Esto último fue lo que frenó un poco su entusiasmo. Aquí estaban, disfrutando de un paseo especialmente agradable, y todo era fingido. La próxima vez que caminara por esta calle, probablemente volvería a estar sola.

—¿Por qué suspira, Ada?

Ella se sobresaltó al oír su nombre de pila, pero dejó que

él le pasara el brazo por debajo del suyo.

—¿Lo he hecho? —Ciertamente, ella no podía decirle por qué—. Estamos casi en Old Bond Street, y la sala de juegos está a la vuelta de la esquina.

Él la dirigió hacia la izquierda y entraron en el Burlington Arcade, donde había una galería de tiendas por su entrada norte, después de saludar con la cabeza a un beadle, uno de los policías privados de los comercios.

—La esposa del señor Randall me dijo que este edificio tiene ciento noventa y seis metros de largo —declaró Ada.

—Fascinante —bromeó él.

—Está modelado según las galerías comerciales de París.

—¿De verdad? —No parecía impresionado.

Ella saludó con la cabeza a otro Beadle con el que se cruzaron al empezar el largo desfile por los numerosos escaparates.

—Supongo que, con las joyerías, los agentes son una necesidad —reflexionó ella.

Él se rio.

—¿Qué es lo divertido?

Michael señaló el segundo piso.

—Disuaden a los ladrones, sin duda, pero también evitan que el negocio de los pisos superiores se descontrole, o que se extienda hasta las zonas de prestigio.

Mirando hacia arriba, Ada frunció el ceño.

—¿No viven ahí los dueños de las tiendas?

—Algunos, pero muchas habitaciones son para las rameras y sus clientes.

—¡Oh! —exclamó ella, mirando con curiosidad el

segundo nivel con ventanas que sobresalían de la arcada. En ese momento, por encima de su cabeza, ¡quizá había hombres y mujeres teniendo sexo!

—Prométame que no volverá a venir aquí por la noche.

Ada asintió sin pensarlo, y solo después consideró que no era asunto de él a dónde iba ella ni cuándo.

—Busquemos a la señora Randall —dijo Michael, y continuaron por el paseo, pasando por delante de vendedores de zapatos y chales, flores y libros. Al lado de una elegante mercería para hombres, Ada se detuvo para mirar una tienda donde se arreglaba el cabello de las mujeres.

—Supongo que es por si no se tiene ayuda en casa —dijo Ada, un poco perturbada por la idea de que un extraño le arreglara el pelo y, además, prácticamente en un lugar público.

Unas cuantas puertas más abajo, vieron la sombrerería en la que trabajaba Emily Randall, con un cartel en la fachada que parecía un bonete con lazos.

—Esperaré aquí, ¿de acuerdo? —preguntó Michael.

—Como quiera —aceptó ella—. Solo tardaré un minuto. Supongo que debería comprar algunas cintas o un alfiler de sombrero al menos.

—Tómese su tiempo. Pasearé un poco más lejos y volveré en unos minutos.

Hacían sus planes como una pareja, pensó ella al entrar en la tienda. Qué bonito sería que él volviera a recogerla y luego fueran juntos a cenar a casa.

—Buenos días, señora St. Ange —la saludó la señora Randall—. Qué bien que haya venido.

Resultó ser una encantadora tienda, rebosante de

mercancía y a buenos precios. Ada se probó unos cuantos sombreros y, aunque no tenía intención de comprar uno, lo hizo, junto con un nuevo alfiler para sujetarlo, ya que siempre los perdía.

Aun así, en poco tiempo volvió a salir a la calle y a deambular en busca de Michael.

Él salió de una librería unos metros más adelante, haciendo una ligera reverencia cuando dos mujeres pasaron junto a él. Estas desviaron la mirada y caminaron más rápido. Cuando se acercaron a ella, Ada las oyó claramente decir: «Lord Vil».

Ella se detuvo y ladeó la cabeza para captar la conversación mientras pasaban a su lado.

—No debería aparecer en público —dijo la primera dama.

—¡Qué reprobado! Creo que sentí cómo me recorría con su mirada.

—En verdad, no debería merodear por aquí con la gente educada y de principios. El East End es su lugar.

¡Dios mío! Pensar que todos lo reconocían, como a la reina Victoria o al príncipe Alberto. Maggie tenía razón. Era infame.

Ada se apartó de ellas y se dirigió hacia Michael, que la esperaba con un paquete metido bajo el brazo.

Él la saludó con una sonrisa, algo que ella ahora esperaba con ansia.

¡Maldición!

—Los dos hemos encontrado algo que comprar —dijo él, cogiendo su sombrerera con la mano libre antes de que ella pudiera impedirlo. Como un caballero.

—Sí, había un sombrero precioso. ¿Qué ha comprado? —preguntó ella mientras empezaban a caminar hacia la puerta sur de la arcada.

—No se lo enseñaré hasta que lleguemos a casa.

¡A casa! Lo dijo como si les perteneciera a los dos. Qué inquietante.

—¿Una sorpresa? —dijo ella.

—Por supuesto.

Ada se rio de su uso de la expresión, que tantas veces había utilizado ella para despedirlo.

—Muy bien.

Él parecía confundido.

—¿No va a atosigarme con preguntas?

—No.

—Es usted una mujer inusual, sin duda.

Ada se preguntó a cuántas mujeres les había hecho un regalo, solo para que destrozaran el papel de estraza de inmediato. En su vida, Ada había descubierto que las sorpresas a menudo resultaban desagradables, y por lo tanto, no tenía ningún deseo de apresurarse a saber cuál era esta.

Salieron del centro comercial cubierto y giraron de nuevo a la derecha hacia Old Bond Street.

—Ahora viene la parte difícil —entonó Michael, mirando la masa de carruajes, algunos tratando de moverse entre el tráfico, otros estacionados en la acera esperando a sus dueños—. Pero mi cochero tiene la habilidad de encontrar un lugar donde esperar y, aún mejor, de encontrarme cuando lo necesito.

Permanecieron juntos, mirando arriba y abajo la atestada calle. Incluso él le entregó a Ada la sombrerera y el paquete para poder agitar los brazos sobre su cabeza, sin importarle que pareciera medio tonto, lo que provocó la risa de ella.

«¡Ahí está!», exclamaba él cuando se acercaba un carruaje, y luego decía «evidentemente no», cuando este pasaba de largo.

Hizo esto tres veces hasta que, sonriendo por las bromas, Ada le golpeó el hombro con su ridículo, y él se deshizo en carcajadas.

—¡Qué espectáculo! —dijo una voz femenina a su lado—. ¡Lord Vil en persona, riendo como un lunático!

Capítulo 20

Ada giró la cabeza para ver junto a ella a una mujer bien vestida y a un hombre con sombrero de copa, ambos con gesto de desaprobación, que se habían detenido en la acera para mirarlos.

Al establecer contacto visual con la mujer, Ada esperaba que siguieran adelante.

En cambio, la señora se acercó un paso más.

—No sé si sentir pena por usted, jovencita, o despreciarla.

Al sentir que Michael se ponía rígido a su lado, Ada se dirigió a ella.

—¿Perdón?

—Señora —intervino Michael—, sea quien sea, no le corresponde emitir ningún tipo de juicio, ni de lástima ni de desprecio.

El hombre del sombrero de copa dio con su bastón en el pavimento para llamar la atención de Ada.

—¿Ignora usted la reputación de este hombre? —le preguntó a esta—. ¿Necesita, por casualidad, nuestra ayuda?

—¿O es usted una de las amantes de Lord Vil? —dijo la desconocida en voz alta—. En cuyo caso, debería dar un paso atrás y meterse en la cuneta, que es donde debe estar.

Michael se interpuso entre Ada y la odiosa mujer.

—Le sugiero que se calle y se aparte ahora mismo.

—¿Ah, sí? —La mujer miró al hombre, probablemente su marido, y luego volvió a mirar a Michael—. ¿Me está diciendo que me vaya?

—En realidad, no. —El tono de Michael se había vuelto tranquilamente amenazador—. No hasta que se disculpe con esta dama.

—¿Una dama, verdad? —resopló la mujer.

—Se lo advierto, señora —dijo Michael, y luego, se dirigió al hombre—. ¿Es su esposa?

—Lo es —dijo él, hinchando el pecho. Ada no estaba segura de si lo hacía por orgullo o la espera de un insulto.

—Mis condolencias, entonces —dijo Michael.

Ada casi sonrió cuando la mujer dio un pisotón, indignada, mientras el rostro de su marido enrojecía.

—¿Puedo sugerirle que la controle —añadió Michael—, ya que está dando un espectáculo? No solo eso, sino que con su volumen, como puede ver, está bloqueando el paso a nuestros conciudadanos.

—¡Oh! —exclamó la mujer.

—¡Cómo se atreve! —dijo el hombre.

—¡Sí me atrevo, señor! Es más, exijo una disculpa, o usted y yo arreglaremos esto como caballeros.

Ada vio que el rostro del desconocido palidecía ante la

insinuación de un duelo. Sin embargo, su esposa solo sonrió.

—Lord Vil se cree un caballero —dijo ella—. ¡Qué absurdo!

—Tiene mejores modales que usted —dijo Ada, rodeando el brazo protector de Michael para enfrentarse a la arpía—. No me conoce, y sin embargo me ha insultado en público. Ha demostrado claramente quién carece de decoro.

—¿Defiende a Lord Vil? —preguntó la mujer.

Ada acercó su rostro al de ella.

—El simple hecho de que lord Alder permita a los chismosos demostrar sus malos modales con insultos, no le da permiso para hacer lo mismo. En mi compañía, no toleraré tal descortesía. Si desea ver vileza, señora, le sugiero que vaya a su casa y se mire al espejo.

Entonces, Ada se giró hacia el marido.

—Es más, lord Alder es un excelente tirador, casi tan bueno como con la espada.

El hombre consideró las palabras de Ada mientras su mujer levantaba cada vez más la barbilla.

—Mi mujer no pretendía faltarle al respeto, señora —dijo al fin.

Su mujer asintió, hasta que esta se dio cuenta de lo que acababa de oír.

—¿Qué has dicho, Horace?

—Está tratando de salvar su vida —le dijo Ada de forma punzante. La mujer palideció.

—Mi acompañante tiene razón —añadió Michael—. Además, usted sigue bloqueando a los transeúntes.

El cochero de Michael se detuvo, bajó del coche de un salto y abrió la puerta de este.

—¿Listo, milord?

Ada dejó que Michael la ayudara a subir al carruaje, mientras podía sentir las oleadas de rabia que emanaban de él.

Antes de subir detrás de ella, Michael se detuvo y se dirigió al marido.

—Mis condolencias por tener una esposa tan arpía. Al menos, puede estar seguro de que nunca será presa de alguien como yo. Solo persigo a las damas atractivas, ya sea por su rostro o por sus modales.

Entró en el carruaje, y el conductor cerró la puerta con rapidez ante la desagradable escena y los rostros perplejos de la pareja.

Se miraron durante un largo rato y Ada negó con la cabeza.

Michael se acercó y le cogió la mano.

—Lo siento de verdad.

—No sea tonto —dijo ella—. No puede evitar la grosería de los demás.

Todavía estaba tratando de ordenar sus pensamientos y aceptar haber defendido a Lord Vil. ¿Qué había pasado con su deseo de ponerlo de rodillas?

—Me defendió como lo haría cualquier testigo en un duelo, y se lo agradezco. Obviamente, desearía que no hubiera sido necesario. —Ada sacudió la cabeza.

—Mi mal comportamiento anterior la ha perjudicado —dijo Michael—, lo que nunca desearía que hubiese pasado. Por eso, lo siento de verdad.

—Bah —dijo ella. Sí, ciertamente había dado la cara por él. ¿Por qué?

—Bah —repitió él, ofreciéndole una sonrisa tímida.

Miró al apuesto hombre que tenía ante sí, sosteniendo su mano, disculpándose, sonriendo, y Ada descubrió que la cabeza le daba vueltas.

—Entonces, ¿cómo le habría ido? En un duelo, quiero decir.

Él le sonrió con ironía.

—Puede que haya exagerado un poco mis habilidades. Soy más que un buen tirador, pero no he cogido ni siquiera una espada de esgrima en años. Quizá debería volver a practicar.

Entonces retiró su mano de la de ella, se inclinó hacia atrás y sacó su petaca. Tras dar un sorbo, se la ofreció, como siempre.

Ada negó con la cabeza y miró por la ventana, consciente de que él seguiría bebiendo hasta que llegaran a su casa.

Tal vez si limpiaba su reputación y dejaba de verse con las esposas de otros hombres, como había oído decir a Maggie que él hacía, no tendría que preocuparse por sus habilidades con la espada. Pero ese no era su problema.

Cuando se detuvieron, Michael saltó primero y la ayudó a bajar, antes de volver a buscar sus pertenencias en el vehículo.

Era obvio que tenía la intención de entrar en la casa, y a ella no le importaba. La siguió hasta el salón, y Harry y su niñera llegaron a continuación junto con Dash.

—¡Ahí está! —dijo Michael con voz estruendosa—. El hombrecito.

Para su asombro, Michael se agachó y padre e hijo se

saludaron con un abrazo. Luego Harry abrazó con fuerza a su madre y se aferró a ella.

—Perdone por entrometerme, señora. Estaba muy emocionado por su regreso.

Ada se enderezó, manteniendo la mano sobre la cabeza de Harry.

—Tonterías, señora Finn, está bien. Mi hijo siempre puede venir a verme.

Sin embargo, al minuto siguiente, Harry se apartó de ella y pidió una galleta a gritos, a la vez que salía corriendo de la habitación llevándose su séquito con él, tanto a la mujer como al perro.

—Tiene mucho espíritu —dijo Michael.

—Por supuesto —coincidió ella, luego se dio cuenta de lo que había dicho y ambos se echaron a reír.

—¿Tomamos algo? —preguntó él.

—¿Té? —ofreció ella, sabiendo que no sería de su agrado.

Desde luego, Michael arrugó la nariz.

—Estaba pensando más bien en un vaso de madeira. Es casi la hora.

Fuese cual fuese la hora, a él siempre le parecía el momento oportuno. Ada dudó un momento y luego llamó para pedir el vino. Sin embargo, después de que se lo trajeran y de que él le diese un sorbo, se dirigió a Michael.

—Bebe demasiado.

Él se quedó inmóvil, con la copa en la mano, mirándola por encima del borde.

Luego ladeó la cabeza.

—¿Eso cree?

—De hecho, sí.

—¿Le importa? —replicó él con tanta rapidez que ella estuvo a punto de responder sin pensar.

«Sí», pensó Ada. «Por supuesto que me importa. Eres el padre de mi hijo. Te has convertido en mi amigo».

Sin embargo, lo único que hizo fue encogerse de hombros y dar un sorbo a su copa, ya que sus respuestas eran demasiado perturbadoras.

Se preocupaba por Michael Alder, Lord Vil, el objeto de su venganza. Si examinaba a fondo sus sentimientos, ahora había un punto débil en su corazón. Suspirando, se puso de pie y se dirigió al tirador de la campanilla.

—¿Se queda a cenar? —preguntó.

—Es la invitación más apática que he recibido nunca. Completada con un suspiro de sufrimiento.

Ada no pudo evitar reírse.

—¿Lo hará de todos modos?

—Sí —aceptó.

Ada le dijo al señor Randall que habría un invitado para la cena.

—¿Miramos nuestras compras? —preguntó Michael—. Ya que hemos tenido que soportar a esa odiosa pareja para conseguirlas, espero que valgan la pena.

Él le entregó la sombrerera de la tienda de la señora Randall.

—Usted primero. Déjeme ver lo que considera un sombrero precioso.

Sintiéndose un poco avergonzada, Ada quitó la tapa y sacó un sombrero de seda de color violeta pálido, aderezado con ricas cintas púrpuras y pequeñas flores de seda amarillas en el ala.

Michael lo observó unos segundos.

—Creo que es un sombrero precioso. ¿Quiere ponérselo y enseñarme cómo le queda?

—No, gracias. —No le pareció apropiado despeinarse, pero lo sostuvo por encima de su cabeza para que él pudiera verlo bien, y luego lo volvió a meter en la caja.

—¿Qué hay en su paquete?

—En realidad, es suyo —confesó—. O mejor dicho, lo he comprado para usted. Ábralo, por favor.

¿Le había comprado un regalo?

Al retirar el papel marrón, descubrió un relleno de fieltro para proteger el contenido y debajo más papel marrón. Tiró el relleno a un lado y abrió la siguiente capa.

—¡Oh! —exclamó encantada al ver una lámina enmarcada del Palacio de Cristal.

—Espero que le guste.

—Me gusta —dijo ella, mirando el intrincado dibujo a lápiz, que había sido coloreado—. Parece tan fiel a la realidad... Es una estructura muy bonita.

Él le sonrió.

—Su felicidad me hace feliz —dijo.

Estaba entusiasmado. Es más, sonaba como si fuera muy sincero.

Los ojos de Ada se llenaron de lágrimas. Ese hombre le había regalado dos de sus cosas favoritas, Harry y esta lámina. Y a Dash, por cierto.

Ni siquiera le importó que él rellenara las copas de ambos, aunque ella solo había tomado unos sorbos de su vino mientras que él había vaciado el suyo.

—¿Dónde la colgará? —preguntó él, sentándose más cerca de ella para que sus muslos se tocaran.

Mientras él le quitaba el dibujo de las manos y lo colocaba en la mesa frente a ellos, ella consideró por un segundo si colgarlo en la biblioteca. Entonces, sin previo aviso, él le tomó la cara entre las manos y la besó.

Sorprendida por este repentino giro de los acontecimientos, Ada se puso rígida. Él empezó a tararear sobre sus labios.

Relajándose de inmediato ante la agradable sensación, abrió su boca a su lengua y Michael continuó besándola, hasta que se oyó un golpecito en la puerta.

—La cena, señora —dijo el señor Randall, sin ni siquiera enarcar una ceja ante la cercanía de su señora con su invitado.

Era inútil intentar apartarse o fingir que estaban jugando a las charadas.

—¿Qué ha sido eso? —preguntó ella cuando se pusieron en pie.

—¿Qué? —Él parpadeó inocentemente.

—Ese tarareo que hizo hace un momento.

Michael le dedicó una encantadora sonrisa torcida.

—¿Le ha gustado? —le preguntó.

—No estoy segura.

Después de recoger los vasos, Ada le indicó con la cabeza que continuara.

—Entonces seguiré haciéndolo hasta que esté segura —dijo a su espalda.

Ella sonrió, poniendo los ojos en blanco.

Michael pasó White's de largo y se dirigió directamente a su casa de Belgrave Square. Después de una copa de brandy, se fue a la cama, dándose cuenta de que en realidad se sentía tan cómodo en la casa de Ada como en la suya. De hecho, lo estaba mucho más solo por su presencia cálida, tan diferente a la persona fría que él había imaginado al principio.

Tenía una risa hermosa. Todo en ella era hermoso. Incluso ese sombrero, que le había desconcertado porque parecía igual que todos los demás sombreros del escaparate de una sombrerería. Sin embargo, cuando lo sostuvo sobre su brillante cabello dorado, se transformó en una gloriosa creación.

«Estás embelesado», se dijo a sí mismo.

No se había sentido así desde Jenny Blackwood. No, era mentira. Nunca se había sentido así ni antes ni después. Había admirado a Jenny más que a cualquier otra mujer que conociera en ese momento. Es más, estaba seguro de que la habría amado, de que podría haber sido un buen marido.

Sin embargo, con la señora Ada Kathryn St. Ange ya estaba medio enamorado, a juzgar por los rápidos latidos de su corazón cada vez que estaba a punto de verla. Además, la deseaba con un profundo anhelo que nunca había experimentado. Tenía toda la intención de tratarla como a una joven inocente, de cortejarla como es debido, pero una vez que volvieron a estar solos en su salón, simplemente tuvo que besarla.

Quería hacer mucho más, por supuesto, pero había una emoción centelleante en el simple hecho de sostener su dulce rostro y apretar sus labios contra los de ella. Podría haberlo hecho durante horas si Randall no lo hubiera interrumpido.

Tras la cena y después de que Harry entrara corriendo en pijama para recibir un beso de su madre, con una niñera de aspecto agotado esperando en la puerta, habían jugado a las cartas. Ada se había deleitado en ganarle al *écarté*, y él había disfrutado igualmente viéndola jugar su baza.

Cada vez que ella ganaba una mano, hacía un pequeño movimiento victorioso con su cuerpo, lo que lo llevaba a pensar en otras actividades agradables.

Sin embargo, estaba contento. Él, que durante mucho tiempo no pasó más de una o dos noches sin disfrutar del tacto de una mujer, casi como un ejercicio de orgullo para demostrar que podía hacerlo. Realmente, acostarse con mujeres se había convertido en una rutina, una cosa más que hacer por la noche después de las copas y las cartas, el billar y más copas. No era algo tan rutinario y mundano como bañarse o peinarse, pero no el acto excitante que solía ser.

Y ahora, se contentaba con jugar a las cartas con la mujer más deseable que conocía y, por supuesto, con besarla.

Gimiendo, se dio cuenta de que contento no era exactamente la palabra correcta. Estaba deseando llevársela a la cama de nuevo, después de haber disfrutado de una muestra de ella en casa de sus padres. Sin embargo, en el fondo de su mente, tenía el presentimiento de que podría gustarle un acuerdo mucho más permanente de lo que había soñado al principio.

Poseerla, aunque fuera una vez, le había parecido un objetivo admirable. Ahora, pedirle su mano parecía un objetivo mejor. La idea de unir sus vidas para poder disfrutar el uno del otro a diario no le producía más que felicidad.

Salvo que lo que había sucedido aquel día podría ocurrir

de nuevo. De hecho, estaba seguro de que así sería. Saldrían en público y algún zoquete decidiría insultarlo, y también a Ada, solo por estar con él.

Extrañamente, a ella no parecía importarle. ¿Pero consentiría alguna vez ser la esposa de Lord Vil?

Si alguna mujer lo haría, parecía que sería ella. Tan fuerte y tranquila ante la adversidad.

Se durmió imaginando a Ada como *lady* Michael Alder, y al pequeño Harry adoptando también su nombre.

—Parece usted bastante distraída, señora St. Ange.

Ada levantó la vista de sus notas, asintió a Clive Brunnel y consideró su situación. Este era el momento en el que ella había tenido la intención de darle la información errónea de las acciones a Brunnel para que este se la transmitiera a Michael. Él confiaba tanto en el señor Brunnel que si le decía que lo pusiera todo en una sola mercancía, lo haría. Podía arruinarlo a su voluntad.

Había soñado con ello durante años. Incluso en la agonía del doloroso y aterrador parto, había imaginado la destrucción de Lord Vil.

—¿Qué le digo que compre? —preguntó el señor Brunnel.

Dudando, Ada miró su lista. Era tan fácil, pero en ese preciso momento, no tenía estómago para ello. Quizá si no fuera el heredero del condado de Alder, quizá si su familia no contara con él para su futura felicidad… Si no hubiera conocido a Camille, de quien ayer mismo había recibido una carta preguntándole si podía visitar Belgrave Square cuando viniera a Londres.

Ada al fin le pidió a Brunnel que aconsejara a lord Adler comprar acciones en el mercado de la lana. Un valor seguro, sólido, sin peligro de pérdida.

Si ella debía retrasar su ruina financiera con su repentina inquietud, tal vez podría, al menos, poner fin a su asociación romántica. Definitivamente, él parecía estar enamorado de ella. Sin duda, muy pronto, Michael le declararía sus sentimientos, y así ella podría romperle el corazón y apartarlo de su vida para siempre.

Entonces, ¿por qué, cuando él la invitó a montar a caballo en Rotten Row al día siguiente, ella aceptó con placer en lugar de con estoica resignación?

Cuando salieron, el día era bueno y Hyde Park estaba lleno de nobles a caballo.

Ignorando a cualquiera que la mirara de reojo, tal vez reconociendo a su acompañante como el ruin Lord Vil, Ada se preguntó por la diferencia entre sus acciones anteriores y la forma en que se había comportado desde que se había inclinado por primera vez para recoger sus paquetes.

—No ha hecho nada últimamente que justifique el apodo que le han cargado.

—La verdad es que no —aceptó Michael con un encogimiento de hombros.

Ella sacudió la cabeza ante su complacencia.

—¿No hay nada que pueda hacer para recuperar su buen nombre?

Él se rio.

—Supongo que si eso me molestara lo suficiente, o a la

dama con la que estoy —añadió—, entonces consideraría lo que podría hacer, si es que hay algo. ¿Le molesta?

—En realidad, no. Me lo preguntaba más bien por usted.

—¿Realmente no le molesta que una mujer acabe de girar la cabeza para alejarse de nosotros con tanto ímpetu que pensé que podría caerse de su caballo?

Ada se rio.

—Estoy segura de mi reputación —le aseguró.

—Además, ¿qué podría hacer para enmendar la plana a los ojos de los elegantes y presumidos de Londres? No puedo borrar toda la ginebra que ya me he bebido, y tampoco haberme acostado con todas las... —Se interrumpió y tosió, con cara de incomodidad.

Ada supuso que él iba a decir putas, o tal vez un término más educado. Sin embargo, eso no era lo peor. Ada recordó lo que había dicho *lady* Pepperton. ¿Realmente él no sabía por qué era considerado tan vil por la sociedad civilizada?

—Tampoco puede devolver a ninguna dama inocente su virtud.

Se sorprendió de haber sido capaz de decir esas palabras sin un tono de enfado. Sin embargo, se dio cuenta de que la verdad era la verdad, y no tenía sentido pasarse la vida pensando que se podía reparar lo que, evidentemente, no se podía.

Bruscamente, Michael se inclinó para agarrar la brida de su caballo, al tiempo que tiraba de sus propias riendas para que se detuvieran juntos en medio del camino.

—¿Qué está haciendo? —preguntó Ada.

Al mirarle a la cara, ella cerró la boca, ya que nunca antes lo había visto con esa expresión: indignado y a la defensiva.

—No quiero discutir con usted, pero la sociedad me ha dado un nombre que puede tomarse de muchas maneras. Aunque admitiré libremente que he disfrutado de mi cuota de ginebra y, si me disculpa, también de mujeres. Si me consideran vil por mi comportamiento, que así sea. Sin embargo, mi reputación de acosar a inocentes es totalmente infundada. Nunca he despojado a una dama de su virtud, ni he tomado nada de nadie que no fuera dado libremente.

Ada sintió un temblor familiar. La desagradable sensación se había producido directamente después de su cita en el mirador y que persistió toda aquella terrible noche mientras esperaba a su madre sentada en el carruaje con su semilla secándose entre las piernas. El temblor había regresado todas las noches de insomnio durante meses, tumbada en su cama, reprendiéndose a sí misma por su estupidez.

¿Cuántas veces había recordado cómo había permitido que él la pusiera en una posición comprometida? Había permanecido totalmente pasiva mientras él disfrutaba.

¿Por qué? Porque estaba obsesionada con él, lo admiraba, lo adoraba. Y porque había sido demasiado ingenua sobre lo que pasaría si accedía.

Después de que naciera Harry, con un hijo en el que pensar, además de construir una fortuna, y luego planificando el regreso a Londres, Ada no había sentido esa temblorosa impotencia en mucho tiempo. No le gustaba nada.

En un rápido movimiento, desenganchó la pierna izquierda del estribo, levantó la derecha por encima del alto pomo de su silla y desmontó.

—Ada —la llamó Michael mientras ella se alejaba a

pasos inseguros, a punto de ser atropellada por otros jinetes hasta que empezó a prestar atención por donde iba. Cuando estuvo fuera del camino y junto a un alto arce plateado, se detuvo, jadeando.

En pocos minutos, él estaba a su lado con ambos caballos. Soltando las riendas, le cogió las manos.

—¿Está bien? Está temblando. Le he gritado y le pido disculpas. No quise molestarla. Me importa un bledo lo que piensen los demás, o incluso lo que me llamen, pero no me gusta saber que piense mal de mí. Especialmente cuando es por algo que no he hecho.

Ada miró sus manos entrelazadas y asintió. Temía que si miraba fijamente sus luminosos ojos ambarinos, él vería la verdad: que ella había sido una de esas inocentes.

Era cierto que no la había atacado ni le había robado su virtud, y tal vez no había forzado a ninguna de las jóvenes cuyos furiosos padres habían mencionado a Lord Vil en los periódicos. Sin embargo, eso no lo excusaba. Porque tenía un poder hipnótico cuando empezaba a besar. Al menos, ella lo sentía así.

¿Cómo podía no saber que producía ese efecto cuando trataba con una muchacha virginal? ¿Qué defensa tenía una inocente contra su hábil forma de hacer el amor?

—Le juro, Ada, que nunca he coaccionado a una mujer, y menos a una virgen. No tenía necesidad, había muchas jóvenes dispuestas a...

—Pare —dijo ella en voz alta, arrancando sus manos de las de él, y luego poniendo infantilmente las palmas sobre sus orejas—. No deseo escuchar más.

Michael se quedó en silencio, con un aspecto totalmente

miserable.

—He hecho un lío con todo esto. —Retrocediendo, sacó su petaca del bolsillo, la abrió con el pulgar y dio un largo trago.

La antigua compañera de Ada, la furia contra Lord Vil, volvió al verlo beber de su maldita petaca. Al menos, ella había dejado de temblar, lo que le dio fuerzas de nuevo. Dando un paso al frente, le puso un dedo en el pecho, justo debajo de su corbata, enfatizando sus siguientes palabras.

—¿Cómo lo sabe? —Las palabras de Ada fueron como disparos de una pistola.

Cerrando la petaca, él la miró confundido.

—¿Saber qué?

—¿Cómo sabría si la joven que tiene debajo es virgen o no, si está dispuesta, confundida o simplemente asustada?

—¿Cómo podría...? —preguntó él.

Esta vez, ella golpeó toda su mano contra la solapa de su abrigo con cada una de sus palabras.

—Bebiendo. Tanto. Como. Bebe. Cómo. Lo. Va. A. Saber.

Él la miró fijamente, y ella le devolvió la mirada, hasta que sus ojos se abrieron de par en par.

Al fin, él negó con la cabeza.

—Nunca estoy tan borracho como para no saber qué estoy haciendo o con quién.

—Tal vez sí —dijo Ada, recordando aquella noche en el jardín de los Fontaine, cómo él había hablado tan fantasiosamente de ella, tildándola por un duende, un hada o incluso una diosa. Desde luego, estaba achispado—. O tal vez no.

Apartándose de él, tragando los restos de su ira para que

no la ahogara, Ada cogió las riendas de su caballo, puso el pie en el estribo y esperó a que él la ayudara a subirse a la silla.

Sin mediar palabra, lo hizo, luego recuperó su propia montura y emprendieron el camino de vuelta hacia Belgrave Square.

¿Qué más había que decir? Habló con total convicción. Sin embargo, ella era la prueba de que estaba equivocado: era una virgen a la que había desflorado sin darse cuenta.

Luchando en sus pensamientos con la forma de volver a la intimidad que habían tenido antes de este doloroso paseo, con cómo amortiguar la rabia y la tristeza, Ada no se dio cuenta de que el carruaje se acercaba a la puerta de su casa hasta que estuvo a punto de llegar a ella.

Y entonces, muy claramente, vio el monograma en la puerta del coche: JRE.

Sus padres habían llegado.

Capítulo 21

Por si alguno de sus vecinos estaba mirando, Ada no se deslizó por el lado de su caballo como lo había hecho en Rotten Row en el parque. En lugar de eso, de manera muy femenina, pero con gran impaciencia, esperó a que Michael se bajara y la ayudara a descender.

Compartieron una mirada, y ella se dio cuenta de que tenía que suavizar las cosas antes de que saludaran a sus padres. O, pensándolo bien, podría enviarlo de vuelta enseguida, lo cual sería prudente.

Como no tenía lacayos, era el hombre de Michael quien esperaba para hacerse cargo de sus caballos. Apareciendo de repente, el criado tomó las riendas con rapidez y se los llevó hacia la parte trasera, donde había pequeños establos para toda la manzana de casas.

—Espere —le dijo Michael. Luego la miró—. ¿Voy a entrar? Parece que tiene visitas. Puedo irme si lo desea.

Ella dudó.

—Mis padres han vuelto a Londres. Sabía que llegarían pronto.

Ante la expresión de él, añadió:

—No viven conmigo. Tienen una casa en Hanover Square.

Por eso Ada y Maggie eran sus más queridas amigas, ya que habían crecido como vecinas. ¿Recordaría él que era allí donde Jenny y su familia habían vivido antes de la muerte de su padre? Probablemente había visitado a la mayor de las hermanas Blackwood.

Él se limitó a asentir con la cabeza, con aspecto, a juicio de ella, de estar bastante perdido. Tal vez todavía se preguntaba qué actos terribles había hecho mientras estaba ebrio.

La puerta de su casa se abrió, pero en lugar de Randall de pie en el umbral, apareció su madre.

—Entra, entra. Date prisa. He estado esperando para verte. ¡Cómo ha crecido Harry! Te he echado tanto de menos, mi niña.

Atraída por las palabras de su dulce madre, Ada se apresuró a abrazarla. Entraron en el vestíbulo, todavía abrazadas, y pudo oír la estruendosa voz de su padre riéndose con Harry.

Al cruzar al salón, oyó pasos detrás de ella y supo que Michael la había seguido. Al instante siguiente, vio a su padre sentado en el sofá, agachado para acariciar a Dash mientras Harry corría en círculos sosteniendo un juguete nuevo.

—Papá —lo saludó Ada. Pero fue su hijo quien corrió hacia ella.

—Mira, mamá, mira —dijo mostrándole un caballo de madera tallada, pintado con gran realismo.

Cuando ella alargó la mano para admirarlo, él se lo arrebató, acunándolo contra su pecho.

—Mi caballo —dijo.

—¿Le has dado las gracias a la abuela y al abuelo?

Su padre ya se había levantado.

—Lo hizo, Ada. Es un buen chico.

Él le dio un breve abrazo y la miró de arriba abajo.

—Tienes buen aspecto, hija. Londres te sienta bien.

Ella sintió que sus mejillas se calentaban, solo de pensar en lo que había estado haciendo en las últimas semanas.

—Así es, papá.

Los ojos de su padre se entrecerraron con curiosidad al mirar tras ella.

—¿A quién tenemos aquí?

—Mis disculpas —murmuró Ada—. Mamá, papá, este es lord Alder. —A su madre no le gustaban mucho los chismes, y su padre nunca leía esa sección de ningún periódico, así que se sintió bastante segura al darles su nombre. No habría expresiones de sorpresa ni insultos.

Michael se adelantó para ofrecer una sincera inclinación de cabeza a los padres de ella, que ahora estaban de pie el uno al lado del otro, claramente curiosos e inspeccionando al hombre con el que su hija había salido a cabalgar.

—Es un placer conocerles —dijo Michael, sin dejar de ser encantador—. ¿Acaban de llegar del campo?

—Sí —respondió James Ellis—. Ni siquiera fuimos a nuestra propia casa, tan ansiosa estaba la madre de Ada por verla.

Kathryn Ellis sonrió.

—Tú estabas igual de ansioso, querido.

—¿Os apetece un té o un café? —preguntó Ada antes de que sus padres comenzaran a discutir sobre quién tenía más ganas de verla.

—Oh, ya se lo pedí a Lucy —dijo su madre—. Debería estar listo en breve. Espero que no te importe.

—Por supuesto que no.

—Tu propia casa y tantos cambios —continuó Kathryn, levantando una delicada ceja y mirando a Ada y Michael.

Ada no quería que sus padres llegaran a la conclusión equivocada.

Justo entonces, Harry soltó un fuerte grito de pura alegría mientras jugaba en la alfombra con Dash y su nuevo juguete. La niñera Finn, que había estado sentada discretamente en el rincón, se adelantó.

—¿Llevo al señorito arriba, señora?

—Sí, gracias —aceptó Ada, alborotando el pelo de su hijo a la vez que este pasaba a su lado haciendo relinchos.

Esperaba que Dash la siguiera para no tener que explicarle por qué un extraño le había regalado un perro, pero el animal estaba demasiado interesado en olfatear los zapatos de sus padres, disfrutando sin duda de los muchos olores que habían llevado consigo desde Surrey.

Se hizo el silencio, y Ada se dio cuenta de que Michael estaba expectante. ¿Qué podía decir sin ser grosera?

—¿Nos acompaña a tomar un refresco, o tiene que irse?

Si la oyó enfatizar la última palabra, no lo hizo. Su rostro se iluminó y ella supo que iba a aceptar la invitación, cuando de repente entró su hermano.

—¡Grady! —exclamó ella—. Me preguntaba dónde

estabas —mintió. Con la reunión de Michael con sus padres, había olvidado por completo que su hermano menor también estaría allí.

Se abrazaron y ella le presentó a Michael.

—¿Dónde estabas? —le preguntó a su hermano mientras le traían el té.

—Espero que no te importe, hermanita. Tenía que estirar las piernas, y con el tamaño de este lugar, podía dar un paseo sin salir. Lo has hecho muy bien.

Ada se encogió de hombros, sintiéndose absurdamente complacida por los elogios de su hermano menor.

—Hay una preciosa zona de césped en el centro de la plaza. Perfecta para que Harry juegue.

—Y también para tu perro —conjeturó Grady, mirando a Dash con curiosidad.

Ella sabía que estaba a punto de preguntar de dónde lo había sacado.

—¿Por qué no nos sentamos todos?

Antes de que se diera cuenta, su familia estaba sentada con Lord Vil, que parecía tan contento como Punch, el personaje del espectáculo de marionetas que había visto recientemente en el parque con Harry.

En ese momento, se sintió como la sufrida esposa de Punch, Judy.

¿Cómo iba a salir de esta farsa antes de que alguien dijera algo que ella tuviera que explicar?

Casi de inmediato, la situación empeoró.

—Ha llegado demasiado pronto para el parlamento, lord Ellis —señaló Michael—. ¿Tiene usted otros asuntos en Londres, o ha venido expresamente a ver a su hija?

Su padre sonrió, y ella supo que estaba a punto de entrar en su tema favorito. Como así fue.

—Mi principal interés en Londres es la bolsa de valores. Siempre lo ha sido. La echo mucho de menos cuando estoy en Surrey.

La taza de té de Ada traqueteó en su mano. No pudo detener el curso de la conversación.

—¿De verdad? ¡Qué casualidad! —exclamó Michael—. Hace poco que he empezado a invertir y me está saliendo bastante bien.

—Fabuloso —dijo su padre con su habitual entusiasmo por el tema, dando una pequeña palmada.

Su madre suspiró, y su hermano, cuyo interés residía en convertirse en abogado, se recostó contra los cojines del sofá, acomodándose firmemente para el largo discurso. Incluso Dash se echó sobre las pantuflas de Ada, como si supiera que había llegado la hora de la siesta.

—¿En qué mercados ha invertido hasta ahora? —preguntó el barón.

Michael enumeró tres o cuatro, y su padre asintió con la cabeza.

—Dado su interés por la bolsa, está usted en la compañía perfecta —dijo el padre de Ada con una inclinación de la cabeza.

Michael se quedó en silencio, con gesto confundido.

—¿Perdón, señor? No lo entiendo.

—No es por insinuar que tenga compañía —añadió el barón Ellis mientras su mujer le daba un codazo en las costillas—. Simplemente pensé... —Señaló con la cabeza a Ada, que estaba sentada en un cómodo sillón, pero que se sentía como si estuviera descansando sobre alfileres de sombrero.

Cómo deseaba poder transportarse de alguna manera al otro lado de la ciudad o quizá al fondo del Támesis.

Michael la miró inquisitivamente. Ella se encogió de hombros y ofreció la mirada vacía de una mujer que no distingue una cepa de una cigüeña.

—¿Alguien ha probado las pastas de mermelada de frambuesa de Mary? Son deliciosas —preguntó.

Grady se inclinó hacia delante y cogió una, dándole un mordisco.

—¡Lo están! —exclamó.

Michael seguía mirándola fijamente. Si recordaba lo que su padre había dicho cuando ella lo conoció, de repente se preguntaba qué era lo que ella sabía, en efecto, sobre inversiones.

Era el momento de abordar un tema totalmente nuevo.

—¿Has encontrado un lugar para que Grady sea aprendiz, o va a estudiar derecho común en una universidad?

Su madre entrecerró los ojos, obviamente leyendo a su hija como si fuera un papel moneda, reconociendo sus tácticas de distracción.

—Pasaremos algún tiempo haciendo visitas —prometió el barón, guiñando un ojo a Grady—. Le encontraremos un buen lugar.

—¿Procurador o abogado? —le preguntó Michael a su hermano, que respondió lo segundo, pues le gustaba bastante la idea de discutir ante un juez.

Crisis evitada, pensó Ada.

—Mi hermano es terriblemente bueno discutiendo —dijo ella con una suave sonrisa, pues quería a Grady de todo corazón, a pesar de lo que se peleaban durante la infancia—. Y estoy segura de que la peluca y la toga le sentarán bien.

Grady hizo una mueca y todos se rieron.

—Si tan solo mis dos hijos pudieran hacer aquello para lo que nacieron —se lamentó James Ellis, y Ada se quedó helada. ¡Volvió la crisis!—. Por mucho que Grady sea un buen abogado, a Ada se le debería permitir...

—No —gritó ella, interrumpiendo a su padre.

En el silencio que siguió, sintió que el corazón se le salía del pecho. Estaba segura de que él habría revelado su ferviente deseo de entrar en la bolsa y ser corredora.

—Dash —dijo débilmente, señalando al perro, que había saltado al oír su tono—. Me temo que una de sus uñas ha atravesado mi zapatilla.

Se agachó y le acarició la sedosa cabeza.

—No es culpa tuya, cachorro —murmuró.

La culpa es mía. Esta actitud de dejar que las cosas pasen, el *laissez-faire,* como lo llamaban los economistas franceses, fue lo que la metió en problemas en primer lugar en ese maldito mirador. Esta era su casa, y le correspondía a ella tomar el control.

Levantándose bruscamente, Ada envió a sus padres una cálida sonrisa.

—Estaréis ansiosos por ir a casa. Os veré mañana y llevaré a Harry.

Grady se levantó de un salto, obviamente aliviado.

—Maravilloso. Vamos —dijo a sus padres—. Tengo algunos amigos a los que deseo ver esta noche.

—¿Esta noche? —repitió Kathryn, sonando escandalizada.

—Madre, tengo dieciocho años. —Grady besó la mejilla de Ada y salió de la habitación.

—Estará a medio camino de Hanover Square antes de darse cuenta de que no estás en el carruaje —dijo Ada, tratando de apurar a sus padres.

En una ráfaga de besos y abrazos, el barón y la baronesa Ellis se dirigieron al vestíbulo.

Sin embargo, en la puerta, dudaron, y el padre de ella miró fijamente a Michael. En conciencia, sus padres no podían dejar a su hija sola con un hombre extraño.

Por suerte, incluso Lord Vil lo entendió.

—Yo también debo despedirme —dijo, y ella respiró aliviada.

Tras una reverencia a sus padres, Michael se volvió hacia ella.

¿Iba a tomar su mano y besarla? Apretando las manos a los lados, asintió torpemente.

—Os acompaño a la salida —dijo Ada poniéndose delante de él, sintiendo los ojos sobre ella mientras enlazaba los brazos con su madre.

Randall abrió la puerta principal y todos salieron. El carruaje de sus padres ya estaba en la acera, con la puerta abierta, y su hermano daba saltos de impaciencia.

—Vamos —les instó.

—Traiga los caballos de lord Alder —dijo en voz baja a Randall.

—Ya los he mandado a buscar, señora —le dijo él—. Su lacayo viene enseguida.

Sus padres no podían demorarse sin parecer maleducados, así que con otra despedida más, la familia Ellis se marchó.

Al oír el ruido de los caballos, Ada y Michael miraron hacia la esquina mientras su lacayo volvía del establo montando uno y guiando al otro.

Tomando la mano de ella en la suya, Michael le rozó los nudillos con la boca. Luego levantó la cabeza y la miró a los ojos.

—Hoy ha sido un día extraño. No ha salido en absoluto como estaba previsto.

Ella no pudo evitar preguntarse qué había esperado él que pasara.

—No estaba segura de cuándo mi familia regresaría a Londres —admitió ella.

Él negó con la cabeza.

—Me refería a antes de eso.

Ada permaneció en silencio. Ella sabía a qué se refería él. Ciertamente se había puesto tensa cuando habían empezado a discutir el alcance de su vileza y su forma de beber. Francamente, no quería volver a pensar en ello.

—Su familia —dijo—, parecía gente agradable.

—¿Incluso mi hermano?

—Incluso él. No es tan diferente de Gabriel. —Michael inclinó la cabeza—. Me gustaría hablar con su padre sobre mis inversiones alguna vez.

Ada le dedicó lo que esperaba que fuera una sonrisa plácida. Plácida y totalmente ambigua.

—Debería ir a ver a Harry ahora —dijo.

—Me está despidiendo —supuso él.

—Por supuesto.

Ada ocultaba algo, ¿no era así? Michael había experimentado la misma sensación cuando ella había mostrado una reacción tan fuerte durante su discusión sobre la temporada. Eso lo había llevado a Almack's y al descubrimiento de su nombre de soltera.

Pero todas las averiguaciones sobre Ada Kathryn Ellis habían sido inútiles. Nadie tenía conocimiento de un escándalo relacionado con su nombre. No se habían descubierto relaciones sexuales ni había rumores sobre ella. Ni siquiera una metedura de pata desastrosa por su parte, como haber pronunciado mal el título de un noble o haber llevado el mismo vestido a dos eventos similares o haber bailado dos veces seguidas con el mismo hombre. ¡Nada!

Entonces, ¿por qué la mención de la temporada la ponía nerviosa?

Además, se había comportado de forma extraña en compañía de sus padres.

Michael supuso que lo mejor era preguntarle. Si pretendía convertirla en su esposa, lo que de alguna manera se había convertido en su objetivo no declarado e increíble, debería poder preguntarle cualquier cosa y recibir una respuesta sincera.

Después de todo, sus propias debilidades no solo eran evidentes y eran objeto de debate, sino que incluso aparecían en todos los malditos periódicos de cotilleos.

Y aun así, ella se había hecho amiga de él, si ese era el término correcto para su extraña relación.

Hemsby era un amigo en el sentido habitual. Incluso

Elizabeth Pepperton era una amiga en el sentido de que le deseaba lo mejor. Sin embargo, Ada era un rompecabezas. Parecía quererlo y despreciarlo a partes iguales, querer pasar tiempo con él para luego alejarlo.

Sí, había que hablar con franqueza, y no había mejor lugar que el Dolly's Chop House, en su opinión, delante de un filete y vino. Porque si tuvieran una charla en el entorno íntimo de su casa o de la de él, probablemente empezaría a besarla antes de que la conversación comenzase.

Rápidamente, se sentó y escribió una invitación. Nada de obras de teatro, ópera o ballet, simplemente una cena si ella estaba dispuesta. Se enteró a vuelta de correo de que así era.

Como cada vez que esperaba verla, se sintió feliz. Y su expectativa nunca se veía defraudada. Cuando se presentó en la puerta de su casa, Ada apareció con un vestido azul oscuro que resaltaba su estrecha cintura, con un escote a la moda, lo bastante bajo como para dejarle ver sus pechos. Mirando fijamente a sus inteligentes ojos —siempre con un brillo ligeramente misterioso—, Michael se sintió agradecido de que se dignara a hacerle compañía.

Además, ella se subió a su acogedor coche sin protestar.

«Es un progreso», pensó Michael mientras atravesaban Westminster, pasando por la abadía a la izquierda y el palacio a la derecha, que llevaba diez años de reconstrucción tras el último incendio.

—¿Cenamos en su casa? —preguntó ella.

Para evitar que ella pensara a dónde iban, la besó.

Cuando él se retiró, lo primero que hizo ella fue mirar por la ventana para ver que habían avanzado por el Támesis hasta St. Paul.

—¿Adónde vamos? —le preguntó ella.

Michael se limitó a sonreír, haciendo que Ada le preguntara media docena de veces más, al igual que hacía Harry cuando sentía curiosidad por algo.

—Ya verá —respondió él cada vez.

—Pensaba que íbamos a comer en su casa —volvió a decir ella cuando habían entrado en el barrio de Blackfriars, y su excitación era visible—. No estoy segura de que me hubiera puesto este vestido para conocer gente nueva en una cena.

—Entonces me alegro de que no lo hagamos, porque me encanta su vestido. —Y no estaba dispuesto a compartirlo con otros en una cena aburrida.

Al bajar de su carruaje en Paternoster Row, se deslizaron bajo un arco hasta el casi desierto Queens' Court Passage, que un poco más tarde estaría ocupado por hombres que salían a cenar. Allí, bajo una gran farola, estaba la entrada al Dolly's Chop House, que durante toda su vida, él siempre había llamado solo Dolly.

Cuando trató de acompañarla al interior, ella jadeó y plantó sus botas de piel de cabra en el carril empedrado.

—¿Qué está haciendo? No puedo entrar ahí.

—Normalmente, no, pero esta noche es especial. El propietario, Thomas Howell, es un viejo amigo de mi padre. Confíe en mí —añadió él tendiéndole la mano.

Tras una breve vacilación, ella la tomó. Michael siguió hablando mientras la atraía al interior del viejo establecimiento, observando cómo ella movía la cabeza de un lado a otro para estudiar el comedor principal, actualmente desierto.

—Dentro de una hora, tal vez un poco menos, este lugar estará lleno hasta los topes de hombres de negocios, así como de abogados y nobles. Es muy popular y la carne es absolutamente excepcional.

—¿Menos de una hora? —Su voz se elevó a un chillido nervioso, echando un vistazo de nuevo a la sala decorada con paneles, bastante oscura, incluso un poco lúgubre.

—No hay que preocuparse. El señor Howell accedió a cerrar su sala de café durante un par de horas esta noche, para que pudiéramos cenar en privado.

—¿Por qué demonios iba a hacer eso? —preguntó ella, cogiendo un menú de una mesa al pasar y examinándolo como un niño con un juguete nuevo.

—Porque dije que sus filetes no eran mejor que los que podía hacer mi cocinera, y sabía que *milady* diría lo mismo.

Michael la condujo entre los sillones de cuero y las pesadas mesas de roble hasta una sala más pequeña a la izquierda, en la que flotaba un aroma a café.

—El señor Howell me ha dicho que traiga a *milady* de inmediato para que pruebe su comida. Nos visitará más tarde, y usted debe decirle si es el mejor filete o no.

La sonrisa divertida de Ada le dijo que toda la situación le parecía agradable. Muchas mujeres no lo pensarían así. Se habrían negado a poner un pie allí por el riesgo de arruinar su reputación.

—También tiene un salón de puros muy popular. Lo llama su Casa de los Comunes de la Ciudad para todos los miembros que vienen a discutir las mismas cosas que están debatiendo en el Parlamento. Me gustaría poder llevarla allí para que atienda las sesiones una tarde. Es extraordinario.

Le acercó una silla y se sentó frente a ella, observando cómo se quitaba los guantes y los colocaba en su regazo.

—Probablemente sea tan emocionante como me imagino que es la bolsa de valores —dijo ella.

Nada más hablar, sus mejillas se sonrojaron de un bonito color rosa.

—Su padre debe haberle contado muchas historias interesantes —adivinó él.

Antes de que ella pudiera responder, entró la camarera. La había visto antes, pero no lo suficiente como para saber su nombre.

—Buenas noches, milord —comenzó—, y *milady* —añadió, señalando a Ada—. El señor Howell dijo que querría nuestra mejor carne.

—La sopa de pescado primero —dijo Michael—. Y una patata al horno con cada filete —añadió mientras Ada lo miraba con los ojos muy abiertos y los labios apretados, pero sonriendo, sin atreverse a hablar.

—Está bien, cariño —le dijo la camarera—. A veces tenemos una actriz por aquí o una cantante de ópera.

Los hermosos ojos azules de Ada se abrieron aún más.

Michael se emocionó al verla tan divertida.

Entonces la camarera preguntó por lo que deseaban beber. Ladeó la cabeza hacia Ada.

—¿Tinto español?

Ada asintió y por fin encontró la voz.

—Sí, por favor.

Ella no pudo evitar la gran sonrisa de su rostro. Esta noche, ella era «su dama», ¡y estaban cenando fuera!

En realidad era una tontería. No era como si nunca hubiera salido de su propia casa para comer, pero, a decir verdad, normalmente era en una residencia privada o en una pastelería o, en verano, ahora que estaba de vuelta en Londres, iba a una terraza junto al Támesis.

—He comido en una taberna en el campo —le dijo a Michael, recordando cuando había estado de viaje con sus padres y su hermano antes de su primera temporada, y habían parado a comer empanada de carne.

Él asintió con seriedad, como si eso fuera un logro.

—Una vez mi madre fue a un comedor de señoras en Bath —continuó Ada—, pero yo he estado fuera de la ciudad durante casi toda mi vida adulta, así que nunca he... —Ada se interrumpió y dejó de parlotear—. Gracias. Esto es muy especial.

—Nunca me lo había planteado, pero no debería ser así, ¿verdad? —dijo Michael, inclinándose hacia atrás mientras la camarera volvía con una cesta de pan—. He oído que en Francia tienen más comedores familiares. No sé si en Estados Unidos. Pero con toda esa gente que visita el Palacio de Cristal, alguien escribió un artículo en el *Times* el otro día sobre la falta de lugares para cenar en pareja. Si buscan algo mejor que la comida de un pub, claro.

—Tiene que ocurrir alguna vez —convino Ada. Estaba simplemente encantada por la novedosa experiencia—. Tal vez, cuando Harry crezca, podrá llevar a su mujer a cenar donde quieran.

Se rieron ante la idea de que las cosas cambiaran tan rápidamente. Luego llegó la comida, y Ada no volvió a hablar durante un buen rato. La sopa estaba buena, pero el bistec era divino, y de alguna manera sabía mejor por no estar comiéndoselo en su propia casa.

Aunque Ada ya estaba llena, dejó que Michael pidiera un pudín para compartir como postre. Estaba claro que disfrutaba de la experiencia de cenar juntos, y así podían hacer que durase más.

Entonces él pidió brandy para los dos, y ella tuvo que sofocar la punzada de desagrado que le produjo. Por desgracia, el brandy le recordaba su lado más oscuro, el hombre reprobado que se escondía dentro de su otro yo reflexivo que Ada había llegado a conocer.

—El cuadro de la sala principal, ¿es Dolly? —preguntó esta, tomando un bocado del pegajoso y dulce pastel con pasas sultanas empapado en... ¡coñac!

—Eso me han dicho. —Michael sonrió—. No era la mujer más atractiva, sin duda, pero tenía una idea de cómo cocinar buena comida y la idea aún mejor de contratar solo camareras encantadoras y cantineras para mantener a sus clientes masculinos felices.

—¿Por eso viene aquí? —preguntó Ada.

—Eso fue hace más de cien años, tonta. —Dio un sorbo a su bebida—. Howell me dijo que Dolly era en realidad la cocinera favorita de la reina Ana, y que la reina le facilitó el local para que lo gestionara como quisiera.

—Una verdadera mujer de negocios, ¡y hace tanto tiempo! —Ada sacudió la cabeza con asombro—. Y todavía hay camareras.

—Y camareros también, se lo aseguro. Probablemente nos enviaron a una mujer para no alarmarla a usted.

Poniendo los ojos en blanco, Ada estaba a punto de

señalar lo ridículo de que la sociedad imaginase que podía alarmar su sensibilidad femenina, cuando un hombre metió la cabeza en su reservado.

—¡Alder! —saludó el desconocido, y Michael se levantó de inmediato, extendiendo la mano para estrechar la del recién llegado—. Me alegro de verlo aquí. Me alegro de que haya podido venir a mi humilde chiringuito.

Ada entendió, al oír sus palabras, que era el señor Thomas Howell.

Entonces, el hombre de pelo ligeramente canoso y ojos vivaces le dirigió toda su atención.

—¿Y a quién tenemos aquí? —Se inclinó para tomar su mano, que Ada levantó hacia él—. Esta hermosa criatura solo puede ser *lady* Alder.

Ella se quedó paralizada, Michael volvió a sentarse pesadamente, y entonces el silencio descendió sobre su habitación privada.

Capítulo 22

Al cabo de un segundo, este experto de la hospitalidad se dio cuenta de que había metido la pata.

—Perdóneme. No es su esposa —supuso Thomas Howell, dirigiéndose a Michael pero sin dejar de mirar a Ada.

Esta sintió que sus mejillas se sonrojaban, con el dueño aún a medio camino de tomar su mano.

—No tengo esposa —dijo por fin Michael, y la cabeza del hombre giró entre ellos.

—Usted me mencionó a su señora, y luego descubrí a esta encantadora dama sentada con usted, con un aspecto tan delicioso como un buen filete de carne. Por supuesto, creía que tenía usted una pizca de sentido común. Pero si así fuera, ¿por qué no se habría casado ya con ella?

Michael tosió, y Ada supo que estaba ocultando su risa.

—Thomas Howell, esta es mi amiga, la señora St. Ange.

—Oh, ¿su amiga? ¿Es su amante, entonces?

Las mejillas de Ada se encendieron de un rojo vivo y

Michael volvió a toser.

—Una viuda —le dijo al señor Howell, y, tras explicar su relación, volvió a coger su copa de brandy.

Ada empezó a sentir que esto se estaba volviendo demasiado personal. No era de extrañar que las mujeres no salieran a cenar a lugares públicos, si había que declarar y detallar su estado civil y social.

—Una viuda —repitió el señor Howell, tomándole la medida.

Por fin, Ada encontró su mano engullida por la más grande del dueño antes de que él la besara, justo en el dorso de los nudillos.

—Buenas noches, señora —entonó él, dirigiéndose por fin a ella directamente—. Y mis condolencias.

—Buenas noches —le respondió ella—, y gracias por sus condolencias, pero ya no estoy de luto.

La verdad es que era un poco alarmante, después de todo, estar en un entorno desconocido con un hombre extraño.

—Su señora tiene una voz encantadora —dijo el señor Howell, aún sosteniendo su mano, pero dirigiéndose de nuevo a Michael. Luego su rostro se volvió serio al mirarla.

—Debo preguntarle si la comida ha sido de su agrado. ¿Fue satisfactorio hasta el último bocado? Es más, ¿fue mejor que cualquier filete que haya comido antes?

Cuando ella abrió la boca, él añadió:

—No se apresure a hablar, querida señora. Piénselo un momento. Deje que la mire mientras lo piensa.

Michael se reía ahora, y Ada se dio cuenta de que el señor Howell estaba bromeando un poco, pero percibió que realmente quería una respuesta sincera.

—No me apresuro a juzgar, señor, cuando le digo que todo fue de mi agrado. Más que satisfactorio, de hecho. En cuanto a su última pregunta, la que creo que provocó que me trajeran aquí, puedo decir sinceramente que sí, que fue el mejor trozo de carne que he probado nunca. Cocinada a la perfección.

Él cerró los ojos como si estuviera en éxtasis. Cuando los abrió, le hizo un pequeño gesto con la cabeza y le soltó la mano por fin.

—¿Y su cocinera —señaló a Michael—, no puede hacerlo mejor?

¡Oh, Dios! Ada odiaba mentir, pero nunca había probado la comida de la cocinera de Michael. Sin embargo, la mujer había enseñado a Mary, y Ada sabía que Mary no podría haber sazonado y cocinado un filete mejor.

Ada miró a Michael, que tenía una ceja levantada como preguntándose qué iba a responder.

—Que yo sepa, señor, no, su cocinera no podría —respondió Ada al fin.

—¡Ja! —exclamó el hombre, y luego dio una palmada—. En ese caso, invita la casa. Solo a usted, querida señora, eso sí.

Con una sonrisa irónica, Michael asintió.

—Lo entiendo. Y le agradecemos que nos deje cenar aquí.

—Oh, sí —dijo Ada—, he pasado una velada maravillosa.

—Vuelvan otra vez. Esta sala de café apenas se utiliza, ya que la mayoría de mis clientes van directamente de la cena a la sala de fumadores, como notará a la salida.

En la puerta, el señor Howell dudó y volvió a mirarles.

—No sé qué está haciendo con este pícaro —le dijo a Ada—. Si yo no estuviera ya felizmente casado, no la dejaría escapar, querida señora.

Teniendo en cuenta que era lo bastante mayor como para ser su padre, ella se limitó a sonreír amablemente ante su coqueto encanto.

—Harías bien en casarte con ella —le dijo a continuación a Michael—. Atrápela y asegúrela mientras pueda.

Con una última reverencia, los dejó mirándose el uno al otro.

—El señor Howell tiene una gran personalidad —dijo Ada. Y qué imágenes tan vívidas de arrebatar y encadenar. No era para nada lo que ella pensaba sobre el matrimonio.

—Lo tiene. —Michael inclinó la cabeza como si reflexionara—. ¿Está lista para que nos vayamos? —preguntó al fin.

—Sí. —Ada se puso los guantes y esperó a que él se levantara y se acercara a su silla.

Una vez en su carruaje, se relajó y dejó que él la atrajera contra su costado, con su brazo alrededor de ella. Cuando él apoyó su barbilla en la sien de ella, se sintió... querida.

Darse cuenta de ese detalle la inquietó. Lord Vil no debía ser amable, cálido y cariñoso. Se suponía que era manipulador y egoísta, que solo quería arrancarle la ropa.

—Ya que aún es temprano —dijo él con un tono suave—, ¿quiere venir a mi casa? Sería un cambio respecto a que yo siempre ande por su salón.

Ahí estaba el hombre que ella conocía, a la espera de

llevarla a su dormitorio.

Sin embargo, en lugar de ponerse inmediatamente a la defensiva, Ada decidió aceptar. Podía sentir que él tenía ciertos sentimientos hacia ella. Quizá con más tiempo a solas, estos crecerían en un profundo afecto, o lo que en el mundo de Michael se consideraría como afecto.

Cuando el conductor dirigió los caballos hacia Newgate Street, girando a la izquierda, Ada no pudo evitar mirar a la derecha, hacia Cheapside y justo después, tras el Banco de Inglaterra y la Bolsa de Londres.

Pronto habían atravesado la ciudad a lo largo de Holborn y Oxford Street, hasta que llegaron a Brook Street, donde se ubicaba la casa de Michael. Esta parecía esperarlos, con las lámparas ya encendidas. Él siguió abrazándola, pero no intentó besarla.

¿Realmente iba Ada a entrar? Hacerlo sin compañía la señalaba desde luego como algo menos que respetable. Ni siquiera una viuda debía entrar en la residencia de un caballero, a menos que no le importara ser considerada su amante.

Dentro todo estaba igual que la vez anterior que había estado allí, excepto que faltaban su hijo y su niñera. Sin su presencia, ni siquiera la de Dash, el lugar parecía un sepulcro.

Una vez sentada en el salón, Ada no pudo evitar hacer una observación.

—No pasa mucho tiempo aquí, ¿verdad?

Él le acercó una copa de brandy sin preguntar, y ella la aceptó.

Mientras se sentaba a su lado, él respondió:

—Tiene razón. No lo hago. ¿Cómo lo ha adivinado?

—Sin ánimo de ofender, es por el aire, como si llevara

cerrada un mes y nadie se hubiera acordado de ventilarla.

—¿Atestada y polvorienta, entonces? —preguntó.

—No, eso no. Es el olor que adquiere un lugar cuando nadie vive en él.

—¿Humedad, como en una tumba? —le sugirió él.

Ella se rio.

—Lo diga como lo diga, suena insultante, así que dejaré de hacerlo. Pasa más tiempo en su club, obviamente, y quizá en otras habitaciones que no son esta.

—Me gustaría enseñarle otra habitación —confesó Michael.

—Por supuesto. —Si ella iba a su dormitorio, no dudaba de que harían el amor. Un chisporroteo de deseo estaba siempre a un solo toque de distancia.

—Creo que podría seducirla esta noche —dijo él—, pero no quiero hacerlo.

Ella permaneció en silencio ante sus extrañas palabras, tan seguras como despectivas. Él se explicaría a su debido tiempo, así que ella dio un sorbo al brandy y esperó.

Para su sorpresa, él se rio.

—Eso me gusta de usted. Su cabeza fría. Algunas mujeres habrían encontrado insultante lo que dije.

Ada se encogió de hombros y bebió otro sorbo.

Él dejó su copa.

—Vamos a abordar la primera parte.

Sin más advertencia, se inclinó hacia ella y la besó.

En cuanto sus labios se tocaron, el anhelo se encendió con fuerza dentro de Ada. Estuvo a punto de dejar caer su copa, pero él se la quitó y la puso a un lado antes de empezar a explorar su boca, lenta y minuciosamente.

Con los ojos cerrados y los sentidos agudizados, Ada saboreó el familiar recorrido de sus hábiles manos y, casi sin querer, enlazó los dedos detrás de su cuello, atrayéndolo hacia ella.

Cuando por fin él se apartó, apoyó su frente en la de Ada.

—Hace que todo mi cuerpo se agite.

Con los ojos aún cerrados, ella sonrió ante su inesperada afirmación. Luego le dijo la verdad.

—El mío también.

—Podríamos ir a mi habitación —ofreció él, y ella retrocedió, abriendo los ojos de par en par.

—¿Cree que puede atraerme a su cama con un solo beso? Tal vez sí —concedió ella—. ¿Y lo que había dicho después sobre que no quiere hacerlo? ¿Es eso cierto?

Él gimió y cogió su bebida, terminándola de un tirón.

—Quiero tenerla de todas las maneras posibles —confesó, haciéndola temblar. Luego él levantó la mano y le acarició la mejilla—. Pero he aprendido que eso no la haría feliz. Por lo tanto, yo tampoco lo sería.

Sonaba terriblemente perspicaz y desinteresado, lo que solo hizo que ella lo deseara más.

Michael suspiró.

—Quiere un cortejo respetuoso y adecuado, no uno rápido, por muy encantador que sea. Y usted se lo merece. Howell pudo ver su valía con una sola mirada. Yo siento lo mismo.

Ada expulsó un aliento que no se había dado cuenta que estaba conteniendo. Lord Vil estaba mostrando un lado tierno y considerado, lo que hacía extremadamente difícil mantener su venganza.

La cabeza le daba vueltas por la confusión y su cuerpo chisporroteaba de deseo. Ada extendió las manos hacia él.

—Bésame otra vez.

No tuvo que esperar mucho. Al momento siguiente, él la estrechó entre sus brazos y reclamó su boca de nuevo. Su lengua se deslizó en el interior para bailar con su lengua, haciendo que un charco de calor se acumulara entre sus caderas.

Arqueándose hacia él, con sus sensibles pechos contra su pecho, sintió que sus manos le acariciaban la espalda a través de la fina tela de satén de su vestido.

Quería que él tocara su piel. Además, ella también quería tocar la suya, sentir su calor y su fuerza.

A punto de exigirle que le mostrara su dormitorio, Ada casi gritó cuando él se separó y se puso de pie.

La respiración de Michael estaba agitada, y ella sentía sus propios pulmones encogidos.

—Traerla aquí sin intención de llevarla al lecho fue un error táctico —confesó Michael, cogiendo su vaso vacío y volviendo al aparador.

Mirando su propio vaso a medio llenar, Ada frunció el ceño. Las sensaciones que la recorrían eran inquietantes y, sí, frustrantes como ninguna otra cosa que hubiera experimentado, pero no tenía ningún deseo de amortiguarlas con el licor.

¿Por qué recurría él a la sustancia calmante cada vez que algo le parecía tenso o placentero? Al parecer, era su respuesta a todas las emociones.

Lo observó servir un gran trago en su copa y luego

apurarla. Cuando volcó el decantador de cristal tallado, hasta que cayó la última gota, Ada no pudo contener la lengua.

—Lo he dicho antes y lo volveré a decir. Bebe demasiado. Sin duda, acabará con el hígado inflamado, o algún mal parecido. Y se pondrá abotargado y tendrá la nariz roja.

—Como el alegre duende del señor Moore —bromeó Michael—. Eso no es tan malo. Los niños adoran a Papá Noel.

—No es gracioso —insistió ella, poniéndose de pie y cruzando hacia él—. Después de unas cuantas copas, se pone demasiado alegre.

—No sabía que se podía estar demasiado alegre. —Él tomó un sorbo de brandy y sonrió.

—Desarrollará gota y tendrá problemas para caminar.

Su sonrisa vaciló.

—¿De veras? —Bebió otro sorbo.

Suspirando, Ada se paseó por la habitación. Mucha gente bebía brandy, y mucha más bebía ginebra. Y en todas las fiestas o cenas a las que había asistido, siempre había vino y champán. Sea como fuere, nunca había conocido a alguien que pareciera necesitar alcohol a todas horas.

Michael entrecerró los ojos hacia ella.

—La última vez que dijo que bebía demasiado, le hice una pregunta a la que no recibí respuesta. Se lo preguntaré de nuevo, ¿se preocupa por mí?

¡Que se lo lleve el diablo! ¿Por qué quería saberlo?

Ya que Michael le había preguntado dos veces, a él sí que le importaba. Y el interés de Ada era mucho más evidente. Al mismo tiempo, pensó en el desagradable vacío que habría en su vida si Michael Alder no estuviera en ella.

—Sí, me preocupa —murmuró al fin, dejando de pasearse y cruzando los brazos delante del pecho. Él le importaba, pero eso no tenía por qué gustarle.

Michael parpadeó y no dijo nada. Luego miró el vaso que tenía en la mano. Rápido como un látigo, lo lanzó a la chimenea, donde se hizo añicos, rociando los ladrillos y el carbón con brandy, haciendo que las llamas creciesen.

Asustada, ella también saltó.

—¡Un poco drástico! —lo amonestó, aunque en su interior la envolvió una sensación de alivio—. Si pretende destruir toda la cristalería, le sugiero que en lugar de eso simplemente no rellene el decantador con brandy.

—Realmente quería ese trago —dijo él al fin, con un tono un poco exasperado, quizá con arrepentimiento por su acción impulsiva.

—Siempre lleva una petaca —señaló ella, sintiéndose como si le desafiara.

Él inclinó la cabeza.

—Así es, ¿verdad?

Entonces él suspiró con pesadez y metió la mano en el bolsillo de su abrigo. Sacó el recipiente de plata y lo miró fijamente.

Ella se encontró conteniendo la respiración hasta que él levantó la cabeza, la miró a los ojos y le entregó la petaca.

—¿Por qué no me la guarda? Puede ponerle limonada si quiere, para refrescarse cuando salga a pasear o a cabalgar.

Ella sonrió ante la idea de llevarse una bebida, pero estudió el objeto del noble metal que tenía en la mano. Por su peso, estaba lleno hasta la mitad, y tenía grabadas las iniciales MGA.

—¿G? —preguntó.

—George, por mi padre.

Ella asintió y trató de meter la petaca en el bolsillo oculto en la costura lateral de su falda. Era más pesada que el pañuelo o las monedas que solía guardar allí, y demasiado ancha. Sintiéndose un poco incómoda bajo su atenta mirada, se dirigió a su ridículo y la guardó ahí. En cuanto estuviera en casa, la pondría en un cajón.

A continuación, Ada miró el aparador.

—No estoy segura de que esto resuelva nada.

—¿Algo más que solucionar? —preguntó él, tomando asiento en el sofá.

Le pareció muy familiar hacerlo mientras ella seguía de pie, incluso un poco descortés, pero Ada tomó asiento a su lado.

—Lo que quiero decir es que estoy segura de que tiene más brandy en casa. Así como vino y tal vez otros licores. ¿Cómo se las arreglará para abstenerse de beber, aunque sea por un tiempo?

Michael se limitó a encogerse de hombros, quizá odiando la idea de quedarse sin licor.

—Cuando me vaya, ¿le pedirá a su mayordomo otra botella para rellenar el decantador? —le preguntó Ada.

Michael se quedó pensativo.

—Se me había ocurrido, por supuesto. ¿Está pidiéndome que deje de beber por completo, o solo se refiere al brandy?

—No le he pedido nada.

Él frunció los labios ante su evasiva.

Ada cedió.

—Pero si quisiera algo, sería solo que no abriera su petaca una docena de veces cuando estemos fuera, y que no tomara una copa de brandy en cuanto entrara en casa. O, más exactamente, unas cuantas copas de brandy.

—Ya veo. No me di cuenta de que estaba haciendo ambas cosas.

Razón de más para dejar de hacerlo, pensó Ada.

—No veo ningún motivo, sin embargo, por la que no podamos tomar una copa de vino con la cena —concedió ella—. O champán en una fiesta.

Él asintió.

—Eso suena razonable.

Ada volvió a mirar la chimenea.

—Supongo que a su mayordomo no le gustará el cristal roto.

—No suelo actuar así, pero a Lawrence no le importará.

Su cara parecía la de un niño, y Ada se conmovió.

Ella se contuvo. Era suficiente con que se preocupara por él como un amigo. No dejaría que su corazón se enredara más.

—Debería irme a casa ahora. —Aunque allí, Harry tenía a la niñera Finn, que probablemente lo estaba preparando para ir a la cama, y Dash, a quien todos adoraban, seguramente estaba en la cocina con Mary. ¿De verdad había alguien en casa que la necesitara en ese momento?

—No creo que deba. —dijo Michael, y ella se calmó ante su tono suave—. Me ha quitado el brandy y ahora pretende privarme también de su compañía. Eso hará que la velada sea intolerable. Además, todavía es muy temprano. Si fuéramos a un baile, aún estaríamos preparándonos y tendríamos toda la noche por delante.

Ada cruzó hacia la chimenea y miró los fragmentos de cristal, ahora ennegrecidos entre las llamas.

—Sin embargo, no vamos a un baile —dijo ella—. Entonces, ¿qué vamos a hacer?

Michael negó con la cabeza.

—La conozco lo suficiente como para saber que no es tímida. Eso no ha sido una invitación enmascarada para que la lleve arriba.

Cierto, pero ella admitía que quizá aceptase si él lo hacía.

—¿Qué haríamos entonces —reflexionó él, echándose hacia atrás con los brazos cruzados—, si simplemente nos quedáramos en casa una noche?

Ada consideró las opciones y pensó que sería agradable tener compañía, específicamente la de Michael. Sus padres pasaban juntos casi todas las noches. A su madre le gustaba tejer y hacer punto, así como los crucigramas del periódico. Su padre solía escribir cartas o leer. A veces, incluso hacía pequeños dibujos a tinta. Hablaban de cualquier cosa que les llamara la atención.

—Mis padres juegan a las cartas —le dijo ella—. *Écarté*, como el que ya jugamos nosotros, así como al doblete. Por supuesto, hay muchas diversiones cuando hay más de dos personas.

Michael la miró con curiosidad.

—Supongo que si invitáramos a su mejor amiga y a su marido —dijo él—, jugaríamos todos a las cartas y a las charadas, y tal vez a algunos juegos de azar.

Ada consideró una pequeña cena con el conde y la condesa de Cambrey. Si su pretendiente no fuera Lord Vil…

—¿Tiene amigos? —preguntó ella.

Su risa salió como un ladrido corto.

—¿No cree que los Cambrey quieran pasar una velada conmigo? —Michael se encogió de hombros—. Tengo algunos amigos, pero no conozco a sus esposas en absoluto. Supongo que las conocería a la misma vez que usted. Eso si alguien se dignara a entrar en la casa de Lord Vil, por mucho que yo tuviese una esposa civilizada y reputada como usted.

¿Cómo diablos habían llegado a hablar de ella como su esposa?

—Me gusta el ajedrez —dijo Ada, devolviendo con firmeza la discusión a los juegos—, y si estoy demasiado cansada para pensar con claridad, las damas.

—¿Y el backgammon?

—Sí, por supuesto. —Había jugado muchas horas con Grady.

—Tengo uno por aquí. ¿Jugamos?

Ada asintió con entusiasmo, y vio a Michael levantarse y tirar del timbre antes de ir a los armarios del otro extremo de la habitación. Comenzó a rebuscar en ellos.

Cuando entró una criada, él le preguntó si había visto su juego de backgammon.

—No, milord, pero preguntaré a los demás.

En unos minutos, habían encontrado el tablero y se sentaron con este desplegado frente al fuego.

—Supongo que no conviene un vaso de madeira —comentó Michael mientras Ada agitaba los dados en un vasito de cuero.

Ella negó con la cabeza.

—No quiere pensamientos confusos cuando juega

contra mí —declaró él—. ¿Qué tal una buena taza de té con leche?

Sintiéndose como en casa, Ada llamó para pedir té y pastas, y procedieron a jugar hasta bien entrada la noche.

Capítulo 23

A la mañana siguiente, Michael se levantó con un fuerte sentimiento: ¡la culpa! Había insistido en acompañar a Ada a casa en lugar de enviarla con su cochero. Eso era fácil: era lo correcto, lo honrado y lo caballeroso. Además, se había ganado otro beso o tres en el carruaje.

Sin embargo, en cuanto él regresó a su casa y se quitó el sombrero, le pidió a su mayordomo una copa de brandy. Subió con el licor a su habitación y lo bebió despacio mientras su ayuda de cámara lo ayudaba a desvestirse, después, disfrutó del resto sentado frente al fuego, pensando en el éxito de la velada.

Desde el Dolly's Chop House, pasando por las risas mientras ambos trataban de resolver el crucigrama del *Weekly Dispatch*, hasta el empate en el backgammon, no hubo nada de la velada que quisiera cambiar. Nada que no quisiera repetir una y otra vez.

Excepto la ausencia de su brandy.

Al menos, no había pedido que le rellenaran el decantador. A decir verdad, no lo hizo por si Ada lo volvía a ver.

Sin embargo, era un hombre adulto al que le gustaba el brandy. ¿Había algo malo en ello? Él no rondaba por las calles empedradas como un marinero sin sentido del decoro. No se aturdía ni trastabillaba al caminar. Era solo una o dos copas de brandy. O de vez en cuando ginebra.

Entonces, ¿por qué se había despertado con una sensación generalizada de culpa en cuanto sus ojos se fijaron en la copa que había dejado sobre la chimenea de su alcoba?

Maldita sea. La había defraudado. Ella no había dicho específicamente que no bebiera, pero había parecido muy impresionada cuando él le dijo que no lo haría. Un momento, ¿le había dicho él que no lo haría?

No, estaba bastante seguro de ello. Problema resuelto, entonces.

Hoy se tomaría un descanso del brandy, ya que Ada tenía su petaca. Con suerte, volverían a cenar juntos, puesto que no sentía menos deseo de pasar tiempo con ella, incluso sin los placeres de la carne. O del licor francés.

Y cuando cenaran, tomarían una copa de vino. Recordó que ella le había prometido que podrían hacerlo.

Podría preguntarle qué opinión tenía sobre que él tomara una copa de brandy a la hora de acostarse.

Después de pensarlo dos veces, decidió que no se lo preguntaría. No lo necesitaba. Eso sería castrante y, francamente, ridículo. Si quería coñac a la hora de dormir, eso no dependía de nadie más que de él mismo. Incluso si se casaban —la idea le venía ahora con tanta facilidad y frecuencia que siempre le hacía sonreír—, ella lo aceptaría o no. O él podría beberlo en privado si eso la angustiaba.

Satisfecho por haber resuelto la cuestión, y aplacando su innecesario remordimiento, decidió ir directamente a Hatton Garden, la zona de Londres con los mejores joyeros. Desandando el camino de vuelta a casa de la noche anterior, recorrió las tiendas a la sombra de St. Paul hasta entrar en Mayer e Hijos.

—Estoy fuera de mi elemento —le dijo al dependiente, un hombre de mediana edad con un artilugio de vidrio de observación sujeto a la cabeza—. *Milady* es rubia y parece que le gustan los vestidos morados pálidos. ¿Le ayuda eso a elegir un anillo?

Los ágiles dedos del empleado sortearon la bandeja de esmeraldas y rubíes, pasando por los zafiros y las perlas, hasta llegar a una pequeña selección de anillos con ricas piedras moradas.

—Quizá tenga algo aquí, milord.

—No he visto a muchas mujeres llevar esas piedras —señaló Michael.

—Correcto, milord. La amatista no es tan popular como la esmeralda o el zafiro tradicionales, pero empieza a encontrar el favor de las damas.

Eso le gustó de inmediato. Porque su Ada era única, y cualquier piedra tradicional no serviría. Entonces Michael lo vio, un anillo de oro con una gran amatista rodeada de diamantes.

Si se gastaba toda su recién ganada fortuna en ella, que así fuera. Siempre podría ganar más en el robusto mercado del momento.

Metiendo la caja de terciopelo negro en el bolsillo, firmó

el resguardo del crédito con un sentimiento de regocijo. Para celebrarlo, fue a su club a mediodía y tomó un brandy con Hemsby.

⁂

Cuando el señor Randall anunció la llegada de lord Alder a las siete, Ada se dio cuenta de que lo había estado esperando, intentando leer el periódico de la tarde sin conseguirlo, a medida que se acercaba la hora de su llegada. Además, su corazón se aceleró al oír los pasos de Michael en el vestíbulo.

Mirando a Dash, que parecía devolverle una mirada cómplice, ella se puso en pie justo cuando el rostro familiar de Michael apareció por la puerta. Ada no pudo negar un torrente de alegría y tuvo que contenerse para no abalanzarse sobre él.

—Mary se ha superado a sí misma —declaró ella sin preámbulos—. Espere a que... —se interrumpió cuando él sacó algo de su bolsillo. Era un pequeño paquete envuelto en papel.

—¿Qué tiene ahí?

—Recuerde que la estoy cortejando de forma correcta y respetable como si fuera una debutante. He traído un dulce, por supuesto.

Le entregó el paquete y ella lo abrió.

—¡Fry's y Cadbury's! —exclamó Ada.

—Ambos son igual de populares, al parecer.

—¿Está tratando de engordarme como a un ganso de Navidad, o son para Harry?

Michael se rio, un sonido familiar para ella ahora, y

recordó la noche anterior cuando se había reído tanto con él que casi había llorado.

—Su silueta ya es bastante agradable, pero si engordara, simplemente tendría más para amar.

Ambos se miraron en silencio mientras la palabra parecía resonar en la habitación de techos altos. A Ada se le erizó la piel de la nuca, pero respiró hondo. Al fin y al cabo, solo era una expresión.

—En cualquier caso, lo compartiré con Harry —dijo, dejando el chocolate sobre la mesa auxiliar—. Chupará una barra de punta a punta sin parar. A veces, Mary nos pone una en la leche caliente para los dos. A veces, también la derrite con mantequilla y nata. Venga, siéntese. ¿Quiere tomar algo?

Enseguida, Ada se preguntó si él pediría brandy. Por la leve inclinación de la cabeza y su ceja alzada, era obvio que él estaba pensando en su oferta.

—Tomaré lo que esté tomando —dijo al fin, inclinándose para acariciar a Dash.

Bien hecho, pensó Ada.

—Estaba pensando en un vaso de vino antes de la cena —dijo esta a continuación. No había nada malo en ello, reflexionó. A no ser que él quisiera dos copas antes, dos durante y dos después de la cena, en cuyo caso, sería la última vez que le sugeriría vino.

En ese momento, Harry apareció para darle un beso y un abrazo de buenas noches. La niñera Finn se asomó a la puerta, mientras el pequeño se subía al regazo de Ada.

—Lord Alder te ha traído otra golosina —le dijo ella rodeándolo con sus brazos.

—¿Chocolate? —preguntó el pequeño, mirando hacia

Michael.

—Me temo que se va a malcriar —señaló Ada—, si espera recibir un dulce cada vez que le visite.

Para su sorpresa, Michael se agachó y abrió los brazos. Para su sorpresa aún mayor, Harry le besó la mejilla antes de bajarse de su regazo para ir hacia él.

Michael lo sostuvo en lo alto, con el niño riendo a carcajadas. Lo balanceó hacia abajo y luego hacia arriba una vez más. Michael silbó una melodía alegre, haciendo que Dash ladrara con entusiasmo. Luego volvió a bajar a Harry, antes de sentarse junto a Ada y dejar que su hijo se estirara en su regazo.

—Eres un niño mayor, ¿verdad, Harry? —preguntó Michael.

—Sí —declaró el pequeño, todavía agarrando su chaqueta.

—Entonces creo que puedes soportar que te traiga un dulce de vez en cuando, pero no siempre. ¿Sí?

—Sí —repitió Harry.

Ada sintió que se le escapaba la risa.

—Creo que a estas alturas diría cualquier cosa para estar de acuerdo.

—Tal vez —asintió Michael, y luego cogió el chocolate de la mesa auxiliar—. ¿Cuál de ellas? —le preguntó a Harry.

—¡Las dos! —dijo este con entusiasmo, y todos volvieron a reír.

—Una es para tu hermosa madre —le dijo Michael—. La otra es para ti.

Harry extendió la mano y tomó el chocolate Cadbury, luego besó la mejilla de Michael, se escabulló de su regazo y salió corriendo de la habitación.

—Oh, querido —dijo Ada. Luego se dirigió a la niñera Finn—. Con suerte, podrá quitárselo después de haberle dado uno o dos mordiscos.

—Ya veremos —dijo la mujer antes de seguir con rapidez al niño.

Ada y Michael permanecieron sentados uno al lado del otro, incluso cuando la criada entró con el vino.

—Curiosamente, estaba leyendo lo bien que le fue a Fry's en una feria comercial este año en Bingley Hall. —Ada señaló el periódico que había desechado—. ¿Ha oído hablar de ello?

—No —dijo él—. Cuénteme.

—Construido especialmente para exposiciones, está en Birmingham. Como nuestro propio Palacio de Cristal, solo que mucho menos ornamentado y destinado a ser permanente. Al parecer, las barras de chocolate y los dulces en general fueron un gran placer para el público. El negocio de Fry es dirigido ahora por los hijos del fundador. ¿Se imagina que hayan ido desde Bristol hasta Birmingham para esta feria, y que hayan prometido fabricar más de doscientos nuevos tipos de dulces para la próxima década? —Ada sacudió la cabeza con asombro—. No puedo imaginar lo que se les ocurrirá —añadió—. Pero será divertido averiguarlo.

Michael asintió, pensativo.

—Así que se harán con el control del mercado de los dulces, ¿no cree? —preguntó.

Ella se inclinó hacia él, disfrutando por fin de discutir algo sustancial con él.

—No necesariamente. Los hermanos Cadbury también

tenían una exposición y su fábrica está en realidad en Birmingham, por lo que eran los favoritos locales. Además, van a abrir una oficina o un almacén aquí en Londres, quizá con el plan de hacerse con la mayoría del mercado.

Él parpadeó y dio un sorbo a su vino.

—¿Por qué no dice nada? —preguntó ella.

—Porque estoy demasiado impresionado para decir algo.

Los elogios de Michael le hicieron sentir calor desde la cabeza hasta los pies.

—¿Cómo podría un hombre normal sacar provecho del gusto de los ingleses por el chocolate? —añadió él.

—Oh, eso es fácil —replicó ella—. Compre acciones de granos de cacao. Puede encontrar el nombre de un importador reputado por...

Ada había empezado a hablar antes de pensar en sus palabras. Y luego se interrumpió y guardó silencio cuando los ojos de Michael se abrieron de par en par.

—Quiero decir que tal vez quiera preguntarle a un corredor de bolsa —concluyó, luego se inclinó hacia atrás, le dirigió una sonrisa alegre y, con suerte, algo insípida, y volvió a dar un sorbo de vino.

—Empiezo a tener la idea de que ha aprendido algo de su padre —sugirió él.

Ella se encogió de hombros, simulando desinterés.

Ahora, ¿cómo podía ella cambiar de tema sin que fuera demasiado obvio?

—Hablando de mi padre, llevó a Grady al Old Bailey. Un amigo de mi padre, uno de los secretarios más antiguos del juez, le dio a mi hermano una visita completa, desde la sala de audiencias hasta el vestuario de los abogados.

—¿Qué le pareció a su hermano? —preguntó Michael, pasando un brazo por el respaldo del sofá y jugando con los mechones del pelo de Ada.

Ella se estremeció.

—Grady declaró que deseaba dejar de ser abogado y pasar directamente a ser juez o incluso sheriff o Lord Mayor[4], porque sus alojamientos eran muy agradables. Le gustó especialmente el comedor del Lord Mayor.

Michael asintió.

—Es posible que algún día sea el Lord Mayor. ¿Y por qué no?

—Por qué no, ciertamente —dijo ella.

En ese momento, el señor Randall entró para anunciar la cena, y Ada se sintió segura de que Michael había olvidado su repentino interés por las acciones.

Dos horas más tarde y dos copas de vino después, estaban en el salón, considerando si jugar a las cartas o al ajedrez.

—Cualquiera de los dos estará bien —le dijo Ada—, siempre me divierto cuando estoy con usted.

La afirmación reverberó en su cabeza, al darse cuenta de que era cierta.

¿Cómo pudo ella dejar que ocurriera lo imposible? Había desarrollado una firme inclinación hacia Lord Vil.

Las palabras de Ada reflejaron los propios sentimientos de Michael.

—Yo siento lo mismo —admitió él—. Es más, espero

---

[4] Lord alcalde de Londres. Es el alcalde mayor de la ciudad de Londres

con ansias el momento de verla y lamento cada minuto que no estoy en su compañía.

Ahora podría llegar al quid de la cuestión que le había rondado por la cabeza durante todo el día.

Mientras ella iba al aparador a buscar un tablero de ajedrez, él respiró hondo y se arrodilló en medio de su suave alfombra persa. Luego esperó a que ella se diera la vuelta.

No lo hizo. Parecía estar acomodando las piezas en el tablero antes de levantarlo.

Al fin, cuando empezaba a sentirse ridículo, carraspeó.

Al volverse, ella tenía el tablero de ajedrez en equilibrio entre las manos, lo vio en lo que él esperaba que fuera una posición galante, jadeó y lo dejó caer de inmediato.

El ruido de la caída lo impulsó a levantarse, pero se mantuvo firme cuando dos peones y un alfil se acercaron a él.

Sin palabras, Ada se quedó quieta frente a él, con pequeñas piezas de ajedrez de madera a su alrededor y el tablero de roble agrietado, pero no roto a sus pies. Michael esperaba que ella no le tuviese mucho cariño al tablero.

—Me disculpo por haberla sorprendido —comenzó a decir—. Debería haber empezado con un bonito discurso y haberme puesto de rodillas después de tener toda su atención.

Él tomó su suave expresión como algo alentador. Al menos, ella no había huido de la sala.

—Supongo que nunca he hecho las cosas de forma convencional —continuó—, pero ahora que lo pienso, la primera vez que nos vimos, estaba a sus pies. Por lo tanto, aquí estoy de nuevo.

Ada vaciló y frunció el ceño.

—Cuando recogí sus paquetes —le recordó él.

—Sí —asintió ella—. Me acuerdo.

Su tono era demasiado serio, demasiado parecido al de la señora St. Ange de semanas atrás.

—En cualquier caso, estoy aquí sobre esta alfombra, que por cierto veo que está llena de pelos de perro. Tal vez quiera hablar con su criada.

De repente, ella soltó una risita, a pesar de la seriedad de la situación, y él sintió que su corazón se aligeraba.

—Siga —le instó ella, apretando la falda de su vestido con las manos encerradas en un puño.

—Sí, por supuesto. —Michael se dio cuenta de que su corazón latía a gran velocidad. Además, no había preparado en absoluto lo que quería decir. Después de haber comprado el anillo, se había creído preparado—. Para decirlo claramente, estoy de rodillas, sobre los pelos de Dash, para pedirle su mano y saber si aceptará llevar mi nombre. —Hizo una pausa, experimentando cierta vergüenza—. Es cierto que no es el nombre que se me otorgó por primera vez, pero con su consejo, me esforzaré por mejorar su reputación. Desde que me han visto con usted, cada vez oigo menos susurros sobre Lord Vil cuando entro en una sala.

Ella no dijo nada, pero él pudo ver que estaba pensando. Sin duda, tenía muchas ideas opuestas pasando por su cabeza a la vez. Michael esperaba que las favorables superaran al resto.

Él había imaginado que la tocaría mientras le hacía su propuesta. Para hacerlo ahora, tendría que ponerse de pie y volver a arrodillarse cuando llegara a ella, o acercarse a Ada de rodillas a través de las piezas de ajedrez. Ambas opciones parecían ridículas. En su lugar, le tendió la mano.

Si ella venía a su encuentro, quizá fuera una buena señal.

Tras una breve vacilación, que le pareció eterna, Ada cruzó la enorme distancia de un metro y medio y puso su mano sobre la de él. Michael la cubrió con la suya y cerró los ojos.

Maldita sea si no se sentía ya afortunado y agradecido.

Luego, cuando volvió a mirarla, se llevó la mano de ella a los labios.

Primero le besó los nudillos y luego no pudo evitar darle la vuelta a su mano suave y sin mancha y besarle la palma, viendo cómo a ella se le ponía la piel de gallina en los antebrazos.

Eso también era una buena señal, pensó.

Ada se estremeció, lo que hizo que él volviera a mirarla.

—Si se convierte en *lady* Alder, puede que aún la rechacen de forma directa, indirecta y, me atrevo a decir, de una forma infernal y sublime también. Espero que todas esas tonterías se acaben con el tiempo, pero no puedo prometerle que algunos no disfruten siempre de una dosis de escándalo y susurren sobre *lady* Lord Vil.

—Por supuesto —murmuró ella, y él no pudo evitar sonreír.

Sin embargo, al instante siguiente, Michael tuvo que decirle las palabras que habían pasado por su corazón y su cabeza durante días.

Con una voz cargada de emoción, le dijo:

—La amo

Capítulo 24

Esas eran las palabras que Ada había estado esperando escuchar durante mucho tiempo. Sin embargo, no evocaron la respuesta que ella había planeado y ensayado. Era el momento en que debía reírse de él, preguntarle exactamente cuánto la quería y decirle que lo despreciaba en la misma medida.

En lugar de eso, le tiró del brazo hasta que se levantó frente a ella.

—Michael Alder, es cierto que ha hecho un poco de ruido en su vida durante unos años, pero en la actualidad parece bastante respetable.

Estaba realmente sorprendida por la respuesta que quería darle, pero se la dio de todos modos.

—Sí, estoy de acuerdo con el compromiso.

Él también parecía sorprendido.

—Sinceramente, no estaba seguro de que lo estuviera. —Luego se frotó la mano por la nuca—. Me he dado cuenta de que no ha dicho que se convertirá en mi esposa, pero es una persona honorable. Supongo que si acepta un compromiso, seguirá adelante hasta la boda.

Era una suposición válida que cualquiera podría hacer. Sin embargo, ella simplemente no podía prometerlo. Ada se dio cuenta de que no podía pronunciar las palabras que aceptaban convertirse en su esposa. Una parte de ella todavía se aferraba a los restos de su plan de venganza. Había vivido con ello durante demasiado tiempo como para liberarse de inmediato.

Sin embargo, en el transcurso de su compromiso, esperaba soltar lo último de su ira. Además, si se casaban, suponía que tendría que contarle todo. Porque, en ese momento, él creía que se habían conocido por primera vez aquí, en Belgrave Square.

Pensó en cómo responder a las palabras de amor que él le había dado. Sabía lo que ella sentía en su corazón, creía que era amor, pero no era puro y pleno. Era imperfecto y estaba embotado por años de resentimiento.

¿Qué podía decirle?

—Yo también tengo fuertes sentimientos por usted. Creo que es amor.

El gesto de Michael, un poco tenso por la aparente aprensión, se suavizó. Levantó las manos para mantenerle la cara quieta y luego la besó, terminando por mordisquearle el labio inferior.

—Oh, eso me gusta mucho —confesó ella.

Él se rio con suavidad y luego se puso rígido.

—¡Qué imbécil! ¡Soy un zopenco! ¡Un imbécil!

—¿Qué pasa? —preguntó Ada, mientras él la soltaba y

rebuscaba en su bolsillo—. ¿Más chocolate?

—¡En absoluto! —exclamó él—. Iba a presentarle esto mientras estaba de rodillas, pero me he hecho un lío. Supongo que estoy un poco nervioso.

Michael empezó a arrodillarse de nuevo, pero ella lo detuvo.

—Creo que podemos quedarnos de pie. Incluso podemos sentarnos en el sofá.

Esperó a que ella se acomodara y luego tomó asiento a su lado. Agarrando su mano, le puso una caja de terciopelo negro en la palma.

—Ábrala —la instó.

Esto no era algo que ella hubiera imaginado que ocurriría cuando planeó su regreso a Londres. No después de solo unos meses de estar aquí, y en absoluto con Lord Vil. Toda la situación era de ensueño.

Sin embargo, abrió la tapa y se quedó boquiabierta al ver el hermoso anillo que había dentro.

—¿Le gusta? —preguntó él con entusiasmo—. Nunca había elegido una joya para nadie. Fue bastante agradable.

A Ada le pareció más bonito que cualquier otro anillo que hubiera visto jamás. Parecía que él conocía sus gustos tan bien como ella.

—Más que gustarme —le dijo—. Me queda perfecto. Yo misma no habría elegido otro. Gracias.

—Puede que el joyero tenga que ajustar la medida. ¿Se lo prueba?

Asintiendo, Ada dejó que él se lo pusiera en el dedo anular de la mano izquierda. Era un poco grande.

—¿Por qué no lo lleva en otro dedo, si le queda bien?

Al menos por ahora. Y luego iremos juntos mañana. Creo que tienen una forma de determinar la talla.

—Sí —dijo ella, sin dejar de mirar la rica profundidad púrpura de la piedra más grande—. Tal vez utilicen una cinta métrica, como haría un sastre, pero más pequeña.

Dejó que él deslizara el anillo por cada uno de sus dedos hasta que quedó bien colocado en el dedo índice. Cuando Michael levantó la vista, sus miradas se cruzaron.

—Parece bastante sorprendida —dijo él—, como si no tuviera ni idea de que se lo iba a pedir.

Ada no podía decirle que su asombro era solo por ella. Realmente había aceptado ser la prometida de Lord Vil. ¿Había perdido la razón por completo?

—¿Debo hablar con su padre? —preguntó Michael—. La única razón por la que no acudí a él primero fue su matrimonio anterior. Creo que en esta etapa de su vida, se le permite decidir por sí misma con quién va a casarse.

—Cierto. —Y gracias a Dios que él no había acudido a su padre. El barón Ellis habría investigado todo lo posible sobre el vizconde Alder y habría descubierto que era Lord Vil. Aunque sus padres no relacionaran la despreciable reputación de Michael con lo que le había sucedido a su hija en el jardín, la habrían prevenido contra él. Dos pícaros en su vida habrían sido demasiado.

—Hablaremos con mis padres algún día —dijo ella.

—Como quiera —aceptó él—. Yo esperaré a decírselo a los míos hasta entonces, aunque si me encuentro con Camille mientras tanto, ella me lo sonsacará.

Ada sonrió. Podría ganar una hermana. Así como un hermano y nuevos padres y convertirse en una vizcondesa.

¡Qué bien! ¿Por qué no podía recuperar el aliento? De repente, la idea de casarse le pareció abrumadoramente real. Recordándose a sí misma que solo había aceptado un compromiso, se calmó.

Desde entonces, Michael vino a cenar casi todos los días. Además, ignorando cualquier mirada de desaprobación, iban juntos a todas partes, a menudo con Harry y la señora Finn.

Durante las siguientes semanas, fueron a la Galería Adelaida y se retrataron por una guinea cada uno. Fueron a la Institución Británica de Pall Mall para ver artistas, tanto vivos como muertos. Fueron al Coliseo, o al Ciclorama, como Ada siempre lo había llamado, para ver las plantas y las flores, así como los bocetos de Londres de Hornor, expuestos bajo la rotonda abovedada.

Michael era fácil de llevar y un compañero encantador. Cargaba a Harry sobre sus hombros cuando el niño se cansaba. Insistió en que Ada escribiera una lista de los lugares a los que quería ir, ya que había tantos que podrían olvidarse. A pesar de todo, ignoraban cuando alguien los miraba con recelo, normalmente intercambiando una mirada mutua.

¿Qué podía hacer él, después de todo, sino seguir siendo un hombre normal?

Si la gente esperaba que de repente arremetiera contra una mujer o sacara una botella de ginebra en medio del Museo de Geología Práctica, ¿qué podía hacer cualquiera de ellos para alterar esas expectativas?

Aunque él afirmaba no ser un gran bailarín, cuando ella compró entradas para un baile en el Lowther Rooms, Michael aceptó con un encogimiento de hombros. Por fin, en

King William Street, Ada pudo bailar en los brazos de su vizconde. Se sintió como si estuviera de nuevo en su primera temporada.

Se dejó guiar por él con los ojos cerrados, confiando plenamente en que él no le permitiría chocar con otra pareja de bailarines. La experiencia casi borró aquella terrible noche. Casi.

—No sé por qué no le gusta bailar. Es una buena pareja —le dijo ella.

Michael se encogió de hombros.

—La verdad es que nunca le vi sentido. Incluso antes de ganarme una reputación que me convirtiera en objeto de burla, no me gustaba que la gente me mirara, a la espera de que diese un paso en falso. Y lo que es peor, durante una temporada, tenía que aguantar a mujeres en las que no tenía ningún interés. Chicas insípidas, risueñas, estiradas, que se ponían a mis pies. Todas con la esperanza de bailar para conseguir una propuesta de matrimonio, supongo.

Puso su boca cerca de su oído.

—Esta noche, bailando solo contigo, deseando desesperadamente que esté desnuda en mis brazos, es una experiencia embriagadora. Bailar se ha convertido en un excitante preludio de lo que podemos hacer el uno con el otro. O esta noche —hizo una pausa para medir su reacción— o después de los votos matrimoniales.

Ada sabía que sus mejillas estaban escarlatas. Cada baile posterior parecía más bien un acto de amor, sobre todo con la mirada brillante de él clavada en ella y su sonrisa perversa que le producía escalofríos.

Por desgracia, cuando se marcharon, se dio cuenta de

que un baile con tantos invitados era el lugar donde Michael recibía más miradas de reproche, así como insultos murmurados en voz baja o lanzados en voz alta.

Sin embargo, comparado con lo feliz que era con él, eso era una irritación menor, y se esforzaba por enviar una mirada de sosiego a quienquiera que hablara mal de su prometido.

Además, para su alegría, Michael parecía haber dejado de beber. Sabía que algunas de las veces en que había estado tonto o mareado, había estado un poco bebido. Ahora, sin el acceso constante a una petaca en el bolsillo, tenía un humor más inteligente, y mantenían la moderación de solo una copa de vino con la cena. A él tampoco parecía importarle.

<hr>

Una semana más tarde, en lugar de un oscuro baile en las afueras, tenían entradas para un baile en Stafford House, junto al palacio de St. James, organizado por la amiga especial de la reina Victoria, la duquesa de Sutherland. A veces solo había uno o dos bailes al año en Stafford House, y siempre eran espectaculares en todos los sentidos.

Ada estaba encantada de ir sin la preocupación de tener un carné de baile o parejas no deseadas. Y a Michael, que nunca había estado allí, le hacía mucha ilusión. Tres años antes, Maggie y John se habían comprometido en el gran salón de baile ante la duquesa, ante la mayor parte de la alta nobleza inglesa y la propia reina.

Ada había asistido la noche del triunfo de Maggie, viendo junto a todos los demás cómo el conde de Cambrey declaraba públicamente su amor. No podía imaginar entonces cómo se destruirían sus propias ilusiones románticas apenas un mes después.

Al pasar por la entrada del edificio de piedra de color crema, entregaron sus capas y Ada se puso sus zapatillas de baile. Luego ascendieron por la magnífica escalera bifurcada. Algunos de los asistentes eligieron la escalera de la izquierda, pero ella y Michael, que estaba tan guapo que ella sabía que aquella noche no tendría igual, tomaron la de la derecha.

El conde y la condesa de Cambrey estarían allí esta noche, ya que habían vuelto al lugar cada año desde su compromiso, y Ada esperaba encontrarse con ellos. No había tanta gente como la última vez que Ada había asistido, cuando ella y Maggie no habían podido encontrarse durante horas.

Arriba, en la enorme sala que albergaba el baile, la emoción era casi palpable. La música ya flotaba en la sala, al igual que un verdadero ejército de sirvientes. Y en lugar del habitual champán y limonada, algunos camareros llevaban bandejas de licor. Ada se enteró de ello cuando una excitada señora mayor le gritó a uno: «vuelve con ese Dutch Courage», como algunos llamaban a la aromática ginebra.

Muy inusual, pensó Ada, no solo por el coste, sino también por el acuerdo tácito de que estas grandes reuniones se hacían para bailar y socializar y, definitivamente, no para alborotarse y emborracharse. Si tanta gente empezaba a ser indisciplinada, podía ser un desastre. Además, se desparramarían por las calles de Londres, provocando el caos en sus carruajes.

Ada tomó la copa de champán que le tendió Michael.

—Están sirviendo ginebra Plymouth con zumo de lima

en honor a la Marina Real —le informó—. Acabo de enterarme por lord Dunford. Quizá uno de los hijos de la duquesa se haya alistado.

Una ligera aprensión recorrió la columna vertebral de Ada, pero Michael se limitó a sostener el champán en su mano.

En pocos minutos, estaban disfrutando de su primer baile, y luego de otro. Después de un tercero, ella se excusó en el baño de damas, para finalmente encontrarse con Maggie.

Chillando de emoción, corrieron la una a los brazos de la otra, llamando la atención, aunque nadie regañaría a la condesa de Cambrey por un comportamiento indecoroso.

Las otras damas bien podrían reprender a la prometida de Lord Vil, pensó Ada, si su amiga no estuviera a su lado y si alguien supiera de su estado de compromiso.

—No puedo creer que te haya encontrado —declaró Maggie. A pesar de que se empezaba a notar su estado de embarazo, su vestido estaba a la altura de la moda, y estaba radiante de felicidad.

—Me encanta este lugar —confesó Maggie—. Bueno, no me refiero a aquí, exactamente —añadió señalando a su alrededor, donde las mujeres se alisaban el pelo o se ajustaban los vestidos—. Me refiero a Stafford House, por supuesto. Está tan abarrotado que me pregunto si volveré a encontrar a John esta noche.

Ada se sintió igualmente alegre.

—Espero que hayáis acordado un lugar para reuniros.

—Sí, ¿y tú? —Maggie puso gesto de interrogación—. ¿Estás aquí con tu prometido?

—Por supuesto —dijo Ada. Se lo había dicho a su mejor amiga, y a nadie más. A fin de cuentas, lo habían compartido todo a lo largo de los años.

Solo deseaba que el semblante de su amiga no se ensombreciera ante la mera mención de Michael, o que su tono se volviera desaprobador.

—Alégrate por mí —exclamó Ada de golpe.

Maggie se dejó caer en uno de los asientos colocados ante un espejo, con cuidado de no arrugarse el vestido.

—Me alegro por ti. De hecho, es hora de reunir a los hombres. John entrará en razón cuando vea a lord Vi..., quiero decir, a lord Alder, comportarse como un caballero contigo.

Ocupando el diván vacío a su lado, Ada respondió a la reflexión de su amiga.

—Se comporta muy bien. Es más, me conviene en todos los sentidos y aspectos. Conoces esa sensación, ¿verdad? —preguntó a Maggie, que se acariciaba el pelo mientras se miraba en el espejo.

Esta asintió.

—La conozco bien.

—¿Y no te imaginas a ningún otro hombre que te conozca tan bien o que sea tan divertido o encantador o tan guapo? —continuó Ada.

Sus ojos se encontraron en el azogue.

—Supongo que le quieres de verdad.

Ada asintió.

—Sí.

—Entonces busquemos a John y vayamos juntos a donde está para reunirnos con lord Alder. Al final de esta noche, tal vez sean, si no unos buenos amigos, al menos conocidos amables.

Uniendo sus brazos, salieron de la habitación y recorrieron el perímetro de la multitud hasta que se encontraron con lord Angsley, Conde de Cambrey, en el lugar designado.

—Temía no volver a ver a mi bella esposa —bromeó John—. Pero ahora sé por qué ha tardado tanto. Y ha duplicado la belleza trayéndote a ti. —Se inclinó hacia Ada—. ¿Cómo estás? ¿Quieres un poco de champán?

—Estoy bien —dijo ella—, y no más champán. Gracias.

—¿Quizá ginebra, entonces? —preguntó John, levantando su propia copa.

Ella se rio.

—¿Has oído hablar alguna vez de algo así?

—No —convino él—, al menos no en una fiesta de esta envergadura. Debe de costarles al duque y a la duquesa un buen dinero.

Cogiendo la copa de su marido y dejándola en el suelo, Maggie le ofreció una deslumbrante sonrisa.

—Estábamos pensando en ir a buscar al prometido de Ada.

Ada estaba segura de que la voz de su amiga se espesó con la última palabra, como si fuera a atascarse en su garganta. ¿Aceptaría alguien alguna vez a Michael como un pícaro reformado?

John hizo una mueca.

—Si está perdido, ¿puedo sugerir que lo dejemos así?

Ada puso los ojos en blanco.

—Obviamente, admiras tu propio sentido del humor. Sin embargo, solo te pido que le des una oportunidad. Ya me conoces. No me habría comprometido con ese hombre si no creyera que tiene un ápice de decencia.

—Y luego está su precioso anillo —añadió Maggie, cogiendo la mano de Ada y poniéndola delante de la nariz de su marido. A través del guante de red de seda de color pastel, se veía con claridad el anillo de compromiso de Ada, ahora perfectamente ajustado a su dedo.

John lo miró con atención.

—No hay duda de que Alder tiene buen gusto. Decidió poner sus ojos en Ada Kate, ¿no es así? Muy bien. Vamos a buscarlo. Supongo que tienes alguna idea de dónde estará.

—Pensamos que sería mucho más fácil encontrarnos abajo, cerca de la terraza de atrás.

Los tres atravesaron la galería de cuadros, bajaron las escaleras y cruzaron el patio interior para llegar a la parte trasera de Stafford House.

—He visto tanto parqué, mármol y dorado que la cabeza me da vueltas —dijo Maggie.

—Verdaderamente, esas ventanas arqueadas en el techo de la pinacoteca son brillantes —añadió Ada—. Debe estar lleno de luz todo el día.

—Personalmente, tengo especial predilección por las oscuras y acogedoras alcobas de la galería del segundo piso —dijo John, y Ada notó que compartía una mirada privada con Maggie. Al parecer, en Stafford House habían ocurrido más cosas que la emocionante propuesta del gran salón.

—¿Por qué no os quedáis aquí y lo traigo?

Ada se sintió como si estuviera domando a un tigre salvaje y atrayéndolo al mundo civilizado de los Cambrey. Michael se mostraría reticente en el mejor de los casos. Además, no querría que le sorprendieran los tres buscándole.

De eso estaba segura.

Ada le advertiría primero, y luego todos volverían a subir a disfrutar del baile.

Dejando a Maggie y a John abrazados, balanceándose al ritmo de una música que solo ellos podían escuchar, Ada buscó en la entrada trasera y luego empujó una de las muchas puertas que daban a la parte posterior de la casa.

Salió al porche y, al recorrerlo, se quedó boquiabierta. Allí estaba Michael, su Michael, rodeando a una mujer que estaba de espaldas a ella. Mientras Ada observaba, él se inclinó más hacia ella —¿le estaba acariciando el cuello?—, y luego señaló hacia el jardín.

El suelo bajo los pies de Ada pareció moverse, y le costaba respirar. De inmediato, dio un paso atrás para permanecer oculta en las sombras del pórtico, solo podía imaginar lo horrible que sería si él levantara la vista, la viera y tartamudeara una explicación ridícula.

¿Quién era esa mujer en brazos de su prometido?

Su cerebro trató de encontrarle sentido, primero pensando que se trataba simplemente de su hermana. Pero no era Camille. Entonces decidió que no era Michael, sino un doble. Sin embargo, al observarlo un momento y escucharlo reírse de algo que la mujer dijo, supo sin duda que era él.

Una aguda punzada de celos la acometió. Era una sensación extremadamente desagradable y dolorosa. Además, la enfadó como a un gato mojado. Ella era Ada Kathryn Ellis, que se había abierto camino en el mundo bastante bien, mejor incluso que la mayoría de los hombres de su clase. Si Michael Alder quería intimar con alguna señorita en un baile o besarla en la veranda, no iba a dejar que eso la afectara.

La mujer no era nada para ella, ni él tampoco. No significaba nada.

¿Cómo había olvidado lo vil que era?

Incluso así, él probablemente estaba maquinando para quedarse con la chica a solas en el jardín.

Ella había terminado con esta farsa de compromiso. Era hora de terminar con él.

Se dio la vuelta y volvió a entrar. Con la cabeza agachada y los pensamientos revueltos, se olvidó momentáneamente de sus amigos hasta que Maggie la llamó cuando casi pasaba a su lado.

—¿Lo has encontrado?

Dudando solo un instante, incapaz de mirarles, Ada negó con la cabeza.

—No —respondió, ya que era lo más fácil de decir—. Tengo que irme. Hablaré con vosotros más tarde.

Apresurándose ahora, oyó a Maggie llamarla y luego a John hacer lo mismo, pero ella había empezado a correr. Necesitaba estar sola.

En poco tiempo, Ada estaba en un Hansom alquilado y casi en casa. Un tazón del excelente arroz con leche de Mary con pasas y nuez moscada, así como un abrazo con Dash, la harían sentirse mejor.

Tenía razón en ambas cosas. Sentada en su biblioteca, con un plato de arroz con leche vacío a su lado y Dash tumbado a sus pies, Ada contempló los últimos meses de su vida. No había perdido nada por su asociación con Lord Vil. Por suerte, con la poca sabiduría que no había abandonado al encariñarse tontamente con él, al menos no había dejado que se acostara con ella. Al menos no del todo.

¡No! No tenía que sentirse humillada. Además, nunca le diría que era la chica del mirador. Qué satisfecho estaría él si se enterara de que ella se había dejado atrapar de nuevo por su encanto después de cómo la había tratado. Pero nunca se lo diría.

Mientras Ada encendía la lámpara y abría el periódico, Lucy llamó a la puerta y entró con noticias inoportunas.

—Lord Alder está en el vestíbulo, señora.

—Dígale que me he retirado.

—Sí, señora.

Lucy se fue, dejando a Ada con la curiosidad de saber su propósito. Había estado listo para abalanzarse sobre la mujer con la que estaba, ya a punto de acariciar su cuello. A no ser que hubiera actuado con mucha rapidez, aún debería estar con ella, con las manos bajo sus faldas.

Cómo deseaba no haberle dado la noche libre al señor Randall cuando supuso que estaría fuera hasta las tantas.

Ada se mordió el labio inferior, sabiendo que él estaba a metros de distancia en su puerta, e intentó pensar en otra cosa. Como la bolsa de valores. O en cortarle las uñas a Dash.

Unas fuertes pisadas en el pasillo, que se detuvieron frente a la puerta de la biblioteca, la hicieron ponerse de pie, mientras Dash la imitaba de un salto. A no ser que Lucy llevara ahora unos Hessian[5], solo podía ser...

El fuerte golpe en la puerta la hizo sobresaltarse. Antes de que pudiera responder, Ada lo escuchó.

—Deseo hablar con usted. No pienso marcharme sin

---

[5] Pantalones de caballero.

hacerlo.

¡Imposible! ¿Cómo podía irrumpir en la santidad de su hogar sin ser invitado? Más allá de la descortesía, era casi criminal.

Peor aún, antes de que ella tuviera tiempo de responder, él abrió la puerta.

—¡Cómo se atreve! —exclamó ella, y su tono hizo que Dash empezara a ladrar.

Los ojos de Michael se entrecerraron, observando su aspecto.

—¿Cómo me atrevo? ¿Está enferma? ¿Le duele la cabeza?

—No —dijo ella—. Silencio —le dijo a Dash en voz baja.

—Entonces, estoy totalmente perplejo —continuó Michael—. ¿Por qué se fue del baile y sin decirme nada? Estaba muy preocupado.

Michael se inclinó para darle una palmadita a Dash en la cabeza. A ella le pareció sorprendentemente despreocupado, como si menos de una hora antes no hubiera tenido esas mismas manos sobre otra mujer.

Ada levantó la barbilla.

—No tengo que darle explicaciones, Lord Vil.

Él echó la cabeza hacia atrás como si le hubieran golpeado y se puso en pie.

—¿Qué ocurre?

—Que he recobrado un poco de sentido común —casi siseó ella—. Hemos terminado.

Una vez más, él parecía sorprendido y confundido.

—Ada, ¿qué está diciendo? La amo, y usted a mí.

En su mente, lo vio una vez más con los brazos alrededor de la desconocida. ¿Habían dado los pocos pasos hacia el jardín? ¿Había besado a esa mujer de la misma manera que la besó a ella?

—¡Ja! No sea ridículo —le espetó ella—. ¿Quién podría amarlo? Sus padres le hicieron un favor a Jenny. —Ella se sintió gratificada al ver su expresión de asombro. Por fin estaba pagando el precio de lo que le había hecho—. ¿Amarlo? —repitió Ada—. Lo toleré y me dejé ver con usted, a pesar de la horrible mancha en mi reputación, solo para determinar si tenía un corazón digno de ser destrozado. Esta noche, tengo mi respuesta.

Él no dijo nada, permaneciendo inmóvil en medio de la alfombra de su biblioteca, con la mandíbula apretada y mirándola fijamente.

Ada pensó en lo rápido que él había cambiado mientras ella había estado fuera hablando con Maggie, apenas media hora como mucho. ¿Qué había impulsado a Michael a convertirse de nuevo en Lord Vil, persiguiendo cualquier falda que se le acercara demasiado?

Acercándose a él, inclinó su cara cerca de la suya y olfateó.

—¡Ginebra! —proclamó, pudiendo detectar fácilmente el aroma perfumado del licor de enebro, además de la lima.

Él palideció.

—Sí, me tomé un vaso de la maldita ginebra. ¿Y qué? Estoy completamente sobrio, se lo aseguro. No tenía idea de que un trago de licor desencadenaría esta diatriba contra mí ni que causaría la pérdida de su afecto. No creo que pudiera amarme si ese fuera el caso. Le prometo que mi amor por usted es más fuerte que un simple error.

Si fuera tan simple como un solo trago de ginebra… De hecho, si Michael estuviera ebrio, al menos podría utilizarlo como excusa, pero tenía razón. Parecía bastante sobrio.

—En cuanto a que me ame —dijo Ada, mirándolo directamente a sus ojos de color ámbar—, no creo que sepa amar. Pero me alegra saber que siente algo por mí. Si romper nuestro compromiso le duele aunque sea un poco, eso solo hace más dulce.

Decir unas palabras tan odiosas hizo que su propio corazón se resintiera, y deseó desesperadamente estar sola.

Observar su ahora amado rostro le resultaba doloroso, especialmente cuando su semblante pasaba de la confusión al dolor. Si no supiera lo canalla que era, se echaría a llorar.

—Quiero que se vaya ahora y no vuelva nunca más. Mi puerta no se abrirá de nuevo para usted. —Se quitó el anillo y se lo tendió.

Michael miró el anillo, pero no lo cogió. En su lugar, miró a otro lado, a la librería, a Dash, a la alfombra, como si fuera demasiado difícil mirarla directamente a ella.

Se dio la vuelta y empezó a marcharse sin decir nada más, y un destello de furia se encendió en el pecho de Ada. Si él la hubiera amado, habría luchado por salvar lo que tenían.

En dos pasos, ella se dirigió a su escritorio y sacó la petaca del cajón superior. Luego, siguió a Michael, con Dash rodeando sus pies, y lo llamó cuando llegó a la puerta principal.

Él se volvió.

—¿Sí? —Su voz apenas era un susurro.

—Creo que querrá esto. —Y le lanzó la petaca, sintiendo una pequeña satisfacción cuando esta golpeó contra su pecho. La atrapó antes de que cayera—. De hecho, asegúrese de tener una copa grande de brandy dondequiera que vaya. O mejor aún, una botella entera.

Con eso, Ada volvió a entrar en la biblioteca y cerró la puerta de golpe.

Por desgracia, había gastado toda su rabia, y la siguiente emoción que inundó sus sentidos fue aún menos agradable.

Al colocar el anillo en la mesa redonda de roble, entre sus papeles, sintió que el pesado manto de la pena descendía sobre ella. Cuando empezaron a brotar las lágrimas, temió que nunca se detuvieran.

Capítulo 25

Todo parecía estar patas arriba. ¿Qué había pasado con su racional y sensata prometida? Esta noche debían demostrar a las altas esferas de Londres que eran pareja. En cierto modo, había esperado que con Ada Kathryn a su lado, su aparición en el evento de estreno en Londres lo redimiría a los ojos de la sociedad, y por fin, esta olvidaría el apelativo tan desagradable.

En cambio, Ada había sido rencorosa y arpía. Es más, había dicho que nunca lo había amado.

Incluso lo había acusado de estar bebido, ¡con un solo vaso de ginebra contaminada con zumo de lima! ¡Absurdo! Pensándolo bien, tal vez había tomado dos copas en Stafford House, pero ella había desaparecido en el baile y no regresó. Mientras la esperaba, había aceptado lo que los sirvientes le habían ofrecido.

Encorvado sobre la barra, tomó otro sorbo del vaso que tenía delante. Más ginebra, y estaba deliciosa.

Definitivamente mejor por no estar mezclada con cítricos agrios.

¿Por qué había fingido ella que le gustaba? ¿Incluso que lo amaba? ¿Qué tonterías había soltado sobre destrozar su corazón, si es que lo tenía?

Se sintió bastante desgraciado al saber que tenía un corazón bastante grande y que este le dolía mucho. Hasta que la ginebra alivió su dolor.

¿Cómo era posible que una mujer que al principio había sido tan fría y tranquila, y luego se había mostrado tan cálida como para ser su esposa ideal, se hubiese convertido ahora en una furiosa regañona?

No podía imaginarse qué la había llevado a estar tan enfadada.

¿Y realmente no volvería a ver a Harry? Había llegado a disfrutar de su tiempo con el chico. Sí, maldita sea, a quererlo incluso tanto como a su madre.

—¡Bueno, esto es un giro desagradable de los acontecimientos! —murmuró en voz alta.

Entonces sintió una mano en su hombro y se giró.

Ah, una de las putas hastiadas del establecimiento con la que había estado en el pasado tras una larga noche de copas. O, al menos, podría haber sido una de ellas. Hacía un par de años que no iba a esta taberna de Drury Lane.

Entonces la mujer sonrió, mostrando el agujero donde le faltaba un diente, y ladeó la cabeza hacia las escaleras.

Después de Jenny, él solía pensar que todas las mujeres eran iguales, especialmente cuando estaban de espaldas, así que ¿qué importaba? Había pasado demasiadas noches en este bar y en otros similares.

Entonces, una noche, conoció a una diosa en una glorieta, una dama perfumada con la más hermosa fragancia, con un halo de cabello dorado y una piel pálida y translúcida. Después de ella, había dejado atrás a las rameras por las cortesanas bien aseadas y las viudas aristocráticas. Hasta Ada Kathryn.

—Vamos, cariño —le dijo la descarada prostituta—. No tengo toda la noche.

Ella probablemente tenía toda la noche si él tenía suficientes monedas. Pero no pudo reunir ni un gramo de deseo por ella.

—Esta noche no —dijo Michael metiendo la mano en el bolsillo y sacando un chelín.

Con un encogimiento de hombros, ella tomó el dinero y desapareció sin dar las gracias.

De todas formas, ¿qué estaba haciendo él allí?

Es más, ¿qué iba a hacer ahora?

En primer lugar, iba a salir de este agujero infernal que olía a orina y tenía aún peor aspecto. Se iba a casa, contento de que su cochero lo esperase en algún lugar cercano, porque no estaba seguro de poder recordar dónde estaba su casa.

Por la mañana, trataría de recordar lo que Ada había dicho y pensaría si había una manera de recuperarla. Por su vida, no podía imaginar un mañana sin ella.

Habían pasado dos días desde el baile de los Sutherland. Londres seguía en vilo por el éxito del mismo y los periódicos estaban llenos de cotilleos.

Lord V había sido visto, supuestamente con una respetable viuda, de la que las autoras del artículo estaban seguras de que no seguiría siendo respetable por mucho tiempo si lord V se salía con la suya. Los testigos habían declarado que ella se había ido sola, al igual que él. Sin duda, se encontraron después, según escribieron *lady* D y *lady* M.

Poniendo los ojos en blanco ante las ridículas declaraciones, Ada no podía ignorar la ironía de formar parte de los rumores que rodeaban a Lord Vil solo después de haberse liberado de él.

Y al parecer, nadie se había fijado en él en la terraza con otra desafortunada mujer, o seguramente se habría mencionado.

Al menos, ya no tenía que preocuparse por ser la viuda con quien se le relacionaba.

Y entonces el señor Brunnel entró en su salón. No tuvo el valor de encontrarse con él en la biblioteca, donde acababa de guardar el anillo en un cajón de su escritorio antes de abandonar la habitación. Todavía podía sentir su rabia y su tristeza al pasar por la puerta. Además, recordaba con demasiada facilidad la mirada de desconcierto en el rostro traicionero de Michael.

Que el diablo se lo lleve. Si no lo había hecho ya.

—Tallow —le dijo a Brunnel sin apenas verlo, su voz sonaba tan hueca como ella se sentía.

—Sí, señora. Le diré a lord Alder que estamos vendiendo todas las acciones para invertir en sebo.

Ella asintió y salió de la habitación.

Su siguiente visita para el té de la tarde siguiente, fue Maggie. Ada no deseaba hablarle de su extraño comportamiento en Stafford House, pero ella, sin embargo, se lo sacó a la fuerza.

—Lo sabía —dijo Maggie, como era de esperar, al

escuchar su relato.

Y entonces Ada cambió de tema con firmeza y rapidez, incapaz de soportar ni la censura de su amiga ni su simpatía.

Cada día de la semana siguiente, esperaba que Michael volviera y pidiera perdón, y también cada día, temía que lo hiciera. Echando de menos todo lo relacionado con él, su sonrisa, su risa, sus pensamientos y, sobre todo, sus besos, se imaginaba perdonándolo si se lo pedía.

¿Era entonces el amor una terrible debilidad? Eso parecía.

—De *lady* Cambrey —dijo el señor Randall, trayéndole una nota.

«Queridísima Ada,
Ven a cenar a casa mañana a las seis. Por favor, no digas que no y trae a Harry.
Con cariño, Maggie».

Ada suspiró. Maggie no iba a dejar que se consumiera en Belgrave Square. Enderezando su columna vertebral, se dio cuenta de que ella tampoco tenía intención de hacerlo. A la noche siguiente, con un vestido azul oscuro que hacía juego con su estado de ánimo, y con Harry y la niñera Finn a cuestas, Ada llegó en su carruaje a la casa de los Cambrey. Por desgracia, para llegar a Cavendish Square, tuvieron que cruzar Brook Street, no muy lejos de la casa de Michael. Le había dolido lo suficiente como para enfadarse con Maggie por haberla invitado a cenar.

Ignorando los límites del decoro, Harry se adelantó corriendo hasta la puerta abierta del salón mientras Ada y la señora Finn entregaban sus abrigos al mayordomo de los Cambrey.

—Chocolate —gritó Harry con entusiasmo, y luego se oyó una risa familiar. El corazón de Ada pareció dar un vuelco.

El hilo de la incredulidad más absoluta recorrió su mente con rapidez. Sencillamente, no podía ser.

Sintiéndose mareada por la inquietud, y sabiendo que debía de estar imaginando cosas —después de todo, se trataba de Maggie y John, a quienes Lord Vil desagradaba con intensidad—, Ada se acercó a la puerta.

Entonces oyó su cálida voz dirigiéndose a Harry.

—No hasta después de la comida, ¿sí?

—¡Sí! —dijo Harry mientras ella entraba en la habitación. Ada vio dos cosas a la vez: su hijo estaba en brazos de su padre y Harry ya estaba abriendo la barra de chocolate.

Luego su mirada se fijó en Maggie, sentada con los dedos entrelazados y las manos en el regazo. Cuando sus miradas se encontraron, las mejillas de su mejor amiga se sonrosaron, obviamente por el remordimiento. John, con un aspecto más que incómodo, estaba de pie junto a la chimenea. Su pequeña Rosie estaba ausente.

Al fin, después de haber mirado a todas partes excepto a él, cuando Harry la llamó, tuvo que volver a mirar en dirección a Michael.

—Mamá, mamá. Mira el chocolate. —La voz de Harry estaba llena de puro placer.

Sus ojos se encontraron con los de Michael, que eran suaves y suplicantes.

Sin embargo, fue a Harry a quien Ada se dirigió.

—Ya veo, querido, pero ya has oído a lord Alder. No puedes tomar chocolate hasta después de la cena. —Extendiendo la mano, y deseando no tener que acercarse tanto a Michael, se la tendió a Harry.

De mala gana, él le entregó la barra, que ella le dio a la señora Finn, de pie detrás de ella.

—Mira, Nanny te lo guardará mientras comes con Rosie.

—Bájelo, por favor —le pidió Ada a Michael acto seguido.

Cuando él lo hizo, ella alcanzó la mano de Harry y le dio un pequeño apretón antes de inclinarse para besar su mejilla.

—Acompaña a Nanny a ver a tu amiga.

La señora Finn le hizo un gesto con la cabeza y se llevó a Harry para reunirse con la hija de Maggie en la guardería.

Esperando a que la puerta se cerrara, Ada respiró hondo y se volvió para enfrentarse a tres pares de ojos sobre ella.

—¿Qué tenemos aquí? —preguntó, sorprendida por lo firme que sonaba su voz—. Parece ser una conspiración. Francamente —se dirigió a Maggie—, tienes suerte de que no me haya dado la vuelta y me haya ido.

Maggie hizo una mueca, pero fue Michael quien contestó.

—Por favor, Ada, no los culpe. Les pedí que la trajeran aquí.

Suspirando, con el deseo de poder calmar el acelerado ritmo de sus latidos, trató de fingir una despreocupación que no sentía.

—Eso puedo creerlo —dijo Ada—. Sin embargo, el motivo por el que accedieron es un misterio.

—He escuchado lo que quería decirnos —dijo por fin John, reclamando su atención—. Me atrevo a decir que Alder parece ser sincero. Y como sabes, para mí no fue fácil darle crédito.

—¿Sincero? —repitió Ada—. ¿En qué sentido?

—Por favor —dijo Michael acercándose a ella—, no necesito que lord Cambrey hable por mí. Solo míreme y déjeme hablarle.

—¿Por qué hace esto? ¿Y por qué aquí? ¿Desea humillarme?

—No, por supuesto que no. Pero, sin embargo, debo hablar con usted. Lo hago aquí porque me dijo que no volvería a ser admitido en su casa. Y una carta a estas alturas me parecía absurda.

Si hubiera podido poner las manos en las caderas y poner los ojos en blanco sin parecer un personaje de una farsa, lo habría hecho.

En cambio, Ada asintió.

—Si vamos a hacer esto delante de mis mejores amigos, entonces voy a sentarme. —Tomó asiento junto a Maggie, que le dio una palmadita en el hombro—. Es más, voy a tomar una copa de vino.

John se dirigió al aparador y le sirvió una copa de madeira. Ada la cogió, dándose cuenta de que le temblaba la mano, dio un sorbo, cerró los ojos, respiró hondo y volvió a mirar a Michael.

Se dio cuenta de que él no estaba bebiendo nada. Pero ¿cuánto tiempo duraría eso?

—¿Nos vamos? —le preguntó John, con la esperanza de ahorrarse cualquier escena emocional que pudiera producirse a continuación.

—No —declaró Michael con brusquedad, y todos los ojos se volvieron hacia él—. No pretendo avergonzar a la dama, y hablar con franqueza delante de sus amigos me parece perfectamente adecuado, ya que toda mi vida se ha representado en el escenario público de las columnas de cotilleos estos últimos años. Además, así es menos probable que me lance algo.

Su intento de hacer una broma cayó en saco roto, y Ada cerró los ojos. No era una criatura dada a la violencia, e incluso arrojarle la petaca le había parecido anormalmente cruel. No quería que sus amigos pensaran que era el tipo de persona que suele rebajarse a tales acciones.

—Maggie una vez lanzó un...

—¡John! —Su amiga hizo callar a su marido.

Esto se estaba saliendo de control.

—Lord Alder —comenzó Ada—, ¿por qué no dice lo que desea decir antes de que esta velada se convierta en una parodia?

—Muy bien, lo haré. Después de la otra noche, estaba desconcertado, como poco. Estábamos pasando un rato agradable y, al minuto siguiente, usted se desvaneció para luego decir cosas extrañas y terribles que no puedo creer que quisiera decir en realidad.

¿Debía Ada decirle ahora que lo dijo en serio?

Antes de que pudiera replicar, él cruzó la distancia que los separaba y se sentó a su lado, de modo que ella quedó atrapada entre su mejor amigo y el hombre del que se había enamorado tontamente.

—No es que esté en condiciones de informarle de sus

sentimientos, por supuesto, ni me atrevería a hacerlo —añadió Michael—. Y tal vez en ese instante de desconcierto en su biblioteca, quiso decir cada palabra, pero no entiendo qué pudo causar su ira.

Ada gimió en su interior. ¿Realmente iba a obligarla a decirlo?

Como él se había callado y ni John ni Maggie parecían dispuestos a hablar, ella tomó aire para hacerlo.

—Muy bien —dijo mirando al frente y sintiéndose incómoda por tenerlo tan cerca—. Cuando volví de encontrarme con Maggie en el baño de señoras y de pasar a ver a John, salí a la terraza a buscarle. Lo vi... vi...

—¿Qué? —preguntaron los tres.

Ella miró a John y a Maggie, y al fin se giró ligeramente en el cojín hacia Michael.

—Lo vi con los brazos alrededor de otra mujer. Puede que incluso le estuviera acariciando el cuello. —Maggie jadeó detrás de ella.

—¿Besando su cuello? —Michael sonaba tan confundido que Ada se preguntó de repente si de verdad había visto algo. Pero, por desgracia, sabía que sí.

—Le dejé organizar este encuentro habiendo engañado a Ada —dijo John con voz amenazante y su aguda mirada enfocada en Michael—, porque me convenció de que la amaba. No mencionó a otra mujer ni a su cuello.

Michael gimió.

—Ni siquiera sabía que había salido —le dijo a Ada—. No la vi.

—Porque había tomado demasiada ginebra —supuso ella—. Estaba borracho. —Tal vez estar borracho era una excusa válida para estar con otra mujer. Tal vez se había confundido y se había imaginado...

—No —negó él con la cabeza, interrumpiendo sus pensamientos—. No me enorgullece decirlo, pero soy un experto en cuestiones de alcohol, y sé lo mucho que bebí en Stafford House. No estaba ebrio. No la vi porque no se dejó ver. ¿Es eso posible?

—Es cierto —confesó ella—. No hice acto de presencia porque usted estaba...

—Acariciando el cuello de alguien. Sí, eso ha dicho, pero no es cierto.

—¿Había otra mujer con usted? —preguntó Maggie.

De repente, la expresión de Michael se aclaró y su rostro se convirtió en una sonrisa que hizo que el estómago de Ada se retorciera.

—Estuve ahí fuera mucho tiempo, quizá tres cuartos de hora, y durante todo ese tiempo estuve solo, excepto durante unos dos minutos en los que salió una mujer, bastante joven también, que me recordó a... —Michael se calló y miró al suelo, luego volvió a mirarla.

—No importa, en cualquier caso, ella mencionó adentrarse en el jardín y, para ser franco, a diferencia de mí, ella estaba bebida.

Apoyando los codos en las rodillas con gesto reflexivo mientras parecía tratar de recordar.

—La joven necesitaba a su madre, en mi opinión, o al menos una compañía de confianza. De todos modos, prácticamente se cayó sobre mí, la sostuve, le dije que no fuera más allá de la luz de la terraza y me alejé. Porque, verá, si me quedaba allí demasiado tiempo, alguien podría vernos, y si la vieran conmigo, habría arruinado su reputación por completo, aunque ni siquiera sepa su nombre.

Ada lo escuchó. Podría haber ocurrido justo como él decía. No los había espiado más que unos instantes antes de huir de la escena.

Michael se enderezó y tomó las manos de ella entre las suyas, y Ada miró por encima del hombro para ver que Maggie los observaba con atención. Luego, Ada se giró de nuevo hacia los ojos color ámbar de Michael.

—No tengo ningún interés en ninguna otra mujer. La amo.

Ada se tragó la emoción que la embargaba. Que Dios la ayudara si él estaba mintiendo, pero ella le creía. Era tan sencillo como eso. A pesar de que le había dicho cosas terribles en su biblioteca, allí estaba Michael, delante de sus amigos, incluido el formidable conde de Cambrey, declarándose.

Por fin, ella asintió.

—Le creo. Siento haber confundido lo que vi.

Michael se puso en pie y la ayudó a levantarse.

—Lamentablemente, es comprensible, dado mi comportamiento en el pasado. La pregunta es, ¿cree que alguna vez podrá confiar en mí? Puedo prometerle mi devoción, de hecho, ya la tiene, pero ¿será capaz de aceptarla, o siempre se preguntará si estoy tramando algo malo?

Antes de que ella pudiera responder, él le apartó un mechón de la frente.

—Puede que sea poco masculino para mí confesarlo, pero es francamente aterrador.

—¿Qué? —preguntó ella, deseando nada más que él la besara.

Él le miró los labios, como si conociera sus sentimientos.

—Es aterrador que con un cambio de opinión sea capaz de destruirme.

«Oh, Dios», pensó Ada cuando él expresó el mismo plan que ella había venido a Londres a ejecutar.

—Creo que deberíamos haberlos dejado solos —murmuró John.

—No hagas ruido —dijo Maggie en voz baja.

Ada los ignoró.

—Desde que llegaste a mi vida, Michael, no me has dado ningún motivo para dudar de ti —reconoció ella, tuteándolo al fin—. Siento haber sacado conclusiones precipitadas, y me esforzaré por no hacerlo en el futuro.

—Creo que eso es lo mejor que puedo esperar hasta que el tiempo me dé la razón. Solo espero que en tu ira no hayas destruido el anillo o lo hayas arrojado al Támesis. Si lo lanzaste al Serpentine, tal vez podríamos recuperarlo, ya que estoy dispuesto a remangarme los pantalones, pero el Támesis... —Michael hizo una pausa, y una pequeña sonrisa apareció en su apuesto rostro.

—Oh, Michael —dijo ella—. El anillo está a salvo, y te quiero.

Entonces, delante de sus espectadores, Michael la rodeó con sus brazos, bajó la cabeza y la besó. No demasiado tiempo, por supuesto, porque eso sería indecoroso, pero el suficiente para que ella sintiera el calor hasta los dedos de sus pies.

Cuando él levantó la cabeza, ella se giró sin soltarse para enfrentarse a la silenciosa sala y a las descaradas miradas de lord y *lady* Cambrey.

—Estoy absolutamente hambrienta —dijo Ada encogiéndose de hombros—. ¿Es hora de cenar?

A mitad del tercer plato, se acordó de Clive Brunnel y casi se atragantó con el trozo de estofado de ternera que estaba masticando. Comenzó a toser y ambos caballeros se pusieron de pie mientras Maggie le daba una palmadita en la espalda y luego un poco de vino. Ada sintió que el horror crecía en su interior.

Había arruinado económicamente al hombre que amaba. ¿Cómo podría él perdonarla?

Capítulo 26

A primera hora del día siguiente, Ada sintió pánico y le pidió a su cochero que la llevara a la Bolsa de Londres, en Capel Court. ¿Qué podría hacer si la operación ya se había realizado, como ella temía? Nada.

Sabía cómo funcionaba la bolsa, y uno no se limitaba a pedir que le devolvieran las acciones o a devolver lo que había comprado.

¡Tallow! Toda la cuenta de Michael se había vaciado para comprar acciones de sebo. ¡Dios mío!

Apenas había podido terminar de comer la noche anterior, tomando solo unos pocos bocados de lo que le ponían delante para no insultar a su mejor amiga.

Tuvo que asegurarle a Michael varias veces que todo estaba bien entre ellos. Pero le dolía el corazón por el daño que le había causado. Y se sintió aliviada de que tuvieran carruajes separados cuando terminó la velada. Ada no podía imaginarse sentada en la estrechez de su brougham y sin confesarle su culpa.

En lugar de eso, abrazó a Maggie, saludó con la cabeza a John y dejó que Michael los acompañara a ella, Harry y la señora Finn hasta su carruaje.

Después de juguetear con Harry y subirlo al coche, Michael ayudó también a la señora Finn a entrar y luego se volvió hacia Ada. Ladeó la cabeza, claramente a punto de preguntarle de nuevo qué le pasaba.

—Estoy muy contenta de que hayas convencido a John para que le pida a Maggie que me traiga aquí —admitió ella.

—Sin embargo, algo va mal —adivinó él.

A Ada se le encogió el corazón. Nunca la miraría de la misma manera después de saber que lo había arruinado a él y a su familia. ¡Pobre Camille!

Incapaz de sonreír, Ada se limitó a negar con la cabeza.

—Hablaré contigo mañana —le dijo a Michael. Para entonces, ella ya sabría la magnitud del daño.

Y dejó que la ayudara a subir al carruaje, con una expresión de desconfianza en su rostro.

Ahora, atravesando Fleet Street y pasando por St. Paul, tan cerca del Queen's Head Passage y del Dolly's Chop House, recordó con creciente desazón su maravillosa comida de semanas atrás. Cuando él confiaba en ella. La misma noche que le había pedido que se casara con él.

Bajó de su carruaje y corrió hasta la entrada de Bartholomew Lane y subió los cinco escalones de acceso. Al llegar junto a la puerta, se quedó helada.

Solo había unos pocos hombres en la entrada, pero estos se detuvieron al instante y la miraron en un silencio escandalizado.

El primer caballero que se acercó a ella la miró con gesto severo.

—¿Está usted perdida? No puede entrar aquí, ¿lo sabe?

—No, señor, no estoy perdida. —Ada odiaba pronunciar las siguientes palabras, ya que la harían parecer una niña, pero no tenía elección—. Estoy buscando a mi padre, el barón Ellis. Es miembro de la bolsa, señor. Es bastante urgente.

El semblante del caballero se relajó al comprobar que ella no era una mujer renegada que violaba la santidad de la sala de comercio, exclusivamente masculina. Solo era una mujer indefensa que necesitaba a su progenitor.

—Consultaré el libro de contabilidad y veré si se ha registrado. Es un corredor, ¿verdad?, no un empleado…

—Sí, un corredor.

El hombre giró sobre sus talones y desapareció por una puerta.

Ella se aventuró más lejos, más allá del vestíbulo, hasta las puertas dobles abiertas de par en par, a través de las cuales pudo ver una actividad que rivalizaba con un nido de hormigas o una colmena. El lugar era un auténtico hervidero. Al absorber las vistas, los sonidos y los olores, todo exactamente como lo había descrito su padre, recitó la línea de la obra de Cibber, El *rechazo*: «Cada chelín, señor; todo en acciones, depósitos…».

Y cada chelín podía perderse también.

—Ahí está —dijo el hombre que había ido a buscar el nombre de su padre en su libro de entradas.

Cuando Ada se volvió hacia él y oyó gritar los precios de las acciones, seguidos de los nombres, y el «compro,

compro, compro», así como el «vendo, vendo, vendo», cualquier placer que pudiera haber sentido por estar en la bolsa se vio totalmente arruinado por el conocimiento de la terrible cosa que había hecho.

—El barón Ellis está aquí —le dijo el hombre—, en el cuadrante oeste. Verá, señorita, la sala está dividida...

—Sí, lo sé. ¿Debo ir a buscarlo, o lo hace usted?

—¿Usted? ¿Ir a buscarlo? —Se rio—. ¡No, a menos que quiera crear un disturbio! Sus oídos sangrarían con el lenguaje sobre el parqué, señorita, y su cabeza daría vueltas con números e información que nunca podría entender. ¿Ir al parqué? ¿Usted? —Y volvió a reírse con ganas.

¡Qué asno!

—¿Irá a buscarlo entonces, señor? ¿Ahora mismo?

El hombre se enderezó.

—Sí, por supuesto. Quédese aquí —dijo con un tono mortalmente serio.

Dando golpecitos con el pie en el suelo con impaciencia y al mismo tiempo incapaz de frenar todo su interés por lo que le rodeaba, Ada escuchó las noticias del continente que se leían entre los precios de las acciones. ¡Fascinante!

—Ada Kate. —La voz de su padre captó su atención mientras se acercaba a toda prisa—. ¿Qué estás haciendo aquí? ¿Va todo bien con Harry?

—Sí, papá. Estoy aquí por un asunto comercial. No puedo explicártelo todo ahora, pero ¿podrías comprobar una compra de acciones del señor Clive Brunnel al empresario Andrew Barnes? Espero que no sea demasiado tarde para detenerla, pero si se pudiera, te lo agradecería mucho.

Su padre se quedó un momento boquiabierto como un

pez en tierra.

—¿Cómo conoces al señor Barnes? —Luego sus ojos se abrieron de par en par—. ¿Estás comerciando sin mí?

Para su padre, eso sería un pecado de traición, peor que cualquier otro.

—No, por supuesto que no. Si necesitara comprar o vender, lo haría directamente a través de ti, papá. Conozco a Andrew Barnes porque lo has mencionado como un honrado trabajador. —Ella lo miró directamente a los ojos—. Por favor, papá, ¿podrías averiguar si se hizo una compra para el señor Brunnel?

Con el enorme suspiro de un padre abandonado, James Ellis asintió con la cabeza y volvió a entrar en la batalla del parqué.

Ada se preguntó cómo podría soportar el suspenso. ¿Estaría Alder totalmente desahuciado y su familia arruinada?

Al cabo de unos minutos, su padre regresó.

—Barnes hizo la transacción hace dos días, con retraso, justo antes de que cerraran los mercados.

—¡Dios mío! Demasiado tarde, entonces —murmuró ella, sintiendo una abyecta miseria—. Está arruinado.

Ada quiso hundirse en el suelo con el peso de la culpa sobre sus hombros. La venganza no era nada dulce.

—¿Brunnel, arruinado? —exclamó su padre—. No seas absurda. Parece que es agudo como una aguja. Acabo de ver todo su historial de transacciones. Siempre viene con la opción correcta. Me recuerda a... —Se interrumpió y entrecerró los ojos hacia ella—. Tú eres la que es aguda como una aguja, ¿no es así, querida hija?

Ella sintió que las mejillas le ardían.

—Le has estado dando consejos y sugerencias, ¿verdad?

Ella asintió.

Su padre sacudió la cabeza.

—Sabes que si se descubre no se verá con buenos ojos, y sería aún peor si lo estuvieras usando como tu apoderado.

Ada se encogió de hombros.

—Entonces deberían cambiar sus reglas. ¿Recuerdas lo que pasó con ese hombre al que llamaban «La Dama Corredora»?

—¡Sí! —dijo su padre—. Exactamente. Se compraron acciones y se perdió dinero por culpa de esa desaprensiva, que comerciaba y no cumplía con sus compras.

Ella no entendía nada.

—Fue su marido el que no quiso pagar sus malas decisiones, y aun así, el corredor hizo público su nombre. Si las mujeres tuvieran un acceso igualitario al mercado, si todo se hiciera a la luz del día, eso no habría ocurrido. A las mujeres se les debería permitir comprar y comerciar abiertamente, entonces podrían ser responsables. Recuerda a la esposa del presidente Adams, papá. Me dijiste que fue ella quien invirtió en bonos del gobierno cuando su marido quería invertir en tierras. Hizo una fortuna con ellos. —Ada levantó las manos en señal de consternación—. Solo piensa en cómo nos roban a las mujeres las enormes comisiones que nos cobran. Si no fueras mi querido padre, apenas podría permitirme estar en el mercado.

—*Hmm*, querido padre, ¿lo soy? —Él sonrió, recuperado su buen humor—. Eres una rareza, pero supongo que si otras mujeres se interesaran por el mercado y leyeran los informes como tú, podrían hacerlo tan bien como algunos de los comerciantes de aquí.

Ella se acercó y le dio un beso en la mejilla.

—Gracias, papá.

—Dime por qué estabas preocupada por las acciones del señor Brunnel.

Oh, cielos. ¡La terrible y ruinosa compra de acciones! ¿Cómo pudo distraerse con su discurso sobre las mujeres cuando había arruinado por completo a los Alder?

—Ha estado negociando para un amigo mío.

Ante el silencio de él, ella supo que tendría que decir algo más.

—¿Recuerdas a lord Alder? Tú y mamá lo conocieron en mi casa.

El semblante de su padre se volvió sombrío.

—Sí, lo recuerdo. Tu madre sintió curiosidad tras nuestro breve encuentro con el hombre y preguntó por él después. Averiguó exactamente quién es Alder.

Se inclinó hacia ella y le susurró al oído.

—Muchos le llaman Lord Vil, y con razón. —Entonces, el barón Ellis se envaró—. No creo que debas continuar tu amistad con él.

Por suerte, su guante cubría su anillo de compromiso. ¿Qué clase de persona era ella, manipulando a un caballero para arruinarlo y ocultando su intención de casarse a sus amados padres? Ni siquiera se reconocía a sí misma. Todo en nombre de la venganza hacia un hombre que le había dado un hijo maravilloso y del que ahora se había enamorado por completo.

Ada supo que debía aplacar a su padre si iba a pedirle

ayuda.

—Entiendo tu preocupación, papá, y estaré encantada de hablar contigo y con mamá sobre todo eso más tarde. Sin embargo, ahora mismo, debo pedirte que vendas la última compra del señor Brunnel de inmediato. Tú puedes hacerlo. Eres más rápido que cualquier vendedor a sueldo.

Él sacudió la cabeza.

—Aunque le quitara el cliente al señor Barnes, lo que sería muy irregular, solo puedo vender acciones a petición de Brunnel. Ya lo sabes.

Ella lo sabía, pero en su prisa, lo había obviado, esperando solo detener la transacción. Debería haber escrito algo y haber falsificado la firma de Brunnel. Después de todo, si ella había llegado tan lejos en la depravación, también podría ser una falsificadora.

—Ada, ¿por qué querías detener la compra de acciones de Brunnel?

Comenzó a caminar delante de él. Justo en ese momento, el dinero estaba saliendo de la cuenta de Michael.

—No ha sido una buena inversión. Perderá todo lo que ha ganado y más.

—¡Absurdo! —declaró su padre.

Suspirando, se preguntó cómo su padre podía estar tan equivocado.

—Papá, el sebo no está subiendo actualmente. Solo piensa en la nueva tecnología y en las lámparas de gas. De hecho, leí hace una semana que había un exceso de oferta, y el precio de las existencias está cayendo en picado mientras hablamos. No debemos esperar ni un segundo más.

—Querida hija, la última solicitud de compra de

Brunnel fue de existencias de granos de cacao, y a mí me parece buena.

Ella frunció el ceño.

—¿Granos de cacao? ¿Estás seguro de que no era para sebo?

—Te aseguro que eran granos de cacao.

Ella había hablado de granos de cacao con Michael antes de que se pelearan.

¿Él la había escuchado hablar de granos de cacao? Michael le había dicho a Brunnel que comprara acciones de granos de cacao, no de sebo. La pesadez de corazón que sentía desde la noche anterior se disipó. Ella no había arruinado el condado de Alder. Gracias a Dios.

Sumergida en una burbuja de alivio, volvió a besar la mejilla de su padre.

—Será mejor que te vayas antes de que se produzca un motín —dijo él y le guiñó un ojo.

Lo había dicho en broma, pero ambos sabían que no estaba lejos de la verdad. Sin embargo, en ese momento, sintiéndose ligera como una pluma, no le importó.

—¡Maravilloso! Os veré a ti y a mamá pronto.

Él asintió con la cabeza.

—Y hablaremos de esta inapropiada amistad...

Sin que él pudiera decir más, ella se apresuró hacia la salida, haciéndole un gesto con la mano antes de desaparecer. Cuando se enterara de que la amistad era en realidad un compromiso, ella tendría que dar algunas explicaciones, y Michael tendría que ganarse a su familia como ella había hecho con los Cambrey.

En cuanto llegó a casa, escribió al señor Brunnel su

deseo de poner fin a su acuerdo de inmediato.

A la mañana siguiente, llegó una nota de este.

—Nos reuniremos como siempre —escribió el señor Brunnel—. O habrá consecuencias.

Ella leyó y releyó su misiva. ¿Qué diablos podía querer decir?

A las once en punto, sentada frente a él en su biblioteca, pronto lo supo.

—Me sorprendió su petición de terminar nuestra asociación —dijo él.

—No es una petición —insistió Ada—. He decidido poner fin a nuestro acuerdo.

—Le ofrezco mis más sinceras disculpas por la última transacción, pero lord Alder insistió en la compra de granos de cacao. Si no hubiera aceptado, podría haberme señalado con el dedo si perdía dinero. Solo puedo comprar o vender lo que él ha acordado, o se me consideraría culpable, como ya sabe.

—Ya veo, pero eso no importa. Ya no me interesa dar consejos a lord Alder.

Brunnel continuó como si no la hubiera escuchado.

—La buena noticia es que a lord Alder le fue bien, y los granos de cacao son un mercado sólido. —Luego la miró con dureza—. Además, es posible que desee reconsiderar el sebo, señora St. Ange, ya que nuestro empleado definitivamente no lo recomendó, y dijo que no conocía a nadie que lo hiciera. Sin embargo, aparte de esa elección errónea, su análisis del mercado ha sido acertado. Por lo tanto, no deseo poner fin a nuestro acuerdo.

Él tal vez no entendió su determinación.

—No me interesa lo que usted desee. No me reuniré más con usted. Prescindo de sus servicios.

—Eso no me servirá —dijo el señor Brunnel, con un tono neutro y suave que contradecía su negativa—. Después de su exitoso primer consejo a lord Alder, comencé a invertir para mí también. Usted me ha convertido en un hombre rico, y no tengo intención de parar.

—Entonces todo lo que le sugiera comprar será como el sebo: una elección equivocada, como usted dice.

Él le dirigió una dura mirada.

—Eso también arruinará a lord Alder —señaló.

Ella le devolvió la mirada mientras consideraba sus palabras. Clive Brunnel no sabía que su intención original había sido hacer exactamente eso. Entonces, ¿cuáles eran sus opciones? Podía seguir haciendo de Alder —y de Brunnel— hombres ricos. Sin embargo, no le gustaba que la obligaran a hacerlo, ni siquiera un poco.

—O quizá arruine a Alder de todos modos —amenazó Brunnel—, a menos que siga con nuestro acuerdo.

Ada respiró con rapidez y sonrió.

—¿Cómo sabe que no quiero arruinarlo? Quizá ese era mi plan desde el principio.

El hombre abrió los ojos de par en par y luego frunció el ceño con incredulidad.

—¿Qué? —preguntó ella—. ¿No cree que una mujer sea capaz de urdir un plan tan retorcido?

—Sus elecciones de compra han sido todas perfectas hasta ahora —reflexionó él.

—Exactamente. ¿Sigue pensando que el sebo fue un

error?

Se quedó pensativo.

—Ya veo.

—Si deseo dejarlo, señor Brunnel, realmente no hay nada que pueda hacer al respecto. Nunca sabrá qué acciones están destinadas a subir o bajar. Estará a mi merced.

Él pareció pensar en ello desde todos los ángulos.

—Podría denunciarle a la bolsa —dijo al fin—. No creo que acepten de buen grado que alguien utilice el mercado de esa manera. Además, sé que el barón Ellis es su padre y un corredor de bolsa.

A pesar de que los latidos de su corazón se aceleraron, Ada se encogió de hombros con indiferencia. El señor Brunnel no podía hacerle daño a ella, pero sí a la impecable reputación de su padre como corredor de bolsa. Ciertamente, todo el mundo creería que el barón Ellis estaba detrás de cualquier acción bursátil, nefasta o no, relacionada con su hija. Nadie creería que ella era la fuente de buenos consejos comerciales.

Podrían dar por terminada su afiliación y echarlo de la bolsa.

—Muy bien —le dijo ella—. Dejaremos todo como está, por ahora.

—Sí, lo haremos —replicó el señor Brunnel.

Cruzando las manos, Ada añadió:

—Salvo que, como está ganando dinero en el mercado, ya no le pagaré ni un céntimo por sus innecesarios servicios.

Él la miró fijamente un momento, luego asintió y se puso de pie.

—Buenos días, señora.

Ella se quedó donde estaba, planeando ya cómo retirarse de este nefasto acuerdo.

—Buenos días, en efecto —murmuró, mientras él se marchaba.

Todavía con el desastre del sebo en mente, esperaba las dos notas que llegaron. Agradeció la de Michael, que seguía preocupado por su estado de ánimo en la cena de los Cambreys y pedía verla.

La otra la temía, una breve misiva de su padre. Sus padres vendrían a hablar con ella al día siguiente.

Por lo visto, incluso una falsa viuda, independiente y con casa propia, tenía que responder ante sus padres de vez en cuando.

La opinión de su madre se conoció de inmediato, ya que agarró las manos de Ada, la miró con ojos cariñosos y proclamó:

—¡No te dejes ver con ese vil hombre!

—No es tan sencillo —contestó Ada.

Su padre hizo una mueca.

—Sí, hija, lo es. No salgas a cabalgar con Alder, ni al teatro, y, con toda seguridad, no lo recibas en tu casa.

Ada respiró hondo y extendió la mano izquierda, en la que Michael le había puesto de nuevo el anillo la noche anterior. Todo había vuelto a la normalidad, y ella volvía a ser feliz. No plenamente, porque había secretos entre ellos, pero sí feliz.

Sus padres se quedaron en silencio, mirando la sortija con la amatista y diamantes.

—No entiendo —declaró su padre.

—¿Estás comprometida? —La voz de su madre era

cautelosa e interrogante—. ¡No con Lord Vil!

—En realidad, sí —confirmó Ada.

Con un largo y dramático gemido, su padre se sentó pesadamente en el sofá y apoyó la cabeza en las manos.

Su madre palideció, pero luego se recuperó.

—No eres tonta, Ada Kate, así que sé que no harías nada que te pusiera en peligro a ti o a Harry.

—Por supuesto que no, mamá. —Aunque ¿no había sospechado la propia Ada que había hecho exactamente eso cuando había visto a Michael en la terraza? ¿Cómo podía esperar que sus padres no desconfiaran cuando ella había dudado de la fidelidad de su prometido a la primera oportunidad?—. Puede que lord Alder haya sido un poco salvaje, incluso inapropiado en el pasado —dijo ella, esperando tranquilizarlos—, pero ha declarado su devoción por mí, y no tengo motivos para sospechar de su deshonestidad por ese motivo.

—Ada —dijo su padre con decepción—, ¿se te ha ocurrido que se ha apegado a ti por tu utilidad para hacer crecer su fortuna?

¡Dios mío! Su padre realmente estaba equivocado.

—Sé positivamente que ese no es el caso. Porque lord Alder no tiene ni idea de que soy yo quien ha estado aconsejando sobre la compra de acciones al señor Brunnel.

—Ya veo. —Su padre se pasó una mano por la cara, y ella esperó que se tranquilizara un poco. Luego la miró, y ella vio la preocupación en su rostro—. Siempre te hemos apoyado, incluso después de... —se interrumpió, y Ada sintió que las lágrimas se le clavaban en los ojos—. No puedo soportar que te hagan daño de nuevo —concluyó.

—Oh, papá —dijo ella, corriendo a sentarse a su lado—. Ya no soy la misma joven ingenua de entonces. Te prometo que no lo soy. Tampoco voy a dejar que lord Alder me tome el pelo. Esta vez, en lugar de dejar que me impongan una situación, estoy tomando mis propias decisiones.

Mirando a su madre, añadió:

—Le quiero, y Harry también. Y lord Alder nos cuida a los dos, incluso creyendo que soy viuda y no una novia virginal. Se equivocó de camino, por así decirlo, cuando su corazón fue herido hace años. Creo que sin su amor y apoyo, yo podría haber tenido una vida terrible. Fui bendecida mientras él no lo fue. —Reflexionó sobre la verdad de sus palabras.

—Sí, cometió errores, y creo que bebió demasiado y se condujo con un comportamiento poco caballeroso —contestó su madre.

Kathryn Ellis emitió un extraño resoplido de desagrado, pues obviamente había escuchado todo sobre el comportamiento de Lord Vil y le había pasado la información a su esposo.

Pero Ada sabía que Michael era un hombre nuevo. Lo creía con todo su corazón.

—Creo que lord Alder se ha transformado. Además, me hace feliz. Espero que lo aceptes como yerno cuando llegue el momento.

El largo suspiro de su padre fue la única respuesta durante varios segundos.

Entonces James Ellis intercambió una mirada con su esposa.

—Muy bien. Como ya he dicho, no eres ninguna tonta,

así que confiaremos en tus decisiones. Sin embargo, si Alder te hace daño, lo desgarraré miembro por miembro, como haría con el canalla que nos dio a Harry.

Ada decidió entonces no mencionar que ambos eran el mismo hombre.

—¿Qué tal un poco de té y pastel? —ofreció—. Traeré a Harry.

⸻ ❖ ⸻

Michael sabía que algo le molestaba. De hecho, había dos asuntos que cortaban su felicidad con cuchillos de recelo.

Por un lado, él sabía que había tratado de captar el olor de la desconocida de Stafford House, como hacía con casi todas las mujeres que conocía, especialmente en ese tipo de ambiente, en un baile. Lo había hecho sin querer y antes de poder detenerse, y Ada lo había visto, creyendo que estaba acariciando el cuello de la desconocida.

En realidad, de forma involuntaria y estando completamente enamorado de Ada, aún buscaba a su diosa dorada. Sin embargo, se juró a sí mismo que dejaría esa estúpida costumbre cuando fue a ver al conde de Cambrey y lo convenció de su absoluta devoción por Ada.

En segundo lugar, sabía que su amada le ocultaba algo. Quizá lo sabía por su instinto o por su experiencia con personas capaces de traicionar y mentir.

Ansiaba servirse una gran copa de coñac, pero intentaba ser el hombre que Ada St. Ange merecía, no un patán débil que siempre busca la petaca o el decantador. De hecho, había guardado su petaca de plata en un cajón de su armario la noche en que ella se la lanzó.

¿Era importante que él descubriera sus secretos? Lo era. Tal vez su pasado y sus padres tenían las respuestas. Por eso, al día siguiente, cuando fue a su casa, se sorprendió al saber que ella ya les había hablado a sus padres de su compromiso.

«Todavía estoy de pie», le había dicho él, tomándola en sus brazos y besándola antes de que Ada pudiera decir otra palabra.

Cuando por fin levantó la cabeza, ella parecía aturdida, con su mirada lánguida, las mejillas rosadas y sus labios enrojecidos. El compromiso era, en ese momento, todavía abierto, algo que él quería cambiar.

«Viendo que tu padre no me ha disparado ni me ha atravesado todavía, ¿puedo suponer que podemos fijar una fecha para nuestras nupcias?», le preguntó él después.

Ada abrió los ojos como platos y luego, para su deleite, sonrió.

«Sí. ¿Qué tal en primavera?», fue su respuesta.

<hr>

Dos días más tarde, Michael subió los escalones de la entrada de Ada a la carrera, siempre con la misma sensación: no podía esperar a verla. Ella le atraía mentalmente, le hacía reír, le agitaba la sangre, de modo que no podía imaginar cómo podía aplazar la exigencia de su cuerpo hasta después de la boda, aunque estaba decidido a hacerlo.

Además, Michael les había comunicado a sus padres su compromiso y estaban encantados con él. Saber que no habría ninguna trampa por su parte en esta etapa de su vida era un alivio. A su padre le gustaba que Ada tuviera su propio dinero. A su madre le gustaba que su futura esposa ya hubiera demostrado que era fértil.

Randall abrió la puerta y le informó de que la señora St. Ange estaba en la biblioteca.

—Tiene una visita, milord. Si espera en el salón, le diré que está aquí.

Michael no había dado dos pasos cuando la puerta de la biblioteca, al otro lado del vestíbulo de mármol, se abrió y Clive Brunnel salió con una mirada de suficiencia que desapareció en cuanto vio a Michael. Entonces el hombre palideció.

El cerebro de Michael se congeló de asombro, incapaz de entender cómo su asesor de inversiones podía estar en la casa de su prometida. ¿Una coincidencia?

Capítulo 27

Ada apareció detrás de Brunnel, siguiéndolo hasta el vestíbulo, con un rostro malhumorado y disgustado. Sin embargo, al ver a Michael, se quedó con la boca abierta y su expresión cambió a una de conmoción y culpabilidad, lo cual significaba que aquello no era una coincidencia.

¿Qué podía ser, entonces? Sin duda, Ada sabía que Brunnel estaba relacionado con Michael. Es más, obviamente no quería que Michael supiera que ella conocía al hombre.

Con una sensación de malestar en la boca del estómago, se enfrentó a ellos directamente.

—¿Qué significa esto?

Tras una breve pausa, Brunnel habló primero.

—Estoy... asesorando a la señora St. Ange.

Sin embargo, por la forma en que Ada se sobresaltó ante sus palabras, estaba claro que era mentira.

—No —dijo ella—. No es cierto.

Michael pronunció una palabra silenciosa de agradecimiento. Ella no iba a mentirle en la cara, pues eso sería seguramente el fin de su relación.

Brunnel, sin embargo, parecía irritado.

—Señora St. Ange, le advierto…

¿Le advierto? Michael dio un paso adelante.

—¿Está amenazando a mi prometida?

—Yo, es decir, por supuesto que no. —Brunnel miró a Ada, que se limitó a encogerse de hombros y cruzar los brazos, al parecer, poco dispuesta a ayudar al hombre a salir de la difícil situación.

Mirando de nuevo a Michael, Brunnel añadió:

—Como sabe, invertir es un asunto personal que no debe discutirse en un vestíbulo.

Los dedos de Michael se crisparon. Quería darle un puñetazo en la cara al hombre, y ni siquiera sabía por qué.

—¡Eso es una tontería! —dijo—. Exijo una explicación.

Ada bajó los brazos y dejó caer su mirada al suelo. Cuando volvió a mirar a Michael, un rayo de miedo le recorrió a este la columna vertebral. Los ojos de Ada le decían que algo muy malo estaba sucediendo, algo parecido a la traición de sus padres, la cual había destruido su compromiso con Jenny.

—Todo esto es culpa mía —le dijo Ada a Michael, casi en un susurro—. El señor Brunnel le dio consejos sobre la inversión que yo, a su vez, le di a él.

Brunnel se estremeció ante su revelación y luego suspiró. Parecía saber que su treta había terminado. A Michael se le revolvieron las tripas al saber que ella había estado hablando en secreto con otro hombre sobre él.

Sin embargo, ella lo había ayudado, así que ¿por qué estaba tan abatida?

Ada enderezó los hombros y dijo con voz más firme:

—Ahora, sencillamente, no me deja en paz y, a pesar de haber ganado mucho dinero con mis consejos, el señor Brunnel ha amenazado con dañar la reputación de mi padre.

—¿Eso es cierto? —Michael entrecerró los ojos ante aquel hombre, que de repente parecía una vulgar comadreja de jardín. Había mucho que explicar y aún más que arreglar entre él y Ada —en privado—, pero antes, haría todo lo posible por librarla de Brunnel—. Supongo que la ha amenazado con contarme la verdad —le dijo a este—. Ahora que sé de su asociación con mi prometida, ya no tiene sentido que intente perjudicar a esta dama o a su padre, ¿no cree?

La boca de Brunnel formó una fina línea de molestia.

—¿Y bien? —le preguntó Michael—. Escúcheme, si dice que alguna de las operaciones o compras que ha hecho para mí tenían algo que ver con la señora St. Ange o con el barón Ellis, lo dejaré por mentiroso, incluso ante un juez.

Brunnel pareció como si le estuvieran agitando algo desagradable bajo la nariz.

—Ya veo —dijo al fin, y trató de rodear a Michael hasta la puerta.

—Ofrecerá una disculpa y prometerá por su honor dejarla a ella y a su familia en paz —le exigió Michael—. Tal vez también deba darle las gracias.

Brunnel volvió a mirar a Ada.

—La dejaré en paz —prometió con firmeza. Luego se dirigió a Michael—. Pregúntele si debería agradecerle también la orden de compra de sebo.

Con ese comentario, pasó por delante de Michael y se marchó.

Él miró fijamente a Ada, cuyas mejillas se habían sonrosado ante el comentario de Brunnel. Era cierto, ese hombre le había aconsejado por última vez que comprara sebo. Pero Michael estaba tan ansioso por seguir con los granos de cacao después de su conversación con Ada, que había ignorado el consejo de Brunnel, solo para descubrir ahora que, después de todo, provenía de ella.

Entonces cayó en la cuenta. Se había enterado después de que era una operación nefasta.

Si hubiera puesto todo su dinero en acciones de sebo, se habría arruinado.

¡Arruinado!

—¿Mi padre decía la verdad cuando decía que te interesaban las acciones?

Ella asintió.

—¿Y pagaste a Brunnel para que me abordara y empezase a aconsejarme?

—Sí. —La corta palabra pareció ser arrancada de ella.

Michael dejó escapar un largo suspiro mientras procesaba su engaño.

—Era muy buen actor. Debería subir a un escenario. Tal vez tú también deberías.

Michael echó de menos un trago. Quería anestesiar las emociones que le invadían con una buena ginebra belga.

Ella parpadeó sin decir nada, a la vez que se mordía el labio inferior. Normalmente, él lo encontraría encantador, la abrazaría y haría desaparecer sus preocupaciones.

Pero ella le había mentido. ¿Y quién era ella? La viuda

de otro hombre, un hombre del que ni siquiera quería hablar. Una mujer que conocía el mercado de valores y mantenía ese conocimiento oculto. Una mujer que había abandonado Londres de forma precipitada e inexplicable, acortando su temporada. ¿Qué otras mentiras le había contado?

—El consejo del sebo era reciente —señaló él, dándose cuenta de la terrible verdad. Ella había seguido en contacto con Brunnel incluso después de decirle que lo amaba—. Si lo hubiera seguido, toda la finca habría estado en peligro.

Ada asintió, sin molestarse en defenderse. Michael necesitaba marcharse de inmediato, alejarse de su rostro dolorosamente bello, que ahora le parecía una traición absoluta. Ya había pasado por este camino: que sus seres queridos lo sorprendieran con tal nivel de traición.

—Me voy ahora —le dijo Michael, y ella se estremeció.

Él tenía la intención de emborracharse a lo grande, si no con ginebra, al menos con brandy.

—¿Volverás? —La voz de Ada sonó como la de una niña, y a Michael se le encogió el corazón de pesar.

—No lo sé.

Era la pura verdad. Podría subir a su carruaje, ir a una taberna y no salir nunca de allí.

¿Podría volver a mirar a Ada y no desconfiar de lo que ocurría detrás de sus ojos azules? Recordó lo fríos que habían sido esos mismos ojos al principio, lo que él tomó como una reserva, protegiéndose como cualquier mujer de un pretendiente ansioso.

Ahora comprendía que había visto un cálculo sin emoción en su mirada.

Puso la mano en el pomo de la puerta y sacudió la

cabeza. Habían pasado solo unos minutos —¿no era así?— desde que él había entrado pensando que el sol salía y se ponía en ella. Ahora le parecía que hacía una eternidad.

Randall surgió de la nada, como hacía siempre que alguien estaba cerca de la puerta. El mayordomo miró la cara sombría de Michael y el gesto devastado de Ada, giró sobre sus talones y se fue. Un hombre inteligente.

Michael quería decirle a ella algo más, algún tipo de despedida, pero no se le ocurrió nada, así que se limitó a salir, cerrando la puerta con cuidado tras de sí.

Le hizo un gesto a su cochero para que lo siguiera, y se dirigió hacia Hyde Park.

Si subía a su carruaje, acabaría borracho en algún infierno. Se despertaría con la cabeza embotada, sintiéndose como una mierda. La traición de Ada seguiría presente, y él seguiría sin una prometida a la que adoraba.

¿Por qué? Aminoró sus pasos al caminar frente a la residencia de Elizabeth Pepperton, y luego continuó hasta el final de la manzana.

¿Por qué se había propuesto Ada destruirlo?

Sus palabras de la noche del baile de los Sutherland resonaron en su cabeza: «Si la ruptura de nuestro compromiso le duele aunque sea un poco, eso solo hace más dulce».

¿Hacer más dulce qué? ¿Qué significaba eso?

Sabía que ella ocultaba algo, pero nunca esperó lo que había ocurrido. Se detuvo. Hace cuatro años —¿ya eran cinco?— había sentido la aguda traición de sus padres, y luego había hecho un desastre de su vida. Por desgracia, beber le resultó fácil. Y también la prostitución.

Y ahora no tenía mejores planes que ahogarse en licor.

¿No había aprendido nada desde que conoció a Ada? ¿No se había vuelto al menos un poco más maduro? Después de todo, él había hecho las paces con sus padres y estaba salvando el condado, paso a paso.

¿Realmente iba a seguir el mismo camino de degradación que antes, y actuar como lo haría Lord Vil una vez más? Como si el amor no lo hubiera cambiado, no solo su amor por Ada, sino también el recién recompensado amor por Harry.

Se dio la vuelta. No, no lo haría. Es más, ¡se merecía una maldita respuesta!

⁕

Ada lo vio cerrar la puerta sin histrionismo ni rencor. Quizá hubiera sido más fácil para ella que él la cerrara de un portazo, en lugar de escabullirse en silencio y herido.

Todo parecía estar hecho jirones, sus horribles y terribles planes —gracias a Dios— y su horrible y terrible corazón.

Poco a poco subió las escaleras. Solo era mediodía, pero estaba agotada. Sabía que debía ir a ver a Harry a la guardería, tal vez sugerir un paseo con Dash, pero simplemente no podía recuperarse.

Se hundió en la cama y apoyó la cabeza en las manos, quería llorar con desesperación, como lo había hecho cuando creyó que Michael le estaba siendo infiel en la terraza de Stafford House. Sin embargo, no podía.

Las lágrimas de dolor parecían un lujo que no se merecía. Debería haber vuelto a Londres, agradecida por su salud, su fortuna y, por supuesto, por Harry. En cambio, había buscado venganza y había arruinado su propia vida en el proceso.

Amaba a Michael Alder con la misma fascinación de su juventud, cuando se enamoró del vizconde al verlo por primera vez en una cena, aunque entonces él estaba fuera de su alcance. Y lo amaba con toda la amplitud y profundidad de la mujer en que se había convertido, que ahora lo conocía en profundidad y adoraba todo lo que había conocido.

Sintió que su corazón sangraba. ¿Era eso posible? ¿Había realmente una grieta en él?

<hr>

Tan silenciosamente como había dejado el número veintisiete, Michael regresó, abrió la puerta y se deslizó al interior. Sin moverse, escuchó, sin desear un encuentro con el señor Randall, quien podía pedirle que se marchara o avisar a su señora. Michael tenía la intención de acosar al león en su guarida, ya que en ese momento, ciertamente veía a Ada como una peligrosa oponente con el poder de destruirlo por completo.

Lo más probable es que ella estuviera en la biblioteca, donde él sabía que pasaba gran parte del día, por lo visto, leyendo sobre la infernal bolsa de valores.

Y él había sido tan estúpido de pensar que las mujeres solo leían las páginas de moda y cotilleo.

Por desgracia, con la extraña habilidad del mayordomo para vigilar la parte delantera de la casa, Randall apareció desde el interior del salón cuando Michael cruzaba con sigilo el vestíbulo.

—¿Milord? —preguntó Randall con una ceja arqueada, y Michael se sintió como un niño travieso al que han pillado robando pastel de la despensa.

—Debo hablar con ella de inmediato. Me volveré loco si no lo hago. —No podía creer que hubiera hablado de un asunto tan personal con el mayordomo, y en esos términos, pero necesitaba un aliado.

Randall hizo una pausa y respiró hondo. Michael sabía que este se debatía entre su deber, que incluía la máxima lealtad a su ama, y la compasión hacia el hombre suplicante que tenía delante.

Haciendo aún más difícil la situación para Randall, Michael añadió:

—No quiero que sepa que estoy aquí. No la quiero preparada y lista. Debo reunirme con ella en un momento de despreocupación. Es la única manera de que ella y yo lleguemos a la verdad del asunto. ¿Me lo permite?

Randall apretó la mandíbula mientras determinaba el mejor curso de acción.

Entonces sorprendió a Michael con una pregunta.

—¿Ama a la señora St. Ange?

Que un mayordomo le hiciera una pregunta tan íntima... Y que él se sintiera obligado a responder... En efecto, el mundo estaba otra vez patas arriba.

—Sí, así es.

—Muy bien —dijo Randall y nada más.

—¿Dónde...? —Michael señaló alrededor del vestíbulo, con sus diversas puertas, y también hacia las escaleras.

La mirada de dolor en el rostro del mayordomo indicaba

lo difícil que era para él traicionar a Ada, y Michael sintió una genuina gratitud por tener un sirviente así.

—Su habitación —dijo Randall, echando un vistazo a la escalera, antes de darse la vuelta y caminar por el pasillo hacia la parte trasera de la casa.

Michael no dudó por si el buen hombre cambiaba de opinión. Con el corazón tamborileando en el pecho, subió los escalones de dos en dos.

¿Estaría enfadada? ¿Se reiría de él?

Llamó a la puerta de su habitación.

—¡Déjame, Lucy! —gritó Ada—. Déjame en paz.

Desde luego, no parecía contenta.

Sin darle ningún aviso, Michael giró el pomo y entró. Ella estaba sentada en su cama de cuatro postes, con la cara cubierta por las manos y los codos apoyados en las rodillas.

Él cerró la puerta tras de sí y esperó.

Al cabo de un momento, ella levantó la cabeza y se quedó boquiabierta ante su presencia.

—¿Cómo...? —preguntó Ada poniéndose lentamente en pie—. ¿Qué haces aquí?

Michael no estaba seguro de cómo responder. Era muy valiosa para él. Y mirándola, le dolía pensar que ella no pensaba en él de la misma manera.

—Supongo que estoy aquí porque no hemos terminado. —La observó un momento—. Al menos, yo no he terminado contigo. Ciertamente, no puedo hablar por lo que tú sientes.

—Me siento desgraciada —declaró ella—. Diseñé mi astuto plan, sin pensar ni por un momento que podría no estar contenta si tenía éxito. Estaba muy segura de mi acierto al castigarte. Y nunca pensé que me sentiría avergonzada al ser descubierta.

Michael se pasó una mano por el pelo, sabiendo que probablemente se le pondría de punta. Ada hablaba racionalmente, pero lo que decía no tenía sentido.

Aun así, si él pudiera hacer retroceder las agujas del reloj y volver al momento en que recogió los paquetes de la acera, a pesar de saber que acabarían en ese momento tan insoportable, lo haría de nuevo.

—¿Por qué? —preguntó Michael, incapaz de evitar el temblor de su voz. Él era un hombre, pero las lágrimas lo cercaban—. ¿Por qué has hecho todo esto? ¿Por qué ese «astuto plan»?

Ella cerró los ojos un momento y luego suspiró.

—¿Todavía no lo sabes? Me cuesta creerlo.

A Michael solo se le ocurría una explicación para que una mujer buscara vengarse de un hombre.

—¿Por Jenny? ¿Una especie de retribución por el dolor que le causé? Porque te juro, Ada, que no le habría hecho daño por nada del mundo.

Ada abrió los ojos de golpe y sus profundidades azules se clavaron en él.

—Me hiciste daño a mí, no a ella.

Él estaba confundido.

—¿Qué quieres decir? —Se acercó—. He hecho todo lo posible, desde que nos conocemos, para no hacer nunca nada que pudiera herirte. Recuerda que la escena en la terraza de Stafford House fue un malentendido.

Ella sacudió la cabeza, las lágrimas acudieron a sus ojos, haciéndolos brillar más.

—No es nada reciente —explicó, con la voz cargada de emoción—. Antes. Hace tres años.

—¡Tres años! —Michael pensó en quién era él en aquel entonces y se sintió un poco mal. Pero seguramente la recordaría a ella de entre todas las personas, sobre todo si la había agraviado.

—En un jardín, en una glorieta, para ser precisos —dijo Ada. Sus palabras parecían ahogarla.

—¿En un cenador? —Él supo al instante a qué se refería. Como si tuviera una venda en los ojos, ésta cayó y se dio cuenta de la verdad—. ¡Mi diosa dorada!

Ella retrocedió ante sus palabras, como si las hubiera escuchado antes y le hubieran causado dolor.

¡No! No podía ser. Aquella joven había sido una experimentada joven de la alta sociedad, lista y dispuesta para una cita. De eso, él siempre había estado seguro.

Michael la tomó por la muñeca y la acercó a él. Sin resistirse, ella se dejó llevar, completamente dócil entre sus brazos, mientras él se inclinaba sobre su pelo, su cuello... Le encantaba su olor. Era familiar y cálido. Era su Ada.

Pero no era el olor de sus sueños, de sus recuerdos, de su diosa.

—No hueles como ella.

Ada se echó hacia atrás, con el ceño fruncido.

—¿No...? —Entonces su expresión se aclaró y soltó una pequeña y amarga carcajada, carente de alegría—. Antes usaba perfume de flores de jazmín. —Su tono era quebradizo.

Todo esto era demasiado increíble, y Michael no podía ordenar lo que estaba sintiendo. Alegría por haberla encontrado, tristeza por su doble actuación.

—Nunca he vuelto a oler ese aroma, y antes tampoco.

—Mi padre me lo consiguió —explicó ella—. Es bastante raro, importado de Asia.

Ella dio un tirón para liberarse y se dirigió a su tocador. Abrió un cajón, cogió algo y se volvió hacia él. Sin mirarlo, le puso un frasco en la mano.

—Aquí está tu diosa dorada —susurró ella—. Después de aquella noche, no podía soportar el olor porque me recordaba a... a... —Dejó de hablar con un medio sollozo y luego tuvo hipo.

Michael observó el frasco tapado y después se lo llevó a la nariz. No necesitó abrirlo para que la fragancia inundara sus sentidos, transportándolo a esa noche. Había estado bastante achispado, recordó, tanto por el champán como por el brandy, y entonces una luminosa criatura se había acercado a él y, con muy pocas palabras, le había permitido...

—¡Dios mío! —exclamó, mirándola fijamente—. Eras tú.

Ada asintió y se sentó pesadamente en su cama.

El pulso de Michael parecía palpitar en sus oídos. Todo el tiempo, ella había estado allí.

—¿Por qué nunca me lo dijiste? —Su voz sonó ronca a sus propios oídos.

—Debes de estar bromeando —dijo ella—. Nunca hablo de esa noche, a nadie. Fue mi ruina, la experiencia más singular y humillante de mi vida. ¿Por qué iba a confesarme contigo, mi torturador?

Michael gimió y se agarró el pelo con ambas manos, tirando de él con frustración.

—Pero yo no he sido tu atormentador, ¿verdad? Te he amado y me he preocupado por ti durante meses.

Ella negó con la cabeza.

—Michael, vine a Londres para arruinarte por completo. En cambio, te ayudé a hacer crecer tu fortuna... y me enamoré.

—No puedo creerlo. —Se sentó a su lado—. Te busqué después de esa noche en cada evento al que fui. Después de un mes más o menos, dejé de hacerlo.

—Obviamente, no me habrías reconocido, aunque me hubieras visto. Estaba oscuro, y tú estabas demasiado cargado de alcohol como para retener un recuerdo de mi cara. Sin duda, por eso mi olor te impresionó tanto, porque tus otros sentidos estaban alterados. En cualquier caso, me fui al campo de inmediato, al día siguiente de hecho, y nunca volví.

Sonaba tan cansada que su corazón le dolía por ella.

Manteniendo los pies en el suelo, Michael se echó sobre la cama para mirar el dosel que había encima, manteniendo el pequeño frasco agarrado en la mano.

¿Cuántas veces había querido estar aquí con Ada?

Con la otra mano, la agarró por el brazo y la arrastró a su lado.

—No sé qué decir... —admitió—. Ofrecer una disculpa y decir «lo siento» parece lamentablemente inadecuado.

—Es cierto —coincidió ella—. No puedes simplemente disculparte por algo así. Fue un acontecimiento demasiado grande. Un cambio de vida. Aunque, si te soy sincera, yo tampoco me considero ya tan inocente. —Ada inclinó la cabeza para mirarlo—. Al principio, creía que era solo culpa tuya. Pero salí al jardín como una tonta ingenua, y no hui cuando te vi.

—¿Por qué? —El tono de Michael traicionaba su pura frustración y miseria—. ¿Por qué parecía que me conocías? Mi recuerdo de esa noche siempre ha sido el de una mujer dispuesta. Recuerdo haber pensado que querías que te besara.

—Así era. Supongo que ahora puedo confesar que he desarrollado una tendencia hacia ti antes de que nos conociéramos de verdad. Te había visto durante mi primera temporada y me pareciste un ensueño.

Michael gimió y cerró los ojos.

—Hablamos esa misma noche en el baile de Fontaine —continuó Ada—, cuando te rozaste conmigo en la pista de baile, pero estaba tan trabada por los nervios de hablar por fin con lord Alder, el apuesto vizconde, que no pude decir ni una palabra.

Él abrió los ojos y la miró de nuevo.

—Siento no recordarlo. Como sabes, había bebido mucho. De hecho, deberías haber huido de mí en el jardín.

Ella asintió.

—Simplemente no entendía lo que podría pasar después de dejar que me besaras.

—No, no, no. —Michael se tapó la cara con el brazo. Pensar que la había desflorado de una manera tan rápida e insensible. De todos los pecados de su vida, la bebida y la prostitución, nunca había imaginado que se había tomado la virginidad de una joven, sobre todo, sin que ella lo supiera.

Se sentó.

—Deberían fusilarme.

—No —dijo Ada secándose las lágrimas—. No seas

ridículo.

—Debería ir a ver a tu padre y confesarle lo que hice.

—Entonces probablemente te fusilarían —aceptó ella.

Su tono desinteresado le preocupó.

—Tengo que ser castigado —insistió él.

—Eso es lo que yo también pensaba. Eso es lo que intentaba hacer, pero fracasé. Por suerte —añadió ella.

—No. No fallaste —insistió Michael—. Cuando me dijiste que no me querías y me llamaste Lord Vil a la cara, fue el peor momento de mi vida. Hoy, cuando descubrí que estabas detrás de los consejos bursátiles, tanto los buenos como los malos, ese fue el segundo peor momento de mi vida.

—Podría ser peor —dijo ella, y él la miró.

—¿Ahora te burlas de mí?

Ada sacudió la cabeza y se sentó con expresión abatida. Él volvió a gemir.

—Francamente, no estoy seguro de querer saberlo. Dime, ¿qué pensó tu marido de todo esto? Supongo que se lo contaste.

Entonces, a Michael le asaltó la horrible idea.

—¿O lo descubrió en su noche de bodas?

Esta vez, Ada fue la que gimió.

A la imaginación de Michael parecían haberle salido alas. ¿Su marido la había golpeado por no ser virgen? ¿La había echado de su casa tal vez?

—¿Qué? Dímelo.

Ada lo miró fijamente varios segundos, hasta que al fin habló.

—No tenía ningún marido.

Capítulo 28

Michael escuchó las palabras de Ada y las repitió en su cerebro, pero no tenían sentido. Había demasiados indicios de que sí había tenido un esposo.

—¿Tu nombre es ficticio? —dijo cuando pudo formar una pregunta.

—Sí, me inventé la historia del señor St. Ange, perdido en el mar, para poder ser libre en Londres sin estar bajo el control de mis padres.

—¿Pero esta casa? ¿Tu fortuna?

—Al igual que hice con la tuya, he creado mi propia fortuna en los últimos tres años. Con la ayuda de mi padre al principio, por supuesto, luego creo que fui yo quien lo ayudó a él.

Con un ligero encogimiento de hombros, Ada echó un vistazo a la habitación.

—Compré esta casa con mi propio dinero.

Michael silbó, dándose cuenta de que no podía estar

más orgulloso de ella de lo que ya estaba. No solo era la mujer más hermosa que había conocido, más encantadora cuanto más la conocía, sino que también era la más inteligente.

Su cerebro barajó los datos que tenía. Nunca se había casado, por lo tanto, no era viuda, pero evidentemente era madre de un niño de casi tres años.

Le golpeó como la rama de un árbol que cuelga bajo golpea a un jinete descuidado: ¡tres años atrás, sin marido, la glorieta, Harry! Si ella era la más inteligente, él era, en efecto, el más estúpido.

—Harry es mi hijo. —A Michael se le quebró la voz en la última palabra—. Soy verdaderamente un imbécil. No me extraña que me recuerde a Gabriel de niño.

Ella se limitó a asentir, y él apretó el frasco de perfume en su puño.

Por Dios, ¡tenía un hijo! Un niño maravilloso, al que ya quería, y que también sentía afecto por él mismo.

Las lágrimas brotaron sin proponérselo y fluyeron sin control por sus mejillas. Ante el asombro de Michael, Ada le rodeó los hombros con sus delgados brazos y lloró con él.

—Le daré mi nombre —dijo Michael al cabo de unos minutos.

Él sintió que ella asentía. Permanecieron juntos en silencio durante un buen rato. Por fin, cuando hubo refrenado sus emociones caprichosas y se limpió la cara con la manga, él le preguntó:

—¿Cómo elegiste el apellido St. Ange? Un nombre tan inusual...

—Le puse tu nombre.

Esperó a que ella se explicara.

—Sabía que Michael era el nombre de un arcángel —dijo ella contra su hombro.

Él lo entendió.

—Ángel en francés.

—Eso fue incluso antes de saber que había un Gabriel en tu familia —declaró Ada.

—Más allá de eso —dijo Michael—, Camille se llamaba así por otro ángel, el arcángel Camael.

Ada se enderezó y se miraron a los ojos.

—Supongo que tus padres esperaban tener tres hijos angelicales —adivinó ella.

La ironía no se le escapó a Michael. Él, su primogénito, había sido rebautizado como «vil». Menudo imbécil había sido.

Tras otro momento de silencio entre ellos, él se acercó y le colocó un mechón de pelo detrás de la oreja.

—¿Y por qué Harry?

Ella se encogió de hombros.

—No tiene importancia. Simplemente me gustaba el nombre.

En lugar de llorar, él ahora quería reír.

—Tal vez podamos mantener St. Ange como segundo nombre después de casarnos. Lo prefiero a George.

La boca de ella se había quedado abierta, y él la cerró con su dedo en la barbilla. Y ya que la estaba tocando, no pudo evitar inclinarse hacia delante y besarla también, sorprendido cuando ella se lo permitió.

Cuando Michael se retiró y miró sus ojos azules, que estaban muy abiertos por la sorpresa, solo pudo pensar en una cosa que ahora podría destruirlo.

—Por favor, Ada Kathryn Ellis, no digas que no. ¿Querrás ser mi esposa?

Estaba mareada por las turbulentas emociones de la última media hora. Sin embargo, sabía una cosa: amaba a Michael Alder con todo su corazón, tanto con sus defectos como con sus virtudes.

—Sí —dijo, y la alegría pura la inundó.

Él levantó el frasco de perfume de jazmín, ofreciéndole una mirada inquisitiva.

—No te has deshecho de él. Incluso lo trajiste a Londres.

Ada tenía que ser sincera.

—Odio decírtelo, pero lo guardé en mi cajón para recordarme tu vil comportamiento y mi propia ingenuidad infantil. —Ella vio cómo Michael hacía una mueca de dolor—. En cierto modo, ese perfume era una fuente de fuerza —añadió—. Y si Harry hubiera sido una niña, lo habría utilizado para crear un cuento con moraleja, que le habría contado un día antes de su primera temporada.

Inclinándose, él la besó de nuevo, con ternura, rozando su lengua con la de ella. Luego se apartó.

—Debería irme de inmediato.

Sus palabras la sorprendieron.

—¿Por qué?

Él sonrió y enarcó una ceja.

—Estamos en tu habitación, sentados en tu cama.

Ella sintió que sus mejillas se sonrojaban.

—¿Y?

—Y si me quedo, voy a hacerte el amor. Esta vez como es debido.

El corazón de Ada empezó a latir con fuerza.

—Soy una viuda con mucha libertad. Puedes quedarte.

Él se rio.

—Sin embargo, no eres una viuda. No realmente.

—Nadie tiene por qué saberlo, y bien podría hacer buen uso de mi independencia.

Sin más invitación, Michael dejó caer el frasco de perfume sobre la cama y procedió a desabrocharle el vestido. Ella debería estar irritada por la habilidad de sus dedos, ya que la desnudó con más rapidez que su propia criada. Pero ella estaba tan ansiosa como él.

Con su ayuda, no tardó en tumbarse en la cama, con la cabeza sobre la almohada, completamente desnuda ante su mirada.

Él la miró durante un momento, tragó saliva y se acostó a su lado.

Cuando ella esperaba que la besara de nuevo o incluso que se aferrara a uno de sus pechos, que estaba deseando que los tocara, en lugar de eso, él apretó su boca contra su estómago, en un gesto que se parecía mucho más al amor que al deseo.

—Quiero borrar todo lo de esa noche —murmuró él, con sus labios contra su estómago desnudo.

—Excepto a Harry —le recordó ella.

—Excepto a Harry, por supuesto —dijo él—. Quiero empezar de nuevo, tomármelo con calma, disfrutar de tu inocencia y darte una nueva primera vez.

Michael levantó la cabeza, la miró a los ojos, y ella sonrió.

—No estoy segura en cuanto a que sea despacio —le

dijo ella—. Ya estoy desnuda y, la verdad, me siento bastante preparada.

Un sonido extraño salió de él, mitad risa, mitad gemido. Michael reclamó los labios de ella con fiereza, tirando del inferior mientras se alejaba. Luego, poniéndose de pie, comenzó a despojarse de su ropa, empezando por la corbata, tirando todo a un lado y a otro, haciéndola reír, hasta que se desabrochó los pantalones.

Su sonrisa se apagó cuando él los dejó caer al suelo y se quedó ante ella solo con unos finos calzoncillos de algodón, que también se quitó apresuradamente. Luego se subió de nuevo a la cama antes de que ella pudiera echar algo más que un vistazo, lo suficiente para ver que estaba tan preparado como ella.

—Lo primero que hay que hacer siempre es dar un beso largo y prolongado —dijo él, reclamando de nuevo su boca.

Cuando él inclinó la cabeza, ajustando perfectamente su boca a la de ella, un cosquilleo de deseo la recorrió. Separando sus labios para recibir su lengua, suspiró de felicidad. Por primera vez, podía devolverle el beso con la conciencia tranquila y el corazón en paz.

Qué maravilloso era no tener mentiras entre ellos.

Después de que sus lenguas parecieran bailar, con las manos de Ada en su pelo y su cuerpo ardiendo, queriendo más, él levantó la cabeza para mirarla.

—¿En qué estás pensando? —le preguntó ella en voz alta.

Michael cogió el frasco de perfume.

—No volveré a pedírtelo si dices que no, porque, en verdad, me encanta el olor de tu piel. —Para demostrarlo, le acarició la mejilla y luego el hombro, que también lamió, haciéndola estremecer—. Pero este perfume, tan inusual y precioso como tú, te sienta de maravilla. ¿Volverás a ponértelo? Te prometo que siempre me recordará que debo ser mejor hombre de lo que fui aquella noche.

¿Sería para Ada un recordatorio constante de su propia ignorancia y del descuido de él en su borrachera, o podría pensar en ello como la noche en que Michael Alder la convirtió en su mujer y le entregó a Harry? Ella le sonrió y asintió.

Él destapó el frasco que había estado cerrado tanto tiempo, presionó el dedo en la abertura y lo volcó, liberando unas gotas. Al pasar el dedo cargado de perfume por el cuello de ella, dejó que la fragancia explotara entre los dos. La pasó por las clavículas y luego por el hueco entre los pechos.

Se detuvo solo para besar cada pezón, le volcó una segunda dosis de flor de jazmín y la hizo descender por su estómago hasta el cálido lugar entre sus piernas. No se detuvo, aunque ella estaba desesperada por que la tocara allí.

Como si la estuviera ungiendo, continuó el rastro de aceite perfumado por su pierna izquierda hasta el tobillo y luego por la derecha, dejando a su paso un efluvio de excitación.

—A este ritmo —dijo ella—, tendré que conseguir más perfume. Podría ser bastante caro.

—Por suerte, mi prometida puede hacer dinero prácticamente de la nada.

—No es tan fácil —replicó ella, pero en ese momento, él empezó a desandar el camino de su dedo con besos y pequeños mordiscos, y ella cerró la boca.

Esta vez, él se detuvo para acariciar sus pezones, tomándose su tiempo con cada uno de ellos mientras sus manos acariciaban su piel, que de repente se sentía demasiado tensa y sensible.

Pasando los dedos por su espalda y por sus esculturales hombros, Ada se maravilló de su forma, de su anchura, de su fuerte cuerpo y de su delgada cintura. Este hombre era suyo. Qué maravilla.

La hábil boca de Michael y su lengua volvieron a moverse, dirigiéndose hacia abajo, deteniéndose para besar de nuevo su vientre.

—El primer hogar de Harry —susurró contra su piel, y luego, al continuar, sopló una bocanada de aire en los suaves rizos entre sus piernas, antes de besar su muslo, lamiendo detrás de su rodilla.

Cuando empezó a subir por la otra pierna, ella pensó que podría gritar.

—Creo que esta lenta y correcta embestida es más bien una tortura.

—Cállate, mujer. Te estoy adorando.

Ella se mordió el labio inferior, pero cuando él acercó su boca a sus partes íntimas, levantó las caderas.

—Un poco avanzado para la primera vez de una joven inocente —dijo él, pero la recompensó con un beso entre sus pliegues, robándole el aliento.

—*Umm* —murmuró ella, y él continuó, hasta que supo que pasaría como en la casa de su familia en Kent.

Sin embargo, antes de que lo hiciera, él levantó la cabeza, haciendo que ella jadeara de consternación.

—Michael —susurró ella desesperadamente.

—*Shh*, lo sé. Confía en mí.

Arrodillándose entre sus piernas, él ajustó su miembro a la abertura, y luego bajó hasta los antebrazos mientras se deslizaba dentro de ella.

No fue como la vez anterior. Ada no sintió ninguna sensación de ardor o desgarro, solo placer. En una avalancha de sensaciones, él bajó su boca hasta la de ella y la besó mientras seguía deslizándose dentro y fuera con el suave movimiento de sus caderas.

El punto álgido de la liberación llegó de nuevo a ella en unos instantes, en los que él empujaba y se retiraba lentamente, para luego hacerlo con rapidez.

Con los ojos cerrados, Ada se liberó del beso, inclinando la cabeza hacia atrás mientras sus músculos se contraían. Luego, felizmente, se soltó, obteniendo su liberación en lo que parecía una espiral de éxtasis.

Cuando abrió los párpados y miró a Michael, este cerró los ojos, con la cabeza hacia atrás y la mandíbula apretada, mientras se consumía en su interior.

Cuando é se hizo a un lado y la acercó hacia sí, sus cuerpos permanecieron juntos. Ella sintió que sus brazos la rodeaban y que su barbilla se apoyaba en su cabeza.

—Esta ha sido «una primera vez» mucho mejor —reconoció ella, sintiendo que él se reía.

—Te quiero —dijo él contra su pelo.

Apretando sus labios contra el pecho de él, ella respondió:

—Yo también te quiero.

Épilogo

—A día de hoy, no estoy seguro de que le guste a Cambrey.

—Tonterías —dijo Ada, ajustando su sombrero en el espejo del vestíbulo. El gran espejo colgaba antes en la casa de Michael en Brook Street, que habían vendido al mejor postor un mes después de su matrimonio. Junto a él estaba el grabado enmarcado del Palacio de Cristal, el cual Ada decidió que más gente podría disfrutar allí que en su biblioteca.

Le encantaba tener las cosas de su marido mezcladas con las suyas y compartir su casa de Belgrave Square.

—John fue un poco más difícil de convencer porque llevaba años pensando que te habías portado muy mal con su cuñada —explicó Ada—, y luego el marido de Jenny sin duda también dijo algunas palabras poco amables sobre ti.

—Lo dices con tanta naturalidad... —respondió Michael.

Encogiéndose de hombros, ella se volvió hacia él y le tocó el corbatín impecablemente atado, pretendiendo mejorar el trabajo de su ayuda de cámara.

—Eras Lord Vil, después de todo. Pero Maggie te tiene

en gran estima por haberme hecho tan feliz y por amar a Harry. John también lo hará. Con el tiempo.

—Con el tiempo —repitió Michael—. Mientras tanto, me mira como si quisiera clavarme un puñal cuando cree que no me doy cuenta.

—Probablemente te lo estás imaginando.

—¿Me estoy imaginando cómo se sirve un gran trago de brandy cada vez que vamos allí? Me está poniendo a prueba, te digo, asegurándose de que no me debilito ante el licor.

Ella miró sus ojos dorados.

—¿Te he dicho últimamente lo orgullosa que estoy de ti?

Su marido había confesado antes de la boda que si probaba un poco de alcohol, luego querría mucho más, y por eso lo había dejado por completo. Tampoco tenían vino en casa, y ella no lo echaba de menos en absoluto. Sin embargo, sabía que para él no había sido fácil. En más de una ocasión le había dicho que había cambiado de opinión sobre la abstinencia.

Cuando eso ocurría, Ada sonreía, lo besaba, le frotaba los pies, y él ronroneaba como un gran gato, olvidando el deseo de beber.

Michael la rodeó con sus brazos y bajó la cabeza para besarla.

—Podríamos quedarnos en casa y acostarnos —propuso, tentándola con el brillo perverso de sus ojos—. No sería la primera vez.

Se sonrieron el uno al otro y el corazón de ella se aceleró de deseo. Después de todo, él era un amante excelente. Pero le había dado su palabra a Maggie.

—Seamos positivos y pasemos una noche maravillosa con nuestros amigos. La cama estará aquí cuando volvamos. Lo prometo. —Ella le guiñó un ojo y él se rio—. ¿Dónde está Harry? —preguntó Ada en voz más alta.

—Ya vamos, *milady* —dijo la niñera Finn, bajando a toda prisa las escaleras tras Harry, que cumpliría cuatro años dentro de un mes y descendía dando saltos.

—Mamá —exclamó este corriendo hacia ella.

En el último momento, Michael atrapó a Harry antes de que el pequeño pudiera chocar con ella.

Levantándolo en brazos, su marido sostuvo a su hijo en la cadera.

—No queremos derribar a mamá —advirtió Michael—, no hasta que te dé un hermano o hermana. Recuerda que ya hablamos de eso.

Harry asintió, mirando un poco solemnemente el redondeado vientre de Ada.

—No tardará mucho, cariño —le dijo esta, inclinándose para besar su suave mejilla.

Ada miró fijamente a Michael y sonrió. Todavía le costaba creer que iba a tener el placer de ver a dos niños correteando por la casa y un hermano para Harry.

—Papá —dijo el niño, poniendo las manos en las mejillas de su padre para llamar toda su atención—. ¿Puede venir Dash?

—*Hm* —dijo Michael—. ¿Qué te parece, querida? —le preguntó a Ada.

—Es un perro bien educado —respondió ella—, y los hijos de Maggie también lo adoran. De hecho, Dash mantendrá a todos los niños entretenidos durante horas. Será más fácil para la niñera Finn y la niñera de Maggie, por cierto.

—Muy bien. Mamá es muy sabia y dice que sí, así que puede venir. —Michael puso a Harry de pie—. Me sorprende que no esté ya aquí.

—Dash tiene un hueso —dijo Harry.

—A Mary le sobraba un hueso de jamón —explicó la señora Finn—, y el perro ha estado toda la tarde en la cocina royéndolo.

Ada se alegró mucho de que Michael hubiera estado dispuesto a quedarse con Mary y a dejar que su propia cocinera, junto con su mayordomo, se quedaran con los nuevos propietarios de su antigua casa. La pareja estuvo más que agradecida, ya que era muy difícil encontrar un buen servicio.

Michael había traído a su ayuda de cámara, a su cochero y a dos sirvientas, que habían encajado perfectamente en el nuevo hogar para los dos.

—Dash, ven —gritó Michael, y en un segundo oyeron las uñas del perro en el pasillo mientras correteaba. Cuando llegó al vestíbulo de mármol, sus patas se deslizaron por debajo de él hasta que perdió totalmente el equilibrio y reptó el resto del camino sobre su vientre antes de chocar contra las piernas de Harry.

Todos, incluida la niñera Finn, se rieron.

El corazón de Ada casi estalló de alegría. Nunca había esperado tales bendiciones después de su desastrosa aventura en la glorieta de los Fontaine. Además, sus propios planes de venganza estuvieron a punto de costarle un futuro con el hombre que amaba, y un hermano o hermana para Harry.

Afortunadamente, no había llegado a eso. Y su práctico

marido no solo le traía a casa los periódicos de negocios semanales para que los leyera, sino que también pagaba el precio de la entrada a la Bolsa de Londres para poder llevar él mismo sus consejos al parqué.

Había otra razón, por supuesto. Michael prometió que un día, cuando ella diera a luz a su hijo y recuperara su esbelta figura, la ayudaría a vestirse como un hombre y entraría en la bolsa como su invitado.

Con ese premio, ¿cómo podía ser otra cosa que la mujer más feliz de Londres? Era la extasiada vizcondesa Ada Kathryn Alder, esposa del totalmente reformado Lord Vil, a quien estaba segura de que nadie volvería nunca a llamarlo así.

Índice

Un magnífico Marqués en lo más alto de la sociedad de Londres, ve cómo su mundo se viene abajo en un solo instante devastador… ¡y emerge lord Oscuridad!

¿Puede la vida ir a peor?

Lord Christopher Westing, heredero de un ducado, es un verdadero dios para las mujeres que lo persiguen. Además, su futuro ocupa un lugar destacado en el Parlamento. Aún mejor, se da cuenta de que la única mujer para él ha estado allí todo el tiempo. ¡Y luego todo se desvanece!

¿La perderá tan pronto después de haberla encontrado?

Lady Jane Chatley entrega su corazón después de una noche extraordinaria que lo cambia todo. Con mucho gusto pertenecería a lord Westing, si tan solo pudiera librarse de su futuro arreglado y lúgubre.

Aterradoramente, la disposición alegre de Christopher y su amor por la vida desaparecen tan rápidamente como la luz en sus ojos. Con lord Oscuridad alejando a todos y los propios problemas de Jane cada vez más graves, ¿Cómo le hará creer en lo que ya no puede ver, antes de que sea demasiado tarde para los dos?

Información sobre la autora

Autora de éxitos de ventas en *USA Today* Sydney Jane Baily escribe novelas románticas históricas ambientadas en la Inglaterra victoriana y de la Regencia. Ella cree en historias de felices para siempre con personajes atractivos y atención a los detalles de la época.

Nacida y criada en California, ahora vive en Nueva Inglaterra con su familia.

En su sitio web, SydneyJaneBaily.com, puede obtener más información sobre sus libros, leer su blog, suscribirse a su boletín (y obtener un libro gratis) y ponerse en contacto con ella. Le encanta escuchar a sus lectores.

www.ingramcontent.com/pod-product-compliance
Lightning Source LLC
Chambersburg PA
CBHW071951210726
48292CB00020B/135